I

Kann man mit blauen Augen sehen?

Der Mandarin stellte die Frage, als er zum ersten Mal Barbaren aus Europa begegnete: breitschultrige Kerle, von festem Tritt, Männer mit vollen Bärten, braun und rothaarig, unter ihnen einer blond und dieser blauäugig. Ihn hatte der Mandarin mit schwarzen Augen fixiert. Er richtete einen Fingernagel, der manuelle Arbeit verachtete, auf den Fremden, bevor er sich mit seiner Frage an den Dolmetscher wandte.

Kann man mit blaugrünen Augen sehen?

Dies fragte Past. Nicht am Kaiserlichen Hof von Peking, sondern in einer europäischen Stadt wie Zürich. Nicht vor einem Drachenthron einen Kotau machend, sondern zurückgelehnt in seinem Stuhl. Past stellte die Frage gute dreihundert Jahre später. Nicht in einem Reich, das dabei war, seine Mitte zu verlieren, sondern auf einem Kontinent, der seine Zentrallage hinter sich hatte. Past fragte nicht ein Gegenüber, er richtete die Frage an sich selbst.

Dass seine Augen blaugrün waren, hatte ihm zum ersten Mal ein Schulschatz gesagt; die pummelige Ida hatte gleichzeitig gestanden, sie möge blaugrün nicht. Die Bemerkung hatte Past mitten im Fummeln verwirrt, daß er darüber das Küssen vergaß. Das Mädchen verbreitete daraufhin: Männer mit blaugrünen Augen sind impotent.

Was hätte Past zu seinem Blaugrün sagen sollen. Man hatte ihn wegen seiner Augenfarbe nicht befragt, so wenig wie zu all dem andern, was er sonst bei der Geburt von Natur aus mitbrachte.

Daß die Augenfarbe von Belang ist, hatte er zur Kenntnis genommen, als er, noch nicht ganz volljährig, einen Paß in den Händen hielt. Das erste Exemplar eines Ausweises, dessen Seiten sich mit Stempeln, Visa und Marken füllten, der eines Tages, abgegriffen und abgelaufen, durchstanzt wurde und dem weitere Exemplare folgten, der Deckel rot und eingeprägt ein weißes Kreuz.

Der Paß war eine Urkunde, die er selber in Auftrag gegeben hatte, ein Dokument, das nicht bestätigte, daß er auf die Welt gekommen war, nicht ein Schein, der ihm zwangs einer Taufe Zugehörigkeit attestierte, sondern ein Papier, das erlaubte zu gehen; er hatte die Möglichkeit genutzt.

Er hatte sich gewundert, daß man die Augenfarbe als Merkmal eintrug. Im Verlauf seiner Tätigkeiten hatte Past

Pässe und Ausweise zu Gesicht bekommen mit einem ausgesparten Feld für Fingerabdrücke. Als ihm selbst Fingerabdrücke genommen wurden, war es um eine Ermittlung gegangen. Past war damals reichlich überrascht, in was für eine Affäre er wegen seiner Anstellung bei einer Stiftung hineingeschlittert war; selbst zu einer Nacht im Untersuchungsgefängnis hatte es gereicht; er hatte bis jetzt nicht erfahren, wie die Angelegenheit niedergeschlagen wurde. Der Polizist hatte ihm mit schmerzhaftem Druck die Fingerbeeren aufs Stempelkissen gepreßt. Ein sauberer Abdruck, gut lesbar, begutachtete der Beamte die Papillarlinien; nie hätte Past sich in den Rillen, Bogen und Wirbeln erkannt.

Als bei dieser Gelegenheit das Robotbild des obersten Bosses hergestellt wurde, erfuhr er von der Polizeiassistentin: Sie habe zweihundertvierzig Typen europäischer Augenpaare gespeichert und gehe an den Aufbau asiatischer Prototypen; wegen der Zunahme von Asylanten, Touristen und Arbeitern aus Nah- und Fernost sei mit der Unterscheidung von Schlitz- und Mandelaugen nicht länger auszukommen. Past bat hinterher um die Gefälligkeit, ihm mitteleuropäische Beispiele vorzuführen; als es gegen hundert ging, brachen sie die Übung ab. Er hätte nie sagen können, welches Augenpaar für ein Suchbild von ihm paßte; einige unter den angebotenen gefielen ihm durchaus.

In den Paß von Past kam als Merkmal nicht ein Augenpaar, sondern die Augenfarbe.

Logisch, daß Grenzpolizisten und Zollbeamte bei ihren Kontrollen das Foto mit seinem Gesicht verglichen. Verdattert hatte er reagiert, als er zum ersten Mal auf seine Augenfarbe angesprochen worden war. Hinter dem Sehschlitz, durch den er den Paß gereicht hatte, wurde ein schwarzer Vorhang vorgezogen. Past rutschte auf der Holzbank, auf die man ihn verwiesen hatte, hin und her. Ihm gegenüber an der Wand das Porträtfoto des Staatspräsidenten. Ein kaltes Licht, das ihn frieren machte. Da betrat ein zweiter den Warteraum, der erhielt seinen Paß gleich zurück. Past war wieder allein in dem fensterlosen Raum. Nur das Geräusch der Entlüftungsanlage. Er stand auf; er tigerte auf und ab, von einer Kamera verfolgt, durch einen Lautsprecher zum Hinsetzen aufgefordert. Er fuhr zusammen, als ihn die Befehlsstimme eines Volkspolizisten überfiel. Eingeschüchtert nahm er die Brille ab. Die dunklen Gläser hatten ihn verdächtig gemacht. Scharf ging der Blick vom Gesicht in den Paß, wo ein Schwarzweißfoto eingeklebt war, das nicht mit der Vorlage gealtert war. Von dort zurück zum Gesicht: »Blaugrün«. Der Kontrollblick trug Stiefel und verdankte seinen Glanz poliertem Leder.

Wenn schon, hatte sich Past bei Menschen nicht die Augenfarbe gemerkt, sondern den Blick: den guten Blick oder den bösen, einen schweifenden oder zielenden, motzend oder werbend, einen Blick, den er nicht zu sehen brauchte, um ihn zu spüren. Wären Blicke nicht aussagekräftiger, auch wenn sie schwer verständlich blieben, wie einst die seiner Mutter?

Sollte Pasts Kennzeichen etwas sein, das sich kontinuierlich änderte und sich nicht ein für allemal fixieren ließ? Weshalb nicht als Merkmal eintragen: »Blick ins Leere«, oder genauer: »Blaugrüner Blick ins Leere«?

Im Gegensatz zum Blick blieb ihm die Augenfarbe treu. Der Eintrag wurde bei der letzten Paßerneuerung nicht korrigiert wie der für die Haare: »Graumeliert«. Zwar wurde Past bei Gelegenheit darauf aufmerksam gemacht, und in letzter Zeit öfters: Ihre Augen sind rot. Und dies, weil ein Äderchen geplatzt war. Als seine Augäpfel sich gelb färbten, wurde er gefragt, ob das von einer Gelbsucht herrühre oder ob er modische Kontaktlinsen trage.

Die Farbe, die ihm treu blieb, hätte ihn aufgrund dieser Treue verraten, sofern es auf sie angekommen wäre. Die Farbe hielt an, als die Augen trüber wurden. So trüb, daß sie ohne Krücke das unverblichene Viereck auf der Tapete an der gegenüberliegenden Wand nicht ausgemacht hätten. Dort hatte das Bild gehangen, das jetzt am Boden gegen die Holztruhe lehnte, neben der vordersten Bananenschachtel, in der das Buch lag mit dem Mandarin auf dem Schutzumschlag.

Um sich seiner Augenfarbe zu vergewissern, bräuchte er bloß in einen Spiegel zu schauen; er hatte schon immer ein flüchtiges Verhältnis zu Spiegeln unterhalten. Das schloß nicht aus, daß er Zeit davor verbracht hatte – als Pubertierender, der an einem Mitesser herumdrückte, als Verliebter, der den Scheitel nachzog, oder als Angestellter, der die Krawatte zurechtrückte.

Geblieben war über die Jahrzehnte die tägliche Begutachtung, der Past neuere, wenn auch kaum überraschende Informationen verdankte wie die, daß das Grau sich an den Schläfen ausweitete. Doch der Blick war mehr Routine als Prüfung. Soweit er mit jemandem zusammengelebt hatte, war er oft genug noch unter der Tür darauf aufmerksam gemacht worden: Schaum klebe an seinen Ohren; vor dem Verlassen der Wohnung wurden ihm Schuppen von der

Schulter gewischt oder das Revers zurechtgerückt. Solche Kontrolle auf Ordentlichkeit gab es schon längst nicht mehr, so daß er wie an diesem Tag erst am Abend merkte, daß sein Kragen blutbekleckert war, da er sich beim Rasieren geschnitten hatte.

So gleichgültig Past ansonsten Spiegel geworden waren, er hatte für den im Badezimmer in den letzten Wochen zunehmend Mitgefühl aufgebracht. Die Wasserleitung müsse verlegt und saniert werden und ein neuer Spiegel sei längst vonnöten – die Ausführungen des Klempners betrafen einen Umbau, der Past nichts mehr anging. Er hatte gebeten, den alten Spiegel abzumontieren und ihm zur Verfügung zu stellen – nur, wenn er die vollgepackten Schachteln vor sich sah, wußte er schon nicht, wohin mit ihnen und wohin mit den restlichen Möbeln und all dem, was sonst noch einen Teil seiner Habe ausmachte.

Er war dem Spiegel im Badezimmer immer näher gekommen, weil seine Augen schwächer wurden, und er hatte sich beim Spiegel für den Anblick entschuldigt, den er ihm zumutete: die Fettgeschwulst neben dem Adamsapfel, die schwabblige Haut, Tränensäcke und angefressene Zähne, verfleckte Wangen. Past spürte, wie die Rücksichtslosigkeit des Spiegels zugleich seine Wehrlosigkeit war, registrieren zu müssen. Da der Spiegel über keine Lider verfügte, blätterte er an den Rändern ab, und schwarze Flecken fraßen sich in den Silberfond. Past stellte sich eine Frage, die er kaum laut zu äußern gewagt hätte: Gibt es auch für blinde Spiegel weiße Stöcke?

Der Spiegel verlor wie seine Augen an Sehkraft. Doch würden seine Augen nicht bloß erblinden; sie würden brechen, und zwar anders als ein Spiegel, der Sprünge kriegt. Die blaugrünen Augen würden nicht in Scherben zerspringen; sie würden offen ins Leere starren, sofern nicht jemand sie ihrer Untauglichkeit wegen für immer schloß – ins Leere starren, nur daß sich nicht wie jetzt in der dunklen Zimmerecke eine Hand abzeichnete, die aus dem weißen Seidenfutter eines weiten Ärmels zwischen Drachen und Lotus hervorsah. Der Zeigefinger zielte mit zugespitztem Nagel auf seine Augen: Kann man mit blaugrünen Augen sehen?

Past nahm die Brille von der Nase und legte sie vor sich auf den Schreibtisch, neben das Medikamentendöschen, zwischen den Aschenbecher und die Bronzefigur, schob das Powerbook zur Seite, stapelte Disketten und stieß dabei an den Telefonapparat, dessen Schnur ins Leere baumelte.

Als Individuum einer hochindustrialisierten Gesellschaft hatte Past nie die Sehkraft besessen, über die seine prähistorischen Vorfahren verfügten, die wegen ihrer zu großen Füße watschelten, sich schwertaten mit dem aufrechten Gang und die im Handhaben von Keule und Knüppel erste Fertigkeit erlangten.

Er hatte ihre Bekanntschaft in der Schule durch Wandbilder gemacht, die vor der Schiefertafel hochgezogen wurden. Der Lehrer, einen Rohrstock in der Hand, hatte die Beschreibung mit dem Scherz begonnen, die Schulpflicht sei ein paar Erdzeitalter später eingeführt worden.

Die Anfänger trugen Fell und richteten sich in Höhlen ein. Im Hintergrund waren einige daran, das Feuer auszuprobieren. Einer sah verdutzt auf seine Hände; er war der erste, der die zivilisatorische Erfahrung machte, daß man sich an dem, was man erfindet, die Finger verbrennt.

Im Vordergrund kämpften einige gegen einen Bären. Eine abgebrochene Speerspitze im Rücken, bäumte sich das

Tier auf, holte mit weiten Pranken aus und stürzte sich auf die, welche sich gegen einen Koloß wehrten, der zweimal so groß war wie sie.

Bären waren in dem Land, in dem Past auf die Welt gekommen war, längst ausgerottet und ausgestorben. Gelegentlich erinnerten Funde an die Raubtiere; stieß man bei Grabungsarbeiten in Höhlen auf Knochen, waren die Schädel in Reihen oder im Kreis geordnet, schlossen Wissenschaftler auf einen Ritus. Ob die Vorfahren, wie anderswo, das gefangene Tier um Nachsicht baten, ehe sie es töteten und verzehrten, stand nicht fest.

Der erste Bär, den Past leibhaftig sah, arbeitete in einem Zirkus und redete mit seinem Dompteur russisch; er schlug die Kastagnetten, und die Bärin tanzte einen Zottelflamenco. Nach einem ersten Applaus führten die Bären Familienleben vor. Die Bärin, mit einem Häubchen ausstaffiert, stieß durch die Manege einen Kleinbären, der aus dem Kinderwagen Schnuller und Flasche warf, die die Bärenmutter mit andressierter Geduld auflas. Indessen machte sich Vater Bär an die Arbeit und hopste einen Acht-Minuten-Tag auf dem Trampolin.

Während man diesen Bären nicht füttern durfte, verhielt es sich mit den Bären in der Bundeshauptstadt anders. Dank hochgeschichteter Sandsteinblöcke und einer Kletter- und Scheuertanne sollten sie sich in ihrer Gefängnisgrube heimisch fühlen. Die braunen Mutzen, wie sie hießen, hatten betteln gelernt, was nicht weiter auffiel an einem Ort, wo das Parlament tagte, das landesweit Subventionen verteilte. Applaus ernteten die Kleinen, die sehnsüchtig zur Balustrade des Bärengrabens hinaufsahen und Karotten im

Flug auffingen. Brachten die Bärinnen zu viele Junge zur Welt, kamen die überzähligen Nachfahren, noch blind und bevor sie gehen lernten, in die Weinbeize, genau wie Ausgewachsene, die wegen Überalterung oder Unverträglichkeit abgetan wurden. Die Tiere, die man auf Wappen und Fahnen verehrte, wurden in ausgesuchten Restaurants als einheimische Delikatesse serviert.

Den Eisbären seiner Kindertage hingegen hatte Past im Zoo angetroffen, auch wenn es nicht der gleiche war, auf dessen Fell er bei seinem ersten Geburtstag gesetzt worden war. Er hatte an den roten Glasaugen herumgeklaubt, bis ihm der Fotograf einen Klaps auf die Finger gab und er drauflosplärrte. Es brauchte Zeit, bis die Nase geputzt und das Gesicht gewaschen war und der Kleine seinen Trotz aufgab; man wünschte ein fröhliches Kind mit Matrosenmütze, das auf einem Eisbären reitet; er sollte vor Glück strahlen, weil er schon ein Jahr lang auf dieser Erde weilen durfte.

Nein, Past hatte seine Augen nie benötigt, um Bären zu jagen oder gegen sie anzukämpfen.

Allerdings, so war seit kurzem zu hören, waren Bären im Anmarsch, von Österreich und Slowenien her, keine Grenzen respektierend und keine Distanz scheuend. Die schweizerischen Alpen lockten, entvölkerte Täler, wo sich die wilden Huftiere vermehrten, auch appetitliche Schafherden, oft ohne Hirt und Hirtenhund.

Doch es war ein anderes Raubtier, dem Past begegnete: gelb glühende Augen, schwarze Zehen der Vorderläufe, ein Sprung, ein buschiger Schwanz, der die Spur im Neuschnee zu verwischen schien. Ein Fuchs, bei dessen Anblick Past, als sei er gebissen worden, zuerst das Wort »Tollwut« einfiel, doch, wie man ihn später aufklärte: Wenn schon, sei der Fuchsbandwurm gefährlicher, ein Parasit, der an die Leber geht.

Er hatte das Zusammentreffen in guter Erinnerung behalten: ein Tier, des Wildreviers überdrüssig, das sich urban anpaßte, das durch die Stadt irrte, ein Kollege aus der Zunft der Hunde. Er war ihm vor dem Haus begegnet, in dem sich die Stiftung befand und wo er auch seine Wohnung hatte, mitten in der Stadt. Die Schnauze hatte hinter einem Pfosten hervorgeschaut, ein Schnüffeln, als suche der Fuchs eine Fabel, um darin aufzutreten, doch dann nur mehr ein heiseres Bellen, ein Verlassenheitsruf.

Das verhielt sich mit den Tierchen anders, die eines Abends durch die Gasse huschten, ihre nackten Schwänze nachschleifend und pfeifend; sie krochen aus einem Anbau, in dem eine Boutique geplant war, der damals noch einem Gemüseladen als Schuppen für Abfälle diente und von wo diese an einem Wochenende nicht weggeschafft worden waren. Past wurde bewußt: Sie sitzen gleich um die Ecke in den Rohren und Abwässerkanälen: »Die Nager warten auf die nächstbeste Gelegenheit, mit der Hartnäckigkeit und Geduld all jener, auf die schon immer Jagd gemacht wurde.« Sie meldeten sich eines Tages auf unerwartete Weise und wurden alltägliche Begleiter. Nicht auf der Gasse tauchten sie auf, sondern auf einem Bildschirm, nicht leibhaftig, sondern als Informationsfeld: Es geht mit dem Spiel nicht mehr weiter, *rats,* aus und fertig.

Die Höhlen, die Past kennenlernte, hatten kaum etwas mit jenen zu tun, in denen sich seine Vorfahren eingerichtet hatten.

Seine erste Radtour hatte er in die Zentralschweiz unternommen. Er genoß es, in der Straßenmitte zu fahren; in diesem Kriegsjahr war höchstens gelegentlich ein Auto unterwegs, gewöhnlich an Stelle eines Benzinmotors ein Holzvergaser als Ersatz. Ein schwarzes Militärvelo, für den Ausflug poliert, ohne Übersetzungen, mit Felgenbremse und Satteltasche. Der Gymnasiast radelte in die Urzeit. Zu einem Netz von Höhlen, entstanden aus Klüften und Schichtfugen, zu riesigen Hohlräumen, in denen Wasser seit einer Million Jahren Kalk auflöste und ihn nach draußen schwemmte.

Past suchte das Hölloch auf.

Voll Abenteuermut trug er sich hinterm Eisengitter ins Besucherbuch ein. War dies ein Tor zur Unterwelt? Auf einem verblichenen Plan Namen von Gängen wie Osiris, Orkus und Styx. Der Styx, floß der mit seinem tödlich kalten Wasser im Muotatal und nicht in Arkadien? Ob da unten ein Fährmann wartete, um ihn überzusetzen, und dafür eine Münze verlangte? Er würde ihm die leere Tasche zeigen: Er wolle die Tasche mit Wissen füllen und nicht dorthin gebracht werden, wo man vergißt. Osiris und Orkus, der mit der Tarnkappe und der mit Krummstab und Geißel – saßen der Ägypter und der Grieche am gleichen Tisch und waren sie als Totenrichter zuständig für Älpler, Sennen, Holzer und Wilderer? Was, wenn er, Past, eine Geliebte gehabt hätte, und die starb, und er sich entschloß, sie aus dem Totenreich zurückzuholen. Würde die Batterie der Taschenlampe ausreichen bei seinem Vorstoß durch Blockschutt und Sturzmaterial? Hätte er sich nicht besser mit Seil und Winde ausgerüstet, falls es galt, einen Schacht hinunterzuklettern, und, um der Geliebten beim Aufstieg zu helfen, wären nicht eine Strickleiter dienlicher und ein Brustgeschirr? Er klopfte an den Felsen, als müßte er prüfen, ob das Gestein brüchig sei oder nicht. Er machte erste Schritte. Sollte er ein Lied anstimmen, um all die, die im Lichtlosen leben, gnädig zu stimmen: den Grottenolm, die Spinne, den Laufkäfer, die Assel, den Krabbelwurm und den Gründelkrebs. Hatten diese Wesen überhaupt ein Gehör? Waren die Mächtigen der Unterwelt in diesem Gebirgsstock augenlos? Und wenn nicht, woher bezogen sie ihr Licht? Oder wurde das Totengericht von Blinden gehalten? Past wagte sich vor bis zur Kanzel und brüllte ins Dunkel: »Hallo!« Der Ruf zerschlug sich und wurde zurückgeworfen, über seinen Kopf hinweg und um seine Beine herum. Past drang weiter hinein und wiederholte das Lautgeben. Dank des Widerhalls fühlte er sich weniger allein. Nicht nur die Taschenlampe wies ihm den Weg. Das Echo lockte und verwirrte. Vor ihm eine Finsternis, deren bodenlose Tiefe er mit einem Steinwurf zu messen sich anschickte. Im irrenden Lichtkegel eine Fratze, ein Verwitterungsgebilde, das grinste, von der Gegenwand standen triefende Nasen ab, darüber Löcher, angeordnet wie Augenpaare, aus denen es tropfte. Ein Relief von Schädeln aus Schlieren und Spalten. Ein Zugwind, von irgendwoher, als streiche eine unsichtbare Hand über die Stirn. Ein Flattern, so daß er aufschreckte: Ein Vogel, der sich verflogen hatte, flüchtete von der einen Wand zur andern, vom Schein der Taschenlampe verführt, prallte er gegen das Gewölbe und glitt an dem von der Bergmilch weißen Überzug herunter, nach verzweifeltem Kreisen steuerte er in einen Stollen, tiefer ins Aussichtslose hinein. Past folgte ihm ein Stück weit. Ein fernes Plätschern. Der Stollen endete in einem Kriechgang. Past hatte sich in eine Seitenhöhle verirrt. Er bückte sich, kroch, bis er sich eingeklemmt hatte. Er zwängte sich frei. Er kletterte zurück, tastete sich den Wänden entlang, zwischen den Fingern Moos. Die Hände wurden feucht und kalt und leichenkalt, er rutschte auf losen Steinen und stürzte, er tappte auf den Knien vorwärts. Endlich Zementboden. Der Weg führte ins Helle. Draußen, von der Sonne geblendet, rieb Past sich die Augen.

Ein Mann in einer Sennenkutte begrüßte ihn; er lehnte an einem Heuschlitten. Die engen Drillichhosen in schwarzen Gamaschen; er nahm die Pfeife aus dem Mund und blies Past ein blaues Räuchlein entgegen: »Weit hinein hast du dich nicht gewagt. Bis zur Pagode jedenfalls nicht. Angst vor der Bösen Wand? Hast du die Rohrleiter bemerkt? Interessiert dich die Totenmühle nicht? Auch nicht die Rutschbahn?« Past zeigte auf seinen verknacksten Fuß. Und nach dem nächsten Zug aus der Pfeife: »Komm ein anderes Mal. Es gibt einiges an Stollen und Gängen zu entdecken. Vielleicht findest du einen, der noch keinen Namen hat, und du bestimmst, wie er heißt. Es wäre für immer dein Gang. Besetzt sind Teufelsgabel und Engelburg, Rätselgang und Einsamkeitsecke, ebenso Jammerstollen und Märchenschloß.«

Past sah sich suchend um. Er humpelte bis zur Gaststätte. Auch dort nichts. Während seines Einstiegs in die Unterwelt war ihm das Rad gestohlen worden.

Es dauerte Jahrzehnte, bis er wieder eine Höhle aufsuchte, diesmal eine mit einem unterirdischen See, als Attraktion eine Bootsfahrt, er saß eingeklemmt zwischen Mitgliedern eines schottischen Höhlenklubs. An der Kasse hatte er sich ausgerüstet mit Helm und einem Düsenreiniger für die Karbidlampe; ihr diffuses Licht erhellte die Schlote. Um die Haupthöhle auszuleuchten, brannte der Fährmann ein Magnesiumband ab und erzählte, wie rasch das Wasser stieg; er hatte Forscher zu ihrem Biwak gefahren, ihr Weg lasse sich Station um Station verfolgen, sie hatten bei den einzelnen Stollen an die Wand geschrieben: »Eintritt dann« und »Austritt wann«, bei den nächsten Stollen die gleichen Angaben, wiederum mit den genauen Uhrzeiten, und so weiter und so tiefer, doch dann... Der Fährmann machte halt vor einer Bronzetafel; auf ihr die Namen derer, die nie mehr zurückkehrten und die niemand fand: »Nicht zu vergessen«, gestiftet von John Lethe junior.

Manchmal war es Past, als habe er eine Chance verpaßt. Nach der Veröffentlichung seines Buches *Eine Offenbarung* und dem ersten Erfolg hatte ihm ein junger Österreicher geschrieben, »dem Traum nach Schatzsucher, der Ausbildung nach patentierter Höhlenführer«. Er hatte der Post einen Karabinerhaken beigelegt, »ein Amulett für den Einstieg in alle Tiefen«. Er bedankte sich für die Tips und bewies damit, daß er das Buch mißverstanden hatte. Verführerisch klang dennoch seine Offerte, auch wenn Past nicht darauf einging: ein begleiteter Besuch wichtiger Schauhöhlen, Höhlenburgen und Einsiedlerhöhlen, Türkenlöcher und Franzosenlöcher zum Unterschlupf vor fremden Truppen. Der Österreicher, auch Skilehrer und Bergführer, bot zusätzlich ein Schelmenloch und als Besonderheit einen prähistorischen Knochenfund mit Spuren einer Fesselung, die vermutlich den Verstorbenen hindern sollte, aus dem Totenreich zurückzukehren.

Zwischendurch hatten Past auch Höhlen neugierig gemacht, die nicht infolge von Erosion entstanden waren, so überraschend zernagtes und angefressenes Gestein sein mochte. Statt dessen Höhlen, welche der Mensch geschaffen hatte, Grotten, in denen die Stalaktiten und Stalagmiten von einem Handwerker entworfen und ausgeführt worden waren, kunstvoll fabrizierte Siterablagerungen in Perlen- oder Traubenform, die die Eingänge schmückten. So spannend die Inneneinrichtung dank Tuffstein, Muscheln und Mosaiken sich ausnehmen mochte, er fand die Nymphen fad, die hier zu Unterkunft und Sockelauftritt gekommen waren; wenn schon, hätte er an Brunnenscherzen und Wasserspielen Spaß gehabt, von denen er nur hörte und die er nie mit eigenen blaugrünen Augen gesehen hatte: eine Dame, die Orgel spielte, und ein Drache, der die Flügel schlug, Grottenautomaten, von Wasser betrieben.

Nachhaltig im Gedächtnis jedenfalls eine Höhle als Tempel und Wallfahrtsort. Dort, auf einer Insel, hatte er einen Shiva getroffen, dessen eine Hälfte männlich und deren andere weiblich war, die eine Hälfte der Haarkrone die des Mannes und die andere die der Frau, die Frauenhälfte mit Lotus und Spiegel und die Manneshälfte mit Dreizack. Beide Geschlechter in einem einzigen Körper vereint, Onanie und Zeugung der gleiche Akt.

Past hatte vor einem Phallus gestanden, einem erigierten Stein, einem Linga, neben jungen Ehepaaren, die um Kindersegen beteten, und neben andern, die sich für den Kindersegen bedankten, unter einem Himmel von Fledermäusen, die, erloschenen Lampen gleich, kopfunter von der Decke hingen.

Er kehrte an den Eingang zurück und erstand ein Blumengebinde und hängte es an den tanzenden Fuß des Standbilds. Im Gedenken an die leibliche Höhle, wo er, geschützt von einer verwundbaren Decke, in einer Fruchtblase vom Embryo zum Fötus herangewachsen war. Jasmin auch in Erinnerung an den Bauch, auf den er einst seine Hand gelegt hatte, um zu spüren, wie sich das bewegte, was sein Sohn werden sollte. Und Blüten für all die Leiber, zu denen seine Zunge mit Küssen Zugang gesucht hatte und in die er mit seinem Penis eingedrungen war, um für die Frist einer Lust Unterkunft zu finden.

Die einzigen Höhlenbewohner, denen er direkt ins Gesicht geschaut hatte, waren bereits Mumien gewesen, als er sie kennenlernte. Allerdings nicht solche, die in einer Gruft beigesetzt wurden, wo den Leichen Gestein und Lufttemperatur gnädig sind, unter ihnen als Attraktion die kleinste Mumie der Welt, ein Kind, dessen Rock und Schuhe der Verwesung mitgetrotzt hatten; das Eintrittsgeld wurde für Schutzpatrouillen auf dem Land verwendet. Es war auch nicht die Mumie eines Mächtigen, der von vornherein für den Glassarg hergerichtet wurde, zu dessen Besichtigung Past sich in eine Schlange stellen mußte, vor ihm eine Schulklasse, die nicht zu flüstern wagte, hinter ihm eine Parteidelegation, die sich im Verneigen übte. Ohne Zweifel waren die Mumien imposant, denen man das verderblich Sterbliche wie Hirn und Herz herausgenommen und die man für die Ewigkeit einbalsamiert hatte und die eines Tages eine Katalognummer bekamen, weggeholt aus Grabkammern, fachgerecht aus ihren Bandagen gewickelt, in ihrer ganzen Körperlänge oder in Hockstellung zur Schau gestellt. Einige sahen ihn aus den Augenhöhlen mit Edelsteinen an, die in keinem Grabesdunkel an Glanz verloren hatten.

Aufgesucht hatte er andere, solche, die sich zu Lebzeiten in Höhlen zurückgezogen hatten. Past war in engen, knapp mannshohen Gängen mit den übrigen Besuchern des Klosters an ihnen vorbeigezogen; hier unten hatten sie sich einmauern lassen, mit der Bruderschaft lediglich mit einer Durchreiche für Brot und Wasser verbunden. Nach dem Tod nicht zur Erde zurückgekehrt, aus der ihrem Credo gemäß Gott sie geschaffen hatte. In offnen Särgen lagen die Leichname, manche Kutte bis zum Hals von buntbestickten Tüchern bedeckt, in Zellen und Nischen für Wallfahrer und Touristen zurechtgerückt, die Hände gefaltet wie im Moment des Sterbens, die durchfurchte Haut gegerbt und das Haar von mattem Glanz. Der flackernde Schein der Kerze, mit der Past sich den Weg ausleuchtete, huschte über die ledernen Gesichter, weiße Zähne schimmerten hell in einem lippenlosen Mund, für Momente füllten sich die knöchernen Augenlöcher mit zuckendem Licht.

Diese Mumienbekanntschaft datierte aus der Zeit, als die Stadtverwaltung von Kiew im pädagogischen Zeichen des Atheismus sich mit einer Sonderschau »Höhlen und Mumifizierung« anschickte, mythische Hintergründe durch wissenschaftliche Erklärungen zu widerlegen: An Gottes Statt wirkten Lehm, Sand, Lößboden, konstante Lufttemperatur und daher keine Verwesung.

Erzählte Past von dieser Erfahrung, konnte er hören: Waren Sie noch nie in Kappadozien? Ganze Städte wurden da unterm Boden angelegt. Mehrgeschossig. Ein Labyrinth mit Wohnungen, Ställen und Kapellen. Vulkanische Verwitterung. Allein schon, was die Natur mit dem Tuffstein angestellt hat: Säulen, Pyramiden, Türme, Kegel mit und ohne Pilzhut. Kreationen von Wind und Wasser. Und die bizarre Landschaft fahlrot und violett zugleich oder rosa und gelb.

Einmal mehr wurde ihm klargemacht, was er verpaßt hatte und daß seine Augen Besseres hätten sehen können als das, was sie gesehen hatten. Mit was für Höhlen würde der Mandarin wohl aufwarten?

Doch beim Stichwort Höhle und Höhlenbewohner dachte Past nicht zuletzt an die Schattengestalten in seinem Kopf. Wegen seiner Schädelinsassen hatten ihn stets Menschen interessiert, die von ihrer Brust sprachen, wenn sie von dem redeten, was sich in ihnen abspielte. Bei ihm passierte in der Brust wenig, dafür um so mehr im Kopf, auch was Empfindungen betraf. Der Brustkorb, eingezäunt von Rippen, diente als Zeughaus und Rumpelkammer, als Requisitenraum und Garderobe. Die Auftritte aber fanden in seinem Kopf statt.

Hinter der Stirn tat sich eine Bühne auf, sie war Getto und Gefängnis, Bordell und Stadion, Hundehütte und Obdachlosenheim, Marktplatz und Schulstube. Dies und mehr war zu finden in den Windungen und Lappen eines Hirns. In jedem Augenblick war Geisterstunde. Für den Tänzer wie für den Krüppel. Dort fanden Morde statt und brannten Opfer. Bleiche und weiße Wesen, da im Dunkel lebend, ohne jede Pigmentierung. Lauernd und sprungbereit. Menschenähnliches erwachte, kaum hatte sich Past zur Ruhe gelegt. Schemen warteten eine günstige Phase im Schlafrhythmus ab. Im Schutz geschlossener Augen brachen sie zu Entdeckung und Irrfahrt auf, trieben Hatz und Spiel, mischten und jagten sich, zeugten Monster und vernichteten, was sie geboren und gezeugt hatten. Horror und Gag und Comic strip. Sie ritzten in weichen Grund Bilder und Zeichen. Blutlos die Wunden. Alle Schreie ohne Echo, das Schlagen und Bohren ohne Laut, stumm das Weinen und das Lustgekeuche, vom Zischen der Schlange und vom aufgeschreckten Flattern der Fledermäuse nichts zu vernehmen. Und unter allen, die hier auftauchten und verschwanden, einer, der ein Gesicht wie das von Past trug, ein Verkleidungskünstler, ein Doppel- und Fünffachgänger, einer, der von weit oben hinunterstürzte, ohne irgendwo aufzuschlagen.

Trieben sie es zu bunt, fuhr Past auf und verjagte sie, indem er die Augen öffnete und aus ihnen den Schlaf vertrieb. Schwerelose Wesen verloren ihre Schatten. Schauplatz und Akteure versanken im Dunkel, aus dem sie hochgestiegen waren. Ähnlich den Toten, die beim Öffnen des Sarges mit dem ersten Luftzug zu Staub zerfielen. Nur daß seine Höhlenbewohner hinterher wieder da waren und agierten; es nahm sich aus, als hätten sie die Zwischenzeit genutzt, um sich zu vermehren. Rudel von Unbefugten und Ungerufenen, die sich breitmachten.

Doch Past wußte nur zu gut, behielt er die Augen offen, tat sich vor ihnen, irgendwo und irgendwann, ein Irrwahn auf; schloß er vor Schreck und aus Wehrlosigkeit die blaugrünen Augen, mußte er damit rechnen, daß an Stelle des Wirrwarrs draußen sich ein Wirrwarr im Innern auftat.

Nicht nur Höhlenbewohner durfte Past zu seinen Vorfahren zählen, sondern auch Pfahlbauer; sie meldeten sich zu dieser Nachtstunde in Pasts Arbeitszimmer, als sei »Höhle« ein Stichwort; sie benutzten die Assoziation wohl deswegen, weil sie mit den Höhlenbewohnern in der gleichen Lektion vorgekommen waren; sie konnten sich auf nichts anderes berufen als auf Schulstunden.

Beflissene Menschen, die sich mit wenig zufriedengaben. Daß die meisten gichtgeplagt waren, erfuhr Past erst später. Männer lernten Äcker anlegen und Weiden unterhalten, Frauen woben aus Tierhaaren und Pflanzenfasern Stoffe und verzierten die Töpfe vor dem Brennen durch Eindrücken von Schnüren.

Allerdings erhob sich ein Disput, ob am Zürichsee je welche gelebt hatten, die ihre Pfähle ins Wasser rammten und ihre Behausungen im See mit einem Palisadenzaun umgaben, oder ob sie ihre Siedlungen nicht vielmehr am Uferrand anlegten, auf Sandbänken und zwischen Schilfgürteln. In Anerkennung ihrer Forschungen waren Volksschullehrer mit Ehrendoktorwürden ausgezeichnet worden, weil sie »schlüssig bewiesen« hatten, wo sich auf den Seebauten Pferch und Tränke befunden und daß die Frauen ihre Töpfe an Astgabeln aufgehängt hatten.

Von Zeit zu Zeit brachte ein Taucher ein Stück Pfahl ans

Licht oder ein Tongefäß. Eine glänzende Scherbe von einem Kochtopf zum Beispiel, an dessen Außenrand Spuren vom Überkochen festzustellen waren; daraus wurde geschlossen: Eine Hausfrau war vor fünftausend Jahren am Herd nicht aufmerksam gewesen.

Unerwartet war das Lehrmodell aus Pappe, Kleister, Sand und Sägemehl lebendig geworden. Das Stück Glas hatte sich nicht in eine Bucht mit klarem Wasser verwandelt. Die Pfähle staken im Schwemmland eines Deltas. Nicht ein Hund aus Papiermaché, an seiner Stelle räudige Tiere, die jaulten und bellten; ein Kläffer biß sich den Weg frei, auf drei Beinen humpelnd. Schweine suhlten sich im nassen Müll. Am Ufer kein Schmelzofen, sondern eine Tankstelle. Unter Palmen zwischen Kokosschalen ein aufheulender Motor. Hütten aus Sperrmüll, Kistenholz und glattgeklopften Kanistern, bedeckt mit Wellblech oder Palmblättern, in die Luft hinaus stachen TV-Antennen. Aus irgendwelchen Hütten plärrte Musik.

Zögernd war Past Gil in die Siedlung gefolgt. Auf Stekken Stege und Behausungen, ein Wegsystem mit Plätzen und Kreuzungen, weit ins Niemandsland des Wassers gebaut, das kein Notar einem streitig machte. Das Schlammufer ölig verschmiert. In Tümpeln schaukelnder Abfall. Über allem der Geruch von Fauligem und Exkrementen. Menschen, die nicht Felle trugen, sondern Jeans und T-Shirts, und die nicht darauf stolz waren, die Agraffe erfunden zu haben, und die Lust zu mehr verspürten, als die Töpferscheibe zu drehen.

Sofort liefen zwei Pfahlbauerbuben auf ihn zu; jeder zerrte Past in eine andere Richtung zu seiner »fucky-fucky-

Schwester«. Für einen Kaugummi ließen sie von ihrem Zuhältergeschäft ab. Gil verjagte sie und half mit einem Fußtritt nach.

Gil zeigte, wo er aufgewachsen war, im Mündungsdelta des Beberibe. Schwemmboden, weder dem Land noch dem Wasser gehörend, vom Fluß so wenig beansprucht wie vom Meer und beiden gleichgültig. Eine der Elendssiedlungen hieß Milch-Insel.

Gils Vater hatte sich nicht bewegen lassen, von hier wegzuziehen; er hatte in eine Hütte gewechselt, die näher am Kai lag; von dort war es leichter, Strom abzuzapfen für den Fernsehapparat und den Eisschrank, Geschenke seines Sohnes. Hier war man näher an der Brücke, die zwei Stadtteile verband und hinter der Wolkenkratzer und barocke Kirchtürme auftauchten. Von hier war es weniger weit zum Versammlungslokal »Die letzten Tage der Menschheit«.

Gil hatte Past ans Ende eines Stegs geführt. Dort hatten sie sich hingesetzt. Unten im Ebbeschlamm krochen Kinder, halbnackt, eine Plastikschüssel neben sich herschiebend oder eine Blechdose in der Hand, sie sanken ein, schubsten einander, halfen sich gegenseitig aus dem Dreck, krabbelten bäuchlings weiter, bis zu den Haaren verschmiert; sie suchten nach Krebsen, die der Fluß nicht mitnimmt, wenn er sich zurückzieht.

Er sei Krebssucher gewesen, sagte Gil: »Ich trage nach wie vor Schwemmland in meiner Brust, ich nehme es überallhin mit, wer weiß, ob nicht wieder der Moment kommt, um nach Krebsen zu suchen.«

Als sie auf den Bus warteten, machte Gil ein Geständnis, auf das Past nicht weiter einging, obwohl auch er davon hätte reden können, wie sehr er fürchtete, der Verführung toter Augen zu erliegen.

Gil gestand, er hasse Krebse: »Selbst wenn du ihnen das Vorderteil mit dem Kopf wegreißt, schauen sie dich an, obwohl sie vorgeben, in alle Richtungen zu blicken.« Er hatte als Junge in einem Restaurant mitgeholfen, Garnelen herzurichten: Körbe voll Schalen und darüber Augen gestreut, die tun, als hätten sie nichts mit den leeren Hülsen ihrer Körper zu schaffen.

Past erinnerte sich zu dieser nächtlichen Stunde an Gils Bemerkung. War ihm selber nicht schon längst, als seien ihm lediglich Augen geblieben, blaugrüne, die für sich schauten, als ginge der Rest sie nichts an?

Was einst das Schulbuch irgendwelcher Prähistorie zuwies, erlebte er anderswo als trist banale Aktualität – nicht nur mit Gil. Später auch an südostasiatischen Wasserstraßen und Buchten, Steckensiedlungen versteckt in Mangrovensümpfen, bei Fischern, die Seezigeuner hießen. Und eines Tages wurde er selber Pfahlbaubewohner.

Sie war in Tränen ausgebrochen. Als sie sich bückte, um die Minibar zu kontrollieren, hatte er gefragt: *»How much?«*, dazu eine Dollarnote in der Hand gerieben. Sie stützte sich schluchzend gegen die Wand, es schüttelte den schlanken Körper, den Past eben noch mit geilen Augen eingeschätzt hatte. Als er sie in die Arme schloß, zeigte sie ein verweintes Gesicht. Er sei so direkt gewesen, entschuldigte er sich, weil er nicht gewußt habe, wie gut sie Englisch beherrsche. Er hatte aus einem Zimmermädchen eine Hure gemacht.

Als sie sich am Eßstand beim Foodmarket trafen, gestand sie: Ihr sei gekündigt worden, eine Kollegin habe sie angeschwärzt, sie habe nichts anderes getan, als Seifen, Shampoos und Lotion an sich zu nehmen, die die Gäste nicht benutzten; ihre Familie zu Hause erwarte, daß sie Geld schicke, sie komme aus dem Nordosten, wo sie alle herkämen; mit »alle« meinte sie die Mädchen, die andern, die in den Klubs und Salons, nicht alle hätten wie sie ein laotisches Mondgesicht, das sei nicht so gefragt, weder von den

Einheimischen noch von den Farangs, den Fremden. Sie sei die Älteste, von der erwarte man, daß sie für die Eltern und die jüngeren Geschwister sorge.

Sie fuhren auf der Straße der Freundschaft in den Nordosten. Wenige Autos und kaum Laster, hie und da ein Bus. Der Vietnamkrieg war längst zu Ende; die Überlandstraße wurde nicht mehr für Nachschub benutzt, in den amerikanischen Basen, die einst für Operationen in Laos dienten, zerfielen Kasernen und Massagesalons. Die Brücke über den Mekong zum Nachbarstaat Laos stand erst Jahre später, als Past, aus traurigem Anlaß, erneut über die Hügelkette ins Hochplateau von Issan fuhr.

Als Past den Wagen mietete, besorgte er sich eine Straßenkarte wegen eines Abstechers nach Phranomwan. Das liegt am Weg, aber Puy hatte noch nie diese Abzweigung genommen. Sie wußte von ihrer Arbeit im Hotel, was für ausgefallene Dinge Ausländer zu sehen wünschten. Sie war freudig erregt: Sie werde mit Past ihr Land kennenlernen; ohne ihn hätte sie nie in Bangkok den Tempel der Morgenröte aufgesucht und nie die Statue des europäischen Kapitäns kennengelernt und all die andern ausländischen Figuren, die so komisch sind, nie hätte sie den Mut gehabt, in einem Buddha bis in den Kopf hinaufzusteigen – was für ein ungewohnter Blick auf die goldenen Chedis von Bangkok. Doch, doch, in Chiang Mai war sie einmal, mit ihrer Schulklasse, oben auf dem Hügel im Wat Phrathat Doi, von wo sie ein Amulett nach Hause brachte, aber auch den Palast Phu Ping habe sie besucht, seither wisse sie, wie der König wohnt. Noch so gern erklärte sie, was jeweils auf Wandmalereien abgebildet war, auch wenn nicht immer klar wurde, weshalb eine Schlange den Rücken einer Harfe bildete und der Klangkörper zwei menschliche Augen aufwies oder weswegen Waffen sich in Lotusblüten verwandelten: »Aber hier, schau, an der Tempelmauer, die Familie, die den Vater in der Einsiedelei wiedertrifft, was die für Freude haben, auch wenn du es vielleicht nicht bemerkst, den Menschen ist es nicht erlaubt, Gefühle auszudrücken, aber weiter oben die Affen, die dürfen das, deswegen sind Affen so menschlich.«

In Phranomwan lag der Parkplatz vor einem modernen goldleuchtenden Klosterbau. Die Buddhas im Tempelturm trugen safrangelbe Schärpen, auch der Elefantengott war geschmückt. Zum ersten Mal besorgte Past in einem Tempel auch für sich Räucherstäbchen. Puy kniete nieder und machte vor, wie man mit den glimmenden Stäbchen in den gefalteten Händen wippt und sie zum Weiterglühen in ein Sandbecken steckt. Mühe hatte Past mit den Goldplättchen; schon beim Auspacken klebten sie ihm an den Fingern, so daß nur mehr Staub für die Buddhastatue übrigblieb. Mit Kerzen war er seit seiner Meßdienerzeit gewohnt umzugehen. Auch das Würfeln gelang ihm, nachdem er abgeschaut hatte, wie man den Orakelbecher mit gefalteten Händen bis vor die Stirn hochhebt, an etwas denkt, das man nicht aussprechen darf, und die Würfel schüttelt, bevor man sie mit einem Wurf auf den Boden streut. Puy las von einem Zettelchen ab, was ihn an Zukunft für die Anzahl der gewürfelten Augen erwartete. Zwischen den Steinquadern im Freien hingen Jasmingebinde. Während sie an einer zerfallenden Fassade vorbeikletterten, ertönte aus dem nahen Kloster der Tempelgong. Ihm antwortete ein Hahn.

Der Himmel hing schwer und lastend. Tief die Wolken, seit Wochen. Schwül die Luft und beklemmend der Atem. Klatschnaß das Hemd. Keine Bewegung ohne Schweißausbruch. Die Klimaanlage im Wagen funktionierte nicht. Sie fuhren an Feldern vorbei, die ausgetrocknet waren. Rissiger Boden, so weit das Auge reichte. Bäume auf Erdhügeln, nicht größer als ein Wurzelpaket, von den Bauern beim Bestellen und Ebnen der Felder belassen, um nicht den Schutzgeist, der im Baum wohnt, von seiner Stätte zu vertreiben; ansonsten nimmt er aus einem Boden, der schon karg genug ist, alles Fruchtbare mit.

Sie hielten am Straßenrand. Ein Halbwüchsiger versuchte, einen Wasserbüffel, der mitten auf dem Fahrweg lag, zum Aufstehen zu bewegen; er hieb auf ihn ein, versetzte ihm Tritte, er bettelte und beschwor das Tier. Der Büffel brüllte, reckte sich kurz hoch, bevor er zusammensackte und, den Asphalt leckend, vor Durst verendete. Der Junge hockte sich auf den Kadaver: Er getraue sich nicht nach Hause, der Büffel gehöre dem Landbesitzer, das Viehhüten sei Teil des Pachtzinses, und der Junge lief quer in die Felder hinein.

Als sie von der Hauptstraße weg über einen Erdweg auf ihr Ziel zusteuerten, nahm Past die Pfostenbauten eines Dorfes wahr. Die Häuser nicht über Wasser, sondern über der Erde. Wegen der Tiere und Tierchen, erklärte Puy, nein, vor Elefanten bräuchten sie keine Angst zu haben und Tiger kämen nur noch in Geschichten vor; Puy hatte einen in einem Film über einen Nationalpark gesehen.

Der Holzbau stand auf Pfählen inmitten von Mangobäumen. Unter dem Haus auf der Abstellfläche das Wrack von einem Pick-up, mit dem Puys Vater in den Tod gefahren war. Kisten und irgendwelche Plastikbehälter, ein Eisschrank, der funktionieren würde, wenn man ihn reparierte. Puy führte Past ums Haus: weitbauchige, irdene Gefäße, bis zum Rand eingegraben, mit Abläufen, die vom Dach das Regenwasser in die Behälter leiteten. Die Reservoirs waren leer wie die Regentonnen, die nicht in den Boden eingelassen waren. Am langen Hebel eines Reismörsers vorbei, kletterten sie die Brettertreppe hinauf ins Haus. Puy drehte sich um und lehrte ihn das Sprichwort: »Wer drei Stufen hinuntersteigt, ist nicht länger geborgen.«

Sie stiegen alle Stufen hinunter. Am Abend begleitete er Puy, ihre Geschwister und Nichten und Neffen zur Zapfstelle, wo es aus dem Ziehbrunnen nichts zu schöpfen gab. Dort fuhr der Zisternenwagen vor. Puy stritt um eine höhere Zuteilung von Wasser: Sie sei zurückgekehrt, die Familie sei um einen Fremden größer geworden. Ein junger Mann grüßte verlegen, schlich davon, nachdem er Past vorgestellt worden war – Nimit, der habe ihr jeweils geholfen, die Kanister zu tragen, was hätten sie als Burschen und Mädchen einander beim abendlichen Wasserholen angespritzt.

Puys Mutter hatte ein Moskitonetz ausgeliehen für Past und Puy. Ihre nackten Körper klebten vor Schweiß aneinander noch vor jeder Liebesanstrengung. Past wollte ihr schwarzes Haar liebkosen, im letzten Moment erinnerte er sich: Nicht über den Kopf streicheln, dort ist der Sitz der Seele. Wie Puy einmal sagte: Säße die Seele in der Brust, wäre sie blind, im Kopf hat die Seele Augen – ob es Seelen mit blaugrünen Augen gab?

Und mitten im Kuß ein Donnerschlag. Ein geplatzter Himmel. Aus den zerrissenen Wolken goß es. Der Regensturm hämmerte aufs Dach. Ein wild gewordener Wind rüttelte an den Wänden. Past erhob sich und sah hinaus. Die Erde kochte und stieß Dampf ab. Im nächtlichen Regen sprangen Kinder herum, hüpften und tanzten, die meisten nackt, sie legten den Kopf in den Nacken, ließen den Regen übers Gesicht laufen und tranken Wasser mit jeder Pore.

Past legte sich wieder zu Puy. Das Hausgerüst ächzte. Was, wenn die Pfähle brechen? Dann wird das Haus ein Schiff. Vielleicht trägt die Überschwemmung uns und unser Hausboot südwärts zur Mutter aller Wasser nach Bangkok und dort durch die Klongs und durch die wieder zu Kanälen gewordenen Straßen zum Delta und bis zum Golf, an Piratenschiffen und Flüchtlingsbooten vorbei, weit weg, bis dorthin, wo du herkommst. Sie zeichnete Routen mit ihrem Finger auf seine Brust. Draußen schlugen die Bambusstauden aneinander, eine melodiöse Sturmmusik, die dickeren Stämme mischten ihre dunklen Töne mit den hellen und höheren Klängen der dünnen Bambusrohre.

»Kao«, hatte sie geflüstert, bevor sie in den Schlaf fiel. Past wußte damals nicht, daß das Wort »Reis« bedeutet und auch die Bezeichnung für »essen« ist. Als Puy den Sohn gebar, hätte Past ihn gerne »Kao« genannt. Doch dieses Wort durfte nicht einem einzelnen Menschen gehören. Puy gab dem Jungen den Kosenamen »Regen«, Fon. In den wenigen Lebensmomenten, da Past mit sich einig war, pflegte er zu sagen: »Als der Regen kam, habe ich ein Reisfeld gezeugt.«

Past war ebenso beunruhigt wie amüsiert, wohin die Frage des Mandarins ihn entführte – zu Höhlenbewohnern und Pfahlbauern, zu solchen von heute und jenen von einst, in private Jahre und in Erdzeitalter. Nun interessierten ihn Anfänge, und zwar jeglicher Art, und dies nicht erst, seit es auf ein Ende zuging. Wenn er sich zu Spekulationen verführen ließ, mochte dies damit zusammenhängen, daß er aus Berufsgründen großräumig ansprechbar war, allerdings eher auf Jahrhunderte als gleich auf Erdzeitalter.

Er hatte anhand von Tafeln Erdzeitalter unterscheiden gelernt. Doch zusammengekriegt hätte er sie kaum mehr, schon gar nicht in der richtigen Reihenfolge. Und war doch einst mit »genügend« ausgezeichnet worden in der Prüfung, für die er gebüffelt hatte: Was folgte auf was? Das jüngere sicher dem älteren und das Unterkarbon dem Oberkarbon? Weswegen mußte man sich das Holozän merken: Irgendwann war es aus gewesen mit Riesenfarnen und Teerteichen, die Böden bedeckten sich mit einem Grünteppich; es wuchsen Bäume, wie Past sie antraf und benennen lernte, ob Birke oder Föhre.

Im Grunde ließ ihn jegliches Hintereinander gleichgültig. Mehr als Abfolgen beschäftigten ihn Nebeneinander und Gleichzeitigkeit.

Glücklicherweise war es bei den Erdzeitaltern nie auf ein

paar Millionen Jahre mehr oder weniger angekommen. Im Gegensatz zu den Schlachten, deren Daten sie als Schüler auswendig lernten. Bei den vaterländischen Helden war auf Jahr und Tag festgelegt, wann sie gefallen waren oder wo und wann zum Sieg geblasen worden war; wie hätte man sonst Gedenktage feiern und Jahreszahlen auf Denkmalsockel setzen können.

Wozu Festreden, wenn in ihnen das gleiche gesagt wurde wie beim letzten Mal, als es auch schon überholt war? Weshalb sollten Frauen mitfeiern, wenn sie beim historischen Anlaß selber ausgeschlossen gewesen waren? War der, welcher auf einem Schlachtfeld Verwundete verband, homosexuell und ein Bankrotteur? An welchem Ort und welchem Tag müßten Scheiterhaufen angezündet werden im Gedenken an den läuternden Feuertod von Hexen?

Stets kamen neue Dokumente zum Vorschein, derentwegen man der Historie besser in einer Trauerminute gedachte als mit einem Feuerwerk. Das ging den Kollegen anderer Nationen nicht besser.

Und dementsprechend wurde auch diskutiert. Der Mandarin hätte sich noch gewundert, wie es im Aufenthaltsraum der Stiftung zugehen konnte, vor allem, wenn auswärtige Mitarbeiter zu Besuch oder für den Rapport da waren; da hätte er nicht nur nach blaugrünen Augen fragen können, sondern nach solchen ganz anderer Färbung und Tönung.

Der Aufenthaltsraum, den einige *mensa* nannten, andere Kantine und dritte Besenkasten, war der Treff für Kaffee- und Zigarettenpausen, der Ort für Klatsch und Tratsch, wo Interna und News verhandelt wurden: »Seit wann sind die nicht mehr zusammen?« – »Hat es nicht geheißen, er habe geerbt?« – »Wer fusioniert als nächster?«

Da wurde der Österreicher gefragt: Wie jubelt man auf dem Heldenplatz, ohne hinterher dabeigewesen zu sein? Weil einer mit einer Italienerin verheiratet war, hätte er den Unterschied zwischen der sizilianischen und der neapolitanischen Mafia erklären sollen und deren *connection* zur Vatikanbank. Am meisten bekam Miss Loyleen ab, allein deshalb, weil sie Amerikanerin war; zu ihren Pflichten gehörte es, die Spesenrechnungen gegenzuzeichnen, so daß sie bei Beanstandungen nicht selten zu hören kriegte: Und wie steht's mit den Negern in Gottes eignem Land?

Nicht alle verhielten sich so cool wie James. Er war in einem Londoner Cockney-Viertel auf die Welt gekommen, gestritten und gespielt hatte er mit Dunkelhäutigen aus den Antillen und aus Pakistan, aufgewachsen war er, als sich die Teens und Twens in der Carnaby Street einkleideten. Er schwärmte für den britischen Ausverkauf: »Als Großbritannien von einem Empire auf eine Europa vorgelagerte Insel umstieg, nahm Great Britain das gelbe Unterseeboot, die Beatles spielten Bordmusik.« Past teilte seine musikalische Vorliebe. James war verantwortlich für die amerikanische Fassung der englischen Texte.

Andererseits war Monsignore Ignacio noch immer überzeugt, Spanien, hinter den gottgewollten Pyrenäen, sei das letzte Bollwerk des Christentums gegen den Kommunismus, selbst als es die Sowjetunion nicht mehr gab. Es trafen sich recht viele zum Amen, als Monsignore sein Büro bezog und den Computer segnete; vorbeugend trieb er den Teufel aus: »*Retro,* Satanas-Virus, weiche.«

Er verstand sich nicht schlecht mit dem Mitarbeiter aus Thüringen, der aus einem Land stammte, das einst das Lieblingskind der Mutter des Sozialismus gewesen war. Der sprach nicht von Erstkommunion, sondern von Jugendweihe; er hatte als Jugendlicher nicht schwarze Hemden getragen, sondern rote; die beiden konnten Erinnerungen an Jugendlager austauschen; sie hatten die gleichen Schiffer- und Weberknoten geübt und beim Fahnenappell strammgestanden. Einiges war Past aus seiner kurzen Pfadfinderzeit durchaus bekannt, auch er hatte sich per Orientierungslauf und Schnitzeljagd durch heimatliches Gelände gepirscht.

Aber im Gegensatz zu Past blieben die beiden dem Ungarn gegenüber reserviert; das mochte schon damit zusammenhängen, daß er die Frauen zur Begrüßung (»echt Donau-Stil«) die Hand küßte; sie behaupteten, sein Lächeln sei süß wie Rosenpaprika. Nun blieb Imre Nasc auch nicht lange in der Stiftung; seine Erfahrung mit ihr hatte ihm zu Hause zu einem Posten verholfen; er gehörte zu den Initianten, welche am Rand von Budapest einen Antipropagandapark einrichteten: einen Freiluft-Abstellraum der Geschichte, mit Standbildern, die die Glanz-und-Gloria-Zeit des Kommunismus verkörperten, aus dem ganzen Land hierhergebracht zur permanenten Götterdämmerung der Revolution. Imre hatte Past eingeladen; dieser hätte beinahe die Zufahrt verpaßt, doch dann endlich tauchten Marx und Engels in verschiedenen Größen hinter einem Maschendraht auf, Generäle und Kommissare, Helden und Heldinnen der Arbeit, manche Skulptur lädiert, beim Sturz vom Sockel zu Schaden gekommen, da fehlte eine Nase, dort war ein Unterschenkel weg, mit erhobener Hand wiesen sie andern Abgedankten den Weg ins Gehege, über ihnen ein Roter Stern mit angeschlagenen Zacken.

Einen anderen Park behielt Past stärker im Gedächtnis, genauer einen Garten. Davon hatte er bei seiner Rückkehr in der Stiftung nicht berichtet. Wenn schon, war sicher der Mandarin an der Erfahrung interessiert: Was sieht man mit blaugrünen Augen, wenn man sie schließt?

Past hatte im Stadtwäldchen auf einer Arkadenbank gesessen und zugeschaut, wie im Thermalfreibad Männer, bis zu den Achseln im Wasser stehend, Schach spielten. Läufer und Dame verschwanden im Dampf, und aus den Schwaden tauchten König und Bauern auf, über allem ein diesiger Dunst, verwehter Nebel. Von ferne die Tingeltangelmusik eines Karussells und aus dem nahen Zirkus ein gedämpftes Brüllen, dann ein Tusch. Als er weiterschlenderte, kam er unerwartet zum »Garten der Blinden«. Vor dem Tor ein Hund, der Führbügel ragte in die Luft. Neben ihm am Boden ein Langstock. Als Sehendem wurde Past der Zutritt verwehrt, er zwängte sein Gesicht zwischen die Gitterstäbe: Ein Blinder neigte sich zu einer Rose und horchte an ihrer Blüte. Noch nie hatte Past den Klang von Rosenblättern vernommen; im Moment seiner Entdeckung genierte er sich für seine Neugierde. Er schloß die Augen, griff in den Strauch vor ihm, hielt einen Zweig fest, strich über ein Blatt, rieb daran, streichelte es, die glatte Fläche mußte Glanz besitzen, er spürte auf den Fingerbeeren eine haarige Unterseite und das Klebrige eines Stiels und fragte sich, ob seine blaugrünen Augen je das Blatt einer Pflanze mit soviel Zärtlichkeit zur Kenntnis genommen hatten.

Wie stehen wir da vor der Geschichte? Mit dem Satz hatte ihn Friedo von Katzbach begrüßt, als er vom Budapest-Trip zurückgekehrt war. Rasch waren Katzbachs Bedenken grundsätzlich – ob jemand den Aschenbecher in den Papierkorb leerte oder eine Sekretärin über sexuelle Belästigung klagte, und mit vollem Recht sicher, als die Stiftungsräume versiegelt wurden: Wie stehen wir da vor der Geschichte?

Katzbach, ein Bundesdeutscher, der uneheliche Sohn eines französischen Besatzungsoffiziers, hatte als Komparatist den literarischen Ehebruch à la française, à la russe, à la portugaise und à l'allemande studiert. Er zeigte summa cum laude auf, wie ähnlich, unabhängig von Epoche und Kultur, Männer und Frauen einander hintergingen, auch wenn Ausstattung und Milieu unterschiedlich sein konnten und es einen Unterschied ausmachte, ob sich die Verführung in einer Kutsche hinter vorgezogenen Vorhängen abspielte oder zwischen Papierwänden vor einem schwarzlackierten Paravent, ob sich eine Frau hinterher vor den Zug warf oder ob sie wegen Ehebruchs in die Sklaverei verkauft wurde. Katzbach hatte die Thematik geöffnet, nicht nur geographisch nach Asien und Afrika hin. Seine Ehebruchkommentare spielten im Irdischen wie im Himmlischen. War es Ehebruch, wenn Indra von einem Prinzen dessen Gemahlin als Geschenk verlangte? Wer konnte wie David den Ehemann der Frau, die er begehrte, an die Front schicken, so daß er nicht eine Ehefrau, sondern eine Witwe beschlief. Und wer näherte sich schon wie der griechische Obergott den Frauen als Stier oder Schwan, war das ein indirekter Beweis ehelichen Respekts, der Gattin selber nicht animalisch beikommen zu wollen?

Skepsis rief Katzbach hervor, als man vernahm, daß er der literarischen Komparatistik eine politische folgen lassen wolle: »Vergleichende Politologie unter besonderer Berücksichtigung des Genozids«, ausgehend von einer Gegenüberstellung der Stalin-Lager und der Nazi-KZs.

Katzbach hatte die Stiftung, die auf Diskretion bedacht war, ins Gerede gebracht. Er hatte in einem Interview vorgeschlagen, einen Großteil der Kunst aus den letzten dreißig, vierzig Jahren zu zerstören: »Das Interessante sind nicht die Werke, sondern was über sie in Katalogen und Büchern geschrieben steht, was an Vernissagen oder in Hochschulen darüber zu hören ist. Zerstört man die Werke, wird das nächste Jahrhundert an die Aufgabe gehen, herauszuarbeiten, wie die Kunst von heute gemäß ihren Deutungen und Analysen ausgeschaut haben muß; das wertet unweigerlich auf, was in unseren Jahrzehnten in Galerien, Kunsthallen und Museen an Bildern, Videos, Skulpturen und Installationen zu sehen war.«

Er war stets für Auftritte bereit, die mit seiner Aufgabe als Archivar nichts zu tun hatten. So hatte er ein fulminantes Entree geboten, indem er bei Fußballweltmeisterschaften die Zeit zwischen Viertel- und Halbfinale nutzend mit einer Fleißarbeit zum Thema »Hymnen« aufwartete. Warum sollte ein Bengale nicht vom »goldenen Bengalen« singen, nur weil dies ein Inder gedichtet hatte? Das beschäftigte niemanden außer der Disponentin, die mit einem Guru in Goa über Atemtechnik korrespondierte. Aber wer hatte schon gewußt, daß das finnische Nationallied aus dem Schwedischen übersetzt worden war und eine Zeitlang Estland als Landeshymne diente. Andererseits leuchtete es ein, daß nicht nur die Italiener sich fürs Vaterländische an den Opernstil hielten. Nicht uninteressant wiederum, daß Spanier den einstigen Kolonien die Musik zu ihren Unabhängigkeitsliedern lieferten, für Chile (»Entweder wirst du das Grab aller Freien sein oder ein sicheres Asyl vor Gewalt«) wie für Mexiko (»Sattelt die Pferde, wägt die Waffe«). Da kurz zuvor die Nachricht durchgegeben wurde, daß ein Dorf bei Saida überfallen und die Einwohner niedergemetzelt worden waren, ließen »Ströme reinen Blutes« aufhorchen, was die Algerier zu einer Musik sangen, die ein Ägypter komponiert hatte. Aber warum sollte der offizielle Vatikan beim Staatsakt nicht die Melodie des Franzosen Gounod spielen? Wohlbekannt, daß ein Österreicher den Deutschen zur patriotischen Weise verhalf – auch wenn man im Moment nur mehr die dritte Strophe sang. Es gelte von Zeit zu Zeit die Nationalhymne zu korrigieren: Liechtenstein verdanke seine Hymne einem deutschen Pater; der Geschichte Rechnung tragend, singe das Fürstenländchen heute nicht mehr vom »deutschen Rhein«, sondern vom »jungen Rhein«.

Past hatte für diese Auflistung ein gewisses Interesse aufgebracht, da ihm nicht erst bei der zweiten Strophe der eigenen Landeshymne der Text fehlte. Nun hatte lange Zeit wegen des Schweizerpsalms Unklarheit geherrscht: Wurde der Allmächtige im Stil eines Kirchenliedes angesprochen: »Trittst im Morgenrot daher«, auf das Alpenglühen anspielend, oder war das militärische Aufgebot opportun: »Rufst du, mein Vaterland«, zu Rekrutenschule und Manöver rufend?

Katzbach griff mit seinem Hymnenkatalog einen wochenlangen Disput auf, der sich wegen Fußball ergeben hatte. Europapokal und Weltmeisterschaften waren Anlässe, sich im Aufenthaltsraum zu treffen, um gemeinsam die Spiele zu verfolgen. Vor dem Bildschirm verwandelten sich manche Angestellten in stürmische Spontanpatrioten, und sei es nur für die Dauer von zwei Halbzeiten mit eventueller Verlängerung und Penaltyschießen. Wenn Past nicht groß national mitschrie, dann nicht zuletzt deshalb, weil die Teams seines Landes es selten zu internationalen Qualifikationen brachten. Er delegierte nationale Sympathien und Antipathien an andere. Dabei kam ihm gelegen, daß immer mehr Nationalmannschaften von Völkern aufgestellt wurden, denen die traditionellen Kickernationen nie Ballbeherrschung zugetraut hätten.

Nicht mehr Kriege wegen irgendwelcher Feindschaften, ob tradiert oder neu erfunden, stattdessen Würfel, die entscheiden, wer wen zum Gegner hat. Vernahmen sie von den Tribünen her das Anspornen und Auspfeifen, den Aufschrei beim Platzverweis, sahen sie, wie sich Torschützen bekreuzigten oder den Boden küßten, wie die Spieler aneinander hochsprangen, wie nach dem Schlußpfiff Trainer, Spieler und Betreuer sich in die Arme fielen, wie hinterher das Siegervolk auf den Straßen tanzte und sich die einen Fans mit den Fans der andern prügelten, waren diese Auftritte eine unleugbare Bestätigung dafür, daß es nach wie vor den Stolz darauf gab, etwas und jemand zu sein, wofür man nichts konnte und wofür man nichts geleistet hatte, außer daß man innerhalb bestimmter geographischer Koordinaten und geschichtlicher Zeiträume auf die Welt gekommen war.

Aber die meisten, die beim Absingen der Hymne die Hand aufs Herz legten, feuchte Augen kriegten und einen Moment lang am Kaugummi nicht mehr weiterkauten, sie dribbelten und schossen ihre Tore sonst im Dienste von Klubs anderer Nationen, gerade die Tüchtigsten verdienten als Legionäre ihr Geld und wurden von Land zu Land gehandelt (»Lieb Vaterland, ade«). Ganz abgesehen davon, daß ein Teil derer, die als Torhüter oder Libero, als Stürmer oder Verteidiger für die Ehre eines Landes spielten, gar nicht dessen Bürger waren, und nicht nur dies – Schwarze traten für Weiße zum Freistoß an, Europäer legten zum Vorteil von Asiaten die Abseitsfalle, Christen begingen für Muslime Fouls und Muslime solche für Christen.

Es war der Botenjunge Angelo, der darauf hingewiesen hatte, daß es über alle Nationen, Rassen und Religionen hinweg Völkerverbindendes gebe: »Beim Freistoß halten alle, die die Mauer bilden, die Hände vor den Genitalbereich.«

Das Fremdgehen war für Past nichts Ungewohntes: Schweizer hätten generationenlang im Dienste fremder Fürsten gekämpft, manches an Reichtum sei ins Land gekommen, weil die Mächtigen Bauernburschen ins Ausland verschacherten oder Söldner mit Kriegsbeute heimgekommen seien. Heute sei es nicht länger nötig, ins Ausland zu gehen, um fremden Interessen zu dienen. Past dachte an seinen Bruder, der hinter einem Bankschalter begonnen hatte und kurz vor seinem Tod bis in die Anlageberatung aufgestiegen war. Er war von einem Scheich, dem er Grundstücke zuhielt, zu Kamel und Oase eingeladen worden, wie er sagte, was ihm, einem Anhänger der »Brüder und Schwestern im Herrn«, nicht gefallen konnte: beschnitten im Geist, aber nicht im Fleisch, einziger Rechtgläubiger unter lauter Muselmanen; von da an bildete zwar das Hauptsouvenir von einem Nomadenteppich das Prunkstück der guten Stube; seine Schwägerin hatte zur Ergänzung bei einem Warenhaussonderverkauf eine Wasserpfeife erstanden; doch sie schützten sich gegen soviel Arabisches mit einem Spinnrad und einem Farbbild vom Herzen Jesu.

Aber es brauchte nicht Sportereignisse, damit man sich in diesem Aufenthaltsraum ereiferte und stritt, argumentierte und attackierte. Hier lief der Fernseher, hier hingen die Präsenztabelle, die Schiefertafel für Last-Minute-Informationen und in der Ecke die Wandzeitung. Manche der Bemerkungen und Anspielungen zwischen Tür und Angel gingen nicht über Schlagzeilen hinaus. Gelegentlich aber blieb eine Einzelheit im Gedächtnis hängen. Als sie Frankreich durchhechelten, *la grande nation* und ihren Mythos der Résistance unter der deutschen Okkupation, wie weit politische Bereinigung und persönliche Abrechnung Hand in Hand gingen, erfuhr Past beiläufig: Der Schlächter von Lyon, der Juden und Politische in die Konzentrationslager verschickte, setzte sich bei Kriegsende nach Südamerika ab dank eines Passes, den er einem Mann abnahm, für den er persönlich den Transportschein ausgestellt hatte – ein Opfer, das mit seinem Tod dem Henker das Leben rettete, indem dieser sich der gestohlenen Identität bediente.

Hier, in der Kantine, war auch Past aufgefordert, einen Kommentar abzugeben, als publik wurde, daß die Bundespolizei während Jahrzehnten eine Kartothek über die führte, die sie als subversiv einstufte; da wurde Past gefragt, ob er es auch zu einem Eintrag, zum roten Adelsausweis einer Fiche, gebracht habe. Und erst recht wurde eine Stellungnahme erwartet, als die Rede auf die Holocaustopfer kam, als die nachrichtenlosen Vermögen auf Schweizer Banken ein Thema abgaben, als die definitiven Zahlen der während des Zweiten Weltkrieges abgewiesenen Flüchtlinge bekannt wurden und als der Nazi-Goldskandal herauskam.

Past bewertete jede Enthüllung als zukunftsweisend. Für ihn stelle dies eine unabdingbar demokratische Voraussetzung dar, um im Namen von Brüderlichkeit und Schwesterlichkeit an eine gemeinsame Zukunft zu denken, da keiner dem andern was vormachen könne. Was ans Licht komme, habe die Chance (»er erlaube sich zu zitieren«), daß aus Dreck Humus wird. Von eingestandener Korruption zu eingestandener Korruption werde sein Land weltkompatibel – was erst, wenn das, was man aufdeckt, auch noch bestraft wird.

Da es in der Stiftung um einen zukünftigen Kalender ging, schlug er vor, den Aschermittwoch zu laizieren: nach dem Karneval der Schlagworte und Programme die Demaskierung und das Abschminken. Um Zustimmung zu erlangen, hatte er auch angeregt, den Tag mit einem Strip zu beenden: Bevor das Licht ausgeht, streuen die, die sich ausgezogen haben, Asche auf ihre bloßgestellte Nacktheit.

Solche Debatten und selbst das bloße Geplänkel brachten am ehesten jene Kollegen in Verlegenheit, die sich mit Nationalgrößen, Helden wie Heiligen, zu befassen hatten. Past hatte es einfacher, obwohl er gelegentlich bei ihnen aushalf. Sein Spezialgebiet war »Neujahr«. Welcher Provenienz auch immer dieser Feiertag war, ob rassisch, religiös oder politisch bestimmt, einen Neubeginn wünschten alle, und zwar einen regelmäßigen.

Im Moment jedoch lautete seine Sorge nicht: Wie sieht im nächsten Jahrtausend der Fest- und Gedenkkalender aus, sondern kommen anderntags die Leute von der Transportfirma wie vereinbart; genügt, wie geplant, ein Tag, um die Kisten zu verladen, auch die Schachtel, in der zuoberst das Buch lag mit dem Mandarin auf dem Schutzumschlag.

Nun hatte Past nicht auf den Mandarin und seine Frage warten müssen, damit ein Zeitalter oder Abschnitte davon lebendig wurden. Auf die Juraformation (senkrecht vier Buchstaben) LIAS war er wieder gestoßen, weil er eine Zeitlang Kreuzworträtsel löste. Das war, bevor er auf seinem Powerbook Shanghai spielte, damals hatte er noch im Atlas einen Nebenfluß der Etsch gesucht, der ihm so gleichgültig war wie die Währung in Sierra Leone, die er aber nachschlug, so wie er als anderen Ausdruck für »Trauer« LEID einsetzte.

Bei Steinzeit zum Beispiel dachte Past nicht an einen Faustkeil oder einen Feuersteinsplitter, der so geschärft war, daß er rohes Fleisch durchtrennte, auch nicht an Armreifen oder Felszeichnungen.

Unter den privaten Gegenständen, die in seinem Büro auf einem Regal lagen und an die er im Moment nicht herankam, weil die Räumlichkeiten amtlich versiegelt waren, befanden sich eine Sandrose und ein Petrefakt, das ihn an eine Frau erinnerte.

Zu seiner persönlichen Steinzeit fielen ihm als erstes jene Steine ein, mit denen sie als Halbwüchsige ihren Hinterhof verteidigt und feindliche Banden vertrieben hatten wie zum Beispiel die Mitglieder eines Stammes, die sich einen blauen Tupfen auf die rechte Wange malten; sie selber, mit einer

Hühnerfeder im Haar, deckten sich an schulfreien Nachmittagen am Sihlufer mit Munition ein; Past hatte jeden einzelnen Stein poliert, bevor er ihn einsetzte.

Steine waren die Waffen seiner Kindheit gewesen, und sei es nur, um die Fensterscheiben der alten Hakennase zu treffen, die keifte, wenn man vor ihrem Haus spielte; sie fauchte, so daß von ihrem Atem dem Ball die Luft ausging, und sie schlug drein mit dem Besen, auf dem sie nachts davonritt.

Past hatte Fernwirkung und Zielsicherheit verbessert, indem er eine Astgabel zuschnitzte und an den Gabelenden den Gummiring eines Konservenglases anbrachte. Mit seiner Steinschleuder löschte er Straßenlaternen das Licht aus und ließ auf Dächern Ziegelsteine zerspringen; den ersten Vogel, den er von einer Telefonleitung herunterholte, bettete er in Seidenpapier, bevor er ihn begrub.

Eine der erschreckenden Vorstellungen, die der Religionsunterricht heraufbeschwor, war: »Und sie steinigten ihn.« Das fand er mindestens so grauenhaft wie die Kapuzinerdrohung, daß der, der onaniere, in einem Fegefeuerkessel schmoren werde, in dem ein Teufelchen von Zeit zu Zeit rühre, damit die Seele nicht anbrannte, sondern weiterlitt.

Andererseits sah er sich mit seinen Steinwürfen in der Tradition patriotischer Wehrhaftigkeit, als er im Geschichtsunterricht vom Unabhängigkeitskampf der Eidgenossen hörte. Vor siebenhundert Jahren hatten sich die Sennenvorfahren des alpinen Rohstoffs bedient; von ihren Berghängen hatten sie Felsbrocken auf feindliche Ritter niederpoltern lassen und so die Grabsteine für Mann und Roß gleich mitgeliefert.

Die Hinterhofschlachten seiner Kindheit erwachten Jahrzehnte später als Erinnerungsfetzen, wenn Past am TV sah, wie palästinensische Jugendliche Steine gegen jüdische Siedler und Soldaten schmissen und wenn Siedler Militärs mit Steinen bombardierten. Oder wenn er bei Nachrichten aus Nordirland zu unterscheiden versuchte, ob die, welche nach ihrem Wurf flohen, Katholiken oder Protestanten waren. Aber auch anderswo und wann auch immer kaum eine Manifestation, an der Protestierende nicht mit Steinen angriffen und sich nicht mit Steinen verteidigten. Gegen die Trinität von Wasserwerfer, Gummigeschoß und Tränengas die Munition von Mutter Erde, zeitgemäß ergänzt durch Molotowcocktails und Benzinbomben.

Diese Kämpfer waren nicht in Sicherheit, indem sie hinter sich eine Kellertür absperrten. Kein Handwerker, der im gleichen Hinterhof eine Werkstatt betrieb, setzte diesem Krieg mit Schimpfen und Drohen ein Ende. Past verjagte bei den News Jugenderinnerungen, um nicht auf dem Bildschirm zwischen Schüssen und Schlägen private Knallfrösche hochgehen zu lassen und um nicht angesichts derer, die in ihrem Blut liegenblieben, an Schrammen und blaue Flecken von einst zu denken.

Völlig unbekannt war die Bildschirmszenerie Past allerdings auch wieder nicht; er hatte sie live erlebt. Aus den Tagen, als Zürich seine ersten Krawalle erlebte, als Autos gekippt wurden, Reifen und Müllsäcke angezündet und Farbbeutel geschmissen, als die Scheiben von Geschäften und Banken in Brüche gingen. Damals, als die internationale Presse auf der ersten Seite über Zürich berichtete und nicht nur hinten im Börsenteil.

Er war aus Sympathie mitmarschiert, ein Protest im Namen politischer Gefangener; er hätte nicht mehr sagen können, für welche in welchem Land sie Freiheit und Amnestie forderten; mit den Namen, die sie im Sprechchor skandierten, und den Porträts, die einige auf Plakaten vor sich hertrugen, waren alle andern mit gemeint.

Vermummte hatten sich während des Marsches in den Zug geschleust. Past hätte nicht bezeugen können, ob zuerst Steine geschmissen oder Gummigeschosse abgefeuert worden waren. Plötzlich lag neben ihm einer, der sich beim Sturz ins Spruchband verheddert hatte, ein Bündel, auf den Knüppel einschlugen und dessen Tuch sich rot färbte. Schlagstöcke und Latten, die aufeinander losgingen. Kampfruf und Befehle. Das Klirren von Glas und das Blitzlicht eines Pressefotografen. Als Barrikade umgestürzte Autos. Der beißende Geruch von einem schwelenden Reifen. Abgebrochene Äste – einer hatte versucht, sich auf einen Baum zu flüchten. Polizisten schleiften eine Frau über den Asphalt. Ein Megaphon schepperte.

Past hatte sich mit andern hinter einer Absperrung verschanzt; er stolperte über geplatzte Müllsäcke, kniete mitten in Scherben und Splittern; er versuchte, sich an der Baustelle zu bewaffnen, die Backsteine waren zu schwer, als daß man sie hätte schleudern können; er ritzte sich an ihren Kanten den Handballen blutig. Er zog sich mit tränenden Augen aus der Straßenschlacht zurück, bis auf die Haut durchnäßt.

Die Narbe an der rechten Schläfe, auf die er gelegentlich angesprochen wurde, stammte von einer Manifestation, in die er unfreiwillig geraten war. Für die Stiftung unterwegs auf Expertenreise in Zentralamerika, war er aus dem Regierungsgebäude gekommen und beim Portal unversehens hinter den Kordon der Militärpolizei geraten. Der Polizist, in dessen Rücken er Schutz gesucht hatte, verlor den geflochtenen Schild. Der Notarzt hatte befürchtet, Past könnte auf dem linken Ohr taub werden. Als erstes hatte Past sich im Hospital erkundigt, worum es bei der Demonstration gegangen war: Erhöhung der Busgebühr. Die Krankenschwester, die ihn verband, wohnte in einem Wellblechviertel am Stadtrand: Die Teuerung mache ein Fünftel ihres Lohnes aus.

Past war damals zu viel herumgekommen, als daß er sich darüber gewundert hätte, Opfer einer Politik zu werden, die einen nicht betraf; es genügte, sich zu falscher Zeit im Zerstörungsradius einer Plastikbombe aufzuhalten, die in einem Auto, einem Schließfach oder einem Abfallkorb deponiert worden war. In der Metrostation, die Past bei seinen Pariser Aufenthalten regelmäßig benutzte, war eine Bombe zu einem Zeitpunkt hochgegangen, an dem ebensogut auch er hätte auf den Zug warten können. Einer der fähigsten Mitarbeiter der Stiftung war bald danach in einer Hotelhalle an der Rezeption niedergeschossen worden, in einem Zermürbungskampf, den der militante Flügel einer Oppositionspartei führte, ohne Rücksicht darauf, wer ihnen gerade vor den Lauf ihrer Maschinengewehre kam. Es hätte nicht viel gefehlt, und Past wäre an Stelle dieses Mitarbeiters zu jenem Einsatz delegiert worden. Dann wären die Dokumente, die man mit dem diplomatischen Kurier an die Zentrale zurückschickte, mit seinem Blut verschmiert gewesen und nicht mit dem des Kollegen.

Past hatte sich an zeitgemäße Umgangsformen gewöhnt. Wenn gefordert, hielt er beim Betreten eines Warenhauses, eines Kinos oder einer Bibliothek Mappe oder Tasche dem Wachmann offen hin. Was er einst als Belästigung empfunden hatte, leuchtete ihm als Routine ein, auch daß er beim Einchecken auf dem Flughafen nach Metallgegenständen abgesucht wurde: Münzen, Schlüssel, Brillengestell. Der Detektor hatte wegen des Implantats in seinem Hüftgelenk reagiert, es gab Länder, da wußte er, er wird nackt in der Kabine stehen, sie werden ihm in den Hintern leuchten, durch den Mund in den Rachen schauen und von unten in die Nasenlöcher; da der Detektor nach wie vor Metall anzeigte, wird er dankbar sein müssen, wenn sie ihm nicht ein Abführmittel verabreichten; das änderte sich mit der zweiten Operation, als sie den Stahl im Schenkel durch Leichtmetall ersetzten, so daß er seine pfeifende Hüfte los wurde.

Nachdem ihr Verbindungsmann in Barcelona als Passant ein Beinahopfer geworden war, da Terroristen in einem Hinterhof, wo Kinder spielten, einen Kastenwagen hatten hochgehen lassen, wurde in einer Sitzung des Außendienstes der Antrag gestellt, die Städte mit Risikowertung zu versehen, unter Berücksichtigung der allgemeinen Zunahme von Kriminalität. Es tat Past leid, als er Gil mitteilen mußte, Rio de Janeiro sei von drei Sternen zu einer Viersternestadt der Kriminalität avanciert. Die Klassifikation hatte Konsequenzen für die Gefahrenzulage. In Fünfsterneorten wurden vorzugsweise Singles oder kinderlose Ehemänner eingesetzt. Past komplizierte die Sache, da er nicht anzugeben wußte, wen es »allenfalls beim Eintreffen der Eventualität« zu benachrichtigen galt.

Diese tödliche Zufälligkeit kontrastierte mit der Erfahrung, die zu machen er eben im Begriff war: ein Sterben kennenzulernen, das sich mit zurückhaltender Überredungskunst meldete, ohne groß zu drängen.

UNTER ALL SEINEN STEINERINNERUNGEN behauptete sich ein Feuerwehrteich. Nicht der, in welchem er als Kind Wolken gefischt hatte, auf jenem sonntäglichen Spaziergang, da die Eltern sich am Waldrand in eine Wolldecke gewickelt und ihn zum Spielen weggeschickt hatten. Bäuchlings lehnte er sich über den Steg. Im Wasser schwammen Wolken, nicht weiß wie die oben, da von Algen verfärbt. Wühlte er im Wasser, liefen die Wolken in Kreisen auseinander, schlug er hinein, sprangen sie mit den Spritzern hoch und glänzten, planschte er, schaukelten sie. Nur die Wolken oben machten nicht mit; wenn schon, gaben sie sich dem Wind hin, der sie zerzauste. So weit hinauf reichte die Puste des Jungen nicht; er suchte einen Stecken, der lang genug war, um die Wolken oben durcheinanderzubringen.

In dem Dorf, wo Past in den Ferien weilte, saß er wieder einmal an einem Teich. Er liebte es, verbotenerweise Steine in den Feuerwehrteich zu werfen, und verfolgte, wie sich Ringe bildeten und wie diese, ausholend und größer werdend, sich an den Rändern verliefen. Er war überzeugt, daß der Stein das Wasser im Schlaf aufschreckt und daß er nur lange genug warten mußte, bis er vernehmen würde, was sich die wachsenden Kreise von der Tiefe erzählten, aus der sie hochstiegen – ob das Wasser, das seine bloßen Füße umspielte, den suchte, der den Stein ertränkt hatte?

Hinter dem Teich betrieb ein Steinmetz sein Geschäft. In einer Reihe eine Auswahl von Grabsteinen, davor für Kinder ein paar kleinere, auch deren Vorderseite glatt, noch ohne Inschrift, nur mit einem Palmenzweig, einer Friedenstaube oder einem Kreuz darauf. In einem unbeobachteten Moment hatte Past mit einem Fettstift auf einen der Kindergrabsteine den Namen eines Cousins gekritzelt.

In einem Gartenstück, neben dem Gewürzbeet, auf einem vorfabrizierten Säulchen eine Urne, aus der gipserner Efeu lappte. Zwischendurch betätigte sich der Steinmetz als Bildhauer. Der kleine Past, hinter einer Hecke, beobachtete ihn und zuckte, wenn der Meißel auf den Steinblock traf. Da dieser aufschrie, hielt sich Past die Ohren zu. Funken blitzten, wenn Splitter absprangen. Unter den Hieben entstand eine Figur: Der Hals trug keinen Kopf, die Arme endeten vor den Ellenbogen und der Leib bei den Lenden.

Als der Steinmetz sein Werk fertig hatte, begann der Stein sich zu äußern, ohne daß er geschlagen wurde; der stumme Stein unterhielt sich mit einer andern Stummheit, mit der des Lichts.

Past hatte mit diesem Torso zum ersten Mal erfahren, daß es ein Reden gibt, das man sieht und nicht hört, und dies nicht, weil Blicke, Gesten oder Mienen die Sprache ersetzten. An was für Materialien er seine Wahrnehmung von neuem erprobte, ob an Metall oder an Holz, an Elfenbein oder an Horn, gelernt hatte er dieses Schauen bei den Steinen – marmorglatt und vulkanisch porös, moosüberzogen und sandsteinziseliert.

In der Folge sollten seine blaugrünen Augen an Gesprächen teilnehmen, die skulptierte Steine mit dem Licht führten, zufällig oder geplant. Grell konnte die Auseinandersetzung sein, wenn hinter Glas ein Spotlicht auf den Stein fiel. Manchmal waren Rede und Gegenrede kaum vernehmbar wegen des Verkehrslärms; es mischten sich Abgase ein, die am Stein fraßen, so daß Past Mädchenfiguren lauschte, ohne zu realisieren, daß er sich mit Doppelgängerinnen unterhielt, da die Originalkaryatiden bei gleichbleibender Temperatur ein kontrolliertes Museumsdasein fristeten, nur der attische Himmel war echt, aber verhangen vor Smog. Und immer wieder und überall der stammelnde Stein, den der Krieg verstümmelt hatte, Opfer eines Eiferers, der Köpfe, oder eines Missionars, der Genitalien abschlug. Andererseits ein Aufbegehren und Trotzen des Steins gegen jede Unbill der Natur, in der Witterung bröselnd, ausgelaugt vom Regen, vom Frost gesprengt, Epochen und Regierungen überdauernd.

Einst war er, trotz Guerillawarnung, auf einem störrischen Maultier durch ein weitläufiges Gelände geritten, um zu verstreuten Skulpturen zu gelangen: überlebensgroßen und doppelzüngigen Menschen, die auf dem Kopf als zweites Ich einen Jaguar oder einen Tapir oder sonst ein Tier trugen. Past hatte sich überlegt, welches Tier er sich selber zuordnen würde, aber auch, welches es auf seinem Kopf wohl aushielte: Der Jaguar hätte sich mit einem Sprung abgesetzt, die Schlange wäre durch ein paar Locken weggekrochen, und der Kondor hätte in seinem Haarschopf kaum ein Nest gebaut. Wenn Tiere ein Alter ego waren, hätte sich Past eine Menagerie zulegen müssen.

Auch zur Sphinx kam Past bei seinem Umgang mit Steinen und sah sich von ihr als aufdringlicher Horcher bestraft. Er drängte auf ein Wort, irgendeines, einen Hinweis wenigstens, als sei es nicht die Form, die das Licht zum Reden bringt. Was er hörte, war »Mensch Meier«; der Kameltreiber hatte in der Teppichabteilung eines Berliner Warenhauses gearbeitet, bevor er mit Erspartem nach Kairo zurückgekehrt und ins Tourismusgeschäft eingestiegen war; er fluchte vor sich hin, weil Past den angebotenen Kamelritt ausschlug.

Als Antwort auf Pasts ungeduldiges Schauen erhob sich ein Sturm. Schatten auf den steinernen Lippen, die ein Reden vortäuschten und Aug und Ohr verspotteten. Die Figur umhüllte sich mit einer Sandwolke. Boden und Himmel waren nicht mehr zu trennen. Der Wind jagte Past Körner in die Augen, so daß er dem, was er sehend hören wollte, den Rücken drehte, ins benachbarte Hotel flüchtete und an der Bar sich einen Ramses-Cocktail aufschwatzen ließ. Beim dritten Drink kam es zu einem Geplänkel mit einer Touristengruppe. Als Past sagte, er habe keine Zeit gehabt, sich in die Sphinx zu verlieben, fragte ein Franzose maliziös, was für Vorlieben er habe: Die Sphinx sei keine »Sie«, sondern ein »Er«, worauf sich der Spanier einmischte: Das Geschlecht der Sphinx sei in seiner Sprache ein Sowohl-als-auch, wie auch im Leben jedes Geheimnis ein Sowohl-als-auch sei, was ein Schotte kommentierte: Man könne sich hinterher immer noch entscheiden, ob es eine Sie oder ein Er gewesen war. Als Past die Hotelbar verließ, wollte er dem Doppelwesen noch einmal ins Gesicht schauen. Die Antwort auf seine Frage zog mit der Karawane, die er am Horizont verschwinden sah, in die Wüste hinein. Und die/der Sphinx tat, als hätte er/sie Past nie gesehen.

Andererseits kam er sich nicht als Voyeur vor, wenn er einer Inderin und einem Inder beim Kopulieren zusah; sie konnten seine Neugierde nicht übelnehmen, da die Liebenden an einem Tempel auf einem Weltberg in aller Öffentlichkeit und bei jeder Witterung ihren Akt vorführten, wenn auch weit über allen Köpfen. Past hatte dabei entdeckt, daß der Stein dank Kuß und Umarmung eine Nacktheit gewann, die weiter ging als jene, die der Stein von Natur aus mitbrachte.

Unter allem Gemeißelten galt eine frühe Liebe den Kapitellen, eine Liebe, die anhielt.

Nach dem abrupten Abbruch seines Studiums hatte er sich im Burgund verkrochen, wo er für ein befreundetes Architektenpaar ein baufälliges Winzerhaus hütete. Er hatte den Wächterdienst angenommen, weil er ihm ermöglichte, gleichsam in Klausur an seinem Buch zu arbeiten. Er hatte damals dank eines Reststipendiums eine Occasion erworben, sein erstes Auto, einen 2 CV; er fuhr mit dem Kleinwagen los, unterwegs zu Hospizen und zu Hochöfen, vorbei an satten Weiden und weißen Rindern, einen Kanal entlang, träge Flußschiffe überholend. Er parkte, um in eine Schlucht hinein bis zu den Kaskaden zu schlendern oder zum Wehrgang eines Festungswalls hinaufzusteigen. Dann wiederum einfach am Steuer sitzen, Gas geben, ein Blick auf den Tachometer oder in den Rückspiegel, links abbiegen, vielleicht doch lieber die Abzweigung rechts nehmen, warum nicht geradeaus, bei der nächsten Kreuzung von der Weißwein- zur Rotweinregion wechseln, nach dem Stampfen der Fallhämmer das Schweigen der Zisterzienser, blaue Trauben, schwarze Johannisbeeren und Pfefferkuchen –

wissen, was zu sehen wäre, Kreuzgang oder Bastion, und nicht aussteigen, oder aussteigen ohne besonderen Anlaß. Gab es da nicht eine Anlage mit Erschießungspfählen, die an die Hinrichtung von Widerstandskämpfern erinnerte, und lag hinter der Zitadelle nicht eine Salzsiederei?

Er hatte Jahrzehnte später von Amerikanern die Bezeichnung für sein Herumfahren gelernt: *on the road* und *on the road again,* ausgeschildert der Weg und jedes Ziel Zwischenhalt. Und er hatte sich noch später ebenfalls von Amerikanern das Wort *cruising* angeeignet: ein Abfahren von Straßen, ob grundlos oder zum Aufreißen, es kam in einem Fall so wenig drauf an wie beim andern.

Bei seinen Fahrten damals hielt er immer wieder in romanischen Zeiten an, in denen nicht der Dichter erzählte, sondern der Steinmetz. Auf den Bogenfeldern über den Portalen oder auf Kapitellen. Wiederkehrend das Weltgericht. Sah Past, wer und wie viele sich beim Posaunenschall aus ihren Gräbern drängten, überlegte er, ob es ein Weigerungsrecht gebe, sich von den Toten erwecken zu lassen, einen Dispens vom Einsammeln der eigenen Knochen.

Deutlich vernahm Past das Prasseln des Feuers, in das man die Jünglinge geworfen hatte. Er gab acht, die drei Weisen aus dem Morgenland nicht im Schlaf zu stören. Warum Balam einen Esel ritt, der den Propheten erkannte, mußte Past nachlesen. Neu auch war für ihn, daß Noah sich nach der Rettung einen Rausch ansoff. Er sah dem Bauern zu, der beim Säen sang, und dem Winzer bei der Lese; er fragte sich, was er in die mythische Mühle zum Mahlen schütten würde, täte er seine Gedanken hinein, ob ein Mehl herauskäme, aus dem sich Brot backen ließe.

Aber Past hätte Simon dem Magier bei seinem Sturz aus der Luft nie eine Fratze verpaßt, nur weil dieser das Fliegen zweitausend Jahre zu früh erfunden hatte. In den Kapitellen hockten die unehelichen Teufelskinder, da leckten Höllenbiester ihr Maul, und eines verschlang einen Menschen. Past hatte sich mit dem angefreundet, der den Gläubigen die Zunge herausstreckte, und erst recht mit dem, der grinste, als hätte er der Predigt zugehört. Verstohlen stellte sich Past bei Eva an, die eben einen Apfel pflückte, und nicht weniger neugierig bei der Wollust, um deren Frauenleib sich eine Schlange wand.

An den Kapitellen liebte Past die Position: zwischen Träger und Getragenem, das Gewölbe schulternd und die Säule krönend; er selber hätte gerne gewußt, worauf er stand und woran er buckelte.

Zu dieser nächtlichen Stunde aber, als hätten sie die Frage des Mandarins gehört, meldeten sich andere Steinfiguren. Solche, die sonst an den Längsseiten von Sarkophagen trauerten. Klagefrauen, jede für sich, jede allein in einer Nische, einen Sarg im Rücken. Pleurants, die sich zur Prozession formierten, eine Gestalt hinter der andern in einem langen Zug. Männer mit verzerrtem Gesicht, irren Augen und verzweifelt ausgestreckten Armen. Einige hoben die überlangen Ärmel ihrer Kutten bis vor die Stirn oder zogen die Kapuzen hinunter bis zum Kinn; sie verbargen Gesicht und Hände; es klagte der Faltenwurf des Gewandes.

In seinem Arbeitszimmer, das im Moment lediglich der Lichtkegel einer Schreibtischlampe erhellte, hörte Past erneut ihr Ach und Weh, obwohl niemand von ihnen zu sehen war. Außer dem Mandarin – die weiten Ärmel mit dem weißen Seidenfutter, waren die nicht geeignet, bei Trauer die Hände zu verbergen? Doch worüber wurde getrauert? Über etwas, das vorbei war, oder über das, was kommen wird?

Ob es den Chinesen auch interessiert, daß ein Kind Past beigebracht hatte: zu beachten, was die Augen sahen?

Wann er zum ersten Mal einem der Skelette begegnet war, hätte er nicht sagen können. Sicher in einem Museum. Und zwar in der Eingangshalle, die zwei, drei Stockwerke hoch war. Hier stand das Urtier neben Kasse und Garderobe, seine Standfläche mit Ketten abgesperrt, jeglichen Fleisches entkleidet, Riesenknochen um Riesenknochen zur Schau gestellt. Von Mammuttieren war zu Pasts Schulzeit im Naturkundekabinett nichts zu sehen gewesen. Als Anschauungsmaterial hatte man Steinadler und Eichhörnchen ausgestopft, einen Fuchs oder einen Steinbock präpariert. Auch im Geographieunterricht war nie von Dinosauriern die Rede gewesen. Wenn Echsen vorkamen, waren es Eidechsen, die sonnten sich in der Südschweiz auf Mäuerchen und stießen die Schwänze ab, wenn man sie daran festhalten wollte. Größere Echsen oder gar Krokodile blieben dem Zirkus, dem Zoo, dem Ausland vorbehalten und vielleicht der Literatur.

Aber es blieb nicht dabei, daß Paläontologen Knochen sauber pinselten und diese mit Drähten und Schrauben zu einem Skelett montierten. Eines Tages setzten die Knochengerüste Kunstfleisch an und brachen aus den Museen aus. Filmregisseure ließen die »erfolgreichsten Reptilien des Mesozoikums« erneut zum Überlebenskampf antreten, den sie ein zweites Mal verloren, diesmal vor laufender Kamera.

Sein Sohn wuchs mit diesen Tieren auf. Er hatte sie am Bildschirm kennengelernt. Der TV flimmere nach wie vor, schrieb Puy, sie habe dem Kind erzählt: Etwas fiel von oben herab und schlug unten auf der Erde ein, die Dinosaurier stampften davon, die Kleinen trampelten hinterher, und einige retteten sich in ein Spielwarengeschäft – ob Gummi, Blech oder Kunststoff, überlasse sie ihm.

Past malte sich aus, wie die Angestellte am Postschalter reagieren würde, falls er eine eingeschriebene Sendung für den Zoll als »Dinosaurier« deklariert. Sosehr ihn Puys Bitte belustigte, verlegen machte ihn die Frage, ob es in der Schweiz Dinosaurier gegeben habe. Er hatte sich zu erkundigen, bis er guten Gewissens schreiben konnte: O ja, sie hätten sogar ein eigenes Museum. Es sei nichts Ungewöhnliches, daß in dem kleinen Land, in dem er aufgewachsen war, einst Wesen von zwanzig bis dreißig Meter Körperlänge lebten. Als die Eidgenossen auftraten, gab es seit Millionen Jahren nur noch kleinere Wesen: Kühe, Ziegen, Gemsen, Steinböcke, die waren den Proportionen der Sennen angepaßt, ihr Muhen und Meckern entsprach auch mehr dem Jodel. Past versprach: Wenn der Junge größer ist und einmal zu Besuch kommt, »werden wir in die Westschweiz fahren, nicht zu den Rebbergen, die Dir gefielen, weil die Weinterrassen Dich an Reisterrassen erinnerten, Du weißt noch: Nach dem Tunnel, wie sich der Blick öffnete, wie bebaute Stufen zum See hinunterführten und am Gegenufer die Bergkette, nein, wir werden eine Schlucht aufsuchen, dort haben Dinosaurier an Felshängen Fußabdrücke hinterlassen. Souvenirgrüße aus der Zeit, als in meinem Land mannshohe Schachtelhalme wuchsen.«

Past hatte das Wort Schachtelhalme nachschlagen müssen und auch ein Erdzeitalter, um ein Märchen beginnen zu lassen: »Es war einmal im Jura, in uralten Zeiten, als es noch keine Prinzessinnen und keine Prinzen gab.« Und dies, obwohl ihm klar war, daß er dem Kind nie eine Geschichte erzählen konnte. Sein Sohn sprach Thai und in seinem Vorschulalter ein paar Brocken Englisch. An Deutsch hatte Fon das Wort »Olala« aufgeschnappt; da er es oft gebrauchte, wurde es in seinem Dorf populär. »Olala« sagten sie, wenn jemand ein Examen bestand, wenn Hochzeit gefeiert wurde, wenn einer für längere Zeit verreiste oder ein Fremder auftauchte. Einige sagten »Olala«, als sein Sohn starb.

»Olala« hatte er das Spiel genannt, als er mit ihm ein paar Tage allein in Bangkok verbracht hatte. Sie beugten sich über das Geländer der Fußgängerüberführung zur achtspurigen Straße hinunter; sie fixierten ein Auto und liefen zur Gegenseite, um zu schauen, wer gewonnen hatte, ob sie rascher waren als das Auto, ob es längst vor ihnen unten durchgekommen war oder überhaupt nicht erschien, weil Rotlicht oder Stau es unter der Passerelle zum Halten zwang.

Mit »Olala« hatte er dem Kleinen auf die Rolltreppe geholfen. Sie fuhren im Warenhaus »Bath and Penny« mehr als einmal bis in die vierte Etage hinauf und nicht wegen der Zierfische wie beim ersten Mal. Sie spazierten an den Auslagen vorbei, von Stockwerk zu Stockwerk auf Treppen, die sich in den Deckenspiegeln vervielfachten. Fon schlotterte zum ersten Mal in seinem Leben und bekam nicht genug von der Air-condition. Der Kleine zeigte wahllos auf Gegenstände. Past nannte das deutsche oder englische Wort, das Kind wiederholte es, ohne weiter wissen zu wollen, was es bedeutete. Die Dinge schienen ihm zu gehören, sobald er sie benannte: er flüsterte eine Litanei vor sich hin; was sich wie ein Katalog ausnahm, hörte sich an wie eine Ballade.

Unter dem, was Past Fon nicht mehr schenken konnte, befand sich ein Stegosaurus, made in Taiwan. Kraft einer Fernbedienung bewegten sich die Knochenplatten auf dem Rücken, und das Tier schlug mit dem dornengespickten Schwanz aus; man konnte den Stegosaurus so manipulieren, daß er sich im Kreis drehte, um sich auf diese Weise von seinem Feind fortzubewegen, der Tanz als Fluchtbewegung hatte es Past als Methode angetan. Durch einen Doppelklick glühten die Augen und klapperten die Zähne, das Tier senkte den Kopf, stellte den Schwanz hoch und stieß einen Todesschrei aus.

Es war in der Stiftung nicht gern gesehen, wenn Privates mit Geschäftlichem vermischt wurde. Andererseits war unbestritten: Das Neujahrsfest Songkran gehörte zu Pasts Aufgabenbereich. Zwar war der Buchhalter nicht entscheidungsbefugt, aber es erleichterte manches, wenn er günstig gestimmt war. Als leidenschaftlicher Leser von Kriminalromanen ließ er sich von Geschichten überzeugen, sofern es in ihnen blutig zuging. So erzählte ihm Past die Neujahrsgeschichte vom Feuergott: Der war auf einen Menschen eifersüchtig und stellte ihm drei schwere Fragen; falls er sie richtig beantworte, würde er sich den Kopf abhauen. Der Mensch wußte die Antworten. Der abgeschlagene Kopf hätte die Erde in einem Feuerbrand aufgehen lassen, wäre er zu Boden gefallen; um das zu verhindern, wurde der Kopf des Besiegten im Weltall in einer Höhle vergraben. Einmal im Jahr holen ihn seine sieben Töchter aus der Gruft und tragen ihn im Kreis um das Firmament, im Frühling bei der Tagundnachtgleiche – diese Geschichte war ein *economy ticket* zum Sondertarif mit fixen Buchungen wert.

Past hatte Puy, Fon und die ganze Familie in den Tempel begleitet; sie hatten die Buddhastatue geschrubbt. Puys Mutter besprengte Pasts Hände mit einem Parfüm, und alle hängten sich Jasminketten um. Fon wünschte sich eine Plastikpistole, um Passanten mit Wasser zu bespritzen; er hatte geübt, indem er den ersten Strahl auf Past richtete. Aber sie vermochten nichts gegen die, welche faß- und kübelweise Wasser auf Lieferwagen geladen hatten und im Vorbeifahren mit Pumpen und Schläuchen die Passanten abspritzten. Sie hatten sich am Ende alle lachend hinter einen Eßstand geflüchtet und danach Zuflucht in einem Tempelhof gesucht. Klatschnaß klebten T-Shirt und Jeans an Fons Körper, aus seinem schwarzen Haar tropfte es, die Jasminkette am Hals war zerrissen; er kauerte am Boden und baute eine Pagode aus Sand, jedes Korn ein Baustein für das Glück im kommenden Jahr.

Past kam noch rechtzeitig zur Bestattung. Der Krug neben dem Reismörser war mit der Öffnung gegen den Boden gestülpt. Ein Zeichen, daß jemand kein Wasser mehr benötigt, erklärte Puy, sie barg ihr Gesicht an seiner Brust. Weder der Injektionsdoktor habe geholfen noch der Kräuterdoktor aus dem Nachbardorf, obwohl der dem bösen Geist mehr als einmal Nahrung auf Bananenblättern offerierte. Dann bedankte Puy sich fürs Geld. Die Beileidsbesuche kosteten. Nimit, ihr Mann, habe Fon, da er nicht sein Sohn sei, keinen Bath Handgeld gegönnt für die Reise nach drüben. Past tröstete Puy, und nicht nur wegen dem Tod ihres Sohnes.

Am Kopfende des Sarges eine Kerze. Als Symbol dafür, daß das Leben rasch wie ein Docht abbrennt, sagte der Mönch. Past erfuhr: Das Kerzenlicht erleichtere es dem Toten, den Weg zu finden. Neben dem Kopfende die Schlafmatte seines Sohnes, darauf Jeans, ein Hemd, eine Mango und eine Handvoll Reis, zudem ein Comicheftchen. Past legte den Stegosaurus dazu.

Puy hob das weiße Trauertuch vom Sarg. Die Hände der kleinen Leiche waren mit einem Faden zusammengebunden, zwischen den Handflächen eine Lotusknospe. Die Augen und der Mund mit Wachs versiegelt. Puy bat Past, die rechte Hand des Sohnes mit etwas Wasser zu besprengen.

Dann brachen sie zur Prozession auf. Zuvorderst ein Mann mit dem Tongefäß, hinter ihm einer mit der Lunte für den Scheiterhaufen. Puy und Past trugen das vergrößerte Foto ihres Sohnes. Danach die Mönche, denen die Familienangehörigen und Dorfbewohner folgten. Eine monotone Trommel, mit dem Handballen geschlagen, um denen drüben kundzutun, daß eine Seele zu ihnen aufgebrochen war.

Am Rand des Dorfes der Kremationsstein. Puy zog Past am Ärmel, er wollte das dreimalige Umschreiten des Steins im Uhrzeigersinn vollziehen. Puy bedeutete ihm, daß für den Gang, den sie angetreten hatten, die Zeit nicht mehr in Übereinstimmung mit Uhrzeigern lief.

Eine alte Frau hatte den Scheiterhaufen vorbereitet. Ein Mönch löste den Strick vom Fußende des Sargs und knüpfte ihn ans Kopfende. Der Strick wurde an einem Pfosten hochgezogen und ein Stück weit durch die freie Luft gespannt bis unters Dach des wandlosen Versammlungsraums und dort nach unten zu den Mönchen geführt, welche die Trommel schlugen. Das Seil sicherte die Verbindung zwischen den Trauernden und dem Toten, dank dieser Vermittlung wußte sein Sohn, daß man ihn nicht vergessen hatte, obwohl er bereits unterwegs war in Flammen, denen der Wind die Richtung wies.

Puy hatte sich zu den andern Frauen begeben; sie knieten und kauerten im Versammlungsraum den Mönchen gegenüber, sie wiederholten und antworteten auf den Singsang der Gebete von der Unvermeidbarkeit des Leidens und der Gewißheit des Sterbens. Das trockne Holz des Sarges hatte gleich Feuer gefangen. Past entfernte sich, er schlenderte unter Mangobäumen, am Geisterhäuschen vorbei, setzte sich auf ein Benzinfaß, sah zu, wie zwei Kinder den Rücken eines Wasserbüffels als Rutschbahn benutzten; er verfolgte die Spur eines dünnen Rauchs, der sich am Himmel verzog. Er begab sich zur Kremationsstätte zurück; die Alte schürte das Feuer. Past ging nochmals weg, diesmal zum Langhaus, das als Schule diente, und überlegte, was wohl unter den ausgehängten Fotos stand. Als er wieder zurückkehrte, suchte die Alte aus dem Aschenhaufen die nicht verkohlten Knochen und wusch sie. Puy lehnte sich auf Past: Man wasche die Knochen mit Kokosmilch, dem jungfräulichsten Wasser, das es gebe. Fons Halbschwester verjagte den Hund, der um den Kremationsstein jaulte, mit einem mechanischen Geheul; sie hatte den Stegosaurus an sich genommen und lief den Kindern davon, die ebenfalls den Schwanz drücken wollten, um das Urtier zum Brüllen zu bringen. Past wich zurück, als ein Windstoß Asche aufwirbelte und ihm einen Funken ins Gesicht warf. Die Alte schaufelte die gesäuberten Knochen in ein irdenes Gefäß. Erst als sie auf die Hecke zuging, sah Past das Loch in der Erde. Es erwies sich als zu klein; ein Junge half das Loch größer kratzen, danach paßte der Topf hinein, er wurde mit Steinen bedeckt, darüber wurde Erde festgeklopft. Zwischen einer Hecke und einem Trampelpfad kam Fon zu dem, was man ein Grab nennt; niemand, der diesen Weg geht, wird ahnen, daß er an einem Toten vorbeigeht. Kein Name und keine Jahreszahl. Da öffnete Puy die Hand; in ihr lagen Kinderzähne, vom Feuer unversehrt: Sie werde sie fassen lassen, um sie an einem Kettchen zu tragen, sie werde auch ihm eine Kette schicken.

So konnte Past mit blaugrünen Augen sehen: wie sterblich ist, was er fürs Leben zeugte.

Was sollte die Frage nach der Augenfarbe – sehen schwarze Augen mehr? Was sahen die Augen von Herbert – sein tiefschwarzer Blick, der an allem abrutschte?

Als die Jugend in Zürich rebellierte, prophezeite sie eine Vereisung, die nicht von den Alpen herunterkriechen werde: Das Glaziale kommt von den Herzen und breitet sich rascher aus, als dies Gletscher vermögen. Ein Eisregen verwandelt Straßen und Plätze in Rutschbahnen. In der Limmat türmt sich ein Geschiebe von Schollen. Das Packeis staut den Seeausgang, friert Enten, Schwäne und Motorboote ein, Segelschiffe und Pedalos. Das Eis steigt an den Kais empor, überlagert Brücken und Geländer und hängt von den Ampeln als Zapfen. Es erstickt Auslagen und klettert von Fenster zu Fenster Hausmauern hinauf, füllt Straßenschluchten und überfriert Warenhäuser, Banken und Versicherungen. Aus dem bläulich glänzenden Eis ragen die Wahrzeichen der Stadt: Kirchturmspitzen, an die Frohbotschaft erinnernd, die erfror. Auf dem größten Zifferblatt Europas stehen die Zeiger still.

Das Poster hatte Past im Büro aufgehängt. Er war damit Herbert entgegengekommen. Dieser war ihm vom Fürsorgeamt als Volontär empfohlen worden. Hoffentlich komme die Eiszeit nicht, bevor das Eingliederungsprogramm beendet sei – trotz maliziöser Bemerkungen von Kolleginnen und Kollegen hatte Past das Plakat über Herberts Tod hinaus an der Wand belassen, wie er auch in seiner Schreibtischschublade die Abus-Packungen aufbewahrte, obgleich niemand mehr nach dem Medikament verlangte; daß der Polizist Schwierigkeiten bereiten könnte, daran hatte er nie gedacht, der hatte harmlos gefragt: Ob er Schnupfen habe? Als Past verneinte, war die Fangfrage klar: Wozu Nasenspray und Hustensirup?

In der Schublade lag auch die Visitenkarte, mit der sich ein Trauerspezialist von »Der schwere Moment« telefonisch empfohlen hatte: »Hier Angelo.« Zum ersten Mal vernahm Past, daß »Trauermann« ein hiesiger Beruf war. Er dachte an die Klagefrauen, wie er sie zuerst auf Sarkophagen gesehen hatte und später im Fernsehen. Und nun meldete sich ein Trauermann an, er ließ sich nicht abwimmeln. Er habe eben einen Aidskranken ins Sterben begleitet, er wies als Referenz eine Liste von Hinterbliebenen vor, die er über schwere Momente hinweggetröstet habe, seine Tarife seien günstiger, als wenn die Leidtragenden hinterher den Psychiater konsultieren müßten; augenblicklich habe er keine Arbeit, obwohl überall, wo er hinschaue, Trauerarbeit geleistet werden müßte. Past hatte Angelo die Stelle als Laufbursche vermittelt; er war einiges jünger als sein Vorgänger Herbert.

Unregelmäßig war Herberts Atem gegangen, wenn er an seinem Arbeitsplatz saß; plötzlich holte er tief Luft, hechelte, als sei er gerannt oder irgendwelche steilen Treppen hochgestiegen. Der Sozialarbeiter wußte von einem Attest her, daß Herbert an Herzrhythmusstörungen litt. Herbert selber wartete mit einer eigenen Diagnose auf: Was in seiner Brust klopfe und hämmere, seien Tiere, die es rechtzeitig merkten oder im letzten Moment aufbrachen, aber auch jene, die warteten, bis sie das Eis unter ihren Füßen spürten, rutschten und liegenblieben. Sein Herzklopfen, das Flattern und die zeitweilige Beschleunigung seien das Stampfen und Trampeln von denen, welche vor der Kälte zu fliehen versuchten.

Der Sozialarbeiter fand Herbert, der an einem Montagmorgen nicht zur Arbeit erschienen war. Herbert hatte sich nach der Methode des sanften Erstickens umgebracht, wie sie von einer Sterbehilfeorganisation propagiert wurde: Schlafmittel einnehmen und eine Plastiktüte über den Kopf stülpen. Eine Methode, der Past nachsann, wenn er sich an die Momente erinnerte, in denen er in Betracht gezogen hatte, allem freiwillig ein Ende zu bereiten, wenn es auch lange her war, daß er Gesellschaft und Welt ernst genug genommen hatte, um sie total negieren zu wollen, ein Gefallen, den er ihr nicht mehr erweisen mochte, ganz abgesehen davon, daß er sich für sein simuliertes Endspiel die freiwillige Abdankung kulinarisch vorstellte.

Past war um so mehr betroffen, als er überzeugt gewesen war, Herbert, der auf Entzug war, würde sich wieder fangen. Nach seinem Freitod erinnerte sich Past an Herberts Bemerkung über seinen Analytiker: Er sehe von Sitzung zu Sitzung klarer, in was für eine Gesellschaft er hineingerettet werden solle, der Psychiater wolle sich selber retten, der ertrage es nicht, daß man nein sage zu etwas, dessen der Heiler selber nicht sicher sei.

Past hatte Herbert zum Nachtessen eingeladen, als Wiedergutmachung. Herbert war vom Personalchef gemaßregelt worden, weil er zu spät gekommen war; es war vereinbart, daß er vor Arbeitsbeginn in der Mohren-Apotheke vorbeigehen konnte für sein tägliches Methadon. An jenem Morgen aber, Herbert konnte es nicht erklären, hatten alle, nicht nur er, auch der von der Nationalbank und der vom Steueramt und die andern alle, die sich im Hinterstübchen der Apotheke zum Morgentrunk trafen, länger als üblich auf ihren Meti-Cocktail warten müssen. Was das heiße, erkundigte sich Past, als sie bei Tisch saßen. »Du kriegst das Methadon nicht als Tabletten«, sagte Herbert, »sonst käme mancher, der im Entzug ist, in Versuchung, damit Handel zu treiben. Tropf um Tropfen kriegst du das Zeug, und da es bitter ist, mit etwas Orangensaft. Ich bin jetzt bei dreißig Milligramm und habe mit sechzig angefangen.«

Den Fragen nach seiner Herkunft wich Herbert aus. Alles hatte damit begonnen, daß er aus der Mittelschule abgehauen war: »Ich habe sämtliche Zürcher Stationen durchlaufen. Angefangen mit etwas Hanf an der Limmat, an dem Kaistück, das unsere Riviera war, mit Blick aufs Stadthaus am andern Ufer, hinüber zur Hauptpost (›Haben Sie Grüße poste restante?‹), hinüber zum Fraumünster (›Herr Pfarrer – an Evergreens noch immer nur die Bibel?‹). Lagst du in der Nacht auf dem Rücken und sahst in den Himmel, hast du gehört, wie die Boote aneinanderschlugen, es ging auf große Fahrt, ohne Segel und ohne Motor, ohne daß du vom Rudern den Krampf kriegtest. Von der Limmat weggejagt für kurze Zeit im Rondell, du weißt schon, vor dem Bahnhof Stadelhofen, von wo die Züge für die Gestopften der Goldküste abfahren. In der Nähe der Oper, aber die im dunklen Anzug und mit langen Röcken, die es spannend finden und applaudieren, wenn einer verreckt, solange dazu gesungen wird und auf der Bühne gestorben, die mochten uns nicht, unsereiner stöhnte nicht minder gut, aber eben, bei uns bist du ins Gekotz getreten, obwohl, auch bei uns gab's Musik, aus dem Transistor, der lief noch, auch wenn der daneben, der ihn angestellt hatte, Geist und Ohren aufgegeben hatte. Immerhin, wir verfügten über einen Brunnen. Und eine Blumenuhr, du hattest die Auswahl: Kack ich in die Vergißmeinnicht bei acht oder ins Immergrün bei vier. Als wir von dort vertrieben wurden, ein bißchen stadtauswärts, ein bißchen stadteinwärts gehetzt, richteten wir uns zentral ein, hinterm Hauptbahnhof, auf dem Platzspitz. Es gibt keinen besseren Spitz zum Hocken als dort, wo sich Limmat und Sihl treffen, da kannst du schauen, wie die beiden Flüsse das machten, von dem wir nur redeten, aus der Stadt abhauen. *Needle park,* das war eine Adresse, die wir den Amerikanern geklaut hatten, aber die brauchten uns nichts vorzumachen. Und die Lage war günstig. Allein schon wegen dem Quick-Strich, wo außer im Hauptbahnhof gibt es Pissoirs mit solcher Frequenz, Lagerschuppen und all das, was sich nachts auf dem Parkplatz zwischen den Fernbussen tat. Der übliche Instantsex. Im Hof und im Rücken des Landesmuseums. Gehörten wir nicht auch zu dem, was als Nationalgut ausstellungswürdig ist, wenn es ums ganze Land geht? Statt Hellebarden eine Spritze. Jedenfalls suchten sie uns auf, ohne Eintritt zu bezahlen; gut, dafür wurden manche, welche spätabends oder nachts zum Sightseeing auftauchten, überfallen. Nicht nur von Westafrikanern und Albanern, von denen immer mehr auftauchten. Doch dann kreuzten mit der Polizei die vom Verkehrsverein auf; unser Elend paßte nicht in den Prospekt: gleich hinterm Bahnhof für Ankommende als erster Eindruck Verelendung. Es wurden uns Bank und Rasen gekündigt. Der Park wurde abgesperrt. Wir sind umgezogen. Zu einem Bahnhof weiter. Zu einem, der leer stand. Auch ich habe mich auf einem toten Gleis eingerichtet. Ich habe auf der untersten Stufe angefangen, als Filter-Fixer. Ein Einkaufswagen vom Supermarkt nebenan als Kleiderschrank und Bauchladen und vom nächsten Tea-Room die Löffel. Auf dem Wagen das Brett, wo ich die Ware zu Kicks verarbeitete, zu Portionen für die, die nicht viel Zeit fürs Einkaufen und schon gar nicht fürs Präparieren hatten oder nur husch, husch gesehen werden wollten, die aber Geld hatten. Mit einer Spritze das Zeug durch einen Zigarettenfilter hochziehen, da bleibt im Filter immer was hängen, dieser Rückstand ist dein Lohn, kochst du die Filter aus, kommst auch du zu deinem Stoff. Das hab ich sogar einmal denen vom Fernsehen vorgeführt. Aber dann ...« Herbert lächelte: »Und dennoch.«

»Und dennoch was?« fragte Past. Fast tonlos die Antwort: »Ich bin von zu Hause und von der Schule weggelaufen, weil ich nicht allein sein wollte. Und ich war wieder allein. Nicht nur, weil der gleiche, der erlaubt, daß du dich an seinem Feuer wärmst, dir die Taschen leert, wenn du schläfst. Als ich meine Freundin beklaute, als ich sie winseln sah und wir uns nichts beschaffen konnten, da sagte ich mir – nein das stimmt nicht, auch ohne sie hing mir alles zum Hals heraus. Ich sah mich nach was anderem um.« Und Past fragte: »Nach einer neuen Art Alleinsein?«

Past hatte gezögert, Herbert wieder einzuladen. Wegen

einer Lappalie, mußte er sich eingestehen. Herbert hatte sich in der rechten Augenbraue zwei Ringe anbringen lassen. Wenn Past dieses Piercing sah, meinte er jedesmal, einen Stich zu spüren. Er machte sich hinterher zusätzlich Vorwürfe, nicht hellhörig gewesen zu sein; er fand es lediglich witzig, als Herbert meinte, das Kursbuch der Schweizerischen Bundesbahnen sei ein Kapitel des Alten Testamentes: Oerlikon zeugte Opfikon und Opfikon zeugte Effretikon und Effretikon Pfäffikon und Pfäffikon zeugte Auch und Auch zeugte weiter.

Den Abend hatte Past im Gedächtnis behalten, nicht nur, weil ihn Herbert hinterher in seiner Wohnung besuchte. Nach dem Essen waren sie ins »Prison« gegangen, einen neuen Schuppen. Eingerichtet mit dem Mobiliar der Strafanstalt Regensdorf, das nach dem Umbau auf die Auktion gekommen war. Zellen nachgebaut und der Trakt mit dem Kontrollturm als Ausschank. Nachdem sie das Lokal durch die Lärmschleuse betreten hatten, zwängte sich Herbert an Tanzenden und Trinkenden vorbei, direkt nach hinten, die Treppe hinunter zur Toilette: »Oben verstehst du bei dem Techno-Krach nichts; früher haben wir gleich die Toilette aufgesucht, um zu spritzen oder zu schnupfen oder um bei Damen oder Herren zu fummeln, jetzt ist's der einzige Ort, wo man das Wort des andern versteht.« In dem Zeug, was jetzt die Ausstattung eines Nachtklubs ausmache, habe er zweieinhalb Jahre abgesessen, er wolle, wenigstens einmal, die Durchreiche an der Zellentür von außen aufmachen.

Past hatte es als beruhigendes Zeichen genommen, daß Herbert jeden Freitag nach Büroschluß zum Bahnhof hetzte: Er habe eine Cousine dort und einen Freund hier und eine alte Bekannte an einem andern Ort, er besuche eine Freundin und habe einer Tante versprochen, vorbeizuschauen, er sei zu einer Verlobung eingeladen und trete bei einer Hochzeit als Brautführer auf, er gehe zu einer Beerdigung oder zu einem Turnfest.

Als Herbert nachts in einem Grenzort in einer Telefonzelle aufgegriffen wurde, in der er übernachten wollte, wartete er mit der plausiblen Erklärung auf: Er habe den letzten Zug verpaßt. Zitternd stand er anderntags im Büro, er entschuldigte sich, weil er nicht ein Hemd mit langen Ärmeln trug, wie mit dem Personalchef abgesprochen, sondern ein T-Shirt; die Einstichnarben waren zu sehen und über dem rechten Handgelenk der tätowierte Anker, blau angelaufen. Past reichte ihm die Militärjacke; er kannte nichts Auffälligeres als diesen Mimikri-Look, erfunden, um im Gelände weniger leicht erkennbar zu sein.

Es stellte sich heraus: Herbert hatte zwar einen Zug bestiegen, doch er fuhr an kein Ziel. Kaum irgendwo angekommen, nahm er den nächsten Zug, irgendwohin, wo er wieder den Zug wechselte, manchmal fuhr er gleich zurück, um von dort, wo er wohnte und von wo er aufgebrochen war, in eine andere Richtung wegzufahren. Er hatte die Wochenenden mit Umsteigen verbracht. Damit wurde auch die Botschaft verständlich, die er mit einem Gruß am letzten Arbeitstag auf dem Poster angebracht hatte: »Von einem, der ankam.« Past hatte die Worte am Montag morgen bei Arbeitsbeginn nicht ohne Verwunderung gelesen, kurz bevor der Sozialarbeiter am Telefon den Rapport durchgab. Als Erbschaft hatte Herbert (»Für die Frau meines Vaters«) einen Rucksack voll schmutziger Wäsche hinterlassen und (»Für den Vater«) zwei Tüten gebrauchter Fahrscheine.

Schwarz waren Herberts Augen, was hatte er mit schwarzen Augen gesehen? Waren die Augen des Mandarins, soweit die Beleuchtung ein Urteil zuließ, waren diese Augen nicht von gleich tiefem Schwarz?

Kniff er? War Past dabei, sich der Mandarinfrage zu entziehen? Sie weiterzugeben? An jemanden, der nicht mehr in der Lage war zu antworten?

Als der Prorektor in der Abschlußklasse fragte, welchen Beruf die Schüler ergreifen wollten, und Past noch immer nicht wußte, ob man überhaupt etwas werden soll, hakten die andern Theologie, Medizin, Chemie, Architektur, Jurisprudenz, Nationalökonomie und Lehramt ab. Da stand Max auf und verkündete, er werde Vulkane studieren. Alle wunderten sich, wo er die Vulkane hernehme. Der Lehrer mahnte ihn, die einheimischen Katastrophen nicht zu unterschätzen, und riet zu Lawinen. Max wiederholte: »Ich studiere Vulkane.« Past war perplex. Es war einer der Momente, da Past beschloß, jemanden um eines Satzes willen zu lieben.

Sie waren nach der Matur nach Italien gefahren: »Vulkan retour«. Sie machten in Pompeji und Herculaneum Zwischenhalt. Past wollte die Mysterienmalereien sehen, die Einweihung in was auch immer. Max war neugierig auf die zusammengekrümmten Körper, die beim Ausbruch des Vesuvs an der Asche erstickt waren, von denen man Gipsabgüsse in Taschenformat als Souvenir nach Hause bringen konnte.

Vor Ort legten beide zusammen für das Trinkgeld des

Wärters. Der Kustos führte sie, trotz ihres schutzwürdigen Alters, in den Separatraum, zu dem Frauen keinen Zutritt hatten; dort trafen sie auf einen Faun; sein erigierter Penis ragte protzig in die Luft, so daß das Männchen beinah nach hinten kippte.

In diesem Faun, der den Wachdienst versah, hatte Past den Vorläufer entdeckt für einen Typus, der sich später im Zeichen der Neosexualität ausbreitete: Diesem baumelte nicht ein Anhängsel für Sex und Fortpflanzung, er bestand als Ganzes aus einem aufrührerischen Penis, der sich auf das Korsett eines mobilen Körpers abstützte, zwischen den Schenkeln zwei Säcke, neben dem für die Hoden der andere, nicht minder runzlig, für Hirn und Herz.

Noch unterm Eindruck der Ausgrabungsstätte, animiert von Frascati, staffierten Past und Max ihre Heimatstadt Zürich aus. Sie brachten am Stadthaus beim Haupteingang neben dem vergitterten Aushang mit den Geburtsanzeigen und Eheverkündigungen einen potenten Faun an, um die bösen Geister des Puritanismus am Eintreten zu hindern. Und eine Penis-Öllampe in bemalter Terrakotta: Sie mochte als ewiges Licht den Todesanzeigen im Schaukasten darunter leuchten.

Viel später erst sollte Past lernen, daß auch Löwen mit fletschenden Zähnen und rollenden Kugelaugen gegen Böses Wache halten. Als aber die Stiftung am Vorgartenportal ihres Altstadthauses Firmenwächter installierte, wurden dazu weder Faun noch Löwe aufgeboten, sondern zwei Kameras, schmiedeeisern verpackt und so plaziert, daß das Bild eines jeden, der klingelte oder den Torknauf in die Hand nahm, an ein Kontrollpult überspielt wurde –

Außenhautüberwachung, wie es der Sachversicherer genannt hatte. Nachts wurde eine zusätzliche Alarmanlage eingestellt; kam jemand zu nah ans Gitter, gingen automatisch Scheinwerfer an, und machte sich einer gar an Tür oder Fenster zu schaffen, löste er ein Warnsignal aus; dieses war anfänglich so fein eingestellt, daß die Sirene untertags losging.

Ihr Ziel war der Ätna. Sie fuhren von Catania aus mit dem Bus so weit hinauf wie möglich. Schon nach kurzem Aufstieg ließen sie das bebaute und bewohnte Land hinter sich, Wermut, blühende Kapern und Ginster. Schauten sie bei einer Verschnaufpause zurück, zeichnete sich, blauschwarz und grünlich, der Weg ab, den einst die Lava nach unten erzwungen hatte. Sie kletterten auf Geröll, stapften über Schlackenfelder und rutschten auf einem bröseligen Boden, der bei jedem Schritt nachgab. Der Kegel zog sich sanft und weiter hin, als sie vermutet hatten. Die Rauchfahne an der Bergspitze vermischte sich mit Wolken, fetzenhaft dunkel der Himmel, gelegentlich, wie ein Blitz, ein Sonnenstrahl. Sie vernahmen ein Grollen, unsicher, ob es ein ferner Donner war oder ob der Berg Laut gab. Der Wind jagte Nebelschwaden, aus Bodenrissen stiegen Dämpfe hoch, sie verschleierten die Sicht. Beißend die Luft und Staub im Mund, die Schleimhäute gereizt. Sie blieben am Rand des Zentralkraters stehen, da machte Max einen Ausfallschritt zur dunkelroten Glutrinne hin, so daß Past ihn zurückzerrte. Max brach in Gelächter aus; in der kochenden, brodelnden Tiefe ein Brüllen und Stöhnen. Als der Schwefelgeruch zunahm, atmete Max ein paarmal tief, und seine Augen wurden glasig.

Einsam seien die Vulkane: »Wenn sie es nicht mehr aushalten, onanieren sie und schleudern die Lust hinaus, himmelhoch und inselweit. Im Gegensatz zu den an die Luft verschwendeten Spermien des Menschen wird der Aschenauswurf der Vulkane nicht mit einem Tuch oder von Hand weggewischt, sondern er verwittert zu fruchtbarem Boden, wovon Trauben profitieren und Blutorangen. Wir Männer kriechen zu den Frauen, weil bei ihnen wie bei der Erde im Innern alles noch glüht, wir schüren mit unseren Stößen das Feuer, das am Anfang war. Ich möchte einmal in den Tropen Liebe machen: Wie heiß muß es in einer Frau sein, wenn du es draußen vor Hitze kaum aushältst.«

Bei den Ausführungen zu seiner Vulkanologie behauptete Max, die wahren Verbündeten der Vulkane seien feuerspeiende Drachen, mobile Kleinvulkane, mit Flügeln ausgestattet.

Als Max nicht in die Tropen ging, sondern dank eines Stipendiums in die USA, wo er sich nach dem Studium niederließ, unterschrieb er die ersten Karten mit »Grüße eines Drachensuchers«. Sie hatten beim Abschied ihr Versprechen mit gegenseitigem Schulterklopfen besiegelt: einander mitzuteilen, sobald sie auf Drachen stießen. Außer Konkurrenz waren Drachen, die im Theater auftraten, ob Sprechbühne oder Oper, auch dann nicht akzeptiert, wenn der Lindwurm über einen hervorragenden Baß verfügte und aus den Nüstern sprühte. In Frage kamen auch nicht die Drachen, die von einem Erzengel oder einem Heiligen besiegt worden waren.

Past war zum ersten Mal in einer Chinatown einem Drachen begegnet, der kein Abbild war, sondern sich bewegte.

Ahnungslos noch, daß ein Anlaß wie dieser, das chinesische Neujahr, eines Tages berufliche Bedeutung erlangen sollte. Der Drache krümmte sich mit Wellenbewegungen in der Luft, schlängelte sich um Handkarren und Garküchen, vorbei an Goldläden und an den getrockneten Fröschen in den Apotheken. Er fauchte bis zu den Balkonen hinauf und schlug seinen Kopf gegen Lampions. Für Momente waren unter der bemalten Drachenhaut die Stecken wahrnehmbar, mit denen die Augen dirigiert und das Maul aufgestoßen und geschlossen wurden, sichtbar die jungen Männer, die das tanzende Gerippe des Schuppentiers bildeten. Past war dem Drachen gefolgt, der in einem Tempelgelände verschwand. Ein Erlebnis, um Max nach langer Unterbrechung Grüße zu schicken »vom tausendfüßigen Turnschuh-Drachen«. Doch Max ließ ihn nicht gelten, da er kein Feuer spucke.

Past hatte seinerseits Max nicht mehr vorführen können, zu was für einem innigen Verhältnis mit einem Drachen er es in den letzten zehn, fünfzehn Jahren gebracht hatte. Seine Sekretärin hatte ihm das Spiel in den PC eingegeben, damit er »nicht einsam herumsitze, wenn er unterwegs sei«, als ob das nur unterwegs der Fall wäre. Im Computerspiel »Shanghai« galt es, hundertvierundvierzig Zeichen zu eliminieren, gelang dies, sprang aus dem Stand Null ein Drache und spie zu einem Dingdong-Sound Feuer. Past streichelte über das Powerbook vor sich auf dem Schreibtisch.

In diesem Erinnerungsmoment sah Past zum Mandarin. Das seidene Kleid war hell gemustert mit Wellen vom Hals bis zum untersten Saum. Vorn auf der Brust der Drache: Ein Schlangenleib von vergoldeten Schuppen, ein Kopf mit

Kugelaugen und einem Pferdemaul, von den Lefzen hingen zwei fasrige Bärte, über der flachen Stirn nach hinten das Geweih von einem Hirsch. So bedrohlich der Drache die Adlerkrallen stellte, er lag auf der Lauer, aber er sprang nicht. Wartete er auf einen günstigeren Augenblick?

Als Past an seinem Fünfzigsten in einen Spielsalon geschlichen war und sich an ein Videogame gewagt hatte, kämpften Drachen mit Feuerpuste gegen den Laserstrahl der Astroschweinchen, jeder Treffer tausend Punkte, der Todesschuß fünfzigtausend und zehn Todesschüsse ein Freispiel. Diesmal hätte Past Grüße von knatternden Feuerspuckern schicken können; doch nach über dreißig Jahren wußte Past die Adresse von Max nicht mehr, obwohl der regelmäßig Ansichtskarten schickte, alle ohne Absenderangaben. Max entbot Grüße von der Geburt eines Berges, von der Vermählung von Wasser und Feuer zu Schlamm, von brennenden Steinen und Feldern in Flammen, von einer Insel als Leuchtturm und von Leuchttürmen als Strandgut, von einer Feuerrutsche und einem glühenden Wasserfall; er unterschrieb mit Plutonist, Petrograph und Magmatiker.

Eines fiel auf: Las Past in der Zeitung von einem Vulkanausbruch, war ihm der Katastrophenort fast immer von einer Postkarte her bekannt. Da schickte Max eine Ansichtskarte: eine Trauminsel, türkisfarbenes Meer, weißer Strand und weißgekalkte Häuser an grünen Hügeln. Tage später in der Zeitung die Aufnahme einer Geisterlandschaft, nachdem der Vulkan sie heimgesucht hatte, Rentner und andere, die sich auf dieser Antilleninsel hatten zur Ruhe setzen wollen, flohen auf die nächste Insel. Angesichts der Meldung aus Neuseeland von einem Skigebiet mit schwarzem Schnee, wo Steinbrocken, groß wie kleine Kühlschränke, durch die Luft flogen, erinnerte sich Past an den Kartengruß von Max mit der Frage, ob ihn die Kühe und Schafe nicht an heimatliche Weiden erinnerten. Harmlose Geysire waren auf einer andern Postkarte abgebildet, kein Wort von einem unterirdischen Kratersee; daß sich auf Island Europas größter Gletscher befindet, davon nahm Past Kenntnis, als in den Nachrichten über einen unterirdischen Vulkanausbruch und eine Schmelzwasserflut berichtet wurde.

Nach den Daten auf dem Poststempel zu schließen, waren die Karten jeweils einige Tage vor der Eruption aufgegeben worden. Past fiel ein, bei ihrem Abschied hatte Max sein Feuerzeug aufschnappen lassen: Zündet man damit erloschene Vulkane an? Ein blechernes Souvenirfeuerzeug mit Edelweißschmuck.

Sie hatten in ihrem Abschiedsrausch philosophiert: Was, wenn das große Beben kommt? Da bewies Max seine Fähigkeit als Wissenschaftler: »Daß sich die Erde auftut und was an Städten verschluckt wird, ist gleichgültig«, entscheidend sei, ob der Spalt seinen Berechnungen recht gebe. Er hatte beigefügt: »In meiner Disziplin lassen sich Steine erweichen. Wenn das keine Vorschule für den Umgang mit Menschen ist.«

Ungläubig reagierte Past, als er eines Tages Max am Telefon hörte: »Nach bald vier Jahrzehnten.« Eine Stimme, die sich nicht verändert hatte. Max replizierte, Past solle sich nicht wundern, daß er eine französische Fischerkappe trage, die habe er nicht aus Frankreich, sondern aus Martinique, berühmt für den Mont Pelée und dessen Ausbruch. Er trage die Mütze wegen seiner Glatze, er behalte die Kopfbedeckung auch im Lokal auf, wo sie essen würden. Past müsse lediglich vorschlagen, wo. Er sei neugierig auf das, was Past treibe, seit der Affäre habe er kaum mehr etwas von ihm gehört, das Buch sei ein dicker Hund gewesen, darüber wolle er Genaueres erfahren, diese *Offenbarung auf Franken und Rappen* hätte ihm imponiert. Er selber habe einen Schmarren Geld verdient, indem er Multis bei der Standortwahl für erdbebensichere Anlagen beraten habe. Jetzt arbeite er für Hollywood, Abteilung Kollektivkatastrophen: »Ich habe genug von den Launen der Vulkane und den noch unzuverlässigeren Erdbeben. Ich will einmal dabeisein, wenn eine Katastrophe nach Drehbuch abläuft. Da habe ich an Zürich gedacht. So was Phantastisches hat es noch nie gegeben – zum Perplexwerden.«

Er führte sein Konzept im Hotelzimmer vor: eine Postkarte einscannen, Zürich aus der Vogelperspektive seeaufwärts mit Schneebergen im Hintergrund. »Schauen, wie die Landschaft als Aquarell wirkt, sie auf andere Stimmung testen, zum Beispiel mit Sturm, einmal Wind von rechts eingeben und einmal Wind von links.« Zurück zum Original. Er suchte unter »Werkzeug« nach dem Zeichenstift, bestimmte die Dicke und zeichnete auf jede der beiden Hügelketten, zwischen denen der See lag, eine Frauenbrust, so daß die bronzene Flamme eines Soldatendenkmals die Warze auf der einen Seite bildete und ein Fernsehturm die auf der andern. Er wechselte Farbe und Dicke. Er spitzte die zusammenlaufenden Uferenden zum Spickel eines Venusdreiecks, als Abfluß die Limmat, zwischen grüne Hügel gebettet. »Geburtsstadt, oder?« *Drag and drop.* Er importierte als zweite Ebene eine Reihe von Couches, wie sie in den Konsultationszimmern von Psychiatern zu finden sind (»in den Dunkelkammern für Seelen, wo Erlebtes zu Komplexen entwickelt wird und vergrößert«). Er legte die Couches als Brücken über die Limmat. Er brachte eine dritte Ebene mit Figuren ein, mit Seelenärzten, die Ausschau hielten. Max war unschlüssig, woran man ihre Profession erkennen sollte (»siebenhundertsiebenundsiebzig Zwerge hinterm Berge«); er skizzierte rote Zipfelmützen im Penislook, sie mißfielen ihm, worauf er radierte. Das faszinierte Past, so daß Max für ihn das Bild kopierte: »Man kann mit dem Radiergummi zeichnen, indem man im Leeren radiert, Figuren schaffen dank eines Werkzeugs, das normalerweise auslöscht.« Max ging zurück zum Original und holte aus der Bilddatenbank zwei Figuren, »die Schutzpatrone«; er ließ sie hinter der Bergkette hervorschauen, deren Grat er leicht verschmierte, um einen weichen Übergang zum alpinen Untergrund zu erzielen; dann köpfte er die beiden Schutzpatrone per Ausschnitt (»wie die Stadtheiligen, die nach der Enthauptung ihren Kopf in die Hände nahmen und den Weg wiesen zu der Stelle, wo sie bestattet werden wollten«); gleicherweise sollten auch die Seelenmeister den Kopf im Arm halten. Max war klar, was er darstellen wollte, doch war er sich noch nicht schlüssig, wie: »Die beiden enthaupten sich selbst und schnüffeln mit dem mobilen Kopf einer Frau unter den Rock und einem Mann in den Hosenschlitz.«

Max kam nicht mehr zu weiteren Varianten über die heilenden Geheilten. Auch nicht zu Einzelheiten über die

Kontinentalverschiebung, wie er sein Reisen nannte. Es war beim ersten Telefongespräch nicht klargeworden, ob Max von Fluglinien sprach oder von Grabenbrüchen, sein Unterwegssein war nach eigenen Worten ein Abdriften und die Gepäckausgabe in den Flughäfen ein Speischlund. Past erfuhr auch nicht mehr, weshalb es Max trotz seiner Tropenliebe nach Alaska verschlagen hatte (»Dauerfrost und keine Straßen«).

Der Kastenwagen hatte eine Planke der Autobahn durchstoßen und war auf eine Zufahrtsstraße gestürzt. Das Pressefoto hatte die Runde durch die Zeitungen gemacht: Max inmitten von Versatzstücken, aus dem Bauch quollen Kabel, in den Händen eine verbogene Mikrophonanlage, der Kopf auf einer Abdeckblende und zu Füßen die Synchronklappe mit einem unleserlich gewordenen Titel, von Blut verschmiert.

Als man Past die Leiche vorführte, hätte er nicht sagen können, ob das, was als versengtes Kadaverbündel auf dem Plastik lag, Max war oder nicht; er hatte zuerst auf den kahlen Kopf geschaut. Past schloß die Augen und wartete, bis etwas auflachte. Seine Auskunft war nicht mehr vonnöten. Es waren Gebißaufnahmen von Max' Zahnarzt aus Anchorage übermittelt worden. Die Tochter hatte per Fax alle Formalitäten erledigt für die Überführung des Sarges. Der Polizeibeamte überreichte Past gegen Quittung den gelben Briefumschlag, den sie im Hotelzimmer gefunden hatten. Es stehe darauf: »Für den Perplexen«, die Adresse sei die von Past, deswegen sei man auch wegen der Identifizierung an ihn gelangt. Im Briefumschlag eine Farbaufnahme: ein tiefblauer Pazifik, ein Palmenstrand, ein Atompilz, der in den wolkenlosen Himmel steigt. Auf der Rückseite hingekritzelt: »Ich war ein traditioneller Vulkanist.« Im Umschlag steckte ein mit einem Edelweiß geschmücktes Feuerzeug; es funktionierte nicht mehr.

An Max hatte Past gedacht, als er vor einigen Tagen oben an einem Schlund stand, nicht in einen Krater blickend, sondern in das Feuer einer städtischen Verbrennungsanlage. Er hatte ein Gelächter vernommen, das ihm wohlbekannt war und auf das er bei der Identifizierung der Leiche vergeblich gewartet hatte. Neben ihm war ein Stuhl hinuntergeworfen worden, der überschlug sich mehrmals; dabei brach ein Bein ab.

Auf dieser Rutschbahn würde seine Habe oder mindestens ein Teil davon den Weg abwärts in die Flammen gehen. Auch die Bananenschachtel mit dem Mandarinbuch war dafür vorgesehen. Zielte der Mandarin, der seinen Arm ausstreckte, gar nicht auf die blaugrünen Augen von Past? Suchte er, seinen Feuertod ahnend, im Leeren Halt, oder bettelte er um Hilfe?

Ob blaugrün oder nicht und über welche Sehschärfe auch immer er verfügte, für die Nahrungssuche, wie Past sie betrieb, war der Zustand seiner Augen gut genug, auch wenn er zusehends Mühe hatte, auf Dosen und Verpackungen das Verfalldatum zu lesen.

Wie er als Junge zum Einkaufen geschickt worden war, hatte es ihm die Kolonialwarenhandlung angetan. Da sein Land nie Kolonien besaß, hörte sich »kolonial« geheimnisvoll an. In den Kolonien lebten Heiden, weshalb man Missionare hinschickte, die dafür sorgten, daß die Ware, die von dort importiert wurde, getauft war; er hätte als Kind ungern auf den christlichen Zucker und den katholischen Kakao verzichtet.

Im Verlauf seines Lebens war Past zusehends auf Früchte gestoßen, von denen er einst angenommen hatte, daß sie nur an einheimischen Bäumen wuchsen. Nun aber kamen Äpfel aus Südafrika und Birnen aus Argentinien; die hielten sich nicht an die Jahreszeiten, wie er sie von Haus aus kannte. Er hatte gelernt, daß es nicht nur einen Winter gab, sondern auch einen Südwinter, der in Wirklichkeit auf der südlichen Halbkugel ein Sommer war.

Eines Tages waren Körbe mit Kiwi angeschrieben; bald danach erfuhr er, daß die Früchte, einst aus Neuseeland und Australien importiert, die schweizerische Niederlassung erhalten hatten; von nun an gehörten sie wie Aprikosen, Pfirsiche oder Trauben zur Einwanderungsnatur seines Landes. Sie gediehen im heimatlichen Klima wie die Kartoffel, die aus Südamerika über botanische Gärten auf die Äcker gelangte, ebenso wie der Mais aus der Neuen Welt oder die Tomate; diese ließ ihn schaudern, wie er als Kind hörte, sie sei ein Nachtschattengewächs, das war etwas, was Gnomen und Geister pflanzten, wenn möglich bei Vollmond.

Zu seiner Überraschung fand er eines Tages auf dem einheimischen Markt Früchte, die er zum ersten Mal auf einem andern Kontinent gegessen hatte und mit denen er bestimmte Menschen in Verbindung brachte:

Puy hatte ihn aufgeklärt, welche Mangos nicht fasrig sind, die Königsmango, und bei welchem Reifegrad man sie pflückt, damit sie bei Tisch das volle Aroma entfalten; niemand schnitt wie sie nah am flachen Kern vorbei und stülpte das Fruchtfleisch so appetitlich nach außen; die Früchte hatte sie im Garten hinter ihrem Elternhaus gepflückt, wo die Mangos, um sie vor Insekten zu schützen, jede einzelne in eine Tüte geschnürt, am Baum hingen. Fon hatte mit seinen Händchen nach den Früchten gegriffen. Wie er den Kleinen hochhielt, hatte Past sich zum ersten Mal als Vater gefühlt. Das hieß einem kleinen Wesen, für dessen Hilflosigkeit er verantwortlich war, den Weg abkürzen. Bei der Gelegenheit wollte ihm sein Fünfjähriger auch etwas beibringen: Wie man zum Ausruhen sich hinkauert; nichts strengte Past so sehr an, wie in die Hocke zu gehen und in dieser Warteposition zu verharren.

Und niemand wie Gil leckte mit geiler Zunge den Saft,

der ihm aus dem Mund lief, wenn er in ein Stück Papaya biß, die in seinem Land Mamao hieß. Keiner spuckte die Samen so kunstvoll und gezielt zur Seite, ob sitzend oder im Gehen, ohne daß sein T-Shirt Gerbflecken abkriegte, die sich kaum mehr auswaschen ließen. Er behauptete, er könne um die Ecke spucken, nur habe er bis jetzt nicht die passende Ecke gefunden.

Da Past als Single die Einkäufe selber besorgte, deckte er sich aus purer Bequemlichkeit in einem Supermarkt ein. Für diese Nahrungssuche genügte es, mit einem Einkaufskorb oder einem Wägelchen ausgerüstet, an Regalen vorbei Abteilung um Abteilung abzuschreiten. Er brauchte weder nach Wurzeln zu graben noch auf Bäume zu klettern; wenn er sich auf die Zehen stellte, dann nur, weil die billigere Ware gewöhnlich in den oberen Regalen lag.

Und dennoch hatte Past dem Nahrungssucher in sich Tribut gezollt, zur Genüge, wie er meinte.

Past war auf klassische Nahrungssuche gegangen, nicht weil Lydia für Pilze schwärmte, sondern weil sie von einem versteckten Ort munkelte, mitten im Wald und im Dunkel, in der Nähe der Ruine einer Strauchritterburg. Sie waren mit der Straßenbahn bis zur Endstation gefahren. Bis zum Zoologischen Garten. Aber sie ließen Gehege und Käfige rechts liegen. Das Brüllen kam eindeutig von einem Löwen, aber sonst? War dies der Schrei eines Kakadus oder der Laut eines Affen? Grunzte etwas Einheimisches oder etwas Exotisches?

Past war Lydia ohne Zögern in den Wald gefolgt, weg von den Spazierwegen. Den schwarzen Hund, der ihnen nachschlich, verjagte sie, indem sie dreimal das Kreuz schlug. Sie zwängten sich durch Büsche und drangen in eine Lichtung vor. Dort wuchsen Pilze in einem Ring. Lydia stellte sich in die Mitte. Past wischte ihr Tannennadeln aus dem Haar und ließ die Hand auf ihrem Busen ruhen, als es nichts mehr zu wischen gab. Sie stieß ihn aus dem Ring, dabei fiel seine Brille zu Boden. Sie begann den Kreis abzutanzen; sie pflückte Pilze, während er auf dem Waldboden herumkroch und die Brille suchte; als er sie fand, war der Platz leer geerntet. Er schlug hinter einem der nächsten Stämme sein Wasser ab. Da entdeckte er einen einzelnen hochgewachsenen Pilz: einen abgeflachten scharlachroten Hut mit gelben Warzen und einer weißlichen Manschette. Er hielt ihn Lydia triumphierend vors Gesicht, sie schlug ihm den Fliegenpilz aus der Hand: »Einer der giftigsten.« Past hob ihn vom Boden auf: »Meiner ist schöner als all die deinen« – in der Erinnerung fragte er: Gilt auch bei Pilzen, daß Schönes tödlich ist?

Woher sie den Topf nahm, war ihm bis heute nicht klar, sie hatte zwar einen Sportsack geschultert, daraus mochte sie das Körbchen hervorgeholt haben; daß in der Tasche ein Kesselchen sein konnte, wunderte ihn schon mehr; ihm war, als hätte sie dieses von einem Ast abgehängt; erst recht fragte er sich, wo sie das Wasser für ihre Suppe herhatte. Sie bat Past, Brennbares zu suchen; er hätte geschworen, daß sie das Feuer nicht mit einem Streichholz entfachte, sondern mit einem Spruch. Dazu schwang sie eine Holzkelle, mit einem Ziegenbock-Kopf als Griff; mit ihm rührte sie in der Luft, als müsse sie diese zum Kochen bringen und nicht die Suppe, dann holte sie einen Löffel aus der Bluse; dafür knöpfte sie diese auf. Past sah ihre Brüste, verschüttete den ersten Löffel Pilzsuppe, mampfte drauflos, bis ihm der Löffel in die Pilzbrühe fiel und er mit offnen Händen nach den Brüsten langte.

Bald nach ihrem Jugendabenteuer war Lydia weggezogen. Einige vermuteten, sie sei in ein Sanatorium eingeliefert worden; andere meinten, sie sei von zu Hause weggelaufen. Einmal hörte Past, man habe ihr Bild in der Zeitung gesehen, weil sie ihren Gatten vergiftete, andere wußten, daß sie dank ihrem Büstenhalter (Übergröße) eine Schmugglerin von internationalem Renommee geworden sei. Und dann, wiederum aus bester Quelle: Sie sei Kindergärtnerin geworden. Oder stimmte es vielleicht doch, daß sie hinter einer Theke stand und Hanfbier ausschenkte, als Lebensgefährtin eines der Jungbauern, die in der Schweiz den Hanfanbau wieder einführten.

Wann immer Past ein Pilzgericht aß, spürte er ihre Gegenwart. Nicht nur, daß er sich von ihr beobachtet fühlte; sie erschien, um sich beim ersten Bissen in Luft aufzulösen; aber sie konnte ebensogut in ihrem knöchellangen Strickkleid eine Einlage bieten, lüstern flüsternd:

Lehn dich zurück, nimm's gelassen und heb ab, was kümmert dich das Kümmern, es gibt andere Plätze als unseren Ring im Wald, weiter weg als alles, wo du je warst, komm mit, dorthin, wo schon alles geschah, du schwebst, in zehn Minuten hast du gelebt wie sonst in zehn Tagen nicht. Sie zauberte aus ihrem Ärmel ein Endlosband von Rezepten für Orangenherz, Pfirsich und andere Pharmaka. Sie führte einen langsamen Tanz vor zwischen Destillationskolben und Kakteen im Scheinwerferlicht von Bunsenbrennern; ihre Schritte folgten Notenblättern voll von

Fünf- und Sechsecken, als würden nicht Musikinstrumente aufspielen, sondern chemische Formeln den Rhythmus bestimmen; sie begleitete ihr Stampfen mit Ausrufen NH_2, Me, HO oder CH_3. Sie streute Pulverschnee; es wuchsen Mohnblumen; sie pflückte Gras; sie trug eine Garbe Roggen voller Mutterkorn im Arm, in ihrer Rassel hüpften Muskatnüsse.

Nie hatte Past von dem erzählt, was sich auf der Tanzstätte der Schwammgeister abspielte und wie nicht nur seine Augen mitgemacht hatten. Warum sollte er ausgerechnet einem Chinesen, den er gar nicht weiter kannte, davon berichten.

Mit Ruth verhielt sich das anders. Begleitete er sie beim Einkaufen, fühlte sich in ihm der Ururvorfahre angesprochen, der vom Hangeln auf Steppenlauf umgestellt hatte, der nicht mehr mit Herde und Saatgut unterwegs sein mochte und der sich nicht länger mit Windschirmen und Rutengeflecht als Wetterschutz zufriedengab, der sich an den Bau von Behausungen machte und dessen Frau und Kinder Knospen und Blüten nach Hause brachten. Genau wie Ruth. Nur daß Past nicht damit rechnen mußte, mit ihr im Reformhaus einer Wildkatze oder einem Wollnashorn zu begegnen, und daß sie mit ihrer Sammelbeute eine Kasse zu passieren hatten, bevor sie in die freie Natur eines Zürcher Außenviertels traten.

Er hatte mit ihr einen Frühling durchlebt, in dem der Löwenzahn zu neuem Leben erwacht war. Sonntage mit Sauerampfer und Bärlauch. Sie hatten mit Hagebuttentee auf ihren Geburtstag angestoßen. Past beging eine neue Art von Untreue. Nicht indem er mit einer andern Frau schlief, dazu hatte er keinen Grund, im Gegenteil, er phantasierte Ruth oft herbei, wenn er später bei andern Frauen lag; er beging Verrat, indem er sich in ein Restaurant schlich und Fleisch aß statt das Tofu, das zu Hause auf ihn wartete.

Stellte Ruth ein Fünfkornbrot auf den Tisch oder kochte sie Naturreis, scherzte Past: Wer wohl auf den genialen

Einfall gekommen sei, aus Gras Getreide zu züchten? Überhaupt: »Der Apfel im Paradies war bestimmt ein Wildapfel, ein saures Ding, in das Adam biß, deswegen machte er sich nach der Vertreibung aus dem Garten Eden daran, Früchte zu veredeln.«

Ob er bei den Äpfeln lieber das Pestizid Dichlofluanid möge oder das seltenere Akarizid Fenson, antwortete Ruth. Sie hatte sich mit Broschüren eingedeckt: »Sehen tust du es nicht. Und wenn du es spürst, ist es zu spät. Willst du ein Kalbsschnitzel, du verträgst doch Penicillin, oder? Magst du lieber noch ein wenig Phosphat? Das wirkt auf Eiweiß lösend, dispergierend, peptisierend und quellend. Keine Sorge, Schellack und Paraffine sind nicht mehr akzeptabel. Nur damit du es weißt, in deinem Aperitif ist Amaranth, etwas, das in den USA seit Jahren verboten ist. Prost. Hübsch gelb der Vanillepudding. Oder hast du etwas gegen den Farbstoff Tartrazin? Du bist doch nicht Asthmatiker, und was würdest du mit deinen Katern ohne Aspirin machen? Hast du ausreichend Ballaststoffe zu dir genommen? Soll ich Weizenkleie nachlegen? Ich hoffe, du hast an deine Spurenelemente gedacht: Gib uns unser tägliches Jod und unser tägliches Magnesium.«

Das war zu der Zeit, als ihn eine Seuche wie die Schweinepest irritierte. Er realisierte, was für verquere Vorstellungen er pflegte: Pest sei etwas, was Menschen vorbehalten ist. Seine erste Pestassoziation galt Rochus, der am Oberschenkel seine Beule zeigte. Past hatte sich mit dem Pestheiligen befaßt, als er vorübergehend in der Abteilung »Heroen und Nothelfer« arbeitete. Damals hatte er wegen der Pestdenkmäler einen Abstecher in die bünderischen

Alpen unternommen. Rätoromanische Volksschullehrer (die Gruppe »Surselvisch«, nicht die Gruppe »Vallader«) hatten protestiert, weil ihr Landesteil systematisch übergangen werde, man wolle wenigstens als Opfer des »großen Sterbens« berücksichtigt werden. Also machte sich Past an das, was man intern die »kleine Geißelfahrt« nannte. Er stieg bis in Alpendörfer hinauf, die noch vor nicht allzu langer Zeit bei Schneefall von der Außenwelt abgeschnitten waren, so daß die Leichen zu Hause überwinterten, bis sie nach der Schneeschmelze im Gottesacker der Kirche beigesetzt wurden, welche das Bestattungsrecht der Talschaft besaß.

Nicht, daß er Bedeutendes an Pestdenkmälern ausfindig gemacht hätte; aber erstaunlich, daß der Soldatenmärtyrer Sebastian, als junger Herzog ausgestattet, das Bündel Pfeile in der Hand hielt, mit denen auf andern Darstellungen sein nackter Körper gespickt war. Past brachte eine Sammlung von Trostliedern zurück, »Consulaziun«. Nicht minder wichtig war, im Sinne einer ökumenischen Demokratisierung der Gottesstrafen, neben die Nothelfer Rochus und Sebastian »den christenlich gsang« von Huldrych Zwingli zu stellen. Als der Zürcher Reformator »mit pestilenz angegriffen ward«, schrieb er: »ich mein, der Tod/sey an der thür«, und ebenso war die Schrift von Martin Luther zu berücksichtigen, »wie/und wohyn ein Christ die grusamen plaag der Pestilenz fliehen soll« und ob man überhaupt »vor dem Tod fliehen soll«.

Als Rinder das Gleichgewicht verloren, zu Boden stürzten, aus ihren Mäulern schäumten, scharrten, nicht mehr aus eigner Kraft hochkamen und vor Wahnsinn sich in den

Tod brüllten, waggonweise verladen, geschlachtet und verbrannt wurden oder illegal exportiert, irritierte dies Past weniger. Anscheinend ging die Anpassung der domestizierten Tiere an die Menschen so weit, daß sie anfingen, ebenfalls wahnsinnig zu werden.

Ruth hätte ihm für einmal sicher zugestimmt. Sie hatten noch erlebt, wie ein Atomregen aus der Ukraine in der südlichen Schweiz auf den Salat fiel, was als Verletzung von Neutralität angeprangert wurde. Bevölkerung und Regierung hatten mit Unmut zur Kenntnis genommen, daß verseuchte Wolken sich an keine nationale oder ideologische Grenze halten und den Boden verstrahlen, gerade wie es den Winden gefällt.

Wenn Past Ruth in die Arme schloß, wurde mit der ersten Berührung die Frage obsolet, ob Fleischkonsum aggressiv mache. Die Küsse wurden nicht nach Vitaminstößen gewertet. Das Cholesterin gehörte zu einer Welt, die sie hinter sich gelassen hatten. Was dem Stoffwechsel dienlich war und ob der Kreislauf strapaziert wurde oder nicht, war ihnen egal.

Past verstand noch lange nicht, wie unwillig er sich angestellt hatte. Er war über sechzig und hätte doch Verständnis aufbringen können. Natürlich nervte es ihn, wenn Ruth nicht Gäste, sondern jugendliche Gläubige einlud, so daß sich das Tischgespräch wie ein Tischgebet ausnahm. Mit einem offenen Ohr für Körperwind, Galle und Schleim oder für Vatta, Pitta und Kapha, wie die Anhänger der ayurwedischen Küche sagten, hätte er sogar für seine Tätigkeit in der Stiftung profitieren können. Es hätte ihn gleichgültig lassen können, ob die Dattel wie die Feige zu den heiligen Früchten gezählt wird oder nicht. Warum nicht zur Verdauung Kardamonsamen kauen. Aber nein, er mußte sich blamieren, er wußte nicht einmal, daß Rajas im Sinn von »Inspiration« und »Aktivität« gebraucht wurde, er hatte sich das Wort gemerkt, weil es auch »Trauer« bedeutet.

Die Hemden und die Unterwäsche, die er nach seinem abrupten Auszug bei ihr gelassen hatte, benutzte er als Vorwand, um Ruth wiederzusehen. Er hatte sich zurechtgelegt, wie er sein Vorgehen rechtfertigen wolle. Bevor er zu stottern begann, schenkte ihm Ruth ein handgroßes Stück Schiefer mit eigenartigen Einritzungen in rhythmischer Abfolge: Rollmarken, wie sie erklärte, von Fischwirbeln, ein Petrefakt aus ihrer Brust, in der Versteinertes an Früheres erinnere. Dann gab sie ihm einen Rajas-Kuß.

Das Schieferstück kam aus einem Steinbruch. Ruth stammte aus einer Familie, die seit Jahrhunderten Schiefer abbaute; in diesem Gestein fanden sich Fossilien. Eine Wand in der elterlichen Stube war mit einer Schiefertafel bekleidet, wie sie Past aus der frühen Schulzeit kannte; auf einer solchen hatte er seine ersten Buchstaben hingekritzelt, und an einer solchen hatte er gelernt, Zahlen zu schreiben, auf die große Wandtafel hatte er einmal ein Männchen mit langer Nase und langem Pimpelchen gezeichnet, doch der Lehrer war lediglich mit dem Schwamm darübergefahren und hatte nicht nach dem Schuldigen gefragt. Geblieben war Past als Erinnerung das Quietschgeräusch einer Kreide und der Moment, als sie brach.

Die große Schiefertafel in der Arvenstube war von kleineren Schreibtafeln umrahmt, wie sie den Jassern dienten, um die Ergebnisse des Kartenspiels zu notieren. An der Gegenwand drei Federskizzen vom Emser Bergsturz »nach Augenzeugen«: Der erste Rutsch schüttete den Steinbruch zu, dann der Auflauf all der Neugierigen, die sich das Spektakel nicht entgehen lassen wollten, in dem Moment der Hauptsturz, der Schaulustige erschlug, zudeckte oder durch die Luft wirbeln ließ. Eine Profilzeichnung informierte über den Luftsprung und die Brandung der abgestürzten Felsmassen: »All das hervorgerufen durch nichtfachgerechten Abbau«, wie Ruth sagte. Eine Liste hinter Glas orientierte über schweizerische Bergstürze mit der jeweiligen Zahl der Toten und der Millionen Quadratmeter abgestürzten Gesteins, eine Katastrophengeographie. Die Aufnahme von einem Gedenkstein, einer Kinderstatue, erinnerte an das Heim »Sunnehüsli«, das Opfer eines Bergsturzes. Unter dem Bild einer Abbruchnische, neben dem Naturdenkmal eines Bergsturzblocks im Rhein, der Vers eines lokalen Dichters: »Grasvernarbte Wunden und waldbewachsne Trümmerhügel.«

Es war zum Streit gekommen, als Ruths älterer Bruder auf der Schiefertafel eine Schneekanone skizzierte, er, diplomierter Geologe und Aktienbesitzer von Bergbahnen und Skiliften, war in einem prominenten Wintersportort für die Schneesicherheit zuständig: »Zum Leitbild der Schweizer Alpen gehören Weihnachtsgäste und die Sicherstellung der Talabfahrt.« Er explizierte, daß es zwei Typen gebe für maschinelle Schneeproduktion, Hochdruck oder Niederdruck; er sprach sich für Propellerkanonen aus, und zwar für solche auf Schlitten: »Falls nichts vom Himmel fällt, hilft man Petrus, dem Chefmeteorologen, bei der

Beschneiung nach. Der Mann am Wetterschaltbrett des Himmels kümmert sich um eine Temperatur unterm Gefrierpunkt, den Rest besorgen wir: Wasser und Luftdruck, Zapfstelle und Gebläse.« Ruth war empört. Ihr Bruder verteidigte sich: »Kein Zusatzstoff. Wir beschneien nur die Piste. Daneben bleibt es grün, wie das Wetter es plant. Was sollen wir tun, wenn die Winter nicht mehr sind wie früher? Zugegeben, der Maschinenlärm der Schnee-Erzeuger ist unvermeidlich, aber in gehöriger Distanz rieselt der Schnee immer noch leise – sofern welcher fällt.«

Past war mit Ruth in das Glarner Alpental ihrer Kindheit gefahren, nach Engi, wo man als touristische Attraktion ein Schulhaus aus dem letzten Jahrhundert zeigte; sie hatten in Matt übernachtet wegen der Schybefleuge, einem Fasnachtsbrauch, bei dem die Dorfbuben brennende Holzscheiben in die winterliche Nachtluft warfen, die Sonne beschwörend, mit ihrem Licht zurückzukehren.

Als er Ruth zufällig wieder einmal traf, fühlte er sich ertappt. Er hatte an einem Schnellimbiß im Hauptbahnhof Würstchen gegessen und den Pappteller mit dem Brotrest in den Abfallkorb geworfen. Da sah er, wie eine Frau von Abfallkorb zu Abfallkorb ging, darin wühlte, etwas herausfischte und es in einer Tüte verstaute. Der Kleidung nach konnte es kaum eine Bettlerin sein; sie holte aus den Abfallkörben Brot und strich den Senf am Eimerrand weg. Past ließ seinen Zug abfahren und folgte ihr, von der Bahnhofshalle hinüber zum Park, versteckte sich einen Moment hinter Japanern, welche die Burg des Landesmuseums fotografierten; von dort ging er Ruth nach bis zum Landesteg am Limmatufer. Sie fütterte Schwäne und Enten; es hatte nicht genügend Fresser; so trieben Brotreste den Fluß hinunter, als sie ihre Tüten ins Wasser ausleerte. Als sich Past näherte, sagte sie einen Satz, den er von seiner Mutter her kannte: »Man wirft kein Brot weg.«

Es hätte ihn nicht überrascht, wenn sie sich umgedreht und ihm eine Dotterblume unters Kinn gehalten hätte, so daß sich aufs Gesicht ein gelber Schimmer legte, ein Goldjunge, den sie bleich küßte. Oder wenn sie ihn mit einem versamten Löwenzahn in der Hand nach »Tag oder Nacht« gefragt hätte; bei »Tag« hätte sie ihm die Samen ins Gesicht geblasen, weil man kein Lampenlicht mehr benötigt, und bei »Nacht« hätte sie erst recht die Samen weggepustet, weil man zum Schlafen das Licht löscht. Er sah sie mitten in einer Wiese, kniehoch der Kerbel, er hatte in einem Sumpf ein Huflattichblatt gepflückt und, indem er ein Zündholz zum Schließen benutzte, einen Trichterhut geformt; der abgebrochene Stengel ragte als Antenne in die Luft, worauf Ruth einen Stern erfand, von dem sie als Außerirdische zu Past ins Jammertal herabgestiegen war.

Sie trug das Haar noch immer nach hinten gekämmt, doch es fielen ihr Strähnen ins Gesicht; als Past ihr diese zur Seite strich, erschrak er. Sie habe sich eine Infektion geholt, in Afrika, dort war sie für eine Hilfsorganisation tätig, besorgte das Administrative beim Einrichten eines Sodbrunnens, aber dann – versonnen zeigte sie auf das vernarbte Gesicht, sie wandte sich ab, drehte sich noch einmal zu ihm: Sie sei schwer erreichbar, genaugenommen überhaupt nicht mehr. In dem Augenblick fiel ihm eine Tulpe ein. Er wußte von Ruth: Die Tulpe ist die einzige Schnittblume, die, obwohl todgeweiht, in der Vase weiterwächst.

Was für präzise Erinnerungen der Mandarin mit seiner Neugierde auslöste, im einzelnen und über Jahrzehnte springend – ob seine Frage auf anderes zielte als auf die Augenfarbe?

Wenn seine Augen kaum ideal waren für das Beschaffen von Nahrung, hatte das nichts mit ihrer Farbe zu tun. Nun hatte Past nie zu denen gehört, die in aller Herrgottsfrühe auf gut Glück loszogen, um Eßbares zu finden.

Past war andererseits ein zu aufgeklärter Zeitgenosse, als daß er nicht über die Nahrungssuche der andern unterrichtet gewesen wäre. Ausführlich und anschaulich, seitdem es Fernsehen gab, das eines Tages rund um die Uhr zu laufen begann. Kaum mehr ein Hotelzimmer, in dem er nicht einen Apparat vorfand, der oft oben an der Wand in einer Ecke angebracht war; er lieferte auch mit dem Erwachsenenkanal fürs Pay-TV das Pornoprogramm.

Wie deformiert ein ausgehungerter Körper sein kann, hatte Past zuerst auf dem Bildschirm gesehen: wie Bäuche, in denen nichts drin ist, anschwellen, wie Knochen, nur von Haut überzogen, den Körper verrenken, wie in riesig erscheinenden Köpfen glanzlose Augen in Höhlen versinken.

Wann immer die Umstände es erlaubten und wo immer er sich aufhielt, schaltete Past am Abend den Fernseher für die News an, gewöhnlich vor oder nach dem Essen; falls die Zeit knapp wurde, setzte er sich mit einem Sandwich oder einem vollen Teller davor, die Kenntnisnahme der Neuigkeiten ließ sich mit Nägelschneiden kombinieren oder mit dem Abtrocknen nach der Dusche, mit dem flüchtigen

Durchblättern von Korrespondenz, Zeitungen und Zeitschriften, oder aber er lümmelte sich einfach hin. Schon lange war er nicht mehr so oft und so lange vor dem Bildschirm gesessen und gar tagsüber wie jetzt, da er am Liquidieren war, zu keiner Büropräsenz mehr verpflichtet.

Was die Nahrungssuche betraf, hatte er in den vergangenen Wochen zwischen Nachrichten wie Entführungen, Milchpreis, Friedensofferten, Ölpest oder Wahlen einiges vernommen:

Opfer der Dürre dringen in Städte ein, wo sie Lebensmittelgeschäfte plündern. Ein Konvoi mit Hilfsgütern unterwegs zum Katastrophengebiet. Diesmal geht es um Opfer einer Überschwemmung. Beim Verteilen von Reis und Trockenmilch eine Frau zu Tode getrampelt. Lastwagen mit Hilfsgütern von Rebellen gestoppt. Warenladungen verschwunden und auf dem Schwarzmarkt aufgetaucht. Vertriebene, die auf keine Nahrungssuche gehen, weil in ein Lager gesperrt, Gesichter, die durch ein Maschendrahtgitter auf eine Straße stieren. Und der Kameramann, der versiert rangeht: in Großaufnahme ein ausgebleichter Rinderschädel am Straßenrand, aus den Augenhöhlen kriechen Ameisen; der Schwenk zu einem Kleinkind im Arm einer Mutter, mit dem Zoom den Fleischlappen einer Brust herangeholt; gegenüber ein Mann, der einen zweiten buckelt und zusammenbricht, weder Träger noch Last erheben sich, die Kamera entläßt die beiden von hinten und öffnet das Bild auf eine endlose Öde; Schnitt auf einen Alten vor einer zerschossenen Hausmauer, in der ausgemergelten Hand ein Napf, weder Lust noch Kraft, ihn hochzuhalten für den Hirsebrei, der ausgeteilt wird.

Einiges von dem, was Past zuerst per Bildschirm zur Kenntnis genommen hatte, wurde später, und sei es aus bloßem Zufall, unvermittelte Erfahrung: Was sich als eine erste Begegnung mit Wirklichkeit ausnahm, erlebte er als Déjà-vu.

Die Hauptstraße zum Flughafen war wegen Bauarbeiten gesperrt; die Umleitung führte in eine Zone am Stadtrand, nicht allzuweit weg von einem Hindutempel. An dessen Eingangstor hatte Past den dunkelblauen Welttänzer ausgemacht, auf einer Schlange ruhend und von der zukünftigen Welt träumend, als Frauenheld die Hände an den Kugelbusen seiner Gemahlinnen und bei der Quirlung des Milchmeers als Frau Dämonen den Kopf verdrehend.

Das Taxi mußte wegen eines Lastwagens stoppen. Der Chauffeur stieg fluchend aus und stieß den Krüppel, der mit seiner Krücke an die Wagenscheibe hämmerte, in den Straßengraben, wo der sich an ein Gebüsch klammerte. Hügelhoch türmte sich die Deponie. Frauen und Kinder wühlten im Abfall, von Hand und mit Stecken, sie kraxelten empor und versanken knietief. Sie stritten, wenn einer im Dreck Eßbares entdeckte. Am Fuß des Haufens ein schleimig schimmliger Rinnstein. Sie sortierten das Zeug, trennten Blech und Karton. Ein Rudel Buben lief grölend dem Wagen der Müllabfuhr entgegen; als der Laster das Tempo verlangsamte, hängten sie sich daran, fuhren auf dem Trittbrett mit, kletterten hinauf, begannen den Haufen zu durchsuchen. Als die Ladefläche kippte, purzelten sie auf die Deponie, als wären sie Teil des Abfalls, aus dem heraus sie an die Sonne krochen. Geier über dem Müllhügel. Ein drohendes Flattern, wenn sie aufgescheucht wurden.

Das Aas, das einer beim Davonfliegen verlor, platschte auf einen Kanister. Pfeifend kämpften Ratten um ihren Freßplatz, und die, die sich nicht rechtzeitig im Dreckhaufen verkrochen, quietschten, wenn sie totgetreten wurden. Ein Hund riß einem andern einen Knochen weg, den ihm wiederum ein Mann mit einem Knüppel abjagte. Am Straßenrand plärrende Kleinkinder, eines in einer Kartonschachtel neben einem Schubkarren abgelegt. In regelmäßigen Abständen der Donner von Düsenflugzeugen im Sinkflug. Ein Blinder lobte im Singsang den Schöpfer und bat um eine Gabe vom Abfall. Säuerlich die Luft von Exkrementen und Urin. Feucht der Gestank und gasig. Bläuliche Flämmchen geisterten über die Deponie. Rauch vor einem verdreckten Himmel, ein Windstoß, der die Augen reizte, bis sie tränten, ein Brennen, an dem er in letzter Zeit häufig litt, aber aus andern Gründen.

Andererseits war Past aufgeklärt genug, um zu wissen, was für Konsequenzen Übergewicht hat. Schließlich stammte er aus einem Land in jenem Teil der Welt, der jahrzehntelang die Erste genannt wurde, ein Land, das in der Statistik der Durchschnittseinkommen als eines der reichsten aufgeführt wurde. Zu seinen Anschaffungen gehörten mehr als eine Personenwaage, zwar benutzte er sie nicht regelmäßig, und er hatte die erste auch nicht gleich ersetzt, als sie kein Gewicht mehr anzeigte; er hatte sich Diäten fürs Abnehmen erklären lassen und sich danach erkundigt, wie sich Fett abbaut. Bei seinem Großaufräumen hatte er Kleider im Schrank gefunden, die er aufbewahrt hatte, weil er hoffte, daß sie ihm eines Tages wieder passen würden – eine Selbsttäuschung, die hinfällig geworden war, wenn er an die Kleidersäcke dachte, die neben der Truhe an einer Bananenschachtel lehnten. Keine der Organisationen, bei denen Past angerufen hatte, plante eine Sammelaktion. Also würde er die Säcke der Müllabfuhr mitgeben. Anders als jene Säcke, die er an früheren Sammeltagen, nicht nur fürs Rote Kreuz, auf die Straße stellte: Hemden und Hosen, ihm zu klein geworden, wurden in der ganzen Welt getragen, im Süden Mexikos von rebellierenden Indios so gut wie in Eritrea von Vertriebenen, seine gesteppte Sportjacke hatte er für zentralasiatische Bergbewohner abgegeben (»Hirten wie du und ich«), und wenn er sich nicht irrte, waren der Mantel und die Pullover, die er zuvor noch in die chemische Reinigung gebracht hatte, für Exjugoslawien bestimmt.

Da er die Katze von Miss Loyleen betreute, wenn die längere Zeit wegen ihrer Stiftungstätigkeit verreist war, hatte Past auch eine weitere zeitgemäße Erfahrung gemacht, indem er sich im Supermarkt bei der Abteilung »unsere Lieblinge« umsah, wo es nicht nur Katzennahrung gab, sondern auch Knabberstengel für Kanarienvögel, Beißknebel für Hunde oder Karottenkuchen für Kaninchen. Dort hatte er geprüft, was für den Kater »gesund und abwechslungsreich« ist, was den Glanz seines Felles steigert, ob Huhn oder Rind, ob Ragout, Bouletten, Gelee – oder war vielleicht doch eher ein Fischleckerbissen dem »kleinen Feinschmecker« willkommen. Hier waren Flohhalsband und Katzenstreu zu haben (»saugfähig und geruchbindend«). Past hatte sich überlegt, ob er für den Zeitvertreib eine Maus erstehen soll, die quietscht, wenn der Kater zubeißt und die Krallen in sie schlägt, »lustig, fast echt«, wie die Verkäuferin meinte.

Daß seine Augen nicht perfekt waren fürs Sammeln, hatte er herausgefunden, als er in einem Sommer bei einer Tante auf dem Land Schulferien verbrachte. Er war mit einem Cousin ausgeschickt worden, Himbeeren zu sammeln. Obwohl der andere ständig Beeren in den Mund schob, füllte er sein Kesselchen. Past fand nicht mal welche zum Naschen. Er sah die roten Beeren nicht, obwohl sein Cousin »da« und »weiter oben« und »gleich neben dir« rief. Sein Cousin war überzeugt, daß Past faul ist; zu Hause einigten sich die Verwandten darauf, daß Städter dumm sind. Deswegen hatte Past den Namen seines Cousins auf einen nicht benutzten Grabstein gekritzelt.

Damals hatte er gemerkt, daß seine Augen Mühe hatten mit Rot und Grün, vor allem, wenn die Farben aufeinandertrafen. Jede für sich waren sie leichter auszumachen. Er vermochte durchaus rote Fahnen von grünen zu unterscheiden. Glücklicherweise waren Verkehrsampeln rücksichtsvoll mit »Stop« und »Geh«: Oben Rot und unten Grün, das Männchen mit zwei steifen Beinen warnte, das grüne mit geknicktem Knie half über den Fußgängerüberweg.

Past hätte Schwierigkeiten gehabt, seinen Defekt zu erklären. Leute, der Farbbenennung mächtig, meinten, er sehe grau in schwarz. Es war vielmehr so, daß ihm die Worte fehlten für das, was er sah. Doch das war auch sonst der Fall. Das Manko hatte nicht nur mit Farbbezeichnungen zu tun. Fraglich, ob der Mandarin begriffen hätte, was Past meinte, wenn er von sich als einem anomalen Trichromaten gesprochen hätte.

Trotz seiner Sehschwäche war Past zum Sammeln eingesetzt worden, für Aktionen, bei denen das Auge nicht ausschlaggebend war. Er sammelte als Schüler Altpapier für ein Tierheim. Er war während der Kriegswinter (»schulfreie Tage«) mit einer Spendenbüchse unterwegs gewesen (»Soldatenweihnacht, für die, die in kalten Nächten an der Grenze stehen und für die die Mädchen Socken und Handschuhe stricken«); er versperrte Passanten den Weg, wurde beiseite geschubst, tat Hemdenknöpfe in seine leere Büchse, das klimperte und animierte. Er hatte auch für die Berghilfe geklimpert und für Blindenhunde.

Als er zum ersten Mal eine Steelband erlebte, begeisterte ihn weniger die Faßtrommel als die mit Perlenschnüren geschmückte Kalebasse; er erkannte in ihr ein brüderliches Instrument seiner einstigen Sammelbüchse. Ob der Schwarze bettelte oder Musik machte? Vielleicht tat er beides, er bettelte mit Musik für seine Vorfahren. Die Spende mochte darin bestehen, daß man seinen Körper einem Rhythmus hingab, den jene bestimmten, deren Körper versklavt worden war; die Sklaven von einst ließen die Nachkommen der Herren tanzen.

Er, der als Schüler Abzeichen für die Erhaltung eines Moors verkaufte, das er nie gesehen hatte, kaufte eines Tages Abzeichen für Rheumabäder, von denen er hoffte, sie nie benutzen zu müssen. Die Post stand im Sammeldienst; seine Briefkästen füllten sich mit Wurfsendungen: Der Einzahlungsschein für den Schutz der Wale löste den für ein Sterbehaus Aidskranker ab, Broschüren gegen Gentechnik baten um Unterstützung, ein Flugblatt der Sporthilfe neben einem mit der Kontonummer für Lawinenopfer, immer wiederkehrend die ausgestreckte Hand von Flüchtlingen, einmal für die in Asien und einmal für die in Afrika, dann für die in Zentralamerika und in jüngster Zeit vermehrt für solche in Osteuropa.

Past lebte nach wie vor in einer Gesellschaft von Sammlern. So wie sich die politischen Besitzverhältnisse ausnahmen, würde die Sammlergesellschaft auch im nächsten Jahrtausend sammeln: lieber lindern als ändern. Past fragte sich lediglich: Wird der Katalog der Hilfen anders aussehen, was für Notrufe treten an die Stelle derer, die obsolet geworden sind?

Auch Unterschriften hatte Past gesammelt. Zum ersten Mal für die Gratisbenutzung einer Schülerbibliothek. Als Student gegen den Putsch der Kommunisten in der Tschechoslowakei, für den Beitritt seines Landes zum Europarat und für die Entwicklungshilfe. Er hätte kaum auflisten können, wofür alles er in den sechziger und noch in den siebziger Jahren seine Unterschrift auf Bogen gesetzt hatte, ob mit Nutzen oder nicht. Er hätte ebensowenig angeben können, ab wann er es aufgegeben hatte, zu unterschreiben, ohne daß er am Ernst der Sache selbst gezweifelt hätte.

Past, überzeugt, kein Sammler zu sein, staunte beim Aufräumen und Liquidieren seiner Wohnung. Es gab ein Sammelgut, weil er nicht den Mut zum Wegwerfen aufbrachte. Allein schon, wenn er an die Brillengestelle dachte, die sich so zusammengeläppert hatten. Daß er diese nicht früher weggeworfen hatte, nahm sich aus wie ein Beweis der Treue zu seinen blaugrünen Augen, nun aber war auch für all die Gestelle die Stunde der Abfuhr gekommen.

Auf unerwartete Weise erkannte er sich als Sohn einer Sammlergesellschaft. Als er den ersten Personal Computer gekriegt hatte, traf er, die Tasche geschultert, auf dem Weg ins Büro seinen einstigen Naturkundelehrer, den »Kundler«, wie sie ihn nannten. Past wunderte sich, daß der noch lebte; er mußte sich ins Bewußtsein rufen, daß dieser nur zehn Jahre älter als seine damaligen Schüler gewesen war. Auch der Kundler hatte etwas geschultert, seine Botanisierbüchse, die er Botanisiertrommel nannte, da er Deutscher war – die wohlbekannte blecherne mit den blauen Enzianen, die er jeweils mitgenommen hatte auf die Exkursionen »in die Flur und in die Höh«. Kaum hatten sich die beiden begrüßt, öffnete der alte Kundler die Büchse; in ihr krabbelte es; bevor einer der Käfer hochkraxelte, schlug der Exlehrer den Deckel zu. Er erkundigte sich, was Past sammle; der konnte nur antworten: »Data.« Kundler stutzte und lachte auf: »Nein, das sind keine Kerbtiere. Gibt es dafür schon ein Bestimmungsbuch?«

Past erwähnte die Begegnung im Büro. Es ging ein Hallihallo los: Was sind Data anderes wenn nicht Käfer, die man im Computer aufspießt, der totale Absturz kommt, wenn sie anfangen, an sich selber zu knabbern. Past fügte einen gängigen Spruch aus der Schulzeit bei: »Das tu ich mir in die Botanisierbüchs«, ob es sich um ein Mädchen, einen Freund, ein Buch oder einen Einfall handelte. Die

Redewendung wurde von den jungen Mitarbeitern begrüßt und abgewandelt: »Das klickt mir die Maus in die Botanisierbüchs.« Sie erweiterten ständig ihr Vokabular. Als einer ihrer Kollegen wegen Herzrhythmusstörungen ins Krankenhaus eingeliefert wurde, hieß es: »Seine Blackbox sendet nicht mehr«; er starb nicht, sondern »fiel aus dem Bildschirm« und »man kann ihn nicht mehr abrufen«.

Einem zufälligen Sammeln verdankte Past eine Liebschaft, die jüngste und wohl seine letzte. Er hatte jeweils von seinen Reisen Hotelseifen mitgebracht, nicht einmal in der Absicht, sie zu gebrauchen; er mochte die Zwerggröße von Hotelseifen nicht. Irgendwie fand er die Verpackungen lustig; er tat die Hotelseifen zu Hause in Glasdosen und stellte die im Badezimmer über dem Gasofen auf ein Regal; sie erinnerten ihn an das Kellergestell, auf dem seine Mutter die selbstgemachten Konfitüren lagerte. Wenn er von einem bestimmten Moment an sich in Hotels nicht mehr nur mit Seifen eindeckte, sondern auch mit Shampoos und Duschgel, hatte dies einen persönlichen Grund.

Maria, die den Haushalt besorgte, hatte um ein Stück Seife gebettelt, da sie keine Zeit mehr zum Einkaufen habe. Sie schwärmte beim nächsten Mal vom Lavendelduft der Seife, so daß Past ihr ein weiteres Stück offerierte. Maria las »Crown Plaza« (keine Adresse), Past wußte nur: »Eine Hotelkette.« Maria hielt ihm die Hände vors Gesicht, sie waren vom Abwasch rötlich aufgerauht und rochen nach Scheuerpulver. Dann riß sie die Packung auf, wusch sich die Hände und hielt sie Past erneut vors Gesicht. Sie rochen »ich weiß nicht, wonach«. Er drückte seine Nase in ihre offenen Handflächen, seine Stirn berührte ihre Brust, beide verharrten in dieser Stellung, bis Past sich losriß und sie umarmte. Das Seifenritual wiederholte sich beim nächsten und bei weiteren Malen, obgleich Past nicht immer zuwartete, bis Maria mit ihrer Hausarbeit fertig war. Er zog den Putzessig dem Moschus und dem Lanolin vor, mochte den Citrusduft vom Bodenwachs mindestens so sehr wie den aus der Seife, sicher waren Apfelblüte und Jasmin betörend, aber nie so scharf wie Ammoniak. Maria mochte es nicht, sich vor getaner Arbeit in ein nicht gemachtes Bett zu legen, sie wollte dieses mit frischem Linnen beziehen, sie wollte eigenhändig und eigenfüßig Kissen und Decke durcheinanderbringen, selber das Bett zerwühlen.

Die Glasdosen mit den Seifenstücken blieben eine Wundertüte, aus der sich Maria bediente. Sie fragte, und Past erzählte: »Ja, Mandarin«, das war ein Hotel in Kuala Lumpur, nicht im Hotelviertel sondern *down town,* »wo ich es auch anderswo vorziehe, zu wohnen, in Chinatown, mitten im Rummel und Betrieb, in den Straßen am Abend eine Garküche neben der andern.« Maria wollte wissen, was er für sie bestellt hätte, wenn sie dabeigewesen wäre: »Etwas Süß-Saures?« Und ob, natürlich hätte er sie auch ins »Tivoli« mitgenommen: am Swimmingpool liegen, in altmodischen Straßenbahnen fahren, im einstigen Mauren- und Juden-Viertel gebratene Sardinen essen, die Fähre nehmen, aufs Castello klettern. Das »Greenwood«? Der Hotelkasten ist abgebrannt, einige Dutzend Gäste sind erstickt, Kurzschluß oder Brandstiftung, das kam in die internationale Presse (bei Feuer nicht den Lift benutzen). »Nimmst du mich an der Hand, wenn's brennt?« Past zog sie einige Schritte hinter sich her an der Badewanne vorbei: »Die

Fluchtwege sind gewöhnlich bezeichnet.« Das »Ambassador«, ach ja, da war er mit Puy. Und das »Serrador«, ein Zimmer in einem der obersten Stockwerke, die Sicht auf die Bucht von Guanabara, den Zuckerhut und den Christus rechts oben; daß er hier seine Nächte mit Gil verbracht hatte, erwähnte er nicht.

Die Hotelseifen waren Tickets, die Reisen führten ins Schlafzimmer. Sie fuhren nie irgendwohin. Auch nicht nach Apulien, wo Maria herkam, wohin sie jeden Winter für drei Monate zurückkehrte. Als Saisonarbeiterin durfte sie sich nicht das ganze Jahr in der Schweiz aufhalten (»Sonst müßten sie mir den Aufenthalt geben«), sie hatte mit ihrem Mann, bevor sein linkes Bein wegen eines Unfalls lahmte, die Wintermonate genutzt, um mit dem Ersparten ein Haus zu bauen; zuerst das Land kaufen, im Jahr darauf kam der Aushub, danach der Keller und dafür einen zweiten Winter, dann das Erdgeschoß, Jahr für Jahr wuchs das Haus, bis zum Dachstock, ein Schwager besorgte die Sanitärarbeit und für das Badezimmer nicht die billigsten Kacheln. Ein sicherer Ort, um sich in Ruhe zur Ruhe zu setzen, und nun erklärte ihr Sohn, er kehre nie mehr in dieses Kaff zurück, *nonna* hin oder her, und für wen hätten sie die Olivenbäume gepflanzt, wenn nicht für ihn, die brauchen fünfzehn Jahre, bis sie tragen, aber nein, Franco wolle in der Schweiz bleiben, wo er jetzt seine Lehre mache und wo er seine Freunde habe, wenn nicht, wenn er zurückmüsse, wolle er als Automechaniker in Mailand oder Turin arbeiten, er hasse es, ein *secondo* zu sein, einer der zweiten Generation.

Maria sammelte einen Teil von Pasts Erinnerungen, und sie bat ihn, mit Souvenirs heimzukehren. Diese lagen hinter den Bananenschachteln in zwei Schuhkartons. Portugiesische Hähne streckten ihren roten Kamm hervor neben einem Bären, der seinen Bauch als Aschenbecher darbot, ein Puppenensemble, ein Bobby und ein Stierkämpfer, alle im Chor mit einer Beduinin, deren Wasserkrug kaputt war, und einer Tänzerin. Ein Chalet, das Musik spielte, wenn man das Dach hob. Und eine Lackdose. Die verabscheute Past weniger als die Plexiglasglocken, in denen es schneite, wenn man sie schüttelte, Maria liebte es, wenn Flocken auf den Arc de Triomphe oder das Empire State Building fielen. Er hatte ihr auch eine Dose »Berliner Luft« gebracht (»Nicht aufmachen, sonst entweicht sie«). Großen Erfolg aber hatte die Babuschka, eine Puppe in der andern und in jeder nichts anderes als wieder eine Puppe, in der nichts drin ist. Bevor Maria die kleinste Puppe öffnete, fragte sie: »Im Innern der Frau *niente*?« In die kleinste Puppe hatte Past den Ring getan.

Wenn Past es mit sich genau nahm, war er ein ungenierter Profiteur von Sammlern. Allein schon wenn er an die Zeit dachte, die er in Museen verbrachte oder die er für das Blättern in Katalogen aufwendete. Solchen Besuchen und Lektüren verdankte er weltweite Frauenbekanntschaften: eine Italienerin, die ihren gekreuzigten Sohn auf dem Schoß hält, eine Griechin mit gestutzten Armen, eine Mexikanerin, deren Herz an Schläuchen hängt, eine Französin, welche mit der Trikolore Revolutionäre anführt, eine Norwegerin, die nichts als ein Schrei ist, oder eine Brasilianerin mit tropikalen Wulstlippen.

Die Bekanntschaft reichte von einem Jüngling, den man aus dem Tiber gefischt hatte, bis zum Greis mit einem Geldsäckel in der Hand. Sie umfaßte Badende und Prinzessinnen, Gegeißelte und Tanzende, Prostituierte und Clowns. In unzähligen Städten hatte Past seinen Bekanntenkreis erweitert; in manchen hatte er nur Bekannte, die gerahmt waren oder auf einem Sockel standen und die Alarm auslösten, wenn er ihnen zu nahe kam.

Er verdankte einem Waffenfabrikanten aus Zürich die Begegnung mit einem jungen Franzosen in rotem Gilet, und einem Armenier, der mit fünf Prozent am Erdölgeschäft beteiligt war, den Umgang mit einem Seifenblasenjungen, dank eines Zeitungsmagnaten hatte er in São

Paulo eine fröhliche Frau von kubistischer Anatomie kennengelernt, und in eine impressionistische Flußlandschaft hatte ihn ein Krösus der Verpackungsindustrie aus Kalifornien geführt.

Falls es sich noch einmal ergeben sollte, woran Past zweifelte, würde er in Madrid einen Hund aufsuchen, der am Ertrinken ist, über ihm ein kaum bemaltes Stück Leinwand als leerer Himmel. Oder in New York würde er an einem Frühstück teilnehmen, das in einer Pelztasse serviert wird.

Vor allem aber war Past ein leidenschaftlicher Profiteur all jener, die Wörter gesammelt hatten. Die Wörterbücher standen hinter ihm auf einem Regal. Noch leer die Bananenschachtel, die für sie bestimmt war. Die Wörterbücher hatten ihm als Rückendeckung gedient, er wollte sie als letztes aus der Wohnung tragen; der Abfuhr würde er sie nicht überlassen. Soviel Wand für ein paar Regale würde er auch in Zukunft besitzen, selbst wenn es nur eine allernächste sein sollte.

Er hatte sich nicht nur Wörterbücher zugelegt von Sprachen, die er benutzte und die er mehr oder weniger beherrschte. Wo immer er hinkam, hatte er Diktionäre erstanden; er wollte von jedem Land, in dem er einst zu tun gehabt hatte, ein Wörterbuch besitzen, überzeugt, ohne eine noch so bescheidene Ahnung von ein paar Wörtern sei er nicht dort gewesen. Nicht zufällig standen die Wörterbücher neben den Reiseführern. Gelegentlich gerieten sie durcheinander, da wollte Past das Wort *assumido* nachschlagen und stieß wegen eines Mißgriffs auf eine Moschee in Konya und hielt sich prompt ein paar Sätze lang am Sarg eines tanzenden Derwischs auf. Oder er wollte sich bei der

Vorbereitung einer Reise über die Zufahrt in eine Stadt informieren und ließ sich von einem »K« damit aufhalten, daß in einer andern Sprache Schüsse anders knattern als Motoren oder schon gar nicht wie die Segel und Fahnen in der eigenen.

Past drehte sich zu den Wörterbüchern hin, nahm eines in die Hand und begann laut zu lesen: »sehen, blicken, schauen, anschauen (siehe auch: blinzeln, gaffen, gucken, gulpen, schielen), sich nicht sehen lassen wollen, sich sehen lassen können...« Der Mandarin reagierte nicht. Past las mit erhobener Stimme: »Man kann keinem ins Herz sehen, aber auf die Finger und in die Karten.« Die Aufmerksamkeit des Mandarins galt der bronzenen Kleinfigur, die auf dem Arbeitstisch unter der Lampe neben dem Aschenbecher und den Augentropfen stand. Past las flüsternd weiter: »schwarzsehen, rosig sehen«, und er stockte: »blaugrün sehen« gab es nicht – noch nicht?

Ein Diskuswerfer, den rechten Arm seitlich nach hinten oben gestreckt, zum Wurf ausholend, die Scheibe in der Hand, den Körper gebückt, eine Spannung, die sich in einer Drehung lösen wird und beim Schleudern die gewonnene Kraft der Scheibe auf die Flugbahn mitschickt.

Der Sportler imitierte einen antiken Helden, auch wenn er nicht ein Hellene war, dem die Vorhaut mit einer Schleife zugebunden wurde, damit er nicht erigierte, wenn er nackt durchs Stadion jagte. Der bronzene Held glich einem Bauernburschen, dem man statt des Diskus einen Melkschemel hätte in die Hand geben können. Die Statuette war mehr Assoziation als Werk; deswegen war es auch unwichtig, mit welcher Feinheit die Muskeln sich abzeichneten oder ob die Drehung des Thorax der Vorlage eines trainierten Körpers gerecht wurde.

Einen Triumphschrank mit Schützenkränzen, Vereinspokalen und Verbandsleibchen und patriotischem Silber hatte Past nie besessen – ganz im Gegensatz zu seinem Bruder.

Past hatte eine Nische unter der Treppe zur Dachzinne reserviert, einen Abstellort im Halbdunkel. Dort hatte er die zwei Wimpel der Universitäten aufgehängt, an die er zu Fortbildungskursen geschickt worden war, unausgepackt die Medaillen, die Plaketten in Etuis, diese gewöhnlich mit rotem Samt ausstaffiert. Anstecknadeln in der Tapete, auch einige *badges*.

Was sich auf dem Dachboden als Hausaltar zusammengefunden hatte, mit Urkunden und einem Diplom, hatte Past ohne weiteren Grund eines Tages in einen kaputten Attachékoffer verstaut und weggestellt. Erst jetzt, beim Aus- und Aufräumen, war er wieder auf das Gepäckstück gestoßen. So stand vor ihm auf dem Arbeitstisch der Diskuswerfer, der froh gewesen wäre, seine Scheibe endlich loszuwerden.

Past hatte die Trophäe bei einer Mittelschulolympiade gewonnen, weil er der Erste im Schnellauf war, was den Turnlehrer zum Vorschlag animierte, ob er nicht als Läufer trainieren wolle oder als Geher. An dem Wort »Leichtathlet« hatte Past die erste Silbe »leicht« gefallen. Wenn er etwas gerne geworden wäre, dann ein »leichter Geher«.

Glücklicherweise erwies er sich in den andern Disziplinen als mittelmäßig (»So einer hangelt nie hoch und wirft nie weit«). Es wunderte ihn noch heute, wovor er weggelaufen war, so daß er auf der Aschenbahn rascher war als seine Mitläufer.

Der Diskuswerfer war in Bronze gegossen. Bei der Verleihung hatte sich herausgestellt, daß alle Auszeichnungen, die bei diesem Sportanlaß verliehen wurden, aus Bronze waren, Einheitstrophäen, gesponsert von einer Gießerei, überreicht mit der Musterpackung einer Salbe gegen Muskelzerrungen.

Die, welche in mehreren Disziplinen ausgezeichnet wurden, reagierten wütend auf seine Bronze; er war bereit gewesen, die Trophäe weiterzuverschenken, was die andern

Sieger erst recht erzürnte. Daß er die Statuette noch besaß, wunderte ihn; er mußte die Auszeichnung von Umzug zu Umzug mitgenommen haben. Der Athlet holte mit Jugendfrische aus, so daß er die Fensterscheibe getroffen hätte; doch der junge Mann wartete nach wie vor auf den richtigen Moment für den großen Wurf.

In Hochglanz stand der Diskuswerfer da, poliert von Pasts Haushaltshilfe, sie hatte auch den schwarzen Sockel saubergerieben. Maria hatte sich in den Bronzejüngling verliebt, der lange ins Dunkel eines Aktenkoffers gesperrt gewesen war; sie war entschlossen, ihm in ihrer Wohnküche einen Platz am Fenster zu geben, ein neues Olympia, ein Stadion zwischen Zierspargeln und Küchenkräutern. Vorerst noch aber stand der Junggrieche zum Abholen bereit neben dem Aschenbecher.

Den Aschenbecher hatte Past aus dem bolivianischen Altiplano mitgebracht, als er eine Zinnmine aufsuchte, den Mutterschoß seiner Soldaten, wenn er an sein frühes Spielzeug dachte.

Ausgerüstet mit einem Schutzhelm, war er unter Tage befördert worden, zusammen mit Bergmännern, die sich mit Dynamit eingedeckt hatten, in den Händen Kapseln und Zündschnur. Danach hatte Past vom Kastenlift in einen Förderkorb zu wechseln, von dort in einen wandlosen Aufzug, in dem er kaum aufrecht stehen konnte und der von Hand betrieben wurde. In der drittuntersten Sohle wurde die Wärme zur Hitze. Von da hätte eine Holzleiter weiter abwärts geführt. An einem Strick ein Eimer, in dem ein halbnackter Arbeiter aus einem Loch hochgehievt wurde. Past stolperte über Kabel und Schienen und drückte sich an einem Wagen voll tauben Gesteins vorbei, den ein Junge stieß, der nicht größer war als der Grubenhund. Past tastete sich, leicht gebückt, die Wände entlang einem Stollen zu, wo ein Arbeiter bäuchlings auf Brocken kroch, sein Körper schüttelte sich im Ratterrhythmus des Preßluftbohrers. Auf der Gegenseite zwei, die mit einer Bohrstange und einem Hammer ein Sprengloch schlugen. Der Vorarbeiter, der mit Klopfzeichen an die Stollenwand den Alarm weitergegeben hatte, zerrte Past zur Seite; sie warteten, zusammen mit andern, die Explosion in der Nachbarhöhle ab. Danach führte der Vorarbeiter Past zur Aussparung in der Schachtwand. Dort die Figur, wegen deren Registrierung Past die Mine aufgesucht hatte: in einem kreidigen Gesicht ein angeschwärztes Großmaul. Vor dem El Tío, dem Teufelchen von einem Onkel, kauten ein Indio und ein Mestize zu dessen Ehre Kokablätter; da er es nicht selber besorgte, rauchten sie für ihn eine Zigarette und teilten mit ihm den Zuckerrohrschnaps, indem sie einen vollen Schluck auf die Erde schütteten. Die, welche mit katholischem Wasser getauft wurden und deren Grabspruch lateinisch lautete, opferten hier unter Tage El Tío, damit er die Stollen nicht einstürzen lasse; ihm gehörten die Erzadern; sie erhofften von ihm, daß er, wenn die eine erschöpft ist, eine neue freigibt. Für Past stand fest, daß man El Tío ins Register aufnehmen mußte.

Past hatte von dieser Mine profitiert, die in die Schlagzeilen gekommen war, weil sie einen Fluß mit Quecksilber verseucht hatte, so daß Anrainer am vergifteten Fischbestand starben, ein versprengter Indiostamm, der bisher selbst von Missionaren nicht heimgesucht worden war. Zur Wiedergutmachung richtete das Zinnkonsortium an der Schiffsanlegestelle eine Hütte als Museum ein; in ihm war bis zum ersten Tropensturm und der nachfolgenden Plünderung zu sehen, was von dem Unterstamm geblieben war: Bastmatten, Pfeilspitzen, Ketten, ein paar Masken, rituelle Messer und geflochtene Zeremonienschürzen. Zur Aufbesserung des internationalen Renommees waren außerdem Millionen in einen Kulturfonds einbezahlt worden, der die Stiftung, in der Past arbeitete, mit einer jährlichen Unterstützung »bedachte«.

Der Minenverwalter hatte Past zum Abschied nicht nur das Zinnschälchen geschenkt, das er lange Zeit als Aschenbecher benutzte. Er hatte ihm auch einen numerierten Band bolivianischer Lyrik in die Hand gedrückt, den der Zinnfonds finanziert habe und der im Land selber nicht zirkuliere, weil das Vorwort von einem General stamme, der eben als Staatspräsident gestürzt worden war. Past konnte den Band *Kondor und Pachamama* nie aufschlagen, ohne daß er sich umringt sah von Minenarbeitern, Männern und Jugendlichen, von Kindern und Vätern mit Kindergesichtern. Ihre Augen in einem verschmierten Dunkel, hinter ihren harten Wangenknochen der Kokaklumpen. Die Buben mit Hüten, die ihnen über die Ohren fielen. Die Männer mit Helmen. Sie blickten ihm über die Schultern und richteten ihre Stirnlampen auf die Buchseite, die Past aufgeschlagen hatte. Im Lichtstrahl leuchtete auf, was in den Blindzeilen lag: eine baumlos grasarme Ebene, in der nur Steine gediehen, vorab Grabsteine. Zwischen einem singenden Schwan und den Zyklopen der Kordilleren, wie in den Versen zu lesen war, zwischen grauen Schmetterlingen der

Güte und republikanischem Lorbeer, zwischen freiem Vers und Sonettreimen Namen, in Stein geritzt, Daten von Leben, die selten länger als dreißig Jahre gedauert hatten und bei denen oft Todesjahr und Geburtsjahr zusammenfielen.

Past war, als habe er auch jetzt, da er den Aschenbecher betrachtete, Minenleute hinter sich. Wie er sich umdrehte, huschten Schatten weg; er vernahm ein Husten, das aus verstaubten Lungen kam. Es war ihm nicht unangenehm, wieder allein zu sein. Allein mit dem Mandarin, der von der Szene nichts mitbekommen hatte.

Das zufällige Ensemble von Aschenbecher und Diskuswerfer hatte sich ergeben, weil sich Menschen nicht damit zufriedengaben, Kämme aus Knochen zu schnitzen oder Pfeilspitzen aus Horn zu verfertigen, weil ihnen ein geschliffener Obsidian als Faustkeil nicht genügte und sie sich nicht damit abfanden, für ihre Bekleidung die Innenseite von Fellen mit Steinwerkzeug sauberzuschaben. Sie hatten Methoden entwickelt, um Erze zu schmelzen und die gewonnenen Metalle zu mischen.

Natürlich hatte sich in den Zehntausenden von Jahren einiges verbessert, bis man die Stahlschrauben herstellte, mit denen ein Chirurg Past nach einem Unfall den rechten Oberschenkelknochen fixierte. Schrauben und Platten garantierten die unerläßliche Stabilität seines Knochengerüsts. Auf unerwartete Weise hatten sich die Schrauben in Erinnerung gerufen.

Gil, den Vetrauensmann in Rio, einen Mulatten, hatte Past kennengelernt, als dieser noch mit Pomade sein Kraushaar streckte und blondierte. Er war noch nicht Mitglied der militanten Bewegung »Singender Fußballer«, die sich so nannte, um die »Neger bleib bei deinen Leisten«-Politik anzuprangern, und die sich nicht länger mit der Platzanweisung »Fußball und Samba« abfand.

Auf Pasts erster Informationstour in Lateinamerika hatte Gil von einem Vorort gesprochen; sie fuhren in ein Niemandsland und trafen auf Sperrmüllhütten. Irgendwo sprang ein Hund gegen eine Bretterwand, plumpste zurück und sprang erneut. Sie hatten den Wagen am Straßenrand geparkt und einen Mitfahrer als Wache zurückgelassen. Elektrische Leitungen hingen fast bis zum Boden. Sie stapften einen Trampelpfad hinauf, entlang einem stinkenden Rinnsal. Von unten das Heulen einer Ambulanz. Im Lichtkegel von Gils Taschenlampe zerzauste Bananenstauden, ein geköpfter Kaktus und eine einzelne Plastiksandale. Ein Rascheln, etwas floh durchs Gebüsch. Tief unten die Bucht im Dunkel, am Gegenufer die Punkte einer kurzen Lichterkette. Ein geisternder Halbmond zwischen Schleierwolken. Oben am Hügel der Lichtschein aus einem Türspalt. Past und sein Begleiter folgten dem Ruf des Tamtams. Als Gil von Rum, Rumpi und Lé sprach, nahm Past an, er rede von Leuten. Gil sprach von Trommeln.

Über der Tür, unter dem Wellblechdach, ein vertrocknetes Palmblatt und in einer Ecke des Bretterverschlags der Altar. Schwarzes Bohnenmus und Mangos auf einer bestickten Decke; als Kerzenhalter Flaschen, an deren Hals Wachs heruntertropfte. Ein getöteter Hahn, sein Blut sikkerte über den Schüsselrand. Ein Set von Nähnadeln neben einer Spielzeugeisenbahnschiene. An der Wand ein Farbdruck mit Georg dem Drachentöter. Von der Decke baumelten im Luftzug eines Ventilators Papiermaschen und Korallenketten, blau wie die Baumwollstreifen, die sich als Himmel über zwei roh gezimmerte Bänke spannten.

Kaum hatten sie den Raum betreten, war Gil auf die Musikergruppe zugegangen; er verneigte sich vor den

Instrumenten, klatschte in die Hände und stimmte sich in den Takt ein, er langte nach einer Trommel und schlug mit der hellen Handinnenfläche den Rhythmus. Ogun begann zu tanzen. Er, der Herr über die Speerspitzen der Jäger und der Krieger, auch all jener, die sich längst der Schußwaffen bedienten und Bomben zündeten. Er, der sich drehte, war Herr über Angelhaken und Pflugscharen, Patron der Schmiede und Haarschneider, ohne ihn keine Messer und keine Scheren, er kümmerte sich auch um all die, welche Fahrräder, Autos und Nähmaschinen flickten und die Flugzeuge und Raketen schweißten. Trotz des lehmgestampften Bodens war in seinem Tanzschritt der Hammerschlag auf den Amboß zu hören und das Klirren von Degen, das Schleifen von Dolchen und die klappernden Hufeisen von galoppierenden Pferden. Es klang das Drehgeräusch eines Schlüssels mit, und eine Machete war auszumachen, die eine Bresche durch den Busch hieb. Die Tiere, die mit dem Metall des Eisengottes getötet worden waren, gaben Laut kraft der Hände, die auf ihre Felle einschlugen; ihre einstigen Häute deckten einen Klangkörper ab. Die Brunftrufe, Warnsignale und Todesschreie der Tiere verwandelten sich in dumpfe, lockende Rhythmen. Die drei Schlagzeuge, alle mit einer blauen Schleife geschmückt, trieben den Tanzenden an; er pumpte mit den Oberarmen, stieß Silben und Sprachbrocken hervor, kreisend und wippend, hüpfend und springend trat er die Reise nach Afrika an, von wo die Vorfahren auf einem Sklavenschiff über den Südatlantik hierher verfrachtet worden waren. Im Tanzschritt vom Gott des Eisens war auch das schleifende Rasseln von einem Fußeisen zu hören, das einer abzustreifen versuchte.

Da spürte Past im linken Bein ein Jucken, gegen das kein Kratzen half. Der Schmerz konzentrierte sich auf eine bestimmte Stelle. Die Schrauben im Schenkelknochen fühlten sich aufgerufen; sie gaben erst Ruhe, als Ogun, der Gott des Eisens, mit seinem tiefblauen Mäntelchen vor Past hintrat, ihm Zigarrenrauch ins Gesicht blies und auch den Schenkel beweihräucherte. Dabei zeichnete er mit seinem versilberten Metallschwert über Pasts Kopf ein Kreuz; falsche Diamanten blitzten auf.

Past hatte den Auftritt zunächst als ein nachträgliches Absegnen verstanden, wenn ihm auch der Aufwand groß schien für ein paar Schrauben. Später begriff er, daß mit dem Segen des Eisengottes eine Hüftoperation angesprochen war, von der Past damals noch nichts ahnte. Als er auf dem Schragen lag, meinte er im Chirurgen den Ogun-Tänzer zu erkennen; er hätte sich nicht gewundert, wenn der Arzt statt der grünen Schürze ein tiefblaues Mäntelchen getragen hätte und wenn er, Skalpell und Knochenzange in der Hand, einen Straßensamba um den Instrumententisch getanzt hätte, mit stößigem Becken die Operationsschwestern anführend. Warum sollte das Kugelgelenk nicht zum Wirbel von Trommelschlägen in eine stählerne Pfanne eingesetzt werden, begleitet von der Tamtam-Mahnung, das Hüpfen nicht zu verlernen. Zehn bis zwölf Jahre würde das einmontierte Gelenk (»selbstschmierend«) garantiert halten. In seinem vorgerückten Alter, so meinte Past, sei das eine respektable Spanne, jedenfalls Zeit genug, um noch einiges zu sehen, mit blaugrünen Augen, wie er jetzt hinzufügen würde.

Wegen dieser Schrauben und des Kugelgelenks war es

in einer Kommissionssitzung zu einem kurzen heftigen Disput gekommen. Past hatte die Implantate beiläufig als Zeugen seiner persönlichen Zugehörigkeit zur Eisenzeit erwähnt, und auf den Zwischenruf, ob dies alles sei, führte er nicht ohne Spott den stählernen Aktenschrank in seinem Büro an. Da der Zwischenrufer die Frage wiederholte, erwähnte Past noch Rasierklingen und den Schlüsselbund vor sich auf dem Konferenztisch. Der Kritiker ließ nicht locker, er bewies auch sonst Hartnäckigkeit; er nannte sich schlechthin »der Afrikaner«, womit er nicht zuletzt den Unwillen schwarzer Kolleginnen und Kollegen erregte. Mit welchem Recht sprach der Anglophone im Namen der Frankophonen und Lusophonen? Typisch sei die Aufzählung von Past, es gehe ihm mit Knochenschraube und Hüftgelenk um eine individualistische Betrachtungsweise; ihm hingegen, als altgedientem Unabhängigkeitskämpfer, falle zum Stichwort Eisen anderes ein: Sprengsätze, in Autos versteckt, der Galgen, an den man ihn, Kopf nach unten, zur Befragung aufgehängt habe, das Gitter am Zellenfenster – die neutrale Engstirnigkeit sei bezeichnend für einen Schweizer wie Past. Da ließ sich Past hinreißen: Morgensterne und Hellebarden, neben Steinen und Felsen die Waffen ihrer Unabhängigkeit, hätten aus Eisen bestanden, und die Alpen-Vorfahren seien mit Sicheln und Sensen auf Schwerbewaffnete losgegangen, nicht nur mit Steinen. Warum er, der Schweizer, fragte »der Afrikaner«, nicht das Eisen der Tresore erwähne, in welchen die Fluchtgelder afrikanischer Diktatoren im Schutz von Nummernkonten liegen. Der Vertreter des Vatikans, in der Absicht, zu schlichten, erinnerte an die ehernen Glocken, die jedes Jahr am Karfreitag verstummten und nach Rom aufbrächen, von wo sie an Ostern, die Frohbotschaft verkündend, in ihre angestammten Kirchtürme zurückkehrten. Ob man Kanonen nicht in Glocken umgießen solle, ging die Debatte weiter, ob das einen Unterschied ausmache: man habe mit Glocken genauso viele Menschen getötet wie mit Kanonen. Warum bloß Waffen in Pflugscharen verwandeln und nicht auch Glocken?

Da stellte Miss Loyleen einen Ordnungsantrag. Die Spezialistin für Totempfähle der Eskimos tat es mit gewohntem Mißmut; es wurde ihr nachgesagt, als Säugling sei sie so sauertöpfisch gewesen, daß die Milch in der Brust ihrer Mutter gerann. Noch war es zwischen ihr und Past nicht zu dem Gespräch gekommen, das seine Meinung über sie korrigierte. In einem vertraulichen Moment gestand sie Past: »In meinen Adern fließt indianisches Blut; unter meinen Vorfahren gingen einige nicht im Sarg oder in der Urne hinüber, sondern sie wählten als Weg den Regenbogen.«

Miss Loyleen erinnerte an das Tagungsthema: Hört, was als Jahrhundert des Kindes begann, als Jahrhundert der Frau auf? Eine Veranstaltung des Zyklus »In welchem Zeitalter leben wir?«. Past hatte als Beobachter daran teilgenommen. Wenn es nach denen ging, die sich zuständig fühlten für die Zeitalter und ihre Benennung, hatte Past in den letzten vier, fünf Jahrzehnten Epoche um Epoche hinter sich gelassen. Kaum volljährig, war er ins Plastikzeitalter eingetreten und bald danach ins atomare, später ins Zeitalter der Pille, was ein Aus fürs Kondom bedeutete, doch kehrte das Gummi mit der Aids-Epoche zurück, inzwischen war das Zeitalter der Astronautik angebrochen, es folgten das der Informatik und der Globalisierung und einige mehr. Vor kurzem hatte er ein Referat gehört, wonach es mit dem Zeitalter des Fisches vorbei sei und das des Wassermanns bevorstehe. Auf der Tagesordnung stand noch eine Stellungnahme über Cyber-Generation und Cyber-*love*.

Als Past sich darüber lustig machte, belehrte ihn Miss Loyleen, das sei der Unterschied zwischen der Alten und der Neuen Welt. Amerika brauche nicht hundert Jahre für ein Jahrhundert; was für die Neue Welt gelte, gelte auch für das Neue Jahrtausend.

Trotz allem hätte Past gerne gewußt, aus welchem Jahrhundert er abtreten würde und aus wie vielen Zeitaltern – ob der Mandarin andere kannte?

Natürlich war Past die klassische Vorstellung von der ständigen Verschlechterung geläufig:

Im Religionsunterricht und von der Kanzel herab war er belehrt worden, daß am Anfang das Paradies war, aus dem der Mensch vertrieben wurde in die Welt des Jammertals, von dem nur der Tod erlöste. Als Wächter vor dem Garten Eden ein Erzengel mit einem Flammenschwert, nicht ein Pan mit erigiertem Penis, erst recht nicht brüllende Löwen oder grimmige Tempelwächter, die einen mit rollenden Augen erschreckten, ehe sie die Waffen zückten, kein himmlisches Elektronenauge und keine Warnanlage, die losging, falls ein Todsünder sich nähert.

Vertrieben worden waren, wie er gelehrt wurde, nicht nur die, die sich Christen nannten, ebenso Juden wie Muslime; aber den Chinesen, Hindus und Indios war es, wie Past später erfuhr, nicht anders ergangen. Alle, die in diese Welt geboren wurden, gelangten eines Tages zur Überzeugung, es müsse was Besseres geben. Und warum sollte das, was hinter ihnen liegt, nicht auch vor ihnen liegen. Ein Paradies, das auf Volksgewohnheiten und Vorlieben Rücksicht nahm, ob es um ewig weidende Rinderherden ging oder um ewige Anbetung, um ein zeitloses Lustsofa und einen Wonnegarten mit Flüssen, in denen Milch und Honig fließt und vielleicht gar Wein, oder um einen Garten Eden, wo aus Lanzen Winzermesser geschmiedet werden und ein kleiner Bub nicht nur Kälber weidet, sondern Löwen und Lämmer nebeneinander – ein Ort, wo rund um die Uhr »hosianna« ertönt. Eine Welt, in der es weder Türen noch Schlösser gibt und aus der alle Schlüsselverwalter verdammt und alle Pförtner verjagt sind. Eine Welt, in der man nur ein Grab findet: das, in dem man den Tod beerdigt hat, und darüber ein Licht, das keine Schatten wirft.

Past leuchtete am ehesten ein, daß alles mit einem Chaos begann. Er, der mit Gedenktagen zu tun hatte, schlug einmal vor: Einen Jahrestag festlegen, an dem sich die Welt ihres Ursprungs erinnert; ein verlängertes Wochenende im Gedenken an Chaos und Urknall könnte mit einem Megafeuerwerk begangen werden. Wer weiß, vielleicht stößt man eines Tages auf den entsprechenden Mythos:

Da saßen einst Junggöttinnen und Junggötter zusammen, spielten Sternschnuppen und bastelten an einem Feuerwerk. Aus dem Funken einer Rakete, die im Universum platzte, entstand, was Menschen ihren Heimatplaneten nannten. Die Junggötter versteckten sich, als sie sahen, was sie angerichtet hatten; verstreut im ganzen All suchten sie Unterschlupf, und jedesmal zittern sie, wenn von der Erde eine Rakete in die Sphären vorstößt, weil sie sich vor der Rache fürchten.

Past jedenfalls staunte, wie unterschiedlich erzählt wurde, was aus dem Chaos hervorgegangen war. Bei den einen war der Mensch aus Erde gemacht, wohl deswegen, damit er leichter wieder zu Erde zerfällt, sofern man ihn begräbt. Oder sollte totes Fleisch die Erde beschmutzen und ihr nur die Knochen zugemutet werden dürfen, nachdem alles

Fleisch weggefault und abgefallen ist, so daß man den Toten zweimal begräbt. Oder wurde Mensch aus Mais verfertigt? So daß der Mais als Grundnahrung nie Ware wurde, mit der man handelte, so daß der Mensch nie in Geld umgewechselt werden konnte. Wenn man andererseits in Betracht zog, daß der Mensch zu mehr als neunzig Prozent aus Wasser besteht, konnte es da sich nicht so verhalten, daß er den Tränen eines Sonnengottes entsprang? Oder entstand er aus den Flöhen, die der Riese Weltenschöpfer auf seinem Körper trug, ein Wesen, von Juckreiz geplagt, das Generation um Generation an sich selber beißt. Oder vielleicht doch aus Erde? Die läßt sich, mit Wasser vermischt, leichter formen, als wenn der Mensch aus welchem Holz auch immer geschnitzt werden müßte. Aber wie resistent ist ein Mensch aus Tonerde, wenn er nicht gebrannt wird? Kamen die ersten schwarz heraus, weil die Modelle zu lange im Ofen geblieben waren, und wurde die zweite Serie zu früh aus der Hitze geholt, so daß sie blaß blieben, gelang erst beim dritten Versuch der bräunliche Ton. Oder waren am Anfang alle schwarz? Bis Kain seinen Bruder Abel erschlug und darob erbleichte, so daß es seither Weiße gibt? Past hatte eines Tages einen getroffen, dessen Stammvater aus dem Brennofen kam. Der, der es ihm erzählte, krempelte den Hemdsärmel hoch und zeigte eine Narbenspur: »Keine Impfung, sondern vererbt. Unser Urvater erschrak beim Erkalten; wir alle haben seither als Merkmal einen Sprung.«

Und wie sollte sich das Ende abspielen? Als Sintflut? Ein Totalregen, aus dessen Fluten sich ein Klan retten konnte, da ein Gott gemahnt hatte, eine Arche zu bauen und sich rechtzeitig um Katastrophenverpflegung zu kümmern. An die kleine Sintflut eines Stausees wurde Past jeweils erinnert, wenn in Zürich Probealarm durchgeführt wurde für den Fall, daß der Sihldamm bricht, das ausbrechende Wasser die Stadt überflutet und innerhalb weniger Minuten das Zentrum überschwemmen würde, in dem er wohnte.

Sollte es damit aufhören, daß die Tage zusehends kürzer werden, bis kein Tag mehr anbricht? Oder fällt vielmehr Feuer vom Himmel, nicht durch eine Bombe, sondern als erdoberflächendeckender Regen. Wo lag der See, der zuletzt austrocknet? Was, wenn Berge einstürzen, Flüsse aufwärts fließen und das Meer ans Land steigt, Strände ertrinken und Ufer absacken. Oder hörte es mit einem schwarzen Karfreitag ohne Ostern auf, damit, daß auf den Anzeigetafeln der Börse die Firma Menetekel Crash annonciert und von den Maklern, die Kurse ausrufen, nur Heulen und Zähneknirschen zu vernehmen ist, der Bildschirm so leer, daß die Computer, die jemals abstürzten, sich als Kleinpropheten erweisen. Am Ende ein Blackout, und er, so die Panikvorstellung von Past: in einem Aufzug steckenbleiben, zwischen irgendwelchen Stockwerken, der Alarmknopf stumm und die Zelle einer Liftkabine als Gemeinschaftssarg.

Die Apokalypse hatte Past mit Spannung gelesen, er behielt das Buch als religiöse Science-fiction in Erinnerung. Als er, noch Gymnasiast, für seinen Aushilfsdienst während der Weihnachtstage auf der Paketpost den ersten Lohn erhielt, begab er sich nach der Auszahlung gleich ins Niederdorf, ins Milieu, wie die Altstadt und das Amüsierviertel hießen; er suchte die »Schafsweide« auf, über die Lasterhaftes gemunkelt wurde. Er entschied sich nicht für die

Junge, die an der Theke lehnte und die ihm gefiel; er hielt sich an eine ältliche; aufgedonnert stand sie neben der Kasse, mit ihrem Fleisch füllte sie ein Doppelbett. So stellte sich Past aufgrund der Bibellektüre die Hure von Babylon vor; wenn schon, wollte er es nur mit einer tun, mit welcher vor ihm »gehurt hatten die Könige der Erde«. Sie führte einen violett gefärbten Pinscher an der Leine, für Past war es der scharlachfarbene Hund »voll mit Namen der Lästerung«, und statt einer rosa Schleife hatte das Tier, das auf einem Kissen knurrend und gähnend zuschaute, »sieben Häupter mit zehn Hörnern«.

Aber wann sollte dieser Untergang stattfinden – als einmaliges Ereignis oder alle zehntausend Jahre wieder, wie einst einer errechnet hatte? Oder gar alle zweitausend? Wäre nicht in Betracht zu ziehen ein Zyklus von neunundvierzig Jahren: alles hinter sich lassen, die Bauten ganzer Städte zum Zeichen des Todes mit roter Farbe anstreichen und sie dem Schicksal preisgeben.

Für seinen Bruder hätte der Weltuntergang an einem Samstag im Juli stattfinden sollen. Er war mit den andern Gläubigen auf die Rigi gepilgert, hatte vorher schon mehrere Wochenenden auf dem Berg verbracht, seine Gemeinschaft hatte eine Alp gepachtet und mit Planierungsmaschinen eine Landebahn eingerichtet, inmitten der Alpenwelt wollten sie mit einem Großer-Gott-wir-loben-dich Abschied nehmen. Auf den Knien warteten sie, daß nach einer durchbeteten Nacht Engel in Gestalt von Astronauten sie abholen würden. Doch mit dem ersten Sonnenstrahl der Eingebung verkündete der Prophet, die Einschiffung werde zu einem späteren Datum stattfinden, weil der Herr in seiner unergründlichen Nachsicht und Güte der Welt nochmals eine Chance gebe. Für den Bruder bedeutete dies, daß er die irdischen Zinsen nicht mehr bezahlen konnte; er hatte das Haus mit Hypotheken belastet, um sich, seiner Frau und der ältesten Tochter einen Platz im Luftschiff »Tabor« zu sichern; der Betrag wurde nicht zurückbezahlt, sondern gutgeschrieben, was von der Bank nicht als Sicherheit akzeptiert wurde. Seine Sekretärin fand ihn, den Oberkörper auf den Arbeitstisch gebeugt, in der Rechten eine Klickmaus – Herztod. Den letzten Blick hatte er in sein Konto getan; er hatte nicht blaugrüne Augen, sondern vom Vater die braunen geerbt.

ABER PASTS VORSTELLUNG von der Verschlechterung der Welt beschränkte sich nicht nur auf die Botschaften des Religionsunterrichts. In der Schule hatte er von der mythischen Serie in vier Folgen gehört: der Abstieg vom Goldenen Zeitalter (»fern von Mühen und frei von Schmerz, weitab von allen Übeln«) zum Silbernen Zeitalter (»eigne Torheit brachte das Weh, maßlose Gewalttat untereinander«), dann vom Silbernen zum Eisernen (»stahlhart war ihr Herz im trotzigen Drängen«) und von dem Eisernen zum Irdenen (»bleiben die bitteren Schmerzen hier bei den Sterblichen – nirgends Rettung im Unheil«). Was folgte als nächstes, aus welchem Stoff war sein eigenes Zeitalter gemacht?

Daß ein Zeitalter aus Aluminium sein konnte, hatte Past fast beiläufig in einer Hotelhalle in Singapur zur Kenntnis genommen. Ein Aborigine gab eine Pressekonferenz. Er hielt einen Trauerstock in der Hand und trug Racheschuhe aus Emufedern und Menschenhaarschnüren. Er steckte auf einer Leinwandkarte das Reservat ab, in das hinein eine Bauxitmine und eine Tonerdefabrik gebaut worden waren, an der Wand das Foto von einem Tembrama, dem heiligen Banyanbaum, der auf dem Werkgelände eingezäunt war. Past verweilte einen Moment bei dem Aranda, der vor dem Hoteleingang die Feuersäge betätigte: in einem länglich gespaltenen Mulgaholz Känguruhdung als Zunder, auf dem der Aranda mit der Speerspitze hin und her rieb, bis er Feuer anblasen konnte. Hinter ihm einige Eingeborene mit dem Transparent »Yrrkala«, sie trugen rote Stirnbänder zur Erinnerung an das vergossene Blut ihrer Vorfahren und ließen Luftballons steigen, schwarz wie ihre Haut, an den Schnüren Zettel mit dem Schicksalswort »Konzession«, und sie zeigten eine Kopie des von ihnen auf Baumrinde verfaßten Protests. Doch hatte Past keine Zeit für das Referat »Das große Wurfholz«, zu dem ein Poster einlud: Nach über hundert Jahren kehrt der Bumerang wieder und bringt dank eines Parlamentsbeschlusses Land zurück, auch jenes, das von Atombombentests verseucht ist, aber immerhin mehr Quadratkilometer als nur soviel an Boden wie bisher, der gerade dazu reichte, einem Stamm das »Sterbekissen zu glätten«.

Für Gil hingegen war das Zeitalter des Aluminiums eine Offenbarung. Als Past mit ihm nach Recife fuhr, wollte er den »leuchtenden Markt« seiner Kindheit zeigen. Als sie den Ort aufsuchten, verstummte Gil vor Enttäuschung. Anstelle von Türmen, die in der Sonne glänzten und gleißten, stapelten sich Schüsseln und Teller aus farbigem Plastik. Gil blieb nichts anderes übrig, als aus der Erinnerung zu schildern, was er hatte vorführen wollen. Unvergeßlich der Moment, da er als Kind zum ersten Mal die Aluminiumtürme der Schüsseln, Töpfe und Pfannen gesehen hatte; seit damals besaß er Alu-Träume, die aus Bauxit gemacht waren. Von Haus aus hatte er Geschirr gekannt aus zurechtgehämmertem Dosen- und Kanisterblech. Bei ihrer ersten Begegnung hatte er Past die Narbe an der Hand gezeigt, die er sich an einer Blechlampe eingebrannt hatte, aus einer Dose für Kindernahrung verfertigt, die er später Past geschenkt hatte. Einer der persönlichen Gegenstände, die ihm Maria abgebettelt hatte und die in der Truhe zum Abholen bereitlagen.

Wie verschieden ein und dieselbe Epoche ausfallen konnte, hatte Past innerhalb der eigenen Familie erlebt.

Für seine Mutter, die in den Bergen aufgewachsen war, hatte die silberne Epoche anläßlich ihrer Hochzeit stattgefunden. Nach einer Jugend im Bergdorf mit Holztellern, Steingut und Gußeisen erhielt sie von der Familie, bei der sie während Jahren als Dienstmädchen gearbeitet hatte, als Hochzeitsgeschenk einen echt silbernen Fingerhut. Zum Strümpfestopfen oder Knöpfeannähen benutzte sie ihn nie. Der Fingerhut lag in der Vitrine des Stubenbüffets, auf einem Deckchen, das sie gehäkelt hatte. Einmal hatte der kleine Past den Fingerhut in die Hand nehmen und den Reinheitsstempel entziffern dürfen. Als man die Mutter im Heim tot auf dem Boden fand, trug sie, über den Zeigefinger gestülpt, den Silberfingerhut »Für treue Dienste«.

Pasts eignes silbernes Zeitalter hatte mit einem Pinsel angefangen. Als Junge hatte er das Balkongeländer zu streichen, der glänzende Effekt gefiel ihm so sehr, daß er, der sich mißgelaunt an die Arbeit gemacht hatte, die Halter für die Fensterläden silberbronzierte, zunächst nur einen, aber aus Gründen der Symmetrie ebenfalls den andern. Unabsichtlich war er mit dem Pinsel an den hölzernen Fensterladen gekommen; statt daß es ihm gelang, den Flecken wegzureiben, verschmierte er ihn zu einer unansehnlichen Fläche, so daß er am besten den Laden ganz anstrich, was zur Folge hatte, daß er den zweiten Laden anpassen mußte. Spritzer im Gesicht und Haar, Hemd und Hose bekleckert, begutachtete er seine Arbeit, als ihm die Katze um die Beine strich. Als er ihre schwarze Schwanzspitze in den Farbkübel tauchte, warf sie diesen um, so daß Silberbronze auf den Zementboden des Balkons auslief. Past sah sich gezwungen, auch diesen zu streichen. Da die Katze sich in die Stube flüchtete, lief Past ihr nach, er versuchte die Spuren ihrer Silberbronzepfoten von den Polstern wegzuputzen, aber er selber mit seinen verschmierten Schuhen hinterließ größere Spuren; da die Katze sich unterm Bett versteckte, kroch Past ihr nach; er holte sie auch in der Küche nicht ein, sie tüpfelte den Kochherd und hüpfte bereits über die Anrichte zur Garderobe. Noch immer klebte der Pinsel an seiner Hand; wo Past hinfaßte, ob Schalter, Wasserhahn oder Schrank, und wo er hintrat, ob Teppich, Inlaid oder Türschwelle, alles verwandelte er in Silber.

In seiner Erinnerung unterschlug er die Prügel des Vaters, er pflegte zu sagen: Wäre die Farbe im Kübel unerschöpflich gewesen wie das Wasser im Zauberkrug des indischen Magiers, würde er, der bei einem Balkon in einem Zürcher Hinterhof mit Anstreichen begann, noch heute malen und wäre mit dem Versilbern der Welt inzwischen bis zum Nordpol gelangt. Manchmal griff er im Traum zum Pinsel und strich den Globus an, so daß der erloschene Stern bei Mondlicht glänzte.

Andererseits hatte Silber einen Lebensabschnitt von Past besiegelt. Eine Krönung, die zugleich ein Hinauswurf war, den er zunächst als Verschlechterung empfunden hatte, da er eine Zeitlang arbeitslos war, was sich hinterher als Befreiung erwies. Die Abfindung sicherte ihm ein Auskommen, das erlaubte zu reisen, was ihm willkommen war, und es reichte noch immer so weit, daß er es sich leisten konnte, eine schlecht bezahlte Stelle anzutreten wie bei der Kulturstiftung, in die er ad interim eingetreten war und wo er während Jahrzehnten angestellt blieb, bis zur Liquidation, die eben jetzt im Vollzug war.

Die Beendigung seines ersten Arbeitsverhältnisses (»im gegenseitigen Einvernehmen«) hatte der Chef mit einer teuren Argenterie versilbert. Ein Prunkstück, wie er ihm versicherte, ein Unikat, eigentlich museumswürdig (»was man sonst jemandem am Lebensabend zur Krönung schenkt und nicht einem Manne mitten im Saft und im Arbeitsprozeß«). Bevor der Big Boss ihm das Geschenk überreichte, hatte er ihm die Prägestempel unter die Nase gehalten: 800.

Vierundzwanzig silberne Becher, so viele, wie es damals Kantone gab, die Wappen als Emaille im Fuß eingelegt. Auf jedem Kelch Einheimisches, Landschaften und Festivitäten. Ein Bergler, im Hirtenkapuzenhemd, mit fein graviertem Bart, einen bodenlosen Eimer als Lautsprecher benutzend, segnete die Alp. Die Alpen als Kulissen für zwei Schwinger im Sägemehl. Ehrbare Bürger, die sich für die Dauer von Fasnachtstagen in Schreckgestalten verwandelten und jedem, dem sie begegneten, eine Abreibung mit Ofenruß verpaßten. Da tanzte zu Trommelschlägen ein Vogel Gryff mit einem Löwen und einem wilden Mann. Im Fackelzug marschierten Henker von einst im Kapuzenumhang mit. Bildergeschichten, die mit dem Alter oxydierten und schwarz anliefen, für die es aber Putzmittel gab, mit denen man sie wieder auf Glanz polieren konnte.

Diese patriotischen Prunkstücke aus dem letzten Jahrhundert hatte Past zusammen mit Kisten voller Kleider und Haushaltwaren bei seinem Bruder eingestellt. Damals, als er zum ersten Mal einen Haushalt auflöste, hatte Past gewußt, wohin mit seiner Habe, schließlich besaß er einen Erbanspruch auf die Liegenschaft. Das verhielt sich jetzt anders, diesmal hatte er sich bei der Städtischen Verbrennungsanlage Informationen eingeholt – über Preis, Quantitäten und Abholbedingungen.

Als er zur Beerdigung seines Bruders gefahren war, nach Jahren wieder einmal im Elternhaus, stand das Ensemble im Triumphschrank neben den Auszeichnungen des Schützenvereins und den Souvenirs von den Männerchorreisen. Seine Schwägerin beharrte auf dem Anspruch: Das Silberset sei als Geschenk verstanden worden. Past hätte nur einen Becher zurückhaben mögen, den mit den Urnäscher Kläusen, nicht aus Besitzgier, sondern weil Kläuse für sein Arbeitsthema ein anschauliches Beispiel abgaben:

Über ihre Schultern lief der Riemen der Kuhglocken, die auf Rücken und Brust baumelten. Drei der Vermummten waren auf dem Becherfuß zu sehen: ein schöner, ein häßlicher und ein schön-häßlicher mit einem Kostüm aus Moos, Rinde und Tannenreisig, verkleidet als zottiger Bär, mit einem Schafschädel als Gesichtsmaske. Nicht zu hören waren die Schellen oder der knirschende Schnee, durch den sie zu entlegenen Höfen stapften, und nicht zu sehen die Lämpchen, die in den weit ausladenden Hüten aufleuchteten. Diese Kläuse feierten Neujahr mitten im Januar, in einem Land, wo das Neujahr offiziell zwei Wochen vorher begann.

In seiner Wut auf die Schwägerin bedauerte Past, die Gegenstände nicht eingeschmolzen zu haben, umgeformt zu platzsparenden Silberbarren als Altersgroschen, nach Gewicht und Größe geordnet. Warum das Einschmelzen nicht nachholen und Feuer legen, den Triumphschrank in Flammen aufgehen lassen, mitsamt Haus und Hausrat.

Er spürte ein Würgen. Er schloß die Augen. Die Brust wurde zu einer Historienbühne, nachdem er den Vorhang der Lider hatte fallen lassen. In seinem Innern regten sich der Brandstifter und der Marodeur, sie kamen hoch und sahen sich nach Gleichgesinnten und Opfern um.

Gräber öffneten sich. Es kletterten unversehrte Figuren heraus. Einer in Rüstung. Auf dem Brustpanzer ein Kreuz. Ein spanischer Konquistador. Aus dem Dunkel von Pasts Höhlenkopf zwängten sich Unbewaffnete empor, in kurzen Kleidern, mit adlernasigen Gesichtern, in ihrem Stirnband steckte eine Feder. Einige schürten ein Feuer, und andere schleppten Kisten herbei; unter Stockschlägen und Peitschenhieben der Soldaten schütteten sie Halsketten, Armspangen, Ringe, Becher und Masken in einen Tiegel. Einer, der davonlief, wurde von einem Bluthund eingeholt. Ein anderer küßte Jaguar, Schildkröte und Adler, bevor er die Statuetten in den Schmelztiegel warf; dem, der eine Opferschale in den Kleidern versteckte, brannten sie mit einem glühenden Span ein Mal auf die Stirn; einem andern wurde das Gehänge mitsamt den Ohrläppchen weggerissen, weil er zu lange brauchte, um den Schmuck freizuhaken. Was Handwerker und Künstler geschaffen hatten und was in Tempeln aufbewahrt worden war und mit seiner Schönheit Göttern diente, gossen andere in Model, da sich Barren leichter verschiffen ließen beim Transport der Beute in die iberisch-europäische Heimat.

Doch dann fand ein Szenenwechsel statt, über ein Weltmeer hinweg und mehr als zwei Jahrhunderte zurück. Ein burmesischer Krieger bat Past um ein Streichholz. Was Past aus der Tasche zog, war ein Feuerzeug, das nicht mehr funktionierte, geschmückt mit einem Edelweiß. Sie befanden sich in einem Thaitempel. Der Anführer der Burmesen, selber Buddhist, ließ es sich nicht nehmen, eigenhändig Feuer an den liegenden Kolossalbuddha zu legen, um die Goldblättchen wegzuschmelzen, welche Gläubige zur Bekräftigung von Gelübden und Bitten an die Statue geklebt hatten. Die besiegten Thai, mit Fußfesseln, die nur Trippelschritte erlaubten, halfen beim Einsammeln und Verladen des Goldes auf die Elefanten. Zurück blieb eine Statue, die sich seitlich aufstützte und deren Lächeln nicht geraubt werden konnte.

Ein Schrei. Auf der Drehbühne des historischen Globus in seiner Brust kehrte der Anden-Dekor zurück. Eine baumlose Ebene, über der ein Kondor kreiste. Indios hatten einen Spanier überwältigt und zu Boden geworfen, sie knieten über ihm, sperrten ihm den Mund mit einem Knebel auf und gossen in seinen Schlund flüssiges Gold; es quoll ihm über Lippen und Bart und floß bis zum Kruzifix auf seiner Brust, füllte die Wundmale auf und vergoldete den Gekreuzigten.

Schnitt: Die Akteure hatten sich umgezogen für einen Auftritt in Kleinasien zweitausend Jahre früher. Neben dem Fluß Paktolos, in dem Midas das Gold von seinem Körper wegzuwaschen versuchte, lag rücklings einer auf dem Boden, er trug nicht mehr ein spanisches Wams, sondern eine Tunika, mit einem Mäanderband geschmückt, er stammelte Latein und drohte mit der Intervention der Konsuln, neben ihm ein Liktorenbündel. Strampelnd versuchte er sein Gesicht gegen den Boden zu pressen. Auf ihm knieten drei Lydier; sie sperrten dem Römer den Mund auf und schütteten ihm aus einem Tiegel flüssiges Metall in den Rachen, um den Goldhunger des Eroberers zu stillen.

Wie Past die Augen öffnete, war die Szene leer. Sie füllte sich mit Bananenschachteln um seinen Arbeitstisch, mit einer Truhe und einem gegen die Wand gedrehten Bild. Wer noch da war, war der Mandarin – ob dieser mit seinen tiefschwarzen Augen Zeuge geworden war?

Auch Past hatte von einem Eldorado geträumt. Nicht von einem, das er zu finden hoffte, sondern von einem, das er herzustellen gedachte.

Als er *Die Offenbarung auf Franken und Rappen* beendet hatte, dünkte ihn, das Buch brauche nach all den Statistiken und Tabellen einen fulminanten Schluß; er entschied sich für einen »goldenen Epilog«. Past entwarf die Idee, von der er sagte, sie sei eine Vision: Ummünzen, was an Gold in den Kellern der Schweizerischen Nationalbank lagert, nicht in Geld oder Gedenktaler, das Gold Künstlern zur Verfügung stellen, damit die daraus Kunstwerke verfertigen; statt gleichförmig langweiliger Barren soll Geformtes entstehen. Gestalten, was die Nation an Tieren und Pflanzen kennt, nicht nur Steinbock, Gemse und Murmeltier, nicht bloß Enzian und Edelweiß, angesichts der erodierten Alpen und der Klarform von Bergkristallen neben dem Figürlichen auch das Abstrakte (oder Konkrete), Schleife wie Quader.

Er schmückte seine Vorstellung aus: Man könnte mit dem Gold Masken herstellen, Fratzen, wie sie das Volk bei Festivitäten übers Gesicht zieht und wie sie beim Antiquitätenhändler und auf Auktionen zu finden sind. Es wäre an den Künstlern, aufzuzeigen, was es an Alltagsmasken gibt, was für eine Maske sich unter dem Gesicht eines Fahnenschwingers, Bankdirektors oder Gewerkschaftlers versteckt, die Maske als das wahre Gesicht von Sennen, Prostituierten oder Unternehmern, eine Goldmaske für die Putzfrau und eine für den Gastarbeiter, ein patriotisches Panoptikum. Schmuck für die vollschlanke, vollbusige Helvetia, nicht bloß ein Schild, auf den sie sich stützt, sondern Schnallen, Ketten, Ringe und Ohrgehänge, alles aus Gold.

Der junge Past propagierte: Kunst als Golddeckung des Landes.

Aber Past hatte einen Fehler gemacht und damit der Kritik den willkommenen Vorwand geboten, nicht von dem zu reden, worum es ihm gegangen war, sondern vom goldenen Epilog. Um seinen Vorschlag nicht utopisch erscheinen zu lassen, hatte sich Past auf ein Land berufen, das diesen Schritt bereits getan hatte, »ein unterentwickeltes, das uns voraus ist«. Die Golddeckung in Form von Kunstschätzen angelegt, aufbewahrt in begehbaren Tresoren, schwer bewacht, aber Besuchern zugänglich. Past hatte ausführlich aufgelistet, was es, gehämmert, als Guß in verlorener Form oder in Filigran, zu bewundern gab: Kalebassen, Armspangen, Brustschmuck, Ohrringe oder Diademe, erzählende Unikate wie die dreidimensionale Darstellung von einem Häuptling mit sieben Frauen oder eines Floßes mit elf Personen, Tiere wie Eidechse und Frosch, nicht zu reden von den Schalen mit menschlichen Gesichtern und all den Plastiken von Gottheiten.

Fatal war, daß Past als Beispiel Ecuador anführte und nicht Kolumbien, Beweis genug, daß es sich bei dem Autor, der erwiesenermaßen sein Studium nicht beendet hatte, um einen Flunkerer handle, bei seinen Ideen um eine Spinnerei, auch was die Hauptforderung seiner *Offenbarung* betraf:

ein für allemal über die Herkunft des Geldes auf Franken und Rappen Red und Antwort zu stehen.

Past mochte seine Freude am Gold damit erklären, daß es ihm als Kind entgegengelacht hatte.

Die Großmutter mütterlicherseits hatte nach dem Ersten Weltkrieg wegen des Bankenkrachs in Deutschland all ihr Geld verloren. Geblieben war ihr, was sie an Goldplomben, Brücken und Kronen im Mund hatte. Daher legte sie ihr später Erspartes und das wenig Ererbte in Gold an und tat es in den Mund. Ihr Gebiß war zusehends goldener geworden. Wenn der kleine Past eine Geschichte hören wollte, rief er: »Oma, mach den Mund auf!«

»Es war einmal«, so begann der untere rechte Eckzahn, »es waren einmal sieben Zuckerrohre. Ihre Vorfahren waren von weit her über den Atlantik auf eine karibische Insel verpflanzt worden. Diese sieben wuchsen auf einer Plantage heran und überstanden zusammen zwei Orkane. Eines heißen Tages wurden sie von ihren Wurzeln abgeschnitten und ließen Stoppeln zurück. Der Schwarze, der mit der Machete zuschlug, sang ein fröhliches Lied zur traurigen Arbeit. Zwei Zuckerrohre kamen auf den lokalen Markt, eines wurde in eine Presse gequetscht und gab seinen braunen Saft als Getränk ab, das andere wurde in mundgroße Stücke geschnitten, Kinder lutschten daran und saugten alles Süße heraus. Die fünf andern kamen in die Siederei. Der Saft des einen Zuckerrohrs, das als junger Halm bei leisestem Wind getorkelt hatte, wurde gebrannt, als Teufelswasser in eine Flasche abgefüllt und brachte als Rum starke Männer ihrerseits zum Torkeln. Der Saft des zweiten wurde eingedickt und in eine Melassetafel abgefüllt.

Das dritte wurde zu braunem Zucker zermahlen, und das vierte, raffinierter, zu weißem und hatte die Wahl zwischen Würfel und Grieß. Das letzte aber geriet in die Hände eines Konditors, der es in einen Schokoladenguß mischte; es zierte eine Torte und gelangte mit einem Glückskäfer aus Marzipan in den Mund der Großmutter, wo es, hungrig von soviel Unterwegs und Veredlung, sich an den unteren rechten Eckzahn hielt und sich an dessen Schmelz gütlich tat.

Der linke untere Eckzahn hingegen erzählte das Schicksal von einem, der übrigblieb und für immer Rest bleiben wollte. »Nimmt jemand noch die Erbsen, nur einen Löffel voll? Wem darf ich die paar Kartoffeln schöpfen? Waren die Spätzle nicht gut? Was soll ich mit dem Rest Blumenkohl? Eine Sünde, die Suppe wegzuschütten.« Die Großmutter sah sich vergeblich nach jemandem um, der sich erbarmt hätte; so aß sie die Reste selber, in der Küche oder auf dem Weg dorthin, überzeugt, daß es zum Schicksal der Hausfrau gehört, Schüsseln leer zu essen, bevor sie abgewaschen werden, und daß nichts Eßbares weggeworfen werden darf, denn »da gibt es in der Welt überall Kinder, die froh wären«. Der Hungernden in der Welt eingedenk war die Großmutter rundlich geworden. Einem Rest aber kam es gelegen, daß ihn niemand schöpfte; dem gefiel es in der Schüssel, er mochte nicht, daß die Großmutter ihn mit dem Finger vom Terrinenrand in den Mund schob und die Sauce hinterher mit einem Stück Brot auftunkte. Der Rest ließ sich nicht schlucken. Er war noch nie in einer Höhle gewesen, die golden aufleuchtete, wenn vorn die Gebißklappen aufgingen. Er verkroch sich in einer Zahngrube, wo die Bürste nicht hinfand, zumal er kitzelig war und das Borstenreiben haßte. Der Rest verwandelte sich in Säure, grub sich ein Loch und schaufelte sich ein Grab, an das eine Goldfüllung erinnerte.

Der Goldmund öffnete sich, sobald der kleine Past schrie: »Oma, Mund aufmachen.« Da schoben die Mahlzähne einmal hin und einmal her, sie mahlten die gleiche Geschichte vom »Es war einmal«, kauten an Prinz und Prinzessin, an Hexe und Fee, bis alles und alle dünnflüssig waren, Räuber und Ritter, der böse Wolf und das liebe Geißlein: »Falls sie nicht geschluckt worden sind, wird heute noch an ihnen gekaut.«

Da war der Stiftzahn aus purem Gold, der kaum etwas sagte, außer, er sei in der Trommel einer Lotterie geboren worden, der große Happen sei als Hypothek für ein Lotterhaus an eine Bank gegangen, ihn selber habe man in einem Kiefer angelegt. Sein Gold stamme aus Südafrika und war im Hintern eines Schwarzen an allen Kontrollen vorbei aus der Mine geschmuggelt worden, von einem der Minenarbeiter, deren Belastbarkeit in einer Klimakammer geprüft worden war, ob sie die vierzig Grad in dreitausend Meter Tiefe aushielten, nicht nur davon erzählte der Zahn, er träumte von der Geborgenheit im Konglomerat, aus dem ihn Sprengstoff und Preßluftbohrer herausgerissen hatten. Nur nie mehr eine Kugelmühle durchlaufen müssen, er sehnte sich nach den Savannen seiner Herkunft, nach dem Springbock und dem Strauß.

Da war ferner der Schneidezahn, der erst redete, wenn man ihm sagte, wie hoch bei der Börse der Unzenpreis stand; da der kleine Past keine Ahnung hatte, rief er irgendeine Zahl, was den Zahn mit der Zeit so verwirrte, daß er die Plombe verlor und von der vorgoldenen Zeit der Zahnstocher träumte.

Völlig anders verhielt sich der Schneidezahn mit der Goldkrone, der schwärmte von der lustigen Zeit, da der Dentist als Bandleader Instrumente dirigierte wie Klemme, Matrize und Separator. Vor lauter Lachgas konnte sich der Zahn nicht halten, er wirbelte mit dem Beutelrockbohrer, trieb Scherz mit dem Rosenbohrer, drehte sich zur Rattenschwanzfeile und warf den Speichelzieher mit einem Juhe in die Luft.

Die anspruchvollste Geschichte kam aus dem dunklen Hintergrund.

»Pulpa, o Pulpa«, klagte der Weisheitszahn von weit hinten, so daß ein Zäpfchen zitterte: »Was hab ich durchgestanden« – obwohl die Zeit der Zahnbrecher und Zahnreißer vorbei sei, vorbei auch, daß man wegen Zahnweh den Barbier aufsuchte, geblieben die Illusion des schmerzlindernden Nelkenöls. Er habe vor Verzweiflung mit einer dicken Backe auf sein Schicksal aufmerksam gemacht. Bei Kaltlicht habe er sein Innerstes bloßgelegt, ausgeräumt von einem Exkavator. Es imponierte dem kleinen Past: »Das ist Schicksal, wenn man dem Erlebten nur noch mit Fremdwörtern beikommt.« Und der Zahn: »Ein Glück, vor der Nekrose bewahrt worden zu sein.« Nachdem die Milchzähne ausgefallen und gezogen waren und die Zweitzähne alle durchgebrochen, da war es an ihm, aufzutreten. Als krönender Abschluß der Zahn der Weisheit. Aber wie verletzlich war die Weisheit, anfaulbar, dem Knochenfraß ausgeliefert. Was die andern Zähne Löcher nannten, waren für ihn Wissenslücken, die geschlossen werden mußten, und sie wurden mit edlem Material geschlossen. »Was habe ich«, so ging die Klage, »durchgestanden, bis ich zu meinem Gold kam, ich, der ich das Heiße und das Kalte liebte; beides tat weh, wenn es durch die Lücken zog. Wie ist mir der Bohrer auf den Nerv gegangen, man hat mir das Zahnfleisch mit dem Skalpell bis zum Knochen abgehoben, ich hatte mich der Kuhhornsonde anvertraut. Wer es zu etwas bringen will, darf Opfer nicht scheuen, muß alle Arten von Kürettagen auf sich nehmen: Aber am Ende liegt zur Belohnung Gold auf der Kaufläche der Weisheit.«

Die Großmutter hatte ihrem Enkel zugeflüstert, die Politik schließe einem den Mund, aber sie könne nicht nehmen, was einmal fest darin sei, ein Mund huste, spucke, blase, aber er krache nie wie eine Bank. Sie sollte von der weiteren Geschichte ihres Landes wenig erfahren.

Als die Großmutter verschwand, nahm sie die Goldgeschichten mit. Da Vater und Mutter jeder Frage auswichen, vermutete Past, sie sei gestorben und man wolle es ihm nicht sagen, hatte er doch zufällig erlauscht, wie der Vater sagte: eine teure Leiche.

Aber dann war ihm hinterbracht worden: Die Großmutter sei mit einem Ungarn durchgebrannt, mit einem abgetakelten Tänzer, der nach Parfüm stank und sich als Varietékünstler durchschlug. Seine Großmutter biete eine Sensationsnummer: Sie steige in einen Sarg, lasse sich entzweisägen und sei hinterher wieder ganz, ohne jede Narbe, nicht wie beim Blinddarm.

Vergeblich hatte Past auf ihre Rückkehr gewartet. Er hatte sie auf Rummelplätzen gesucht, es hätte ihn nicht gestört, sie als Dame ohne Unterleib wiederzusehen. Kein

Aufmarsch einer Blechmusik, ohne daß er überzeugt war, die Großmutter habe das Trompetengold poliert. Wo er, älter geworden, ein goldglänzendes Wirtshausschild antraf, sah er sich zum Einkehren verlockt, weil seine Großmutter ja am Ausschank tätig sein konnte, zu dem eine Sonne oder ein Adler einlud, ein Krug oder ein Kreuz. Und wenn Past in Kirchen vor Altären stand, vor vergoldetem Drechselschnitzwerk, umgeben von vergoldeten Wänden und unter goldenen Decken, hätte es ihn nicht gewundert, wenn zwischen den Girlanden auf den Säulen statt einer Putte seine Großmutter hervorgewinkt hätte.

Er hatte früh von Goldenen Städten gehört und einige von ihnen aufgesucht. Wenn er je jemandem die Lieblingsstadt unter den Goldenen hätte zeigen wollen, hätte er sie der Großmutter vorgeführt. Ihr nicht einfach von einem Hotelfenster aus gezeigt, wie sich goldne Zwiebeltürme gegen Stalinhochbauten verteidigten; er hätte sich nicht damit zufriedengegeben, mit ihr, begleitet von Puy, in Bangkok goldene Dächer zwischen und hinter Beton und Glas zu suchen. Nein, er hätte am liebsten gesagt: »Großmutter, schnall dich an, wir landen, und schau!« Im Sinkflug zieht die Maschine eine Schleife über Rangoon, die Pagoden im Licht der schräg einfallenden Abendsonne, die Blitze der Edelsteine, in goldener Beleuchtung, abgehoben gegen einen verblassenden Himmel, ein Gleißen, das der Irawadi mit seinem Mäander deltaweit mitmacht, selbst die Fährboote leuchten auf, vergoldet der Schaum des Kielwassers, ein kurzes Schauspiel vor der Nacht, die nicht schrittweise kommt, sondern hereinbricht.

Sie war nicht zu finden. Ob sie sich im Konvolut einer

Inkunablen zwischen Initialen in einem Bilderrätsel verkrochen hatte? Ob sie sich in einer Mine tief unter der Erde in einer unauffindbaren Ader beim Erz ausruhte? Oder war sie gar nicht mit einem Tingeltangel-Ungarn durchgebrannt, sondern mit einem Waldläufer und wusch irgendwo in einem Fluß Sand und Kies? Aber vielleicht war die Großmutter einfach unabkömmlich, da sie weit oben auf einer Siegessäule ihre Goldgeschichten den Winden erzählte, die sie an die Vögel weitergaben.

Nur wenn Past die Augen schloß, die blaugrünen, sah er sie, gewöhnlich in einer Schürze vor dem Spülbecken.

Die Grossmutter hatte ihm keinen Goldzahn vererbt, und doch hatte sie ihn zu einem reichen Mann gemacht. Sie hatte ihm eine Banknote geschenkt, gedruckt in den zwanziger Jahren, einen Geldschein aus der Zeit der deutschen Inflation, deren Opfer sie geworden war: »Eine Billion Mark«.

Als Past den Geldschein in der Schule herumzeigte, stritten seine Mitschüler darüber, wie viele Nullen eine Billion hatte; sie pufften sich wegen der Behauptung, daß eine Million mehr wert sei: Ein reicher Mann heiße Millionär, und sie verspotteten Past als Billionär: Er hatte damals gerade das Wort »perplex« aufgeschnappt, an dem er hängenblieb, weshalb sie ihn mit »perplexer Billionär« hänselten.

Den Geldschein in der Hand, hatte er sich als Neubeschenkter in eine Ecke verkrochen; er versuchte dahinterzukommen, was Lt.K bedeutete, zudem stand auf der Banknote »Gutschein«. Da die Note von der Reichsbahndirektion ausgegeben worden war, brauste eine Dampflokomotive dem Betrachter ins Gesicht. Der kleine Past machte tütütü, als er sich ausmalte, was er für »Eine Billion« zusammenkaufen konnte: alle Bärendreckstengel und alle Wundertüten, eine Schokoladenfabrik, karierte Socken, einen Zoo mit Raubtierkäfigen, für die Großmutter ein Katzenfell gegen Rheuma, und bei einem solchen Betrag würde er auch seinen Bruder beschenken, damit ihm dieser nicht immer an den Baukasten ging. Der Mutter würde er Geld geben, so war er sicher, nichts falsch zu machen. Am besten war es, die ganze Welt zu kaufen und hinterher zu schauen, was sich davon brauchen läßt.

Die Großmutter hatte ihm auf den Lebensweg einen Rat mitgegeben: »Paß gut auf. Schön an diesem Geldschein ist, daß man ihn nicht ausgeben kann; da wertlos, bleibt er dir erhalten.«

Die Millionen, zu denen Past später kam, gab er aus. Er hatte im Nachkriegsfrankreich zum ersten Mal Millionenwerte bei sich getragen. Ob es zutraf oder nicht, er hatte sich die Erinnerung so zurechtgelegt, daß er für einen Kaffee vier Richelieus hinblätterte und am Stand eine Crèpe zum Preis von drei Jungfrauen von Orléans erwarb, die Pommes frites waren mehr wert als ein einziger Cartesianischer Diskurs. Was war sonst auf den Noten abgebildet? Wäre es nach ihm gegangen, wäre die Guillotine auf die Banknote gekommen, sie wäre kaum falsch gewesen auf einem Papier, das auch den Halsabschneidern dient.

So überraschte es ihn nicht weiter, als ihm bald danach während Trampferien in Athen ein Bankbeamter für den Gegenwert einer bescheidenen Summe von ein paar hundert Schweizer Franken ein Bündel nach dem andern auf den Schaltertisch legte. Mehrere Akropolis wechselte Past für eine Fahrkarte zu seiner Pension im Hafen von Piräus. Jupiter und Sokrates trugen sechs Nullen auf dem Rücken. Diesmal nahmen der Anführer der Musen und eine Schaumgeborene an der Entwertung teil. Nur den traf Past auf den Banknoten nicht, der ihm für Finanzen zuständig schien, den Gott der Händler und der Diebe, der Straßenkreuzungen und der vielfachen Buchhaltung.

Im Verlauf seiner Tätigkeit war Past von ukrainischen Kouponmillionen zu Türkisch-Pfund-Millionen gereist, hatte Taschen und Portefeuilles millionenschwer von Cruzeiros und Pesos, von Lire nicht zu reden. In unzähligen Währungen war Past Millionär ohne Kaufkraft geworden.

Nach seiner jeweiligen Rückkehr aus dem Ausland pflegte Past eine Zeitlang die restlichen Geldscheine in Briefumschläge zu stecken, für einen späteren Gebrauch, darunter auch Banknoten von Ländern, in die er kaum mehr reisen würde, Banknoten, die zu Hause keine Wechselstube umtauschte.

Allerdings brachte er immer seltener Fremdwährungen heim. Wo in den Flughäfen Sammelboxen standen, tat er vor dem Abflug hinein, was von der jeweiligen Landeswährung übriggeblieben war – für Blinde oder Leprakranke, für Drogenabhängige oder einen Wildpark. Er betrachtete die Spende als Abschiedsopfer und wie jedes Opfer als ein Sich-Freikaufen.

Doch trug er immer weniger Bargeld bei sich. Er hatte mühelos den Schritt vom Geldzeitalter des Papiers in das des Plastiks vollzogen; er hatte es zu einem kleinen Leporello aus Kreditkarten gebracht. Jedenfalls war er heilfroh, daß dreitausend Jahre zuvor ein Volk vom Vieh auf Geld umgestellt hatte und dies nachgeahmt worden war. Wenn er sein Monatsgehalt in Form von Rindern kriegte, wie sähen die Bankschalter aus? Wären es Stallungen, wo man misten müßte, würden Anlageberater Kühe melken und nicht Kunden? Würde man wegen der Bezüge zum Metzger gehen?

So wäre der Umgang mit Geld ein Geschäft, das unverhüllt blutig ist.

Das waren Vorstellungen, mit denen Past nicht ungern gespielt hatte, als er *Die Offenbarung* herausbrachte, die Publikation, die sein Leben verändert hatte. Allerdings hatte ihn damals ein anderes Umrechnen interessiert – nicht, wie viele Kamele eine Braut wert war oder wie viele Muscheln ein Fernsehapparat kostet, sondern zu welchem Betrag wird eine Verleumdung umgerechnet und auf wie viele Franken läßt sich ein Tag Gefängnis festlegen. Past hatte ausführlich einen Winkelautor zitiert, als er sich mit dem Wort »Schmerzensgeld« befaßte; alles Geld sei Schmerzensgeld, immer habe irgendwo einer dafür gelitten.

Dank der Geldscheine, die er eine Zeitlang heimbrachte und, nach Nationen geordnet, in Briefumschläge steckte, war eine kleine Bildergalerie entstanden. Als seine Nichte ihn noch besuchen durfte, war sie einmal mit Onkel Past die Banknotensammlung durchgegangen: Ist das ein Prinz? Beißt ein Tier mit einem solchen Schwanz? Kann man die Frucht essen, die abgebildet ist? Ist das eine Zahl, oder was bedeuten die Girlanden?

Und Onkel Past las ihr vor: Der Mann mit Zwicker und Bart, ein Wissenschaftler, hatte Parasiten studiert. Die Leute auf der nächsten Note ernteten Kakao, und auf einer andern legten sie Leitungen fürs Erdöl. Da war ein Aufdruck, den man von rechts nach links las und den andern von oben nach unten. Zu ihrem Lieblings-Währungstier wählten sie einen gehörnten Elefanten mit einem Pferdekörper.

Die Großnichte erbettelte die Geldscheine und brauchte

sie für ihren Kaufladen; sie hatte in einem Schuhschrank das erste Detailgeschäft der Welt eröffnet, in dem es möglich war, mit Rubel zu bezahlen und als Herausgeld Cedis zu erhalten, da kostete ein Liter Milch einen Quetzal und ein Würfelzucker tausend Won, ihre Kasse klingelte für alle Arten von Pfund und Dinar, für Rupien und Gulden. In ihrem Weltladen nahm sie auch Hemdenknöpfe an und rechnete Büroklammern in getrocknete Feigen um.

Den Billionmarkschein, von dem er erzählte, konnte er dem Mädchen nicht zeigen, sosehr sie ihn bestürmte. Er hatte den Inflationsschein beiläufig in einer Kaffeepause erwähnt. Ein Kommissionsmitglied, Dave Rosebush, wurde hellhörig; er brachte zur nächsten Sitzung einen Geldschein mit. Er hatte als Kind vier KZ-Jahre überlebt. Während Past sich als Junge in eine Ecke zurückgezogen hatte, um zu durchträumen, was er für eine Billion zusammenkaufen konnte, hatte der andere einen Lagerschein in seiner Tasche versteckt; er holte ihn nachts hervor und hielt ihn so nahe an die Augen, daß er das Papier roch. Während der eine genaue Vorstellungen von dem hatte, was er sich wünschte, erträumte der andere Dinge, von denen er gehört hatte, daß es sie jenseits der Wachttürme und des Stacheldrahts gab. Sie tauschten die Traumwährungen ihrer Kindheit: eine Währung, die im Todeslager Gültigkeit hatte, gegen eine Währung, die draußen nichts wert war.

Als Past es einmal wagte, nach dem KZ zu fragen, erzählte der andere von einer Begegnung, die er gehabt hatte, als er noch für die UNESCO, Abteilung Kulturgut der Menschheit, arbeitete. Anläßlich einer seiner Inspektionsreisen in Schwarzafrika war er von Dakar aus auf die Insel Gorée gefahren; in der *Maison des ésclaves* sei er einem Pärchen gefolgt, von der Wohnung mit dem kostbaren Mobiliar des niederländischen Sklavenhändlers hinunter in die Lager und Frachträume. Der junge Schwarze, der Körperlänge nach ein Woluf, habe seiner Freundin oder Braut anhand der Ringe in der Wand erklärt, wie ein Fußeisen angebracht wird, das eine Stange mit der Halskette verbindet. Da habe sich die junge Frau plötzlich losgerissen und sich das Handgelenk gerieben. Um sie nicht an einen Händler zu verlieren, hatte der junge Mann den Arm der Frau so fest umklammert, daß er ihr weh tat; mit Küssen befreite er die rot angelaufenen Stellen vom Schmerz.

Vom KZ redete Rosebush hingegen, als Past seine Vielsprachigkeit bewunderte. Sie hätten einander im Lager Sprachen beigebracht, ein Kind habe etwas in seiner Sprache gesagt, und die andern raten lassen, was es in ihren Sprachen bedeutete, wer jeweils das Rätsel aufgab, habe mit Tonfall und Geste nachgeholfen. Die Sprache sei ihr Spielzeug gewesen, das ihnen kein Deutscher wegnehmen konnte; auf diese Weise habe er seine ersten polnischen Brocken gelernt, ungarische und rumänische Wörter, sein Spanisch habe er von einem Saloniki-Judenkind; das erste, das sie einander beibrachten, war das Wort »warum«. Als sie seinen Vater in die Gaskammer abführten, habe er ihm in vier Sprachen »auf Wiedersehen« gesagt.

Past hatte im Büro das Bild neben die Landkarte mit dem Einhorn aufgehängt. Manche Besucher hatten ihr Erstaunen und ihren Unmut geäußert: Wer so etwas an die Wand hefte, sei ohne Pietät und geschmacklos. Da beschloß Past, den KZ-Lagerschein als Kunstwerk auszugeben, als Beispiel zeitgenössischer Grafik, und tat ihn in einen teuren Wechselrahmen. Der gleiche Gegenstand wurde nun als kreativer Einfall gewertet. Ein Kunstkritiker bewunderte die schlichte Aussagekraft und nahm das Bild in einen Sammelband *Objets trouvés* auf.

Rosebush und Past waren sich nähergekommen, als Past Informationen übers jüdische Neujahr wünschte, am liebsten hätte er an einem solchen teilgenommen, bemerkte aber im Moment, da er den Wunsch vorbrachte, seine Aufdringlichkeit. Rosebush hatte von sich als einem »Dreitagejuden« gesprochen: Es gebe drei Tage im Jahr, an denen er sich zu seinem Judentum bekenne: zwei Tage an Rosch-ha-Schana und einen an Jom Kippur. Monsignore, der oft das Ohr dort hatte, wo die andern es nicht mochten, drauf aus, auch ohne Beichtstuhl Beichte zu hören, meinte: Das erinnere ihn an die Vierräderchristen, die nur dreimal in die Kirche gingen, für Taufe, Hochzeit und Beerdigung, und zwar nie zu Fuß, das erste Mal werden sie getragen, nachher nehmen sie die Kutsche und zum Schluß den Sarg.

Past und Rosebush hatten sich in eine Kantinenecke gesetzt. Neujahr, Rosch-ha-Schana, der Kopf des Jahres, Jom T'rua, wie soll er das übersetzen, überlegte Rosebush: »Tag des Lärmschlagens«, »Tag des Posaunenschalls«, sicher »Tag des Widderhorns«. Im Gegensatz dazu Jom Kippur, ein Tag zum Fasten und um Buße zu tun, sosehr er diesen beiden Festtagen die Treue halte, die nachhaltigste Erinnerung habe er an Pessach, wenn der Auszug aus Ägypten gefeiert wird: »Da habe ich mitgebetet, was heißt mitgebetet, mitgeschrien habe ich, wenn es galt, dem Vorbeter zu antworten: ER schickte die Dürre, und alle antworten: ›Wär das nicht genug gewesen‹, doch ER schickte die Heuschrekken, und wiederum: ›Wär das nicht genug gewesen‹, aber nein, es kam die nächste Plage, und obwohl alle meinten, das wäre genug gewesen, kam eine weitere, und es war noch immer nicht genug mit all den Plagen, welche nach den ägyptischen kamen.«

Nun waren die beiden auch in der gleichen Kommission tätig, als das chinesische Neujahr verhandelt wurde; sie fanden in ihrer Dokumentation ein Bündel Hunderttausendernoten. Es brach ein Streit aus, wer zuständig sei für die Entzifferung der chinesischen Zeichen: der Vertreter von Beijing oder der von Taipé, Festlandchina oder Inselchina. Rosebush und Past drangen mit dem Kompromißvorschlag durch, ein Manilachinese soll sich der definitiven Fassung annehmen. Der Kandidat konnte vorweisen, daß seine Vorfahren im Auftrag der Spanier auf den Philippinen am Bau von Kirchen mitgewirkt hatten, Handwerker des Erdbebenbarock; seine Ahnen hatten vor den katholischen Gotteshäusern chinesische Tempelwächter angebracht, Löwen, die die bösen Geister daran hindern sollten, die Messe zu stören.

Die chinesischen Geldscheine, die der Tradition nach am Neujahrstag verbrannt wurden, waren Falschgeld, das geopfert wurde, um gültige Noten fürs kommende Jahr herbeizulocken. Einen dieser Scheine, einen Hunderttausender, hatte Past in das Buch gelegt, auf dessen Schutzumschlag der Mandarin abgebildet war, der nach der Sehtüchtigkeit der blauen Augen fragte. Past blätterte in dem Buch, was der Mandarin ohne Widerstand geschehen ließ, wenn auch unruhig ob dessen, was hinter seinem Rücken geschah.

Als Past den Geldschein zwischen Buchseiten fand, hielt er ihn dem Mandarin hin; dieser reagierte nicht. Past legte die Banknote auf den Tisch neben den Aschenbecher und die Brille. Der Mandarin zeigte auf die Brille, als sei es an dem Gestell und den Gläsern, zu antworten.

Ja, die Augen waren defekt. Nicht nur wegen partieller Farbenblindheit. Vor allem das rechte, es litt an Hornhautverkrümmung. Insofern könnte der Mandarin spezifizieren: Was sieht einer mit einem verkrüppelten blaugrünen Auge?

Welch hohe Kunst des Zielens und Treffens erreicht werden kann, hatte Past im kolumbianischen Amazonien erfahren. Die Gruppe, der er sich angeschlossen hatte, war zu früh am Urwaldschauplatz eingetroffen; während die andern sich in der Palmenhütte gekühlte Getränke servieren ließen, streifte Past herum. Als er über eine Luftwurzel stolperte, hielt er sich am Lianengehänge einer Palme fest und schob es beiseite. Er beobachtete, wie ein Indio am Ufer die Blue jeans auszog, danach die Boxershorts, wie er seinem Jungen half, aus den Hosen zu klettern; sie versteckten die Kleider und die Bastschuhe hinter einem Busch. Während der Junge nackt blieb, knüpfte der Indio sich einen Lendenschurz um, streifte ein Kettchen von Nußschalen über den Fuß bis zum Knöchel, darauf schmierte er sich mit einer Salbe ein; seine rötliche Haut wurde noch röter. Dann bezog er Position, den rechten Fuß auf einem Strunk, den Speer in der Hand; der Junge kauerte neben ihm. Der Indio gab einen Laut von sich. Der Reiseführer interpretierte den Ruf: »Ein Kakadu«, und er führte die

Touristen in die Sichtweite des Indios. Dieser holte aus, verharrte mit durchgestrecktem Körper, zielte, schmetterte den Speer, wie ein Pfeil drang die Waffe ins Wasser; der Junge sprang hinterher und holte den Fisch heraus, der an der Speerspitze zappelte. Der Reiseführer hatte gebeten, nicht zu applaudieren, weil der Lärm die Fische vertreibe. Der Indio warf seinen Speer ein zweites Mal, und der Junge holte einen zweiten aufgespießten Fisch aus dem seichten Gewässer. Als der Indio für das Fotografieren freigegeben wurde, stand er ungünstig im Gegenlicht, er drehte sich (»den rechten Arm höher, sonst ist Schatten auf dem Gesicht«). Der Indio warf für das Erinnerungsbild den Speer auf ein vereinbartes Zeichen landeinwärts in Richtung Lianen; der Indiobub stieg mit dem einen Fisch an der Speerspitze in die Bucht und tauchte für die Kameras noch einmal mit der Beute aus dem Wasser auf, nur daß der Fisch diesmal nicht mehr zappelte.

Past hatte sich als Jugendlicher eine Zeitlang durchgeschwindelt, weil er keine Brille tragen wollte. Es blieb ihm nichts anderes übrig, als sich in die vorderen Reihen zu drängen, sei es in der Schule oder bei irgendeiner Veranstaltung. Er hatte eine Schlitzaugentechnik entwickelt: Die beiden äußeren Augenwinkel seitwärts nach außen ziehen, damit gewann sein Sehen und Schauen einen höheren Grad von Schärfe. Was der Mandarin wohl sagen würde, wenn er erführe, daß Past damals als »perplexer Chinese« verspottet wurde.

Zum Eklat war es in der Rekrutenschule gekommen, als Past bei der ersten Schießübung im offenen Feld mit sechs Schüssen null Punkte erzielte; und zwar auch bei der zweiten und dritten Wiederholung. Der Kamerad zu seiner Rechten stürzte sich mit gezücktem Bajonett auf ihn. Der Unteroffiziersanwärter wäre der unbestrittene Sieger gewesen; doch auf seiner Scheibe wurden sieben Sechser gezählt, ein Volltreffer zuviel, und der war von Rekrut Past. Der hatte die eigene Scheibe verfehlt, dafür beim Mann nebenan ins Schwarze getroffen.

Auch als man lebensnäher auf Männchen zielte, deren Herz schwarz markiert war, kam der Feind bei Past ungeschoren davon. Past geriet in den Verdacht von Obstruktion; doch es waren eindeutig die Augen. Niemand konnte sich erklären, daß man die Untauglichkeit bei der Aushebung und der medizinischen Musterung nicht bemerkt hatte. Past wurde freigestellt; er hatte die Gläser zurückzugeben, die eigens für seine persönliche Gasmaske angefertigt worden waren, zusammen mit Karabiner, Munitionstaschen und Bajonett, mit der Uniform, den Marsch- und Bergschuhen, dem Tornister und dem Brotsack und der Feldflasche – all dem, womit er ein paar Wochen zuvor als Wehrtüchtiger ausgestattet worden war.

Aber auch wenn Past das Schießen zur Perfektion gebracht hätte, er hätte diese Fähigkeit nie einsetzen müssen, um auf Männchen zu zielen, deren Herz nicht schwarz markiert war, sondern rot pulsierte. Wenn Past sich privilegiert vorkam, dann wegen der unverdienten Umstände, daß er nie auf einen andern hatte schießen müssen

In der Hinsicht verdankte er seinem Jahrgang viel. Der Stiftungsarchivar Katzbach pflegte die Gnade der späten Geburt für sich zu beanspruchen; im Falle von Past schien es auch eine Gnade der geographischen Längen- und Breitengrade zu geben, auch damit blieb die Liebgott-Frage offen: Womit hat der eine die Gnade verdient und der andere nicht. Monsignore fiel nichts anderes ein, als daß es sich um eine Prüfung handle, der Mensch schien sich ein Leben lang im Examen zu befinden. Sollte die Gnade nichts anderes sein als der abgesegnete Auftritt des Zufalls? Unvergeßlich der interne Übersetzerstreit, wie Zufall auf englisch und französisch heißt: »Sind *hasard* und *chance* gleichwertig?« Past akzeptierte die Zufälligkeit seines Jahrgangs. Auf die Frage nach seinem Geburtsort konnte er antworten: zwischen Hasard und Chance.

Als Past in den obligatorischen Militärdienst einberufen wurde, war der Zweite Weltkrieg seit vier Jahren zu Ende. Sein Land, das nicht in diesen Krieg hineingezogen worden war und sich weder gegen einen Aggressor zu wehren noch einen Besatzer zu ertragen hatte, brauchte auch hinterher keine Waffen einzusetzen. Um so gewissenhafter wurde der Ernstfall geprobt – nach Reglement und in Wiederholungskursen, strategisch und taktisch. Zu seiner letzten militärischen Aufgabe gehörte es, die Getränke für die Lagebesprechung eines Manövers zu besorgen: »Die Gelben rücken gegen die Voralpen vor. Den Blauen ist es gelungen, die Einkesselung des Stausees zu durchbrechen. Jetzt besetzen die Russen den Aussichtsturm auf der Hochwacht. Die Brücken über die Reuß gesprengt. Die Grenadiere sind im Anmarsch. Sanitätshilfsstelle im Aufbau. Rapport 17.15 im ›Rössli‹. Nachtessen 18.45. Abtreten 19.30. Übung ›Atombombe‹ auf morgen verschoben.«

Mit zunehmender Verbesserung der Kriegstechnik entpuppte sich sein Augenproblem als Lappalie. Da wurden

Schießbrillen produziert, die zwar das Zielen nicht überflüssig machten, aber erleichterten, nicht zuletzt zu Freud und Nutz von Sportschützen und Kriminellen. Die Waffen waren mit einem Zielfernrohr ausgestattet. Wie man jemand ins Visier nahm, kannte Past von Filmen her. Obwohl er hundertmal mitgefiebert hatte, wuchs jedesmal die Spannung von neuem, wenn das ahnungslose Opfer (oder war's der Leibwächter) ins Fadenkreuz geriet. Schießt er, oder schießt er nicht, manchmal war ihm, als sei er selber am Drücker.

Wäre Past zwei, drei Generationen jünger gewesen, hätte er bei der modernen Kriegsführung ohne Bedenken effizient eingesetzt werden können. Für Raketen, die ihr Ziel selber suchten, waren seine Augen kampftauglich. Entscheidend war, die richtige Taste im richtigen Augenblick zu drücken. Als Folge der High-Tech-Strategie hätte Past nicht an eine Front geschickt werden müssen, obwohl nach wie vor dort Soldaten im Einsatz standen. Er hätte in einer Zentrale militärisch seinen Mann stellen können. Der Angriff spielte sich auf dem Bildschirm ab, man verfolgte die Bahn des Geschosses, ein Explosionssymbol zeigte an, daß das Ziel getroffen war. Für diese Art des Zerstörens und Tötens wäre er mit seiner Lesebrille ausgekommen.

Bei dieser Kampfführung waren weder der Einschlag noch ein Krachen zu vernehmen, keine Schreie zu hören und kein Klagen. Das verhielt sich mit den Bildschirmen in den Spielsalons anders, die Past noch gelegentlich aufsuchte. Bei den Videospielen begleiteten das Knattern von Salven und das Einschlagen von Bomben die Operationen, der Kasten vibrierte vor Heulen, als bebe der Boden; wurde ein Gegner oder einer der Eigenen getroffen, platzte die Brust mit einem Knall, und es ratterte der Zählerautomat.

Ob der Mandarin nach Augen fragte, die Ohren haben?

In den ersten Schlachten, die Past schlug, hatte er keinen Gefallenen lautlos untergehen lassen. Warf er den getroffenen Zinnsoldaten um, begleitete er seinen Sturz mit Stöhnen und Aufschrei. Die Schlacht fand an der Türschwelle zu dem Zimmer statt, in dem er schlief. Auf seiner Seite Zinnsoldaten zur Verteidigung und auf dem Flur Ritter, größer von Statur und nicht flach, erworben von der Mutter bei einer Zwangsversteigerung, schon damals nicht mehr alle intakt. Der Feind war nicht aus Zinn, sondern aus Gips; wenn Past einen der Ritter zu Tode schubste und dieser fiel, verbog er sich nicht, möglich aber, daß Farbe absplitterte, daß er ein Glied verlor und es aus seinem Innern bröselte. Manchem Roß und Reiter stand aus Hals, Armstumpf oder Bein ein Drahtstummel ab, und einige waren schon als Invalide in die Schlacht gezogen. Aber auch den Feind ließ Past nie ohne Ach und Weh sterben. Er gönnte ihm einen Schrei als Ersatz für das, was in dem Leben, das zu Ende ging, unausgesprochen geblieben war.

Ob der Mandarin Augen meinte, die nach einem Mund Ausschau hielten, weil sie Ohren hatten?

Wie Past als junger Mann im Nachkriegseuropa reiste, hatten ihn Schilder in Eisenbahnen und Untergrundbahnen irritiert: Reserviert für Kriegsverletzte. *Mutilés* und *mutilati,* diese Wörter waren im heimischen Sprachunterricht nie vorgekommen. Alte Schilder, weil für Kriegsverletzte aus dem Ersten Weltkrieg. Aber die aus dem Zweiten, wo setzten die sich hin? Zu den Schwangeren und Alten. Auf manchen Soldatendenkmälern, die nach 1918 errichtet worden waren und denen Past bei seinen Fahrten über Land auf französischen Hauptplätzen begegnete, hatte man Raum gelassen – der konnte nach 1945 genutzt werden.

Past entdeckte Inschriften, die ihm neu waren: in einem Bahnhof ein Memorial für die Eisenbahnarbeiter, welche die Besatzer sabotiert hatten; an einer Hausmauer eine Tafel, die an den oder jenen Patrioten erinnerte, der hier erschossen worden war, manchmal mit einem Zweig geschmückt. Oder: »In diesem Haus wurde konspiriert.« – »Von dieser Schule wurden am soundsovielten ganze Klassen verschickt.« Das waren andere Tafeln als die zu Hause: Hier wurde der Schriftsteller X geboren. Hier schrieb der Gelehrte Y dies oder jenes Buch. In diesem Hotel sind folgende Persönlichkeiten abgestiegen.

Krieg, das hatte für ihn Entrümpelung des Dachbodens geheißen (»wegen der Brandbomben«), was man retten mußte, war die Holztruhe der Mutter. Und ferner Rationierungskarten, im Stubenbüffet ein Notvorrat an Sardinen. Im Vorgarten wurden die Stechpalmen ausgerissen und dafür Kartoffeln gepflanzt. Der Zweite Weltkrieg bedeutete auch Militärdienst. Wenn der Vater zum Grenzschutz einrücken mußte, putzte Past ihm die Gamelle und half den Kaput, wie der Militärmantel hieß, für den Tornister rollen.

Aber doch: War da nicht ein Pole, ein Internierter (»Soldaten, die zu uns übergelaufen sind, die steigen den Frauen nach«)? Nicht weit vom Bauernhof entfernt, wo Past als Gymnasiast den Landdienst absolvierte, war ein altes Bad in ein Lager umgewandelt worden (»fast nur Juden, die möchten lieber nach Amerika«). Und ein Kriegskind, zur Erholung eingeladen; als es ankam, trug es um den Hals eine Schnur und daran ein Schildchen mit Name, Adresse und Blutgruppe.

In der Erinnerung heulten auch Sirenen; einmal nicht als Probealarm; er war auf den Balkon geschlichen, am Himmel ein tödliches Brummen, das sich näherte und übers Dach hinwegdröhnte, er spürte, er war nicht allein, die Ziegel zitterten mit.

Kaum ein Mittagessen ohne »Still! Die Nachrichten!«. Für seine blaugrünen Augen aber war es ein Krieg von Fotos in Zeitungen und Illustrierten, nur die Italiener führten in Afrika einen Krieg mit Zeichnungen, wenn es nach dem ging, was am Kiosk an italienischen Blättern aushing. Und bei Kriegsende ein Frieden wiederum mit Fotos: zerbombte Städte, Bilder von ausgemergelten Lagerinsassen auf Pritschen, gehißte Fahnen.

Fürs reguläre Kino war Past damals noch zu jung. Aber bei Kindervorstellungen hatte er in der Wochenschau Kampfhandlungen beigewohnt, alles noch in Schwarzweiß, auch die brennenden Straßenzüge, Tanks, die im Schlamm versanken oder im Wüstensand steckenblieben, Frauen, die Trümmer durchsuchten, ein Marsch von Gefangenen durch eine unendliche eisige Ebene.

Die Aktualitäten wurden gewöhnlich vor den Spielfilmen gezeigt. Er erinnerte sich, wie eine Stukastaffel sich auf eine Militärkolonne stürzte; er war aufgesprungen und hatte die Arme zu Flügeln ausgestreckt, mit kreisender Bewegung zum Sturzflug angesetzt, selber ein Kampfflugzeug. Bevor auf der Leinwand der Zauberer von Oz auftrat, sah Past Pferde, die vor den Lafetten ihrer Geschütze zusammenbrachen, uniformierte Tote am Straßenrand. Danach erschienen der Löwe, der ein Angsthase war, und das Blechmännchen, das als Hut einen umgestülpten Trichter trug und dem man von Zeit zu Zeit mit der Ölkanne das Blut auffrischte, mit ihnen zusammen das Vogelscheuchenmännchen, dem die Eingeweide aus Stroh zu schaffen machten; sie tanzten mit dem Mädchen, dem die Hexe übelwollte; am Ende zeigte sich der Zauberer, ein Schwindler, aber was für einen wundervollen Humbug hatte er geboten.

Später war alles anders, die Reihenfolge umgekehrt. Da wartete Past neugierig auf die ersten News. Vor den Vorabendnachrichten lief die Kinderstunde. So bekam er mit, was der eine Pinguin dem andern Pinguin über den Iglu erzählte, bevor er von einem Umsturz vernahm, von der Wahl einer Schönheitskönigin oder einem Eisenbahnunglück. Das Bärchen und der Pilzkopf (»schlaft recht schön«)

machten dem »Neuesten in Kürze« Platz. Nun ging's nicht mehr mit dem Ballon zum Erfinder Tausendpotz und seinem traurigen Entlein, jetzt erschienen auf dem Bildschirm ein Ministerpräsident und die Sieger vom Grand Prix, nun wurde ein Blick in die Gartenschau geworfen, ausgeblendet war die Lebkuchenlandschaft mit dem Knusperhäuschen.

Der Hauptsendung der Tages- oder Abendschau ging nicht die Kindersendung voran, sondern Spots. Ein Krieg wie der in Vietnam war, wie alle andern Ereignisse auch, von *commercials* umrahmt. Eben noch das »Getränk der neuen Generation« und darauf ein Mädchen, das brennendem Napalm davonlief; entlaubte Wälder folgten der Duftnote »Happy« und der süßesten Erfindung mit Marzipan eine Bordellszene mit Urlaubern in Saigon; ein neues Medikament gegen Magensäure (»konsultieren Sie Ihren Apotheker«) und der Abschuß eines Helikopters, Protestmarsch und Tretminen, Erdlöcher als Gefängnisse und der neue Ferienkatalog, keine Testfahrt auf Eis und Schnee, dafür ein Trampelpfad durch den Dschungel.

Geblieben auch Bilder, aber live, wie er in eine Auseinandersetzung geriet, am Veteranentag in San Francisco. Wie zwei aufeinander losgingen, beide im Rollstuhl und beide dekoriert, der eine steckte das Sternenbanner mit dem Feuerzeug in Brand, verfluchte das Zufallslos, das ihn wegen seines Jahrgangs zum Kriegsdienst verurteilt hatte, er wickelte seine Beinstümpfe aus der Decke und hielt sie jedermann hin. Und der andere, die »Stars and Stripes« singend, einem Himmel salutierend, der vom Smog verhangen war, ein Bänkelsänger, der zu jedem Orden auf der Brust die entsprechende Ballade erzählte von einem, der dabei war und der noch einmal hingehen würde, sofern er nochmals zwei Beine zur Verfügung hätte.

Past wunderte sich, wie ein Krieg wie der in Korea in der Erinnerung für ihn ohne Anschaulichkeit geblieben war, ein Ereignis, das weit weg in der Ferne des Fernen Ostens stattfand. Um so erinnerungskräftiger der Moment, als er eines Tages dort stand, wo die Kampfhandlungen stattgefunden hatten. Er war ein Stück weit Eisenbahnschienen entlanggefahren, die überwuchert waren von Unkraut, ein Warnsignal rostete vor sich hin, noch immer ein Schild, das die Endstation anzeigte für den Zug, der hier auf der fernöstlichen Halbinsel einst nach Europa abgefahren war: Victoria Station. Die Kontrollposten folgten einander in kürzeren Abständen. Past stellte sich auf einer Tribüne neben Koreaner, die mit Feldstechern nach Norden blickten. Eine Frau winkte; sie konnte nicht die Wachsoldaten auf der andern Seite meinen; aber es war auch niemand auszumachen, dem der Gruß gegolten hätte; die Frau grüßte, was hinter der Grenze lag. Ein blutgetränkter Boden, wie es hieß. Auf dem einstigen Schlachtfeld wuchs Reis, diesseits wie jenseits der Waffenstillstandslinie; unbekümmert ob der Panzersperren und des Stacheldrahts machte der junge Reis die Teilung nicht mit und war auf beiden Seiten von gleich hellem Grün. Ihm fiel ein Vers ein: »Kommt der Frühling auch auf gestohlene Felder?«

Was die neueren Kriege – die der letzten zwei, drei Jahrzehnte – betraf, deren Medienzeuge Past geworden war, informierte er sich nicht ungern anhand von Karten, soweit Katzbach sie aus Zeitungen und Zeitschriften ausschnitt und neben den Wochenplan und die Präsenzliste heftete; zuweilen markierte er Grenzposten oder Städte mit farbigen Stecknadeln. Das hatte ihm den Spitznamen »Generalstab« eingetragen, was er als Aufmunterung verstand, sich selber als »Generalstab mit Sandalen und Mozartzopf« bezeichnend.

Da wäre sicher auch Information für den Mandarin darunter gewesen, aus seinem Teil der Welt. Eine Wandzeitung hatte dieser zu seiner Zeit wohl kaum gekannt. Oder doch – hatte der Manilachinese nicht von weißen Marmorsäulen erzählt, zwanzig Tonnen schwer oder so was, rechts und links von einer Goldwasserbrücke; an diese Säulen hätten Untertanen einst Verbesserungsvorschläge und Klagebriefe geheftet. Rosebush lächelte. Er habe befürchtet, daß kein Platz frei sei, wenn er einen für seinen Wunsch benötige, er habe gestaunt, wie viele Ritze und Löcher noch zur Verfügung standen, als er sein Zettelchen in die Klagemauer steckte; er habe ein Papier aufgehoben, das zu Boden gefallen war, und habe einen fremden Wunsch, von der Witterung zerfressen, in die Ritze neben dem seinen getan. Past bedauerte einmal mehr, daß er Jerusalem nicht kannte; er erinnerte sich an die offenen Särge, die er noch vor der Perestroika in Leningrad in der Kirche – wie hieß die doch schon wieder – gesehen hatte; dort hatten sie den Toten Briefe für drüben zugesteckt.

Der Atlas, den er gelegentlich konsultierte, war überholt, selber historisch geworden und hatte sich doch einst in Größe und Gewicht von dem unterschieden, der sich »Historischer Atlas« nannte. »Sollen sie doch« – als Past die Bleistiftnotiz las, war er amüsiert; er war auf die Bemerkung in seinem *Historischen Schulatlas* gestoßen. »Sollen sie doch«, eine Doppelseite mit Ländereien von Duodezfürsten und Bischöfen, mehrfarbig dargestellt, alle paar Jahrzehnte die Grenzen neu gezogen. Past mußte die Notiz hingekritzelt haben in einem Moment, als ihn der Geschichtsunterricht anödete und ihm schnuppe war, wer wem was im Verlauf der Zeit an Terrain und Territorium streitig machte; das gehörte in jenes Schulfach, wo sie Geschichte als Abfolge von Kriegen boten und diese nach ihrer Dauer unterschieden – bei den Weltkriegen war man bei Nummer zwei angekommen.

Past war zu seiner Überraschung auf den *Historischen Atlas* in einer Truhe gestoßen, von der er gar nicht mehr wußte, daß sie im Abstellraum hinter kaum mehr benutzten Koffern stand. Er hatte sie mit einigen Siebensachen nach dem Tod seiner Mutter zu sich genommen. Darin hatte sie seine ersten Kinderschuhe aufbewahrt, das vertrocknete Sträußchen der Erstkommunion. Postkarten, die er aus den Ferienlagern geschickt hatte. Schulmaterial von einst, Hefte und Zeugnisse, zusammen mit einem Bestimmungsbuch der einheimischen Flora. Einige Fotos. Auch das Cape, das seine Mutter nur einmal getragen hatte, so fremd und schön hatte er sie sonst nie erlebt.

Unter dem, was ferner drin lag, das einzige Foto, das von seinem Vater existierte. Und dessen Taschenuhr, mit einer Kette, an der ein Bernstein baumelte. Past erinnerte sich, wie er als kleiner Bub die Uhr hatte aufziehen dürfen, wie stolz er gewesen war, daß er sie wieder zum Ticken gebracht hatte. Eine schwere Uhr, mit einem zweiten kleinen Zeiger. Überzeugt, der kleine Zeiger sei das Kind des großen, fragte Past, ob der große Zeiger dem kleinen beigebracht habe, im Kreis herumzugehen, da hatte der Vater genickt. Ja, so überlegte Past, man nimmt den Toten die Uhr ab – warum eigentlich? Er würde es vorziehen, wenn man ihm seine Armbanduhr ließe, die, solidarisch mit dem Herzen, aufhören würde zu ticken, auch wenn sie nicht im Moment des Sterbens von selbst stehenbliebe – warum sollte mit einem Toten nicht sterben, was ihm während des Lebens die Zeit angegeben hatte?

Er sah auf seine Armbanduhr, es ging gegen zwölf; er warf einen Blick zum Mandarin; ihm war, als hätte der genickt.

Soll er seine Augen opfern, wie dies Lucia tat, dem Mandarin den Ort empfehlen, wo er ihre Statue findet, um sie direkt zu befragen?

Weil sie sich zum Christentum bekehren ließ, sollte Lucia ins Bordell gebracht werden. Weder ein Ochsengespann noch tausend Männer waren imstande, die Gefesselte von der Stelle zu bewegen, wo sie verhaftet worden war. Sie hatte sich die Augen aus den Höhlen gerissen und sie ihrem Zwangsverlobten überbringen lassen. Noch heute präsentiert sie auf einem Tablett ihre beiden Augen, von Näherinnen und Modistinnen zur Schutzpatronin erwählt, da sie für ihre Tätigkeit auf feine Augen angewiesen sind.

Für wen, fragte sich Past, könnten seine Augen das Patronat übernehmen – für all die, die ins Leere schauen?

Sicher nicht für Jäger. In einer Gesellschaft von Jägern hätte Past wenig zu bieten gehabt. Sein Clan wäre verhungert, wäre er auf Pasts Jagdinstinkt und seine Jagdtauglichkeit angewiesen gewesen. Vielleicht hätte er sich an der Beschaffung der täglichen Proteinration anders beteiligt: Rauch in die Höhle blasen, um das Tier daraus zu vertreiben, mit Stammesgenossen schreiend die Beute in eine Fallgrube treiben oder einem Abgrund zu, über den das Tier zu Tode stürzt oder sich beim Aufprall so verletzt, daß es mit gebrochenen Knochen den Menschen ausgeliefert ist. Vielleicht, spekulierte er rückwärts, hätte er es so weit gebracht: statt den Wisent jagen, ihn mit Holzkohle, Blut und Mineralien an die Höhlenwand malen, mit den Jägern und ihren Familien das Beutetier verzehrend, ihm aber über den Tod hinaus zum Weiterleben in einer Zeichnung verhelfen. Inwiefern wäre seine Kunst das Ergebnis von Feigheit gewesen?

Eingeprägt in seiner Kindheit hatte sich das Bild von Gemsen, Rehen oder Hasen, wie sie zur Jagdzeit vor den Comestiblesgeschäften hingen, an ihren Hinterläufen aufgehängt, so daß sich das Blut im Maul ansammelte, und obwohl die Köpfe in Tücher geschnürt waren, tropfte es auf den Asphalt; dieses Blut war schwarz. Solchen Wildaushang traf er später nur noch im Ausland: Rebhühner und Truthähne als federbuntes Angebot an Haken vor den Geschäften. Einmal auch wieder ein Wildschwein, wie er als kleiner Bub eines gesehen hatte und vor dessen Hauern er weggelaufen war; das Tier, an den Hinterläufen aufgehängt, begann zu baumeln, nachdem er ihm einen Stups versetzt hatte.

Noch immer wurde es Past mulmig bei der Erinnerung an den Eingang eines Jagdschlosses, wo er an einer Jahrestagung »Vom Bauernkalender zum Drittwelt-Almanach« teilgenommen hatte. Von zwei Rokokopfeilern sahen zwei Putten auf ein Holzportal. Dieses war von unten bis oben mit Hasenpfoten benagelt. Was, wenn sich die Torflügel öffnen und dreihundert mal vier Hasenfüße ins Gelände laufen und dreihundert fußlose Hasen ihren Füßen nachkriechen.

Er hatte damals bereits eine wunderliche Erfahrung

gemacht. Er traf eines Tages einen Elch wieder, den er an einem andern Ort kennengelernt hatte. Auf seiner Skandinavientour »Traktandum Lichtfest« hatte er ihn in einem Lokal gesehen, das für die Regionalküche der Lappen berühmt war, noch wußte er nicht, daß man sie so nicht nennen sollte. In dem Restaurant schaute der Elchkopf von der Wand herunter auf Rentiere, die unter ihm als Spezialität serviert wurden: Ren à la Sami. In dem Lokal hatte ein prominenter Künstler die Jagdtrophäe erstanden; er verband, »als Schweißer und Chirurg«, wie er sich selber bezeichnete, Gestorbenes und Ausgedientes zu neuem Leben, Alteisen und Knochen zu einem Skulpturgebilde kombinierend. Der ausgestopfte Elch wurde an ein altes Rohr geschraubt, dieses auf ein Rollgestell montiert; es entstand ein Wesen mit ausgreifendem Geweih, einem Kugellager als Fuß und einem Herzen aus Zahnrädern. Der Schrottelch drehte sich im Kreis und lief auf Schienen, begeistert applaudiert bei der Vernissage, bei der zum Amüsement der Gäste die Sicherung mehrfach durchbrannte.

Trotz allem war Past auf eine unvergeßliche Jagd gegangen; er löste dafür nicht einen Jagdschein, sondern eine Eintrittskarte ins Britische Museum. Vorbei an den griechischen Sälen, vorbei an dem Fries, den ein Engländer aus Griechenland hierher verschifft hatte. Past schlich sich zur persisch-assyrischen Abteilung und wartete beim Feuerlöscher, bis der Wärter seine Runde gemacht hatte. Dann folgte er der Einladung des Königs; er wechselte hinüber zum Relief und sprang von hinten auf den Kampfwagen in voller Fahrt, sechs Pferde, nur zwei Tiere in voller Gestalt abgebildet, die auf der Frontseite, von den andern waren lediglich die Umrißlinien der Beine und Köpfe zu sehen. In der Andeutung lag die Pferdestärke, die trabende Kraft der Beine und der feuchte Laut der Nüstern. Aufrecht der König, in den Händen die Zügel, straff und locker genug, um zu dirigieren, in der erhobenen Rechten der Wurfspeer, dieser leicht nach vorn geneigt und in der Verlängerung der Spitze der Löwe, mitten im Sprung, voll in der Luft, die Beine gestreckt, mit den Hinterfüßen sich vom Boden der Gefahr abstoßend und mit den Vordertatzen das Terrain der Rettung heranholend, in Reichweite des Speers und in Sprungnähe zur Freiheit.

Past nahm an dem Augenblick teil, da der Jäger im Begriff war, die tödliche Waffe zu schleudern, und der Gejagte noch einmal zum Sprung ansetzte. Past hätte gerne diesen einen Moment für immer fixiert: den Sekundenbruchteil zweier Möglichkeiten und noch keiner tödlichen Gewißheit.

Zwar behauptete Past von sich, daß er unfähig sei, auf ein Tier zu schießen, es zu töten oder gar auszunehmen. Aber es machte ihm keine Mühe, beim Metzger Fleisch einzukaufen. Geschnetzelt, gehackt und filetiert, sah das Fleisch weniger nach Tier aus als ein Seitenstück, das in einer Auslage angeboten wurde. Ganz ohne Schaudern ging es nicht, wenn ihn ein Schweins- oder Schafskopf in einer Metzgerei ansah, jedesmal wurde er, zu seinem Unwillen und verärgert wegen der Assoziation, an Johannes den Täufer erinnert; das erste blutige Haupt, das er auf einem Teller präsentiert sah, hatte einem Propheten gehört.

Die Arbeitsteilung war klar, andere töteten, und er konsumierte. Er wäre daher auch nie auf den Gedanken gekommen, daß Schlachter und Metzger außerhalb der Stadtmauer wohnen mußten, wie dies in mittelalterlichen Zeiten der Fall war, da man Berufe wie Gerber oder Henker als minderwertig ansah. Erstens einmal gab es keine Stadtmauern mehr, und wenn er Leute wegen unseriöser Profession hätte aus der Stadt verweisen müssen, wären darunter respektable Mitbürger gewesen; aber von denen wohnten bereits manche außerhalb in den Villengemeinden, wo man weniger Steuern bezahlte als in der Stadt.

Past hatte einmal Schlachthäuser besucht. In Chicago. Sie waren nicht mehr in Betrieb, aber noch nicht abgerissen. Er war durch die Fabrikanlage gegangen. Eine Totenstille, nachdem hier nicht mehr getötet wurde. Die Korrale leer. Da vernahm er ein Gebrüll, sah Tiere, in einen Pferch getrieben. Die Luft feucht und warm von Angstschweiß, süßlich vom Blutgeruch. Eine Kuh, die auf eine andere kletterte, rutschte, glitt aus und wurde im eigenen Kot von denen zu Tode getrampelt, die von hinten gejagt nach vorn dem Todesbolzen entgegenflohen.

Dank eines Schriftstellers, in Erinnerung an seine Lektüre, sah Past in dem ausgestorbenen Schlachtgelände, was die Augen von sich aus nicht bemerkten. Die hielten sich bei einem Cowboyhut und einem Lasso auf, das an einem Pfahl neben einem Sattel hing, und fanden das Sujet fotogen.

Selten war ihm so bewußt geworden, wie analphabetisch Augen sind, wenn man sie sich selber überläßt. Es gab für Augen keine obligatorische Schulpflicht, und er fragte sich, wo und wie und ob seine blaugrünen Augen schauen gelernt hatten.

Soll er dem Mandarin darlegen, wie verschieden tote Tiere dreinschauen? Das erlebte Past kaum mehr in den Supermärkten mit ihren luftdicht abgepackten Portionen. Als der Vater das Kaninchen erstach, das sie auf dem Balkon fütterten, hatte er sich in seinem Zimmer eingeschlossen. Es kümmerte ihn andererseits nicht groß, wenn am Freitag auf dem Markt ein Huhn gekauft wurde, das bis zum Sonntag auf dem Balkon gackerte und dem der Vater oft zum Glockengeläut des Frühgottesdienstes den Hals umdrehte; da half er rupfen. Das Federvieh schien zwei Leben zu leben, eines mit und eines ohne Federn. Mit Federn war es ein irdisches Wesen, das seine Füße in einem Hühnerhof auf den Boden setzte, scharrte, gackerte oder krähte; ohne Federn war es verwandelt; gerupft kriegten Hahn und Huhn eine Gänsehaut, sie froren und warteten darauf, in die Wärme eines Kochtopfs zu schlüpfen.

Doch was ihn irritierte, waren tote Fische, obgleich er die Farben der Schuppen bewunderte und über die Vielfalt der Flossen staunte. Past dachte bei jedem Fischmarkt an Gils Bemerkung, der den Anblick toter Garnelen nicht ertrug. Er mochte ebensowenig den ausgelegten Fischen in die Augen schauen; sie schienen nicht zu begreifen, daß die Welt der Warmblüter für sie tödlich war. Tiere, die ins Netz und an die Angel gegangen waren oder die eine Harpune getroffen hatte, Opfer von Sprengkapseln, ganz oder angeschnitten, manchmal zwischen Eisbrocken, überstreut mit Salz, vielleicht geschmückt mit einer Zitrone, manchmal im Maul ein Petersilienstrauß, das Preisetikett im Fleisch.

So sehr Past wegschaute, die toten Augen lockten in das Reich, aus dem die Tiere weggefischt worden waren. Ihn umklammerten die Fangarme des Oktopus und geleiteten ihn nach unten. Krebse und Langusten wiesen mit ihren Tentakeln den Weg an den Ampeln der Leuchtfische vorbei. Abwärts gleiten in das Wasser, aus dem einst einige an Land stiegen, um Erdenbewohner zu werden und es nicht länger bei Flossen bewenden zu lassen, an Korallenriffen vorbei, tiefer in ein stummes Dunkel, ins Reich jener, die lautlos leben. Oder sind ihre Bewegungen von Flossen und Schwanz Zeichen einer Taubstummensprache? Unklar, ob sie zum Artikulieren nicht fähig oder große Verweigerer sind, jedem Wort und aller Sprache mißtrauend, ihren Mund nur zum Fressen öffnend. Ob sie zum Stummsein verurteilt sind; oder ob sie, um ihre Stummheit zu brechen, mit den Augen reden, noch über ihren Tod hinaus.

Die Kaltblüter machten mit ihrem Tod keine jener Wandlungen durch, die Past an der englischen Sprache mochte, für die das Tier in der Natur ein anderes ist als das auf dem Teller. Auf keiner angelsächsischen Wiese grast ein *veal,* die Kälber sind *calves,* ihre Eltern gehen als *cow* und *bull* ins Schlachthaus und kommen als *beef* heraus, nur der *ox,* ja der behält den Schwanz auch für die *Oxtail*-Suppe. Ein Seeteufel aber bleibt ein Seeteufel, eine Forelle eine Forelle und ein Hecht ein Hecht. Wäre es nicht befreiend, mit dem Tod wohin zu gehen, wo jedes Ding anders heißt und man selber einen neuen Namen kriegt?

Gehen wir zum Griechen? Schon wieder Moussaka? Ewig diese Auberginen. So viele Varianten bietet Euer Italiener auch nicht. Immerhin dreizehn Saucen zu Spaghetti. Wollen wir nicht zum andern Italiener, zum Neapolitaner? Am Mittag ist es dort ruhig, er singt nur abends zu Antipasto und Grappa. Hat nicht ein Inder ein Lokal aufgemacht? Ein Parse? Sind das die, welche die Leichen auf Bäumen den Geiern überlassen? Muß das vor dem Essen zur Sprache kommen? Jetzt sind beim Büffet die Curries benotet: eine Pfefferschote mild, fünf Pfefferschoten scharf. Wenn schon Büffet, warum nicht beim Thailänder. Im »Weißen Elefanten« gehen die Massagen unter Extras. Gerichte mit Kokosmilch muß man dort genießen, wo Palmen wachsen. Für ein Mittagessen liegt mir die Oase nicht am Weg – und wo die Kamele parken? Haben Sie schon einmal tibetisches Reisbier gekostet, Tschang? Im Kommen sind die Libanesen. Verschont mich mit Joghurts. Da könnt ihr gleich zum Dönerkebabtürk und am See was aus der Hand essen. Warum gibt es in einer Stadt wie der unseren kein einziges afrikanisches Restaurant? Ich denke an eine Kürbiskernsuppe oder an ein – wie heißt das schon wieder, das Yamsgericht, das mit Heringen und Palmöl. Wissen Sie, daß es Yamssorten gibt, die nur Männer anbauen dürfen? Sie waren noch nie im »Gulasch-Puszta«? Ihr tut, als ob die

Franzosen out wären. Bitte keine Stopfleber. Wie wär's mit Fisch? Nicht beim Japaner, ich habe keine Lust, an einer Grafik zu kauen. Dürften es Gambas sein, beim Spanier, Tapas, eine Theke voll Schalen und Schälchen. Das bietet der Chinese vom »Lotus« auch. Du verwechselst ihn mit dem im »Drachengarten«. Nach allem Reis wieder einmal Bratkartoffeln. Das heißt bei uns Rösti. Ja, Währschaftes: Speck mit Bohnen. War unser nigerianisches Kommissionsmitglied nicht angetan von deutscher Wurst und bayrischen Knödeln?

An solchen Gesprächen hatte Past schon lange nicht mehr teilgenommen. Sie entbrannten gewöhnlich, wenn jemand von einer Berufsreise oder aus den Ferien zurückkam. Ausführlich ließ sich Miss Loyleen aus: »Wie köstlich das Pikibrot der Pueblo-Indianer, das echte, aus der Asche von Wacholderbeeren und blauem Maisgrieß, gebacken auf dem Pikistein. Womit nichts gegen das Eichelbrot gesagt sein soll. Haben Sie schon Wespensuppe gekostet? Ein Wespennest ausgekocht und hinterher die Wespen am offnen Feuer geröstet? Mindestens so köstlich wie die Zikaden, die die Cherokee-Indianer nachts einsammeln, vorzugsweise die flügellosen.«

Auch Past hatte sich versucht gesehen, mitzueifern, indem er elsässisches Sauerkraut mit koreanischem Chimchi verglich, dem fermentierten Kohl, der den Winter über in Tontöpfen gehalten wird, unter der Erde oder auf Balkonen. Er hatte davon geschwärmt, wie sich in Singapur ein Parkplatz am Abend im Nu in einen Eßmarkt verwandelt, Garküche an Garküche, und wie gegen Mitternacht im Schein von Karbidlampen auf der Bugisstreet Transvestiten paradierten – das war, bevor sie vertrieben wurden, sich nach Europa in den Bois de Boulogne absetzten und dort mit den Mulattinnen aus Rio um Standplätze stritten.

Mit solcher Kulinarik-Konversation war es weitgehend vorbei, seit Past den Urin mit Teststreifen auf Zucker überprüfte: Farben signalisierten ihm die Werte vom harmlosen Gelb bis Grün und von Weiß bis zum alarmierenden Blau.

Nach wie vor liebte er das Bummeln durch Restaurantstraßen. Er suchte Plätze und Viertel auf, in denen sich Gaststätten konzentrierten. Er studierte Menükarten, malte sich aus, was er doch nie bestellen würde, und entschied sich für Speisen, die er sich nicht erlauben durfte. Das Durchspielen wiederholte sich, wenn er in einem Restaurant das Angebot von den Tagestellern und den Hausspezialitäten bis zum Dessert abcheckte, obwohl von vornherein feststand, was auf eine Sünde hinauslief, deren Süße sich im Urin niederschlagen würde.

Seit einiger Zeit hatte er im Büro, als er surfen lernte, begonnen, Menüvorschläge auf dem Bildschirm abzurufen. Bei www.conpo.ch/i 7843 hatte er sich Kaninchenragout mit Polenta auftragen lassen und bei www.pogf.ch/459 Gefüllten Fisch, den echt polnisch-jüdischen. So genußvoll und abwechslungsreich die Vorstellung schmeckte, beim Wort »Kartoffel« oder »Teigwaren« assoziierte er nicht mehr »Gratin« oder »al dente«, sondern »Kohlenhydrate«. Er war über die Saccharide, wie er sie mit kenntnisreicher Vertrautheit nannte, bestens informiert: Die einen strömen ins Blut, die andern fließen, noch andere tropfen, während die Kohlenhydrate der Gemüse sickern.

Er hatte ein Gastmahl eigener Kulinarik entworfen –

wenn schon ein endgültiger Abschied, warum ihn nicht inszenieren, ein Tischlein-deck-dich-Ende, geeignet auch für den freiwilligen Abgang, jedenfalls lustvoller, als ein Schlafmittel einzunehmen und eine Tüte über den Kopf zu stülpen oder nach alter Väter Sitte sich von einem Turm hinunterzustürzen, sich unter einen Zug zu werfen oder zu einer Schußwaffe zu greifen – wie hatte das einst geheißen? Entleiben?

Nein, er hatte für den Leib anderes vorgesehen. Vor dem Essen Weißbrot. Die verbotene Baguette, nicht geschnitten, sondern von Hand gebrochen. Auch das Weiche, nicht bloß die Kruste, selbstverständlich mit Butter. Ein erster Angriff auf die Bauchspeicheldrüse, da weiß das Organ, woran es ist. Und bei den Köstlichkeiten, die wir jetzt auftischen, werden die Langerhansschen Inseln kaum nachkommen, genügend Insulin zu produzieren. Für den ersten Gang stände zur Auswahl – aber was heißt Auswahl, warum »entweder oder« statt »sowohl als auch«. Also denn: Zuckererbsen, primeurs, die zu enthülsen die Hausfrauen gewöhnlich zu faul sind. Zum Rohschinken Melonen, Honigmelonen, versteht sich, und frische Feigen, die heben den Zuckerspiegel auch. Es wäre sträflich, nicht von den Terrinen zu kosten. Ist das nicht Komposition, wenn auch eine waghalsige: grobe Wildkaninchenpastete neben Gänseleber im Blätterteig. Besser Gänseleber pur mit einem oder zwei Gläsern Sauternes. Ja, heben wir das Glas zum Lob der Edelfäule und der Überreife, auf die Spitzenqualität dieser europäischen Südwest-Ecke. Soll der Röstgeruch (gebrannte Mandeln oder Bratenduft) das Aroma bestimmen, oder ziehen wir es vor, wenn Akazien oder Pfirsiche den Charme ausmachen? Weswegen nach all dem die Schweinskopfsülze stehen lassen? Eine Kostprobe darf sein. Auch Forellenpastete? Nein, der Fisch ist für den nächsten Gang reserviert. Die Niere ist im Moment damit beschäftigt, den Zucker zurückzubehalten, aber sie wird kapitulieren. Was sagten Sie, wird an Fischgerichten geboten? Sardellen für die Farce? Und Garnelen für einmal in Apfelwein gekocht, womit nicht auf pochierte Langusten verzichtet werden muß, noch auf die luftige Mayonnaise. Ein Zitronensorbet zum Pausieren, und für das Sorbet Glykosesirup. Wir wollen aufnahmebereit sein für den nächsten Gang. Geflügel oder Fleisch? Enten oder Bœuf? Geben wir dem Koch als Rezept eine Austauschtabelle für Broteinheiten unter Berücksichtigung der Ballaststoffe, damit er aufs Gramm abmessen kann, was es zu vermeiden gilt, um ja nicht Schonkost zu servieren. Danach dürfte das Confit einer Ente auf den Teller kommen, eingemacht im eignen Fett und in dem des Schweins. Dazu eine Spätlese. Ein Gramm Alkohol liefert sieben Kilokalorien. Und als Beilage Pommes frites, etwas anderes aus der Fritüre oder einen Gratin. Hinterher eine Käseplatte mit einigen Vollfetten, solchen aus Rohmilch, zum Käse Nüsse und sicher Trauben. Wenn Trauben zu etwas beitragen, dann sicher zur sofortigen Erhöhung des Blutzuckerspiegels. Und zum Abschluß das Dessert. Die Voiture »Fülle und Völle«. Was soll uns den Rest geben? Russischer Pudding oder amerikanischer *Thanksgiving Cake* oder ein englisches *Rolly Polly*, bei dem darauf geachtet wurde, daß das Nierenfett schön trocken ist. Oder *zuppa inglese*, die keine Suppe ist, oder ein Tiramisu? Wie wär's mit einer Mehlspeis – und wenn ja, österreichisch oder böhmisch? Sicher Katalanische Creme, mit ihrer prächtig karamelisierten Zuckerdecke. Oder dürfte etwas aus der brasilianischen Ecke aufgetragen werden, eine *Cocada*, Kokosflocken mit Zimt und gemahlenen Nelken? Aus der thailändischen Mango mit *sticky rice*? Aus der chinesischen Ecke Pekingäpfel mit Zuckerguß? Was nicht fehlen darf, sind Honigplätzchen. Es ist schließlich ein Dessert *mellitus.*

Die Kellner, die den Wagen hereinschieben, tragen keinen Smoking. Es sind Männer in weißen Kitteln; aus der Tasche des einen hängt das Stethoskop; hinter ihnen Schwestern in koketter Spitaltracht. Im Dosenbecher offerieren sie Digestifs. In unserem Fall einen Marc, ein *eau de vie,* einen Lebenstrunk als letzten Schluck, und zwar das Tropf für Tropf: den Wadenkrampf wegspülen, die Ameisen aus den Beinen vertreiben, alles Schwindelgefühl auslöschen und dem honigsüßen Durchfluß ein für allemal abhelfen. So viel braucht es nicht mehr fürs Koma. Alle viere von sich strecken. Tröstliches Blackout. Aus lauter Lust der tiefen Bewußtlosigkeit anheimgegeben. Kein Erwachen und nicht mehr ansprechbar, aller Worte überdrüssig und keinem Ruf folgend. Als Totenschein eine Menükarte, vom *chef de service* ausgestellt, von Köchin und Koch bestätigt: als Ursache ein Festmahl, der Tod als Nachspeise hinterhergereicht, ein Verdauungsschlaf, der eine Verwesung lang dauert, sofern Erde zu Erde wird und nicht Erde zu Asche.

Ein kulinarisches Ende, schlemmend und schwelgend, ein säkulares Gastmahl, ein wohlkalkuliertes Henkersmahl, das Past als Henker für sich als Opfer serviert. Soll er den Mandarin zum westlichen Gelage einladen? Süß-sauer einmal anders. Sauer die Sauce und süß der Tod? Falls der Mandarin die Stäbchen nicht bei sich hat – Besteck steht zur Verfügung, um dabeizusein, wenn ein für allemal der Löffel abgegeben wird. Eine Abschlußmahlzeit für eine Epoche und deren Gesellschaft: ein Exitus, der dem europäischen Ende eines Jahrhunderts entspräche, mit einem Chinesen als Gast.

Doch der Tod kündigte sich weniger dramatisch an und gar nicht lukullisch. Past bestätigte die Statistik der höheren Lebenserwartung. Er hatte es bis ans Ende des siebten Jahrzehnts gebracht. Unvermeidlich die Verschleißerscheinungen.

Es war nicht lange her, daß er an einem Klassentreffen teilgenommen hatte; fünfzig Jahre danach. Die bis zum Rentenalter durchgehalten hatten, setzten sich für die Gruppenaufnahme auf die Schulhaustreppe. Ihn hatte überrascht, daß seine Adresse ausfindig gemacht worden war. Aber Claire war schon immer, sei es im Unterricht oder auf dem Pausenplatz, mit ihrer Betriebsamkeit aufgefallen und nicht nur mit dem Büstenhalter unter der durchsichtigen Bluse. Sie habe zwei Scheidungen überstanden und verbringe die verbleibenden Jahre damit, auf Heiratsinserate zu antworten, nicht, daß sie sich noch einmal verehelichen wolle, sie finde es irre, was für Typen bei den Rendezvous aufkreuzen und wer einem gleich an die Wäsche wolle. Da streckte Kurt die Hand hoch, »so ganz wie damals«: Schon als Kind habe er Maler werden wollen, aber die Eltern hätten ihn zu einem Elektriker in die Lehre geschickt, nun genieße er es, Großvater zu sein; er reichte ein Foto herum: er auf allen vieren und der Enkel auf dem Rücken. Lily und Patricia, schon immer Banknachbarinnen, saßen wieder nebeneinander, als hätten sie denselben Ehepartner begraben, beide mit violett getönter Frisur und beide mit dem gleichen Beautycase, sie buchten gemeinsam Last-minute-Ferienreisen (im Doppelzimmer günstiger), eine Woche Kenia (mit Halbpension) sei billiger als eine Woche Zürich. Eigentlich planten sie ein Arrangement nach Kreta, doch alles ausgebucht; da entschieden sie sich für Vancouver, Wälder statt Ruinen, warum nicht.

Was ist aus dem geworden, der in der ersten Reihe saß und nie abschreiben ließ. Ein Streber und Raser, ein selbstverschuldeter Unfall. Und der, der Klassen repetierte, der Heiri, nein, der Hansi, der wurde ein hohes Tier, bei einer Versicherung oder was Ähnlichem, Pech in der Schule und Glück im Beruf, aber Streß und Herzinfarkt, immer das gleiche, bestimmt waren die Hinterbliebenen gut versichert. Der mit den Hochwasserhosen, der Tölpel vom Land, der ist ausgewandert, jedenfalls verschollen. Bis einer vorschlug, man solle sich wegen der Verblichenen (»ich meine die Verstorbenen«) zu einer Gedenkminute erheben, immerhin fehlte mehr als die Hälfte; sie stützten den, der mit seinen Krücken nicht von alleine hochkam.

Past erzählte, daß er eine Reise vorbereite, fürs nächste Neujahr, da sahen ihn alle skeptisch und mitleidig an, es ging auf Februar zu. Past präzisierte: Wegen des Mondjahres, Neujahrsfest in der Mongolei, Pferderennen über gefrorene Steppen, Ringkämpfe, er möchte dabeisein, wenn der Mönch dem Sieger ein Glas Stutenmilch überreiche... Er wurde verlegen: Man wisse ja nie, wie lange noch.

Wie recht er mit seiner Einschränkung hatte, wurde ihm bewußt, als er bald darauf vernahm, daß es mit der Stiftung aus war. Er hatte es in Miss Loyleens Büro erfahren, als er sie zufällig aufgesucht hatte. Sie saß hinter ihrem Desk, auf dem Drucker eine Decke. Loyleen stickte gerade ein »e«, den letzten Buchstaben von »Joe«: Ihr Freund, ein Freund, aussichtslos, da schwul, gestorben an Aids. Sie zog eine Schublade auf und nahm eine Schnabeltasse heraus: »Die hat er mir zum Abschied geschenkt. Ich mußte sie aus dem Spital schmuggeln.« Sie zeigte die Aufschrift »St. Andrew's Hospital«, sie habe ihn noch vor dem letzten Schub erlebt: »Am College der beste Rugger, sein Stipendium verdankte er einem ovalen Ball, und nun, grau die Haut und das Gesicht eingefallen, bereits mit Störungen im Bewußtsein, aber noch nicht taub.« Sein Lebensgefährte habe ihn auf die Toilette getragen, sie habe ihm einen Dienst abgenommen, die Kündigung der Daueraufträge bei der Bank. »Nach dem Tod beanspruchte die Familie den Leichnam; dem, der Joe ins Sterben begleitet hatte, wurde nicht gesagt, wo und wann sein Freund bestattet wurde; er hatte am Kassenschalter die Mutter angefleht, dabeisein zu dürfen; sie erhoffte noch vor der Überführung der Leiche ein medizinisches Attest: Ihr Sohn sei an Darmkrebs gestorben.«

Miss Loyleen hielt den Quilt hoch; sie habe die rechte Hälfte des Paneels für den Lebensgefährten ausgespart; unter dem Namen von Joe ein Delphin, der ins Leere sprang, kein Unterschied mehr zwischen Wasser und Luft. Sie hatte von ihrer Großmutter gelernt, aus Stoffresten Quilts zu nähen; die alte Frau hatte in jeden ihrer Quilts eine Tanne gestickt, eine Erinnerung an die deutschen Wälder, die sie als Kind gekannt hatte, bevor sie ausgewandert waren. Was Miss Loyleen verfertigte, diente als Decke weder der Wärme noch der Geborgenheit; es war als Gedenktuch vorgesehen, als Teil eines Patchworks, eines Trauerteppichs, wo jedes Stück an den Namen eines Aidsopfers erinnerte: »Was war Joe vom Pazifik zum Atlantik getrampt, von den Rocky Mountains zu den Baumwollfeldern im Süden und von dort zum *Indian summer* in die Ahornwälder der Ostküste. Und nun reist er mit einem Teppich um die Welt.«

Sie kehre zurück, in die Staaten, nach Montana; sie wiederholte, was sie unter Amerika verstand: Die »neue« Welt sei nicht einfach ein Gegensatz zur »alten«. Wiederholung und zugleich mehr. »Neu« sei gleichbedeutend mit *to have a second chance.* Einmal dürfe man scheitern, ein zweites Mal nicht. Amerika sei der Glaube an die zweite Chance: »*A new deal.* Die Karten werden noch einmal verteilt.« Past replizierte: »Als Amerikaner würde er in New Hasard wohnen.« Beide lachten. Miss Loyleen stand am Fenster. »Es gibt einen Gewinner *Hazard* und einen Verlierer *Hazard,* den Verläufer und den Treffer. Beim Billard jedenfalls. Mein ältester Bruder war ein besessener Spieler. Beim Golf ist *hazard* ein Hindernis und beim Tennis das Feld, in das der Ball gespielt wird. Amerikanische College-Erziehung. Und« – sie zog den Vohang auf, ein Sonnenstrahl fiel ins Büro, – »beim Wetter, ja beim Wetter ist es – wie sagt ihr auf deutsch? Risiko?« Past antwortete: »Laune. Das Wetter hat Launen. Risiken hat das Leben.«

»Man wird sehen« – auch mit blaugrünen Augen.

Dies Gespräch fand in der gleichen Woche statt, in der Past im Ärztehaus vom Spezialisten der einen Etage zu dem in der nächsten geschickt wurde. Ihm wurde dargelegt, mit wie vielen Risikofaktoren beim Eingriff zu rechnen sei und wie viele davon auf ihn zutrafen, unabänderlich wie die genetische Veranlagung und das Alter, daneben die Folgen des Kettenrauchens und Übergewichts.

Nur nicht auf dieselbe Weise alt werden wie seine Mutter. Bei den letzten Besuchen im Heim hatte sie bloß noch gelallt. Auf Bett und Stuhl, auf Boden und Sims, an den Vorhängen und unter der Bettdecke lauter Merkzettel, auf denen sie notierte, was sie nicht vergessen wollte. Gegen das Ende hin fand Past auf den Memozetteln seinen Namen; doch wenn er sie begrüßte, beklagte sie sich: Er solle ihrem Sohn sagen, er möge vorbeikommen. Sie witterte Diebe, suchte nach ihnen unter dem Bett und hinter dem Vorhang: »Die gehen mir ans Geld unter der Matratze und an die Handtasche.« Sie packte irgendwelche Habe in den Koffer und fand hinterher den Schlüssel nicht mehr, der ihr auch gestohlen worden sei. Alle hätten sich verschworen, ihr die Rolle Toilettenpapier wegzunehmen, von der sie Blatt um Blatt für das Nichtzuvergessende abriß. Sie stritt mit dem Personal, das die Papierchen wegräumte. Es fand sich in ihrem Zimmer kaum mehr ein freier Platz für weitere Merkzettel; zuletzt stand auf ihnen nichts mehr; der Tod hatte sie beim Verteilen leerer Zettel ereilt, sie lag auf dem Boden, ein weißes Blatt in der Hand, an den rechten Zeigefinger gesteckt der silberne Fingerhut, über den Knien ihr Cape, als hätte sie sich zudecken wollen.

Nur einmal hatte sie das Cape getragen. Damals, als in der Nachkriegszeit die Mode des JEKAMI aufkam: Jeder kann mitmachen. Das war, lange bevor in Kunstkreisen die Devise zirkulierte, jeder Mensch sei ein Künstler. Die Mutter wollte auftreten in einem Warenhaus an der Limmat. Sie hatte vor ihrer Heirat im Caecilien-Chor gesungen. Sie zeigte ihrem Sohn ein Foto: »Die zweite unten links.« Past sah, als er von der Schule kam, durch den Türspalt, wie sie im Badezimmer der Wanne entlang tänzelte, sie setzte sich auf die Klosettschüssel, kreuzte die Beine, zog den Unterrock bis übers Knie; Past entdeckte blaue Flecken an ihrem Schenkel; sie stand auf und verbeugte sich vor Putzschrank und Bügelbrett. Sie hatte eine neue Schallplatte gekauft, die nicht wie ihre Lieblingsplatte vom Abspielen scherbelte und kratzte; sie übte zu Grammophonbegleitung, sie zog fürs Probesingen die Vorhänge vor. Zum ersten Mal sah Past seine Mutter geschminkt; sie hatte Lippenstift und Puderdose vor dem Vater versteckt, der schon zornig war: was ein Pelzcape soll und noch dazu im Sommer. Sie hatte es in dem Geschäft, wo sie auch das Kleid für die Hochzeit ihrer Nichte geliehen hatte, günstig erstanden (»außerhalb Saison«). Sie bettelte, Past möge sie begleiten (»am schulfreien Mittwochnachmittag«). Und er hatte dafür eine Krawatte vorgebunden. Das Terrassenrestaurant war bis auf den letzten Platz besetzt. Nachdem die Bestellungen entgegengenommen waren und die Frau mit den Tombola-Losen die Runde gemacht hatte, begrüßte der Dirigent die Anwesenden mit einem Tusch. Eröffnet wurde der JEKAMI-Nachmittag von einem Mann, der schon an einem Schnellwettbewerb im Witze-Erzählen teilgenommen hatte. Ihm folgte eine Tanzlehrerin, die sich beschwerte, weil das Orchester nicht den Tango spielte wie abgesprochen. Danach blies ein junger Mann auf einem Kamm einen Marsch. Es folgte ein Zauberer. Als dieser das Kaninchen aus dem Zylinder hochhob, griff die Mutter nach Past und zerrte ihn durchs Lokal; sie liefen auf den Bahnhof zu, als müßten sie einen Zug erreichen. Sie ließ Past vor der Frauentoilette stehen; als sie herauskam, war ihr Gesicht verschmiert, sie hatte sich abgeschminkt, sie trug das Cape unterm Arm zusammengerollt: »Erzähl nichts.« Und nun hatte sie es hervorgeholt für das JEKAMI des Sterbens.

Bei den Besuchen im Heim hatte Past je länger, je weniger gewußt, wie er es besser hätte arrangieren können. Solange sie in dem Haus wohnte, das sie mit ihrem Mann zusammengespart hatte, sah alles bestens aus. Als sein Bruder das elterliche Haus übernahm, war sie unters Dach in die Mansarden hinaufgezogen, die sie nach dem frühen Tod ihres Mannes vermietet hatte. Das war gutgegangen, solange ihre Beine zum Treppensteigen noch taugten; aber unten im Parterre, da war sie der Schwägerin im Weg, und es kam zum Streit in der Küche, die einst die ihre gewesen war, auch wegen der Waschmaschine, die sie ratenweise abbezahlt hatte. Es störte sie, bei Tisch Gott für Essen, Trank und Bewahrung zu danken, obwohl sie auch fromm war, »wohin soll man nach dem Tod schon wollen, wenn nicht in den Himmel«. Sie wagte nicht, zu klagen, daß sie Mühe hatte, auf die Toilette zu gehen. So wurde sie dabei erwischt, sagte die Schwiegertochter, wie sie auf den Knien die Treppe hinunterrutschte, Rock und Strümpfe genäßt. Sie selber schlug vor, in ein Heim zu gehen – »in ein günstiges, vielleicht etwas im Grünen«. Was sie nachträglich bedauerte, da sie kaum in die Stadt kam. Past begleitete sie, sie wollte in der »Kaffeestube« eines Warenhauses einen Milchkaffee trinken, sie fühlte sich nicht wohl, da das Café umgebaut worden war. Past war mit ihr, wie einst mit seinem Sohn, durch Warenhäuser gewandert. Nur daß sie lieber den Lift als die Rolltreppe benutzte, auch wenn es der Warenlift war. Sie staunte, was es alles gab, wovon sie keine Ahnung hatte, was zu gebrauchen wäre, aber was sie kaum mehr gebrauchen würde und Mühe gehabt hätte zu gebrauchen. Und sie hatte immer weniger Lust auszugehen. Er schob sie im Rollstuhl auf den Parkwegen bis zu den Gewächshäusern und bis zum Gemüsegarten, an andern groß gewordenen Söhnen und Töchtern vorbei, die ebenso einen Elternteil im Rollstuhl vor sich herschoben oder Vater oder Mutter beim Gehen stützten: »Doch, doch, bis zum Brunnen schaffst du es.«

Seine eigenen Verschleißerscheinungen gehörten zum üblichen Bild: das Anschwellen der Fingerknöchel, ein Nachlassen des Greifvermögens, so daß er Papiere und Münzen fallen ließ, obwohl er meinte, sie festzuhalten; er kleckerte, weil er Löffel und Gabel nicht mehr sicher hielt, und er band sich die Serviette wie einen Kinderlatz vor. Er entleerte seine Blase kaum mehr vollständig, so daß er bald wieder Drang verspürte; es wurde schwieriger, ein Getröpfel zurückzuhalten. Zudem ärgerte ihn, was ein Kollege eine Altherrengewohnheit nannte, daß er öfter vergaß, den Reißverschluß am Hosenladen hochzuziehen, als ob es nichts mehr zu verbergen oder zu schützen gäbe.

Eigentlich hatte Past den Arzt wegen eines ständigen Brennens in den Augen aufgesucht. Beiläufig bemerkte er, es werde ihm bei ruckartigen Kopfbewegungen schwarz vor Augen, der Schritt von einem Randstein auf die Straße komme einem Sturz ins Schwarze gleich. Ein Anlaß, routinemäßig den Blutdruck zu messen, womit eine Generaluntersuchung eingeleitet wurde: Alterszucker, spät gemerkt, das schlage auf die Augen, im schlimmsten Fall würden sie erblinden, vielleicht könne man das mit Tropfen verhindern oder das Erlöschen mindestens hinauszögern. Blaugrün war in dem Zusammenhang nicht weiter erwähnenswert.

Wenn dem Mandarin soviel an den Augen lag – sollte er, Past, unter den Abfallsäcken, die sich unten im Hausflur stapelten, den mit den Brillen und Etuis hervorsuchen? Sicher, er hatte sich selber gewundert, was er an Augengläsern aufbewahrte; er hatte für die Sehhilfen in einer Schublade ein Altersheim aufgemacht: ein Krückenasyl. Eine Brille mit einem geflickten Steg oder mit nur einem Bügel, gesprungene Gläser und, aus der Zeit, als er noch rauchte, ein Horngestell mit Brandspuren, eine Stahlfassung aus den Jahren, als das Großväterliche Mode war, eine Sonnenbrille, die jemand liegengelassen hatte, brüchige Fassungen und durchaus intakte Brillen, aber mit Korrekturen, die seiner abnehmenden Sehkraft nicht mehr genügt haben und ihrerseits korrigiert werden mußten, in immer kürzeren Abständen, statt Glas Kunststoff, bruchsicher, aber nicht kratzfest – der Mandarin könnte staunen, was während Jahrzehnten mithalf, daß blaugrüne Augen sahen.

Was Past im Moment über die Stirn nach oben ins Haar schob, war das, was man eine Lesebrille nannte. Ja, er benötigte zusätzlich eine für die Weite, ferner wären Ersatzbrillen zu erwähnen, um nur mit dem Nächstliegenden zu beginnen.

Er könnte dem Mandarin weitere Hilfsmittel vorführen – nein, das stimmte nicht. Aber davon berichten, das schon.

Von einem Fadenzähler zum Beispiel, den ihm ein Onkel geschenkt hatte (»Hast du schön danke gesagt?«), nicht um die Fadendichte eines Stoffes zu prüfen oder ein Druckbild zu begutachten. Past sollte zum Briefmarkensammeln animiert werden (»Da lernt man die Welt kennen«). Doch war es Past gleichgültig, ob eine Briefmarke eine intakte Zähnung aufwies, obwohl er es eine Zeitlang spannend fand, Wasserzeichen aufzuspüren und bei den Stempeln Datum und Aufgabeort ausfindig zu machen. Daß Fehldrucke hoch gehandelt wurden, hatte ihn frappiert, so daß er sich fragte, ob er nicht, wenn er groß wäre, ein Fehldruck werden solle. Vorerst aber vergrößerte er Poren auf dem Handrücken, so daß seine Haut löchrig erschien, mehr lag kaum drin.

Da bot die Lupe mehr, die der Onkel seinem jüngeren Bruder schenkte; der erhielt ein Einsteckbuch und eine Pinzette, mit der er die Briefmarken aus dem Wasserbad holen konnte. Der lief durch die Wohnung, die Lupe vor dem Auge, als wär's ein Lorgnon, und vergrößerte, was ihm über den Weg lief, die Blumen auf der Tapete wie die Spaghetti im Teller. Er gab die Lupe erst aus der Hand, als Past behauptete, er stecke mit ihr ein Zeitungspapier in Brand; er bewies es dadurch, daß er den Brennstrahl auf den Handrücken seines Bruders richtete, bis dieser aufschrie. Der hatte schon als ganz Kleiner verkündet: »Ich komme dahinter«, auch wenn es nichts Verborgenes gab. Past hatte ihn später, da besuchte dieser bereits das Offenbarungskränzchen der »Brüder und Schwestern im Herrn«, überrascht, als er mit der Lupe in der Bibel las. Past konnte sich die Frage nicht verkneifen: Ob er unter dem Kleingedruckten das Datum für den Weltuntergang suche; das war, Jahrzehnte bevor sein Bruder das elterliche Haus wegen des nahenden Weltendes mit Hypotheken belastete.

Die Lupe seines Bruders war nichts im Vergleich zu dem Mikroskop, das er als Mittelschüler kaufen mußte. Wegen der teuren Anschaffung wäre es zum Familienkrach gekommen, hätte die Mutter nicht ein Modell in einem Trödlerladen gefunden, wo sie sich nach einem Dampfbügeleisen umsah und von wo sie das Cape mitbrachte, das sie nur einmal tragen sollte. Zwar lief der Objektivrevolver nicht reibungslos, so daß Feinübergänge kaum zu regulieren waren und das Mikroskop auf der Skala von Vergrößerungsgrad zu Vergrößerungsgrad hüpfte.

Als erstes hatten sie in der Biologiestunde ein Haar zu untersuchen; es imponierte Past, was für schuppige Wunder der Coiffeur kürzte. Danach kam auf den Objektträger ein Wassertropfen. Past sah nichts, was ihm bemerkenswert schien; wenn er schon durch ein Mikroskop schaute, wollte er etwas sehen; ihn lockte nicht so sehr das Sehen als vielmehr das Beschreiben; für dessen Ausführlichkeit wurde er gelobt; er fing am Ende sogar an zu sehen, was er beschrieb.

Als der Lehrer, neugierig wegen der überraschenden Beschreibung, auch ins Okular schauen wollte, verschob Past das Präparat. Die Glasplatte fiel zu Boden. Als er sie auflas, schnitt er sich in den Daumen. Er leckte den Finger sauber und hielt den Schnitt unters Mikroskop. Was fürs bloße Auge eine dunkle Linie war, wurde ein Graben mit abschüssigen Wänden, ein dunkler Spalt tat sich auf, aus dem es rot und schwarz hervorquoll. »Vulkanisch«, hatte Max gesagt. Past entdeckte die heilende Wirkung des Schauens:

Die Wunde tat um so weniger weh, je genauer er sie betrachtete.

Ein Mitschüler nach dem andern warf einen Blick durchs Objektiv; für jeden machte Past aus dem Daumen ein instruktives Präparat, indem er den Finger sauberleckte, bevor er aus ihm für die Vorführung Blut herauspreßte. Sein damaliger Banknachbar, Deutschlehrer an einem Gymnasium geworden, für die Innerlichkeit seiner Gedichte mehrfach ausgezeichnet, gestand ihm, Jahrzehnte später, bei einer Begegnung auf der Straße, in dieser Biologiestunde hätte ihn die Muse geküßt, die zeitgemäße »O Mikroskopia«. In der Tat, keiner der zeitgenössischen Schweizer Lyriker der Betroffenheitsschule überflügelte ihn, im freien Vers zu evozieren, welch Leiden ein Schnitt im Daumen hervorruft, vergrößert man ihn unter einem Mikroskop.

Aber Past brauchte nicht selber durch ein Mikroskop zu schauen, um Dinge zu sehen, die mit bloßem Auge nicht erkennbar waren, allerdings wäre er oft nicht in der Lage gewesen, was sich in dieser Bilderwelt an Formen, Farben und Figuren auftat, zu benennen. Sollte er mit dem Mandarin das Spiel fortsetzen: bei Mikroaufnahmen herausfinden, welchem Ding die Vergrößerung zuzuordnen ist, die wie eine Bienenwabe aussieht, und welchem die Aneinanderreihung von farbigen Rhomben? Da hätte der Mandarin seinerseits demonstrieren können, wie sehtüchtig und unterscheidungsfähig schwarze Augen sind: Was ist die vierhundertfache Vergrößerung eines Moleküls und was ein »Bild ohne Titel«? Noch lieber hätte Past den Mandarin zu einem Happening mitgenommen wie zu jenem, an dem er, das einzige Mal in seinem Leben, einen ersten Preis gewonnen hatte. An den Galeriewänden hingen farbige Mikroaufnahmen von Dingen und gleich groß daneben Reproduktionen abstrakter Malereien; es war an den Besuchern, herauszufinden, was Kunst war und was Natur. Wer weiß, ob der Mandarin auch den Blamagepreis gewonnen hätte: Wer sich am meisten vertat, durfte für ein verlängertes Wochenende zu zweit ins Tirol in ein Heilbad; seither war Past nie mehr dortgewesen. Die »singende Säge« hatte er in Erinnerung behalten, und gestaunt hatte er, daß die Nachfahren der Habsburger Höhenfeuer anzündeten wie die Schweizer, die ihre Befreiung von den Habsburgern mit Höhenfeuern feierten, nur daß die Tiroler zusätzlich ihre Felswände bengalisch beleuchteten – warum nicht, schließlich hatten auch sie sich einst von Alm zu Alm verständigt, allerdings mit Hollodrio.

Bitte sehr, oder wie immer das auf chinesisch heißt, Past hatte durch mehr als ein Fernrohr geguckt. Nicht bloß durch solche, in die man eine Münze wirft, um von einem Aussichtspunkt auf die gegenüberliegende Talseite zu schauen, um den Horizont abzufahren und das Gesehene mit einem Panoramabild zu vergleichen, auf dem die Namen der Zacken, Gipfel oder Rücken der Berge verzeichnet sind. Wenn er benennen konnte, was er als Voralpen oder Alpen vor Augen hatte, schien er mehr gesehen zu haben, oder das, wovon er keine Ahnung hatte, besaß wenigstens einen Namen.

Er hatte mit Puy die Sternwarte in Zürich aufgesucht. Mitten in der City zwischen Banken und Warenhäusern der Turmbau. Nach einem kurzen Blick ins nächtliche Firmament hatte sich Puy dem zugewandt, was sich unten ausbreitete. Kamine und Fernsehantennen, auf den Dächern noch nicht weggeschmolzener Schnee. Das Spiel: Amtshäuser und Wohnblocks erkennen anhand von Zinnen, Terrassen und Aufbauten, wie man sie von unten nie zu sehen bekam. Plätze und Straßen ausfindig machen: »Doch, die Uhr hinter dem Brunnen, das ist die vom Bahnhofsportal. Und hier unten die Polizeihauptwache.« Dem Scheinwerferstrahl zu den Befestigungsmauern des Lindenhofs folgen, eine Ahnung von römischen Ausgrabungen. Dunkel der Flußlauf, gesäumt von Laternen, deren Licht in schummrige Nebelkappen gehüllt. An den Kirchen Zifferblätter, an Schwaden geheftet. Sich gegen allen Dunst behauptend die farbigen Neonsprüche von Firmen. Hingetupft die elektrischen Kerzen auf dem Baukran, ein Richtfest. Hügelwärts als massige Schatten die Universität und die Technische Hochschule, daneben, kaum wahrnehmbar, der Spitalkomplex mit den Klinikgebäuden. Angestrahlt die beiden Türme des Großmünsters, die Umrisse der Kirche und die des Rathauses in Dunst sich verflüchtigend. Lichtgirlanden, die die Bogen der Brücken markieren. Die mobilen Lichter von Autos und Straßenbahnen. Eine Ambulanz. Im diesigen Hintergrund der See, schummrig beleuchtet, ein Mond, verhangen, nicht viel höher als das Warnlicht auf dem Uetliberg.

Mit Gil hatte er auf einer Flußfahrt einen andern Blick in den nächtlichen Himmel geworfen. Past hätte gerne das Kreuz des Südens gesehen; sie gerieten darüber in Streit, wo und was sich als dieses Sternbild am schwarzblauen Himmel abzeichne. Nur das Stampfen des Motors und das Schlagen des Wassers. Ein schüchterner Lichtschein aus den

Kabinen und den Salons, kaum die Böschungen beleuchtend. Das eine Ufer arid, die dahinter liegende Savanne andeutend, und das andere Ufer grün, auf bebaute Felder hinweisend. An keinem der beiden Ufer und weit ins Land hinein irgendeine Spur menschlicher Besiedlung. Kein Kunstlicht und kein Schimmer. Eine Nacht, in der der Himmel seinem eigenen Schein überlassen blieb, ohne irdische Konkurrenz. Sterne von präziser Leuchtkraft. Gil und Past fixierten die schwachen Sterne so lange, bis sie verschwanden, ein Spiel, das sich Gil ausgedacht hatte.

Durch sein Lieblingsfernrohr hatte Past nie geguckt, er hatte es auch nie besessen, er hätte es in einem Marinemuseum klauen müssen. Und doch behauptete er, er habe einmal oben im Mastkorb einer Karavelle gesessen, um Ausschau zu halten. Als junger Portugiese, der, überdrüssig des Korkeichenschälens, der Familie davongelaufen war, um sich anheuern zu lassen. Zu jung noch, um mit dem Astrolabium und dem Sextanten zu arbeiten. Neugierig auf das, was der Wind den Segeln zuflüsterte. Ohne je Buchstaben gelernt zu haben, las er in den Wolken. Am Horizont vereinten sich Wasser und Himmel. Wochenlang nichts als eine See, die von Zeit zu Zeit ihre Farbe wechselte. Was für ein Augenblick, als Past bei verblassenden Sternen Vogelschwärme sichtete, als er denen, die umkehren wollten, die im Begriff waren zu meutern, als er den Skorbutgeplagten, den Halbverhungerten und Mutlosen verkündete: »Land, Land in Sicht.«

Hingegen bestritt niemand, daß er durch Fernrohre größerer und größter Sichtweite geschaut hatte. Dank der Teleskope hatte er die Milchstraße nahe am Gesicht gehabt;

er hatte sich vorführen lassen, was für Vehikel mondtüchtig sind und wie es auf dem Mars aussieht, obwohl ihm dies im Grunde egal war.

Wo es sich ergab und wenn es die Zeit erlaubte, suchte Past Planetarien auf. Er unternahm in seiner Freizeit nicht ungern Abstecher ins Weltall. Was Astronauten sahen, die monatelang unterwegs waren, verfolgte er in einer Nachmittagsvorstellung von einem gepolsterten Sitz aus; während ein Astronaut schwerelos durch die Kabine schwamm, lutschten die neben ihm an einem Eisstengel, und das Rascheln ihrer Popcorntüte war zuweilen lauter als die Befehle am Kommandopult. Past brauchte in der Sternenshow nur einen Knopf zu drücken, um zu sehen, was passiert, wenn eine Nova explodiert. Als ihn Ruth einmal ins Universum begleitete, ließ er vermittelst einer Taste die Sternschnuppe ihren Sturz wiederholen, so daß Ruth beim zweiten Mal Zeit genug hatte, ihren geheimen Wunsch anzubringen, da sie an Himmelszeichen glaubte; ihm selber gefiel es, den Sternen eine zweite Chance zu geben.

Hatten die in China nicht auch in den Himmel geschaut? Es gab doch ein chinesisches Horoskop. Gab es keine kurzsichtigen Chinesen?

Bestimmt hatte der Mandarin mit seinen schwarzen Augen nie gesehen, wie es in seinem Inneren ausschaut. Oder hielt er es mit denen, die davon nichts wissen wollten? Past erinnerte sich an die Bemerkung eines afrikanischen Mitarbeiters: Bei ihnen schaue nicht der Arzt ins Innere, sondern der Dichter, jahrhundertelang hätten Gedichte als Röntgenbilder genügt; nur eben, Dichter hätten nie die Chirurgie entwickelt und den Eingriff möglich gemacht, über den Past orientiert worden war – die heilende Wirkung der Poesie, ob bei der wie bei der Chemotherapie mit Nebenwirkungen wie Haarausfall zu rechnen ist?

Past hätte dem Mandarin als Attraktion ein Röntgenbild vorführen können. Nicht die Aufnahme mit den Schrauben und Platten im Oberschenkel. Es gab eine spätere, von seinem Kopf, wegen irgendeiner Stirnhöhlengeschichte. Diese Innenaufnahme hatte er zum Scherz eine Zeitlang im Badezimmer neben dem Spiegel aufgehängt, als biete sie jenen Einblick in den Hintergrund, den der Spiegel verwehrte. Zu seinem Ärger hatte der Sanitär die Aufnahme in den Abfall geworfen, als er den Spiegel abmontierte.

Past hatte bei einer Generaluntersuchung in sein Inneres geschaut: »Achtung: Die Haftflüssigkeit ist kalt. Wenn Sie sich nach rechts drehen, erkennen Sie auf dem Bildschirm Ihr Herz.« Angesichts dessen, was Past flächig und von unterschiedlichem Rot wahrnahm, fragte er sich, warum jemand auf die Herzform gekommen, wie sie auf Glückwunschkarten, Fensterläden oder Lebkuchen abgebildet war. »Das Weiße sind die Klappen. Und jetzt die Kranzgefäße. Moment, jetzt sieht man sie deutlicher. Bei einem Thorax wie dem Ihren ist es nicht so klar.« Past erschrak über den Muskel, der unentwegt pulsierte und klopfte, pausenlos, Schlag auf Schlag. Past war verlegen wegen des ständigen Pumpens. Sollte man der Pumpe nicht einmal eine Ruhepause gönnen, etwas Entspannung? Gleich darauf erschreckte ihn sein Entgegenkommen – nein, nur das nicht: weiterpumpen, weiter, stur und unbeirrt, weiter unbelehrbar-unermüdlich weiterpumpen.

Der Chinese würde große Augen kriegen, große schwarze Augen, wenn Past ihm erzählte, was er mit blaugrünen Augen gesehen hatte. Daß er gesehen hatte, wie ein Mensch im Mutterleib Ansätze zu Kiemen ausbildet, als Embryo den Schwanz auf ein Steißbein reduziert, wie er, in Erinnerung ans Urmeer, im Salzwasser schwimmt. Falls der Mandarin protestierte, weil er im Bauch seiner Mutter eine Zeitlang nicht völlig behaart sein wollte, könnte Past ihm per Film die neun Monate seiner Entstehung im Zeitraffer vorführen, von dem Moment an, da Spermien den Schleimpfropfen im Gebärmutterhals durchdringen, bis zum Augenblick, da einer abgenabelt wird und zu schreien beginnt, er könnte ihn beobachten lassen, wie ein Ei sich teilt und seine Wanderung beginnt, wie sich ein Kopf abzeichnet und das Herz als Ball zu erkennen ist, wie sich ein Rücken formt, daß die Augen dunkle Höhlen sind und die Lider sich über diesen Augen schließen, um sich erst Monate später wieder zu öffnen. Präzise Bilder behielt Past im Gedächtnis: wie sich aus stumpfen Handansätzen kleine Finger ausstülpen, wie sich an diesen ein Nagelbett abzeichnet, wie der zu große Kopf kleiner wird und ein Fötus sich im Bewegen übt.

Dank eines andern Verfahrens kannte er Bilder, auf denen zu sehen war, an welchen Stellen sich ein Mensch in seinem Körper erwärmt, wenn er küßt und liebt. Wo er zuerst kalt wird, wenn er sein Leben ausgehaucht hat, welche Stellen in ihm als erste die rote Wärme aufgeben und beim Abklingen einem kalten Blau den Platz überlassen – diesen Prozeß am eigenen Leib werden seine blaugrünen Augen trotz aller Hilfsmittel nicht registrieren.

Nein, nur das nicht, nur nicht erklären müssen, wie eine Wärmekamera oder wie ein anderes Hilfsauge funktioniert. Es wäre schon Zumutung genug, müßte er das simple Sehen erläutern, welcher Augenfarbe auch immer. Aber das erwartet der Mandarin wohl nicht.

Das einzige, was er sich gemerkt hatte, deutete er programmatisch: Die Augen nehmen die Welt wahr, wie sie auf dem Kopf steht. Der erste Akt des Erkennens und Ordnens beruht darauf, das Erfaßte auf die Füße zu stellen, womit dem Irrtum Vorschub geleistet wird: Was auf Füßen steht, steht nicht auf dem Kopf. Wäre es nicht tunlicher, der verkehrten Welt ihre Verkehrtheit zu belassen; man hätte sich entsprechend einrichten können. Für einen zukünftigen Kalender hatte er einen »Tag der verkehrten Welt« vorgeschlagen, an eine vergessene Tradition der Volkskunst anknüpfend; er hatte die Anregung mit Flugblättern illustriert: nicht mehr nur eine Kuh, welche den Fleischer aufschlitzt, oder ein Hase, der auf den Jäger schießt, was anderes, als wenn der Hut einen Kopf aufsetzt und nicht der Kopf einen Hut, zeitgemäßer, indem das Atom den Wissenschaftler spaltet und die Rakete die Bodenstation auf Umlauf schickt. Hatte es nicht einst ein Fest gegeben, an dem die Sklaven für einen Tag die Herrschaft übernahmen – wie sähe wohl heute ein solcher Festtag aus?

Wozu auch erklären? Er betätigte schließlich auch Schalter, solche zum Drehen, zum Kippen oder zum Drücken, ohne sich Rechenschaft zu geben, was vor sich geht, wenn ein elektrischer Stromkreis ein- oder ausgeschaltet wird, und was an Sicherung eingebaut ist, damit beim Stromunterbruch keine Funken entstehen.

Und gar, wenn er an sein Notebook dachte, sein zweites Gedächtnis, ein Vertrauter, wie er ihn nie für möglich gehalten hätte: einer, der alles aufnahm, auch das, was Past eintippte, nur um es loszuwerden.

Doch konnte er sich, als der Informatiker ein up-date verpaßte, die Bemerkung nicht verkneifen, die Computerei gleiche dem Geschäft mit dem Senf, wo man auch nicht an dem verdiene, was auf die Wurst kommt, sondern an dem, was auf dem Teller liegenbleibt; bei ihm, bei Past, bleibe unendlich viel ungenutzt auf dem Computerteller liegen, nicht bloß der nie eingeschaltete Wecker oder das ungelöste Puzzle. Der Informatiker replizierte: Auch die Denkfähigkeit von Past sei nichts anderes als Senferei, von dem, was in seinen Hirnlappen herumliege, ließe sich manches fruktifizieren, es gebe Spezialkurse, die nähmen auf Pasts Jahrgang Rücksicht.

Natürlich hatte es Past zuweilen gelockt, auf seinem Powerbook nicht nur zu tippen oder »Shanghai« zu spielen, sondern auf gut Glück diese oder jene Taste zu drükken, neugierig zum Beispiel auf Kontrollfelder, auch wenn er nicht wußte, wozu sein »versetztes Raster« gut war, aber stolz darauf, die Möglichkeit zu haben, dies einzurichten, oder Programme auf File Servern zu berücksichtigen und anderes.

At Ease oder Enabler, Adobe und Aldus, Hyper Card und Host – Past leierte die Begriffe herunter, wie er einst als kleiner Meßdiener lateinische Litaneien heruntergebetet hatte, ohne sie zu verstehen: Heiliger Sampler, Selige Quid-Draw und alle Subwoorfer, orate pro nobis. Nicht jedes Stoßgebet wurde erhört. Bei den Kirchengebeten war nie die Absage gekommen: »Das System versteht Sie nicht« oder »kein Modul mit passenden Konvertierungen« – was Himmel und Hölle betraf, war die Konvertierung eindeutig.

Past faßte das Apple-Markenzeichen seines Powerbooks als persönliches »Credo von einem, der nicht drauskommt« auf: die Frucht vom Baum der Erkenntnis gepflückt und angebissen, der Restapfel eine mögliche Verheißung für mehr, ganz im Sinn von »nicht drauskommen«. Als Ergänzungsemblem zum angebissenen Apfel der Adamsapfel, mit dem Stück, das als erster Erkenntnis-*bite* noch immer im Hals steckt.

Nicht ungern schaute er im Büro zu, was seine jüngeren Kollegen auf den Bildschirm holten, was sie an Zeichen und Tönen abriefen, an Texten, Tabellen und Grafiken. Der Personalchef redete nicht von Vernetzung, sondern von Vernervung; bei sich selber hatte er die Nerven durch Sensoren ersetzt; dachte er nach, waren in seinem Hirn Detektoren an der Arbeit.

Was sollte die Fragerei des Mandarins?

Sollte er aufzählen, was er auf der Leinwand und auf der Bühne gesehen hatte? Alle Tragödien und alle Possen, Kabaretts und Zauberspiele? Ja, er hatte welche gesehen, die zwar den Mund zum Reden aufmachten, aber die man nicht hörte, den, der in seinem Goldrausch zwei Brötchen an zwei Gabeln tanzen ließ, und den, der unter der sengenden Sonne durch die Wüste kroch, und den, der hoch über dem Verkehr an der Fahnenstange eines Wolkenkratzers baumelte; Past hatte Tortenschlachten beigewohnt, ohne etwas abgekriegt zu haben, und an Verfolgungsjagden teilgenommen, ohne müde zu werden, knapp vor der heranrasenden Lokomotive noch über das Gleis davonkommend. Er hatte zuwarten müssen, bis Mord, Totschlag, Entführung, Erpressung oder Raub zum selbstverständlichen Alltag gehörten. Sein Jahrgang hatte erst mit dem achtzehnten Lebensjahr ins Kino gehen dürfen, *crime* wurde noch nicht in die Kinderstube und ins traute Heim geliefert.

Aber der Chinese nahm wohl nicht an, daß Past auch noch Theaterprogramme von dem offeriert, was er im Keller und in Fabrikhallen sah, in Schauspielhäusern oder als Straßenaufführung: der, der sich blendete und dafür die Hände vor die Augen legte, und der, der mit einem Verband auftrat, und der, dem das Ketchup durch die Gaze sickerte. Eine Königin, die eine andere aufs Schafott schickte, und ein König, der sein Reich für ein Pferd hergegeben hätte. Einer, der alles studiert hatte und dem nur noch der Teufel weiterhalf. Oder eine alte Dame, die auf Besuch kam …

Der Mandarin erwartet wohl nicht, daß Past aufzählt, was je vor seine Augen kam, was er beobachtet und was er beiläufig mitgekriegt hatte, was im Lauf von sieben Jahrzehnten ins Auge ging und was erblinzelt wurde.

Sollte er dem Mandarin zum Beispiel erklären, daß es den Augen nicht genügte, bloß zu sehen? Hatte er nicht als Kind nach allem gegriffen, was er sah, und hatte er es nicht in den Mund genommen, als müsse er wissen, wie ein

Blechlöffel schmeckte oder ein Holzpferd, ein Zinnsoldat oder der Pantoffel.

Müßte seine blaugrüne Antwort nicht auch die Augen erwähnen, die nicht glauben mochten, was sie sahen? Die darauf aus waren, zu entkleiden, neugierig auf die Nacktheit einer Frau oder eines Mannes. Daß er aus Ungläubigkeit und Wißbegier sein Gegenüber umarmte, als könnte dieses entfliehen und sich in Luft auflösen und er müsse es festhalten, um ihm Erdenschwere zu verleihen und damit sich selber Boden geben, tastend sich vergewissern, daß, was er sah, faßbare Wirklichkeit war. Finger, die beim Sichüberzeugen mithalfen, indem sie über Gesicht, Brust und Hüfte streichelten, was noch immer nicht genügte, so daß der Mund Hände und Schenkel küßte. Und daß die vor Benommenheit geschlossenen Augen sich wieder öffnen, um sich mit allen Sinnen zu wundern – ein Staunen und Erkunden, von dem er vermutete, daß es Zärtlichkeit heißen könnte.

Aber wäre diese Auskunft nicht erst komplett, wenn auch die blaugrünen Augen zu Wort kämen, die sich beim bloßen Schauen verlustierten. Müßte nicht auch der Past antworten, der Pornokinos aufgesucht hatte. Soweit es ums Begeilen ging, wurden solche Besuche weniger notwendig, nachdem TV-Kanäle ihre erotischen *(hard and soft)* Sendungen direkt in die Wohnung lieferten und es in den Hotels im Pay-TV Filme zu sehen gab wie *Das Lochergut der Jungfrauen* oder *Wochenende im geilen Hosenladen.* Und nächtlicherweile Sendungen, die unterbrochen wurden mit Telefonnummern: Sex von Apparat zu Apparat, nach Impulsen berechnet.

Diese Fragerei nach der Sehtüchtigkeit blaugrüner Augen, was ging das den Chinesen an.

Past wunderte sich, was an Erinnerung wachgerufen worden war. Auch die an Gil, obgleich er von ihm seit langem nichts mehr gehört hatte: Ob er noch sein Taxi betrieb oder in einem Schwemmland wieder Krebse suchte? Als ob es keinen Vater gegeben hätte, der jeden Morgen zur Arbeit ging und jeden Samstag in die Versammlung und am Sonntag nicht in die Kirche und den er nicht im Sarg hatte sehen dürfen, weil die Erinnerung an ihn »eine schöne« bleiben sollte. Seine Nichte, von der er wußte, daß sie die Prüfungen bestanden hatte. Und Erika? Keine Fensterscheibe und kein Autoblech, dem sie nicht ihre Person angeboten hätte, als müßte sie jederzeit ihre Frisur begutachten, den Schal enger knüpfen, das Kleid glattstreichen oder den Sitz der Ohrringe prüfen. Was ihr als Eitelkeit ausgelegt wurde, war ein verzweifeltes Ausschauhalten nach allem, was ihre Existenz bestätigte, dafür war die nächste Drehtüre so gut wie eine gläserne Hausfassade oder irgendeine Kachel. Was ihr Bild wiedergab, wurde Komplize und Komplizin, die ihr versicherten, daß sie sich noch nicht abhanden gekommen war. Nachdem sie nicht mehr zusammenwohnten, war Past noch lange hinterher an Stellen stehengeblieben, wo sich Erika gespiegelt hatte. Doch keine der spiegelnden Flächen erinnerte sich ihrer. Angesichts solcher Gedächtnisleere fragte sich Past, ob er selber die eigene Treulosigkeit in dem Maß gemildert hatte, in dem er wie die Spiegel wenigstens im jeweiligen Moment voll und ganz dagewesen war.

Andere Namen, andere Jahre, andere Antworten – andere blaugrüne Augen?

War diese Fragerei purer Hohn? Um ihm klarzumachen, was er alles nicht gesehen hatte, als hätten die Augen ihre Sehkraft nicht genutzt.

Wozu reichen schon sieben mal zehn Jahre, und wenn es hochkommt, acht mal zehn. Was es darüber hinaus alles zu sehen gegeben hätte – die Neugierde wäre dagewesen.

Die Friedhofsschändung und das Eisenbahnunglück, ineinanderverkeilte Wagen, aus denen die Opfer herausgeschweißt werden mußten, und umgestürzte Grabsteine. Hatte er das heute gesehen? Oder gestern? Die verkohlte Leiche eines Stammesangehörigen, auf die der Angehörige eines andern Stammes sein Bajonett richtete, die Verleihung des »Prix Art Design« – doch, das war gestern gewesen nach der Pille gegen Glatzenbildung und dem Stau wegen Schneefalls, aber vor den Folterspuren – von welchem Regime schon wieder? Hätte er nicht am liebsten weggeschaut? Und was war mit den Momenten, wo er einfach umschaltete, zappend, ohne was zu suchen.

Was sollte los sein mit Augen, die blaugrün waren. Hatten sie nicht die gleichen Lichtquellen wie die andern: Sonne und Leuchtstoffröhren, Kerzen und Feuer, Glühbirnen und Sterne. Der optischen Täuschung nicht minder fähig, weil auch sie sich durchs Umfeld des Beobachteten in die Irre führen ließen, und nicht minder anfällig für all die Lügen, die das Bild als Bild mitbrachte.

Sollte Past zur Beantwortung mit all dem aufwarten, was er geschlossenen Auges sah, lichtlos und dennoch klar, kurzlebig und nicht abrufbar. Hinter den Lidern Augen, die sich nach innen kehrten, immer darauf bedacht, sich dem dortigen Chaos nicht auszuliefern.

Eines jedenfalls müßte er gleich klarstellen: Entscheidendes, was er zeit seines Lebens mit Augen zur Kenntnis genommen hatte, hatten andere erschaut und vermittelt. Seine blaugrünen Augen hatten gesehen dank blauer, brauner oder meergrüner oder sonst welcher. Gab es nicht auch rote? Und was, wenn der Mandarin erzählte, was er mit seinen schwarzen sah. Allein auf sich gestellt, wären Pasts Augen nie zu der Welt gekommen, aus der sie sich gebrochenen Blicks verabschieden werden.

Er fischte aus dem Papierkorb die Seite einer Tageszeitung mit dem Fernsehprogramm. Es war veraltet, aber als Anschauungsunterricht dürfte dies genügen. Dem Mandarin vorzuführen, was blaugrüne Augen vorgesetzt kriegen, an einem einzigen Tag, ohne einen Blick durchs Fenster zu werfen oder auf die Straße zu gehen.

Zappen wir uns durch, rund um die Uhr und rund um die Welt. Möchte der Mandarin den Mann sehen, der Schimpansen zum Pflücken von Datteln abrichtet? Oder dem Popstar mit der Vieroktavenstimme bei der Kochlöffelshow zuschauen? Zu sehen wäre auch ein Stuntman, der mit seinem Auto über sechs Busse hinwegflitzt. Oder ein Achtzehnjähriger in der Isolierzelle, drei Tage vor der Hinrichtung. Vielleicht hat der Mandarin als kaiserlicher Beamter eine Schwäche für gekrönte Häupter – eine königliche Heirat gefällig oder eine prinzliche Scheidung? Der Bildschirm als Schlüsselloch. Hüpfen wir: von den News zu den Serien, vom runden Tisch zu *crime and glamour.* Gehen wir mit einem Ballett auf Tournee, oder schauen wir einer Geiselnahme zu? Einem Kandidaten, der seinen Wahlzettel in die Urne wirft? Oder lieber einem Erpresser, der im Supermarkt Gebäck vergiftet. Wie wär's mit einem Abfahrtsrennen, nicht am Tatort, sondern hier zu Hause, wo man mehr sieht als an Ort und Stelle, weil man vom Fauteuil aus am ganzen Lauf teilnimmt, am Start ebenso wie am Ziel, an den Zwischenzeiten wie an den Stürzen. Durch so viele Kameraaugen sehen, hatte dies nicht etwas vom Simultanblick des lieben Gottes und der lieben Götter?

Past bedauerte es, den Fernsehapparat zusammen mit der Tuner-Anlage bereits weggepackt zu haben. Gern hätte er dem Mandarin als Antwort eine Fernbedienung in die Hand gedrückt. Und sei es nur, um ihm die Wetterkarte anzubieten mitsamt der Erklärung: »Ein Satellitenbild. Der Orkan Hugo durchquert die Chinesische See. Aus dem Inneren Rußlands nähert sich ein Tief der Chinesischen Mauer. Die Regenfälle im Südosten halten an und dürften zu neuen Überschwemmungen führen. In Taipeh ist ein radikaler Temperaturanstieg zu verzeichnen. Beijing noch sonnig. Die Verbotene Stadt hat mit zunehmender Bewölkung zu rechnen.«

Da könnte der Mandarin sehen, was anderntags der Himmel auf ihn regnen läßt: Wolken, nicht von unten betrachtet, sondern von oben.

Past langte nach dem Fläschchen »Lacrimat«, das ihm der Arzt verschrieben hatte. Gegen das »Trockene Auge«, trocken mit großem »T«. Das Präparat, auf rein natürlicher Basis hergestellt. »Trocknen wir am Bildschirm aus?« hatte eine Boulevardzeitung getitelt. Was bisher als vereinzelte Fälle aufgetreten war, schien sich auszubreiten. »Keratoconjunctivis sicca«. Von Spezialisten belegt: Das Austrocknen der Tränendrüsen nimmt statistisch zu, normalerweise erst nach der Jugendzeit, gewöhnlich mit dem Eintritt ins Berufsleben. Sollte er dem Mandarin den Slogan vorlesen: »Jeder Lidschlag eine Träne?«

Past sog die Flüssigkeit in die Pipette hoch; er drehte sich zur Seite; den Kopf tief im Nacken, träufelte er, halblaut zählend, Tropfen in die Augen, preßte die Lider zusammen, um die Flüssigkeit über die Augäpfel zu verteilen. Als er den Kopf senkte und sich wieder dem Mandarin zuwandte, floß ihm ein Rinnsal bis zu den Lippen, bitter der Geschmack, so daß er den Mund verzog; es tropfte aus seinen Augen.

Der Mandarin schniefte und bot den weiten Ärmel mit dem Drachen zum Tränenwischen an. Da stand Past auf, nahm aus der nächstliegenden Schachtel ein Buch, wog es in der Hand, tat es zurück und langte ein dickeres aus dem Regal hinter ihm, den Lexikonband »Mo bis Ny«, und legte den Wälzer auf den Mandarin.

Ungestört sass Past vor seinem Notebook. Das akustische Begrüßungsignal. »Willkommen« geheißen auf einem Bildschirm, wo sich zartes Blau einstellte. Das Notebook bezeugte Bereitschaft mit dem Menü »Ablage, Bearbeitung, Etikett, Spezial«. Past klickte zweimal kurz in das Feld HD. Und schon erschien der Schreibtisch mit dem, was er zu bieten hatte. Drauf auch der Ordner »Intro«. Weswegen der so hieß, war Past bis jetzt ein Rätsel geblieben, aber die Sekretärin hatte den Schreibtisch gedeckt. Er öffnete den Weg zu »Shanghai«. Das Spiel rollte ab. Wie immer gab er das »OK«. Auf der Frontpage zwei Chinesen, zwischen ihnen ausgebreitet die Steine. Die Spielvorlage baute sich auf. Einzelzellen neben- und übereinandergefügt, mehrschichtig zum Teil, »Ziegel« genannt, weswegen Past für sich vom Dachdeckerspiel sprach. Die Ziegel mußten weggeschafft werden; das geschah paarweise und war möglich, soweit die einzelnen Steine auf einer der vier Seiten frei standen. Fanden sich zwei identische, konnten sie eliminiert werden. War das letzte Paar getilgt, tauchte ein Drache auf und fauchte zu einem Ding-Dong-Sound. Gelang es nicht, alle Paare zum Verschwinden zu bringen, war es der Dachdecker, der abstürzte.

Zu dieser nächtlichen Stunde war das erste Spiel beendet, ehe er unter die Zahl hundert kam. Hat nicht jeder das

Recht auf eine zweite Chance? Die zweite Runde brachte ein besseres, aber kein gutes Resultat. Sind nicht aller guten Dinge drei? Wenn auch dieser Einsatz keinen Erfolg zeitigt, hartnäckig bleiben. Also erneut ein Start. Irgendwie und irgendwann hatte er es stets zum Drachen geschafft, auch wenn er ein Spiel dem andern folgen lassen mußte. Im Moment fand sich zum »Sommer« kein anderer Sommer, überhaupt, die restlichen Jahreszeiten waren versteckt, verstellt, verbarrikadiert. Lauter Einzelne und Vereinzelte, ohne zugehörige Pendants. Doch dann: Mit drei Klicks die Zentralziegel weg und mit dem nächsten die beiden Außenposten abgetragen, das lief wie geschmiert; aber bereits Sand im Getriebe. Trotz wiederholten Einstiegs nach einigen Klicks *no moves;* keine weiteren Züge möglich, das Warnfeld annoncierte *rats.* Zu dieser nächtlichen Stunde krochen Ratten aus allen Löchern. Past klickte den Pfeil ins Schließfeld. Er ließ das Spiel sein.

II

Abholbereit stand der geflochtene Einkaufskorb in der Ecke, angefüllt mit Geschirr und einigem Besteck, zusammengestellt von Maria. Zuoberst der Kessel. Past setzte Wasser auf. Er vernahm ein Klopfen und Scharren. Er vermutete Tauben, die sich vor der Küchenluke auf der Dachrinne drängten; doch mitten in der Nacht waren sie kaum auf der Flucht vor dem städtischen Taubentöter. Es war nicht das übliche blecherne Schlagen von Flügeln gegen Abflußrohre.

Past öffnete die Tür zur Terrasse. Ein betrunkenes Grölen. Zwei Gestalten kickten eine leere Dose; es schepperte auf dem Kopfsteinpflaster. Der eine zerrte aus dem Tontopf vor dem Modegeschäft den Buchsbaum und warf ihn auf die Straße, nachdem er kreuz und quer über die Gasse die Erde von den Wurzeln geschüttelt hatte. Ein Sternenhimmel, leicht verschmiert von Wolkenfetzen. Im Mondlicht leuchteten die vergoldeten Zeiger vom Kirchturm Sankt Peter.

Die Geräusche waren nach wie vor da. Past begab sich auf den Flur und horchte. Aus dem Schlafzimmer gedämpft Musik vom Transistor: »Wellenpost für die, welche noch wach oder unterwegs sind. Frau Kathrin aus Derendingen grüßt ihre Pflegerin und alle andern im Rollstuhl mit ›Ein Schiff wird kommen‹.« Danach: »Luzy, hören Sie mich?

Sind Sie noch da? Sie werden erraten haben, welcher Fredy aus Wila Ihnen Grüße schickt: *Hi, Baby, hi.*«

Nach wie vor ein dumpfes Kratzen und Klopfen. Als suche eine Maus oder eine Ratte einen Ausweg. Past begab sich zurück ins Arbeitszimmer. Das Stöhnen kam unzweifelhaft aus der vorderen Bananenschachtel. Past zögerte einen Moment; er hob das Buch hoch, mit dem er den Mandarin hatte zum Schweigen bringen wollen.

Der kaiserliche Beamte prustete; er hustete die Atemwege frei und barg den Kopf im weißen Futter seines Ärmels zwischen Lotusblüten. Er klammerte sich an das Eselsohr des Schutzumschlags. Sein Brustgürtel hatte sich um seinen Hals verfangen, ein Bein hing über den Buchrücken ins Leere, er richtete sich auf und bat um einen Rückenkratzer. Past bedauerte, mit einem solchen Gegenstand nicht dienen zu können. Er wunderte sich; der Mandarin redete deutsch. Past war um so überraschter, als er einen unüberhörbar schweizerischen Tonfall vernahm.

Er holte ein Glas Wasser und versuchte mit Gesten zu warnen: nicht hastig trinken. Der Mandarin leerte das Glas in langen Zügen: »Gott vergelt's.« Jeder Schluck war vom Uhrenschlag des Fraumünsters begleitet, nachgedoppelt von Sankt Peter. In der Nachtruhe waren die Schläge klar auszumachen; sie wirkten schwerer als sonst, die Mauern vibrierten.

Es pfiff aus der Küche. Der Mandarin fuhr zusammen und duckte sich. Past beschwichtigte ihn: Ob er eine Tasse mittrinke, er sei eben dabei, sich einen Tee zu brauen. Er könne lediglich mit Beuteltee aufwarten, das sei früher anders gewesen, da habe er grünen und schwarzen Tee angeboten, solchen mit Rauchgeschmack und solchen ohne, eine Vielfalt, die sich erübrige, seitdem er kaum jemanden einlade und ihn kaum jemand besuche. Von Kamille und Pfefferminz, die nach Marias Geschmack waren, mochte er nicht reden.

Der Mandarin kletterte aus dem Schutzumschlag. Er hatte Mühe (»meine Zeremonienschuhe«); mit einem Kontrollgriff vergewisserte er sich des hölzernen Etuis am Gürtel. Er stieß an einen Stapel, der kippte, und stieß an einen andern, der rutschte, so daß Bücher über den Boden schlitterten. Der Mandarin bückte sich. Dabei verfing er sich mit seinem Gewand und blieb an einem Nagel hängen, der aus dem Rahmen hervorschaute. Past befreite ihn, indem er das Bild hochhob; er klemmte es unter den Arm und ging dem Mandarin voran in die Küche, wo er den pfeifenden Kessel vom Herd nahm und das Gas abstellte. Er holte die beiden Stühle vom Tisch.

Der Mandarin stand vor dem Küchenschrank. Die Türen waren ausgehängt, die leeren Schubladen herausgezogen und gegen die Wand gelehnt, auf den Regalen nichts außer einer Blechdose. Past langte sie herunter, öffnete sie und zeigte dem Mandarin die Teebeutel. Der Mandarin kreuzte die Arme auf der Brust und verneigte sich. Past zündete noch einmal mit dem Gasanzünder den Schnellbrenner an. Der Mandarin interessierte sich für den feuerspeienden Drachen mit dem schmalen metallenen Hals. Er knipste in die Luft hinaus. Der Anzünder spie klägliche Funken. Past machte vor, wie erst mit dem Funkensprung ins Gas Feuer entstand. Der Mandarin ließ es sich nicht nehmen, die unbenutzten Brenner des Gasherds anzuzünden. Er drehte die

Brenner hoch und klein, bewunderte das Bläuliche der Flammen. War das nicht genial, das Pulver zu erfinden. Er erinnerte an den Dichter, den die Schwefelvision heimgesucht hatte: Raketen in den Himmel zu jagen, die eindrücklicher knallen als der Bambus, den man ins Feuer wirft, Sterne, die explodieren, ein Funkenregen, der niederfällt. »Keine Feier ohne Feuerwerk«, ihre Begegnung sei eine Feier wert: »Ein Freund ist ein Weg und ein Feind eine Mauer.«

Nachdem Past Wasser über die Beutel gegossen hatte, setzte sich der Mandarin ihm gegenüber an den Tisch, beobachtend, was Past tat. Er zog den Teebeutel wie dieser mehrere Male am Faden hoch und tauchte ihn mehrere Male kurz ins heiße Wasser, schwenkte ihn darin, verfolgte, wie sich dieses verfärbte, dann legte er wie Past den nassen Beutel auf ein Tellerchen. Da Past kleckerte, verschüttete auch der Mandarin mit Bedacht einige Tropfen auf den Tisch; er tat es wie Past mit einer entschuldigenden Geste, er blies wie dieser in die Tasse, bevor er sie an die Lippen hob und einen ersten Schluck nahm, er hielt die Tasse mit beiden Händen umklammert vor sich hin, sich mit den Ellbogen auf den Tisch stützend: eine Teezeremonie, die er nicht kenne.

Als Past ihn fragte, ob der Tee schmecke, erzählte der Mandarin: »Ein junger Mann schickte sich an zu meditieren; er tat es, wie gelernt, die Beine gekreuzt und die beiden Hände flach auf den Schenkeln; er meditierte neun Jahre vor einer Felswand, da überfiel ihn Müdigkeit, und er schlief ein. Als er erwachte, erzürnte er sich, er war betrübt ob seiner Schwäche. Um der Meditation nie mehr untreu zu werden, schnitt er sich die Augenlider weg und warf sie zu Boden; diese schlugen Wurzeln; es wuchsen zwei Sträucher – brüht man ihre Blätter auf und trinkt man ihren Sud, verliert sich jede Müdigkeit.«

Der Mandarin schlürfte: »So schmeckt der Tee der ewigen Wachheit.« Und nach einer Pause: »Es gibt auch den Tee des Vergessens. Aber der wird woanders serviert.« Er gestand: »Als ich ins Totenreich gelangte, herrschte Ansturm, ein unangenehmes Gedränge, die Zeiten waren entsprechend politisch, die Totenrichter kamen nicht nach mit Schuldmessen und Verdammen. Ich hörte aus der einen Hölle einen Mann schreien, der wegen Gotteslästerung entzweigesägt wurde, in einer anderen wickelten sie einer Ehebrecherin die Gedärme aus dem Bauch auf ein Gewinde. Ich wollte es nicht darauf ankommen lassen, ob ich als Mensch oder als Tier wieder auf die Welt komme, ich war nicht einmal sicher, ob das, was ich lebte, ein Menschenleben war. Ich habe den Tee des Vergessens nach dem ersten Schluck ausgespuckt; es mag mir einiges an Erinnerung fehlen, den Großteil behielt ich. Ich bin über die Brücke des Schweigens zurückgeflohen, an allen Kontrollposten vorbei. Als erstes habe ich mein Grab besucht; ich konnte mit der Anlage zufrieden sein, nach Süden ausgerichtet und zum Schutz im Rücken Hügel, kein Grund, als Gespenst Menschen zu erschrecken. Wie fuhr ich zusammen, als ich einen Namen hörte, den ich nicht kannte, aber mit dem ich gemeint war. Ich gehöre zu den wenigen, die wissen, wie man sie nach dem Ableben nennt, die nicht nur ihren Milchnamen kennen, den sie als Kleinkind erhalten, und nicht nur den Mannesnamen, zu dem sie kommen, wenn sie volljährig sind und ihnen der Männerhut aufgesetzt wird. Unter meinem Totennamen bin ich umhergeirrt, bis ich in der Hütte eines Malers Zuflucht fand und dort in ein Buchgrab kroch, genauer, in eine Rolle; zum Dank dafür habe ich Modell gestanden; ich durfte in die kleine Ewigkeit eines Bildes hinüberwechseln. Kam später in ein Buch mit Seiten, gewöhnte mich daran, daß man nicht mehr entrollte, sondern an mir blätterte. Eines Tages kam ich ans Licht eines Schutzumschlags. Und jetzt also hier.«

Past hielt nicht länger an sich: Wie es komme, daß er Deutsch spreche? Der Mandarin gestand: »Mein schäbiges und bescheidenes Deutsch, das sich nicht mit dem wundervollen Deutsch meines verehrten Lehrers vergleichen läßt, verdanke ich einem Schweizer, einem jungen Jesuiten, einem Hans In Gassen. Dieser Missionar hätte mich gerne getauft. Doch die Sache mit Gott, der nur einer ist und zugleich drei – ich wollte wissen, auf was ich mich einlasse.« Die Zahl drei spiele eine große Rolle bei ihnen: Zwischen Erde und Himmel sei als drittes der Mensch, und drei seien es auch, die für das ewige Leben das Symbol abgeben, Kiefer, Bambus und Pflaume. Nein, er wolle nicht mit Dreierkombinationen langweilen, obwohl, die »drei Augen der Frau«, er zeigte aufs Gesicht und zwischen die Schenkel. »Je genauer ich mich nach dem neuen Gott erkundigte, um so weiter holte der Missionar aus und um so reicher wurde mein Wortschatz. Wäre ich gläubig geworden, wäre ich mit weniger Worten ausgekommen. Auch wenn die Bekehrung scheiterte, ich verdanke der Missionierung einen lehrreichen und günstigen Sprachunterricht.« Ob Past ihn nicht kenne, diesen Hans: ein Lockenkopf, über der linken Braue ein Mal. »Habe ich auch«, meinte Past. Ob die Narbe von einem Steinschlag herrühre? »Nein«, antwortete Past: »vererbt.« Dort, wo Hans In Gassen herkomme, fielen von Zeit zu Zeit Felsen zu Tal: »Er war eine Langnase wie die andern Barbaren aus Europa.« Sein Merkmal aber seien die Augen gewesen, blaue Augen, richtig blau und nicht blaugrün, der Mandarin sah Past tief in die Augen, ja, blau, darum habe er ihn gefragt: »Kann man mit blauen Augen sehen?« Diesen Hans In Gassen müsse Past doch kennen, so klein wie das Land sei, aus dem sie beide kämen. Past bestätigte, seine Familie stamme in der Tat aus einem Bergdorf, lange her, daß sie in die städtische Ebene hinunterzogen, dort oben finde man auf dem Friedhof viele In Gassen, es gebe auch eine In Gassin; er habe sich stets gewundert, weshalb auf der Alpenhöhe, wo es keine Gassen gebe, Leute In Gassen heißen, dorthin müsse sich einer eines Tages verirrt haben oder zurückgekehrt sein und fruchtbar geworden, was muß er ihnen erzählt haben, daß sie sich nach etwas nannten, was sie nicht kannten.

Hans In Gassen sei für die Schweiz wichtig; der Mandarin hatte dies von einem Händler erfahren, der bis weit in den Westen hinein Seide und Porzellan verkaufte. Hans, der Schweizer Missionar, habe den Bambus in die helvetischen Alpentäler eingeführt, seitdem würden sie ihre Blasinstrumente, die länger als ein Mensch seien – »Alphörner«, präzisierte Past –, ja, sie würden seither die Alpenhörner nicht mehr mit Schnüren umwickeln, sondern mit Bambus. Ob Past auch Alpenhorn blase? Als Past den Kopf schüttelte, sagte der Mandarin leise vor sich: »Ach, manchmal komme ich nicht draus.«

Da sprang Past auf und umarmte den Mandarin: »Jetzt glaub ich Ihnen. ›Nicht drauskommen‹, was für ein Wort. In den feinen Wörterbüchern des Deutschen findet es sich nicht. Da heißt es für diesen Fall: ›Ich verstehe nicht.‹ Sie lassen den Kopf reden, die Füße haben nichts zu sagen. Das mag der Philosophie dienlich sein, nicht immer dem Rest der Welt. Und wenn unsere östlichen Nachbarn, die Österreicher, ›drauskommen‹, meinen sie ›aus dem Takt fallen‹; es sind musikalische Nachbarn, entschlossen, nicht drauszukommen, denn drinbleiben tun sie, solange sie im Rhythmus mithalten, vereint im Orchester. Wir Schweizer, wir möchten mit Hilfe des Verstehens rauskommen, rauskommen aus dem Wirrwarr, aus dem persönlichen, aus dem Wirrwarr des Landes, aus dem Gefängnis, in das wir uns mit unseren Fragen verstrickten. Rauskommen und Verstehenwollen, das ergibt ›drauskommen‹. Wie gerne wäre ich einmal drausgekommen, wenigstens einmal, einen Satz lang, ein paar Minuten, nur eine Minute lang. Aber ich bin bis heute – darf ich mich vorstellen: Ich bin ein Perplexer, eines beherrsche ich, das Kopfschütteln.«

Past hatte sich erhoben, stellte sich vor den Mandarin, kreuzte die Arme auf der Brust, machte einen Kotau und schüttelte den Kopf: »Was für eine Freude, mit einem zu reden, der auch nicht drauskommt.« Der Mandarin stand auf, verneigte sich und schüttelte ebenfalls den Kopf, und beide gaben acht, daß sie nicht mit den Köpfen zusammenstießen.

Und doch: Ob er tatsächlich Hans In Gassen nicht kenne, von ihm habe er auch gelernt: »Tschu Tschi Tschäst Li.« Mit dieser Vokabel habe ihn der Jesuit sitzenlassen und geheimnisvoll gesagt, das sei eine Taufe. Als Past wissen wollte, was das Wort, oder genauer diese Ansammlung von Silben bedeute, wiederholte der Mandarin: »Vielleicht Dschu Dschi Dschäst Li«, er langte sich an den Kopf: »Das hätte ich gerne von Ihnen erfahren.« Wer dieses Wort beherrsche, der gehöre zum Volk oder zur Volksfamilie der Schweizer. Was habe er darüber nachgedacht, nüchtern und voll von Reiswein. Was »Li« nicht alles bedeute, auch »Dorf«, und »Tschi« »Teich«, also wäre das Schlüsselwort für Pasts Vaterland »Dorf mit Teich« oder »Teich mit Dorf«, aber »Tschi« bedeute nicht nur »Teich«, sondern auch »Ritual«, also wäre es ein Dorf, das zur Zeremonie wurde, was aber solle das »Tschu«, das »anfangen« und »ausgehen« bedeutet. Heißt das: »Dieses Dorf steht am Anfang«? Ist es gleichbedeutend für »Immer-am-Anfang-Stehen«? Oder bedeutet es das Gegenteil, nämlich daß die Leute am liebsten weggehen würden? »Li« könne aber auch »profitabel« heißen und »Tschi« nicht nur »Teich« und »Ritual«, sondern auch »Zahn«, also wäre das Land ein »profitabler Zahn« – was immer auch mit diesen drei Silben gemeint sei, unerklärlich bleibt die vierte, das »Tschäst«.

Past bat ihn mehrmals, das Wort zu wiederholen, und gab zu, er kenne es nicht. Der Mandarin schrieb mit dem Zeigefinger der Rechten auf die Handfläche der Linken einige Zeichen; das half nicht weiter. Da holte der Mandarin aus seinem Gürteletui Tuschgefäß und Pinsel und bat Past um einen Zettel. Der Mandarin malte vier Zeichen, entschuldigte sich für die Ideogramme und schrieb »in Ihren europäischen Zeichen« die vier Wortsilben hin: Chu Chi Chäscht Li. Past drehte sich um und zeigte auf die Regale. ›Chuchichäschtli‹, das ist unser Wort für ›Küchenkasten‹ oder für ›Küchenschrank‹, schwierig auszusprechen. Wir sind stolz auf unsere Kratzlaute. Damit unterscheiden wir uns von den Melodiösen; wir hegten lange die Überzeugung, solche Rauheit brächten nur wir Deutschschweizer aus dem Hals. Daher der Glaube: Wer gleicherweise mit der Stimme kratzt, gehört zu uns. Aber es hat sich, zur vaterländischen Überraschung, gezeigt, daß Araber nicht minder gut kratzen, obwohl Wüste und Bergmassiv so wenig miteinander zu tun haben wie Steinbock und Kamel. Vielleicht sind Sandwüsten nichts anderes als grob zermahlene Alpen oder unsere Berge hochgeschaufelte, hart gewordene Dünen.«

Der Mandarin dachte halblaut vor sich hin: »Ihr Sesam-Wort, wie bei uns die arabischen Händler sagen, wäre also ›Küchenschrank‹. Wie erdverbunden!« Und mit einem Blick zum Küchenschrank: »Ein Küchenschrank, in dem nichts drin ist – wie tiefsinnig für ein Volk.« Dem widersprach Past: Wenn schon, bedeute das schweizerische »Sesam« einen vollen Schrank, und zwar einen mit Notvorrat angefüllten Küchenschrank: »In meinem ist nichts drin, da ich die Wohnung aufgebe.«

»Und doch: Was für ein Glück, auf einen Kenner wie Sie gestoßen zu sein!«

»Ach ja«, meinte Past, »mein Gott, was soll's. Es ist ein kleines Land, groß genug, um nicht drauszukommen.«

»Erzählen Sie.«

»Was kenne ich schon. Ich bin in Zürich geboren. In der Stadt, und dies in einem Land, wo die Bauern das Sagen haben, auch wenn sie mehr rechnen als reden. Ich habe im Verlauf meines Lebens in dieser Stadt die Adresse mehrmals gewechselt und einige Viertel genauer kennengelernt als andere. Ins Tal meiner Vorfahren bin ich gekommen aus Familienanlässen: der Tod einer Großmutter und zweimal Hochzeiten. Zu Scheidungen wurde man nie eingeladen. In den heimatlichen Gefilden wurde wenig geschieden, aus Frömmigkeit zogen sie es vor, einander ein Leben lang zu quälen. In den Alpen war ich zum ersten Mal anläßlich eines Ferienlagers, wir versuchten uns im Ziegenmelken und sind über Gletscher gewandert. Jahrzehnte später bin ich in einem andern Bergmassiv gewandert, als Patient, in der Gruppe. Und dann war ich als Rekrut einer Waffengattung zugeteilt, die in den Bergen ihren Dienst absolvierte. Schneelandschaft mit Schießplatz. Die Moränenlandschaften im Mittelland studierte ich bei Exkursionen mit unserem Geographieprofessor. In die Innerschweiz unternahmen wir Schulreisen. Ich habe im Chor vor Monumenten und an historischen Stätten gesungen. In die französische Schweiz reiste ich regelmäßig wegen unserer Filiale in Genf, und ja, in der italienischen Schweiz habe ich die ersten Palmen gesehen. Als Meßdiener bin ich zur Schwarzen Madonna gewallfahrt. Und wenn ich dran denke, wieviel

Typisches ich erst kennenlernte, weil ich ausländische Gäste begleitete – der Morgenstreich, ein Umzug mit Trommeln und Pfeifen, in den abgedunkelten Gassen bemalte Laternen, oder die Krönung der ›Blumenkuh‹, der Siegerin im Kampf am ersten Alptag auf dem Weideplatz.«

»Was für ein Glück, aus einem Reich der Mitte stammend, in einem andern Reich der Mitte zu erwachen!« Und da Past die Stirn runzelte: »Hans In Gassen hat mir von seinem heimatlichen Weltberg erzählt, daß er aus der Mitte eines Kontinentes stammt, aus dem Herzen.«

»Ein alpines Herz. Gneis und Granit. Eines, das nicht bricht, sondern verwittert. Und lange braucht, bis es nachgibt.«

»Aber«, fuhr der Mandarin fort, »mit Gletschern, die unter der Sonne vor Verlangen schmelzen. Wie im Paradies seiner Religion entspringen auch in seiner Heimat vier Flüsse und brechen in alle Richtungen auf.«

»Zwei werden von größeren Flüssen geschluckt.«

»Unvermeidlich, daß Flüsse im Wasser ertrinken. Am Ende gibt's auch für die größten nichts anderes als das Meer – daher ihre Windungen und ihr Mäandern. Ihr Schicksal ist, in alle vier Richtungen zu fließen, nur nicht in die fünfte, die Mitte.«

Past ließ sich erklären, weswegen die Mitte als Richtung gilt, und er erfuhr:

»Es ist nicht das gleiche, würde einer unserer Weisen sagen: in der Mitte verharren oder dort ankommen, wo man schon immer war. Die Geburt hat ihre Stunde und der Tod seinen Ort.«

Der Mandarin prüfte den Riss in seinem Seidengewand und zeigte auf das Bild, an dessen Rahmennagel er hängengeblieben war.

»Eine Landkarte der Neuen Welt.«

»Neu?«

»Für damals und für uns – jenseits des Atlantiks. Vom Meeresufer aus gegenüber. Als sie herausfanden, daß es ein Gegenüber gibt. Eine sehr frühe Karte. Schon zwanzig Jahre nach der Entdeckung, der sogenannten, verfertigt«, informierte Past, und etwas leiser werdend, »ein Geschenk«; (er unterschlug den Namen Gil): »Eine der Karten, in die der Kartograph hineinzeichnete, was in dem jeweiligen Land anzutreffen war (oder was erwartet wurde). In unserm Fall dort, wo das lag, was einmal Brasilien heißen sollte. Hier, der Pau Brasil.« Past zeigte auf einen Baum: »Er ermöglichte das erste Geschäft in diesem Teil der Neuen Welt und verhalf dem Land zum Namen. Holz, zum Färben gebraucht, die Konkurrenz für Purpurschnecken. Daneben auf der Karte Kokospalmen und Papageien. Indianer im Federschmuck – so weit, so gut, so richtig. Aber hier, das Einhorn.«

Der Mandarin antwortete: »Ein schönes Tier, ein elegantes, ein einziges Horn wie ein Diadem. Wir haben Tiere mit drei Hörnern.« Past wehrte ungeduldig ab: »Ja, wir kennen das Nashorn auch.« Doch der Mandarin korrigierte: »Das dritte Horn ist nicht auf der Nase, sondern auf der Stirn. Als meine Mutter mit mir schwanger ging, träumte sie von einem Einhorn; es verkündete einen Sohn, ein Einhorn mit Schuppen und einem Rinderschwanz. Als die ersten Chinesen Südchina umschifften und westwärts segelten, haben sie Seeungeheuer gesichtet, geflügelte Hunde und fünfköpfige Fische. Wer weit wegfährt, will Monster sehen. Wovon soll er sonst zu Hause erzählen.«

Past ließ ihn nicht weiterreden: »Dieses Tier, dieses Einhorn, gibt es nicht. Es ist ein Hirngespinst. Ein Fabelwesen.«

Der Mandarin blieb unbeeindruckt: »Es gibt auch keine Drachen. Aber wenn sie nach dem Winterschlaf im Frühling brüllen und mit dem Schwanz um sich schlagen, donnert es.«

Etwas völlig anderes beschäftige ihn, führte Past aus: »Ein Küstenstrich, ziemlich genau nachgezeichnet mit Buchten und Vorgebirgen, das Resultat nautischer Berechnung und präziser Beobachtung. Das gilt auch für die Pflanzen und ihre minutiöse Darstellung. Und dann: inmitten von all dem genau Beobachteten ein Einhorn. Seinetwegen habe ich die Karte eingerahmt und in meinem Büro aufgehängt. Ich habe mich beim Betrachten stets gefragt: Was und wo ist auf unserem Bildschirm das Einhorn? Oder sollte der Bildschirm selber das Einhorn sein? Habe ich mit meinen blaugrünen Augen etwas gesehen, von dem ich überzeugt war, daß es existiert, das sich aber als Einhorn entpuppte. Nicht, daß ich mich irre, stört mich, sondern, daß ich nicht erfahre, worauf mein Irrtum beruhte. Manchmal möchte ich an Gespenster glauben, um der Geisterstunden willen, zurückkehren wie Sie, und sei es nur, um zu erfahren, was meine Irrtümer ausmachte, inwiefern ich sie mit meiner Zeit teilte und inwiefern es meine ureigenen waren.«

Der Mandarin erhob sich, tastete sich an den Wänden entlang ins Arbeitszimmer zurück und kam mit dem Buch, aus dessen Schutzumschlag er herausgeklettert war; er blätterte darin und öffnete eine Seite, auf der er abgebildet war, schwarzweiß und nicht farbig wie auf dem Umschlag, aber ebenfalls mit ausgestrecktem Arm: »Sorgen Sie dafür, daß Sie in ein Buch kommen, dann können Sie Jahrhunderte später auferstehen wie ich, sofern jemand das Wort an Sie richtet, wie Sie das bei mir taten – übrigens: In was für einer Epoche bin ich erwacht? Zur Zeit welcher Dynastie?«

Past seufzte. Ein Glück, daß Miss Loyleen nicht anwesend war; andererseits hätte es Past wundergenommen, was sie dem Mandarin geantwortet hätte. Mit der Dynastie konnte kaum die siebenköpfige Landesregierung gemeint sein, er hätte Mühe gehabt, die Namen aufzuzählen. Und anderswo? Herrschte nicht am Ende des Jahrhunderts die Dynastie der Allerweltspräsidenten: »Der Herr Präsident, der mit einundfünfzig Prozent gegen neunundvierzig regiert, der, der im Gefängnis saß, bevor er an die Macht kam, und der, der nach der Machtübernahme verhaftet wurde, und der, der nach der Machtübernahme andere ins Gefängnis warf, der wiedergewählte und der im Exil, der verrückte Präsident und der, der ausgestattet ist mit Sondervollmachten, der Präsident mit einem General im Rücken und der Oberst, der selber Präsident ist, ein von Firmen umringter Präsident, ein Schuldenmacher, ein Sprücheklopfer, ein Botschaftenverkünder, der Präsident, der einem andern Präsidenten die Hand drückt, und neuerdings Präsidentinnen, die in die Kamera lächeln und zur Katastrophe betroffene Worte vortragen, der und die, die zur Nation sprechen, und sicher der Präsident der Kommissionen und die Präsidentin eiserner Memoiren. Und der Präsident, der am Genfersee lebt, nachdem er sein Volk bestohlen hat.« Past fragte zurück: »In welcher Dynastie lebten Sie?«

»Mandschu. Das ist es nicht, was zählt. Längst vorbei das Zeitalter der ›Großen Gemeinsamkeiten‹, über die wir bei den Klassikern nachlesen. Weit hinter uns auch das Zeitalter des ›Kleinen Wohlergehens‹, selbst wenn es damals nicht allen gleich wohl erging. Es folgte die ›Zeit des Wirrwarrs‹. Bis zu dem Punkt, daß wir nicht mehr realisierten, daß wir im Wirrwarr lebten. Wirrwarr kann es nur geben, soweit es sich von etwas abhebt, das kein Durcheinander ist. Die Zeit des Wirrwarrs war meine Zeit.«

»Es ist auch meine«, unterbrach ihn Past.

»Mein grosser Wunsch war es«, begann der Mandarin, »in den Westen zu reisen. Nicht nur die Barbaren im Inneren kennenlernen, sondern auch die im Äußeren. Bis ans Ende gehen. Dorthin, wo man einst die bösen Söhne verbannt hat: Chaot, Monster, Klotz und Vielfraß. So träumte ich, als ich jung war. Ich bin in meiner Eigenschaft als Beamter herumgekommen. Als Verantwortlicher für Bewässerung. Ich war viel im Norden. In den Lößgebieten, wo manchmal nach den anhaltenden Regengüssen kein Durchkommen war. Meine schönsten Dienstreisen führten mich an den Gelben Fluß, selbst wenn der Anlaß eine Katastrophe war. Dennoch, in alle Himmelsrichtungen wollte ich gehen. In den Osten, von wo der Frühlingsregen kommt. Über die Insel der Glückseligen hinaus.«

»Unsere Insel der Glückseligen lag im Westen: draußen im Atlantik. Niemand fand hin. Was blieb, ist eine Route von Schiffbrüchen.«

»Ist es nicht bezeichnend für unsereins, daß wir auch beim Träumen Fragen stellen? Ob es hinter den Glückseligen noch etwas gibt? Sind sie ein Ende, oder verbergen sie etwas? Wer weiß, ob man von den Glückseligen zurückkehrt. Ob man zurückkehren mag oder ob sie einen an der Rückkehr hindern, damit man den andern nicht erzählen kann, wie die Glückseligkeit der Glückseligen ausschaut, so daß manche nicht hinmögen. Auch der Süden lockte. Doch die große Versuchung blieb der Westen. Nicht nur, weil ich als Student mit Spannung und Schauder vom Affen und seiner Reise in den Westen, in das Land des Zimts, gelesen hatte; mir war klar, daß ich es nie wie der Affe zur Kunstfertigkeit der Purzelbäume bringe, daß ich mich auf andere Weise durchschlagen muß und auch nie über sein Talent verfüge, alles durcheinanderzubringen. Ich wollte weiter westwärts. Nicht nur ins West-Land Indien wie der Affe, um dort die heiligen Schriften zu holen; das war besorgt.«

»Wir brechen wegen der heiligen Schriften in den Osten auf und stoßen dort auf den Affen, der in den Westen reiste. Aber vielleicht treffen sich am Ende alle, die wegen heiliger Schriften unterwegs sind, am gleichen Ort, unbesehen, in welche Richtung sie aufbrachen.«

»Auf alle Fälle hinter die Mauer gehen, auch dort, wo sie gestaffelt ist. Weiter als die Westberge und über sie hinaus.«

»O ja, über den Berg kommen, das Problem kenne ich: Wir bauen Tunnels oder klettern.«

»Oder wie der Meister sagt: Der Mensch stolpert über den Ameisenhaufen und nicht übers Gebirge. Hat nicht Laotse für den Kommandanten eines Grenzpostens seine Gedanken niedergeschrieben? Der Zöllner als erster Leser, er, der beim Gebirgspaß am Schlagbaum stand, er mag nicht schlecht gestaunt haben: Je weiter man geht, desto weniger kennt man. Ist der Meister für seinen Tod zufällig dorthin aufgebrochen, oder suchte er einen Platz zum Sterben, dort, wo die Sonne untergeht? Unser Reich der Mitte liegt zwischen der Insel, wo die Sonne aufgeht, und dem Erdteil, wo sie stirbt. Ich habe mich mit dem Gedanken getragen, die

Strapazen der Seidenstraße auf mich zu nehmen. Mich als Händler verkleiden. Sandwüsten durchqueren. In Oasenstädten haltmachen. Über verschneite Pamirpässe steigen.« Der Mandarin sah auf den langen Nagel am kleinen Finger: »Natürlich hätte ich mich entsprechend ausgerüstet. Ich hätte weder Pferd noch Kamel gescheut. Dienlich wäre ein weißer Esel gewesen, wie ihn Chang Ko-lao besaß: Das Tier legte pro Tag über tausend Meilen zurück, und am Bestimmungsort faltete Chang Ko-lao den Esel wie ein Stück Papier zusammen, steckte ihn in die Tasche und verhalf ihm anderntags mit etwas Spucke zu neuer Leibhaftigkeit. Und siehe, jetzt bin ich dank eines Buches in den Westen gekommen. Bis zum asiatischen Vorgebirge, das Ihr Europa nennt.«

Und nach einer Pause: »So wohlerzogen Hans In Gassen sich benahm … Blaue Augen gelten bei uns als häßlich. Die Huzan, ein Barbarenstamm im Norden, sind blauäugig. Vielleicht gerade deswegen die Neugierde, einmal zu sehen, was blaue Augen sehen. Neues, Unbekanntes. Und nicht, wenn ich ankomme, als erstes neben einem Portal zwei Bronzelöwen erblicken, die wie zu Hause böse Geister vertreiben. Nicht tagelang südwärts mit der Dschunke von Hafen zu Hafen unterwegs sein und als erstes einen Pavillon sehen mit dem sich ewig schlängelnden Drachen auf dem Dach. Oder nach Südosten hinter das Portal, durch welches der heitere Wind kommt. Wozu soll ich mich beim Astrologen erkundigen, ob die Konstellation günstig ist für eine Reise vom Reich der Mitte in die Provinzen am Rand, wenn ich am Ziel erneut an einem rotlackierten Tisch hinter einem goldenen Wandschirm sitze und wo man mir, wenn ich Hunger habe, Eßstäbchen in die Hand drückt; nein, ich wollte dorthin, wo sie die Gabel benutzen.«

Past holte aus dem Einkaufskorb eine Gabel und legte sie auf den Tisch.

»Gibt es derart große Mäuler?«

»Zum Tranchieren.« Past schlug die beiden Zinken gegen die Tischkante. Die Gabel erklang. »Wie eine Stimmgabel. Für den richtigen Ton.«

»Für den der Politik oder der Musik?«

»Musik.«

»Einer Musik, die man sich einverleibt, die man nicht nur im Ohr hat, sondern auch im Mund? Die besten Lieder sangen bei uns die Barbarinnen. Daran hätte Konfuzius keine Freude gehabt; er hat auf seinen Reisen aus der Musik einer Region auf deren Regierung geschlossen.«

»Ja«, sinnierte Past, »das kennen wir auch: Beim Regieren jodeln sie, tanzen tun sie zu einer andern Musik.«

In dem Augenblick entdeckte der Mandarin im Geschirrkorb eine schmale Packung, die er hervorholte.

»Elfenbein. Abwaschbar.« Past gab die Erklärung: »Die Eßstäbchen waren für meinen Sohn bestimmt. Er braucht sie nicht mehr. Überdies: Wozu Besteck? Mit welcher Eleganz langte seine Halbschwester in den Topf mit dem Klebreis, formte mit drei Fingerchen ihr Bällchen und tupfte mit diesem Sauce auf.«

»So weit gereist und wieder Eßstäbchen. Sollte Hans In Gassen recht gehabt haben?« Der Mandarin zog aus seinem weiten Ärmel ein Bündel Papiere und reichte sie Past, der zu lesen begann, wozu ihn der Mandarin ermunterte; an gewissen Stellen sah Past für knappe Erklärungen kurz auf.

»PETER (ein gewisser Peter Wer-auch-immer) lehnte sich über das Mäuerchen und sah zum Rhein hinunter. (Das ist der Fluß, der nordwärts fließt.) Das Gleitseil schaukelte leicht im Wind. Bottiche wurden auf die Fähre geladen; das erste Mal war er (dieser Peter) als Kind hinübergefahren; von zu Hause weggelaufen, hatte er sich zwischen Fässern und Säcken versteckt; verraten hatte er sich, weil er das Lied des Fährmanns mitsummte: ›Dem Lebenden nehm ich den Batzen, dem Toten laß ich ihn, für einen andern Fährmann, ich rudere dort nicht hin.‹ Da der Junge keinen Batzen bezahlte, drohte der Fährmann, er werde es dem schwarzen Fährmann hinterbringen: Der hat ein Boot, das auf Wolken fährt, der kommt nachts, klopft nicht an und findet auch die, welche unter die Decke kriechen.

Peter war zum Münsterhügel hinaufgestiegen, um Abschied von Basel zu nehmen. (Münster, das ist eine Art Tempel.) Er schlenderte über den Platz bis zur Galluspforte. Über dem Portal altbekannt die Törichten Jungfrauen, unter ihren Kleidern wenig Fleisch, gesenkten Kopfes folgte eine der andern auf dem Gang zum Jüngsten Gericht. Über ihnen der Erlöser auf dem Thron.«

»Ist er es, der den Tee des Vergessens reicht?«

»Peter überhörte die beiden Engel, die mit ihrer Tuba zum Weltende bliesen. Er ging um die Kirche herum zum

Haupteingang und trat in die Vorhalle. Verstohlen blinzelte er zu den Jungfrauen hinauf, nicht zu den Klugen; im Auge hatte er die Törichte, die der Fürst der Welt sich eben anschickte zu verführen (diese Törichten sitzen anscheinend überall); sie schienen unter den Falten ihrer Kleider was zu verbergen. Peter erschrak ob seiner Enthüllungsphantasie und schlich aus der Kirche. Draußen hob er den Kopf und sah zum Rundfenster hinauf. Vielleicht war der Moment gekommen, da sich das Glücksrad drehte. Auf der Umrahmung eine Person, in der er sich zu erkennen meinte. Sollte das Fortuna-Rad (Fortuna heißt Glück)...«

»Das Wort kenne ich von In Gassen.«

»Sollte das Fortuna-Rad ihn hochhieven und ihm für die kurze Zeit im Zenit eine Törichte Jungfrau zuspielen, würde er sich dreinschicken. Das Glücksrad hatte selber Pech. Zwischen zwei seiner Speichen fehlte das Holzteil. Desungeachtet war Peter bereit zu bewundern: Spitzbogen um Spitzbogen, die den Blick nach oben in einen leicht bewölkten Himmel lenkten.«

Als Past die fragenden Augen des Mandarins sah, zeichnete er auf das Papier mit ein paar Strichen, wie man sich einen Spitzbogen vorzustellen hatte. Und weiterlesend: »Er schulterte seinen Reisesack und zog los. Hinaus in die Welt. Neuem und Unbekanntem entgegen. Achtzehn und noch nie fort gewesen. Er folgte dem Rhein flußabwärts, in die Richtung, in die sich die Schiffe entfernten, denen er von der Brücke aus nachzuschauen pflegte. Das Ziel war Straßburg, über dessen Spelunken die Schiffsleute munkelten. Als er in der Ferne den Kirchturm sah, nutzte er dies als Vorwand, um sich nach dem Namen der Stadt zu erkundigen; die

Gänsemagd schien eine der Klugen Jungfrauen zu sein. Ein Ganterich verteidigte sie mit Flügelschlag und Schnabelbiß; als Peter an seiner Hand leckte, wünschte er dem Federvieh ein rasantes Gedeihen, damit ihm bald der Hals umgedreht würde. Wie gern hätte er dessen Leber als Paté aufs Brot gestrichen (eine Spezialität)!«

»Wir halten es eher mit Enten als mit Gänsen. Bei Tisch jedenfalls. Lackiert oder nicht. Fürs Eheglück hingegen ist die Gans willkommen. Sie ist dem Partner über alle Küken hinweg ein Leben lang treu, bis daß der Fleischer sie scheidet.«

»Besser für unseren Peter, daß er sich am Helm des Kirchturms orientierte. Die Sonne leuchtete in die durchbrochene Spitze, als brenne in der Bedachung ein Feuer, das nichts verzehrte. Endlich die Stadt, eine richtige Stadt, eine Reichsstadt. Die lag nicht nur an einem Fluß, die war von Wassergräben umgeben und von Kanälen durchzogen. Er grüßte den Wächter auf der Auslugzinne (das ist von oben herab). Bei der Rabenbrücke zwängte er sich durch die Ansammlung; sie hatten eben einen Totschläger ertränkt; aus dem, was sich die Zuschauer von der Hinrichtung erzählten, malte Peter sich aus, wie das ist, wenn einer mit gebundenen Händen sich wehrt, ersäuft zu werden.«

»Es gibt mehr Völkerverbindendes, als man annimmt. Auch wir kennen als Strafe das Ertränken und verweigern so die Bestattung. Ertrinken möcht ich nie, nie gezwungen sein, um der Todesruhe willen, unten im Flußbett nach einem Stellvertreter Ausschau halten zu müssen, nach einem, der an der gleichen Stelle ertrinkt, und hoffen, irgendeinen Badenden in die Tiefe zerren und statt seiner auftauchen zu können. Die Erhängten haben es genauso schwer, die am Galgen ruhn, wenn der Wind nicht weht.«

»Davon könnte auch unser Peter berichten. Vielleicht kommen der Galgen und die Galgenvögel später. Das Streckbett und das Vierteilen. Vorerst spielen zwei Bauern auf; in ihr Gefiedel und Gedudel mischte sich ein leierndes Hosianna, dessen Litanei sich entfernte (ein frommer Wechselgesang).«

»Kenn ich, kenn ich. Allerdings war In Gassen von den tibetischen Gebetsmühlen nicht sehr begeistert, sie erinnerten ihn an seine Kindheit.«

»Peter warf einen Blick ins Lagerhaus. Neben Rinderhäuten und Ziegenfellen ein Händler mit Stulpenstiefeln, er wog ein Paar Schuhe in der Hand. Dann bummelte er weiter. Er stolperte mitten in den Ferkelmarkt. Ringelschwänze und Gequietsch. Aus einem Backhaus der Geruch von frischem Brot. Ein Bettler streckte aus seinem zerfetzten Wams einen Armstumpf, brandig angeschwärzt. An der Ecke ein Hirsch auf dem Apothekerschild. Häuser mit Laubengängen. Schnitzereien an den Pfosten. Doch dann erstarrte Peter.«

Der Mandarin machte wegen der Pause erwartungsvoll große Augen.

»Am Ende der kurzen Gasse versperrte das Münster den Weg. Eine Fassade, die kein Mauerwerk war. Der Giebel überm Hauptportal zeigte hinauf, seine Türmchen ragten in die Rose hinein; über der Rosette (das sind runde Fenster) ein Figurenbalkon, und ihre Spitzbogen wiesen weiter hinauf. Die Augen wanderten höher und höher bis zum Turm. Um den Helm zu sehen, legte Peter den Kopf so sehr in den Nacken, daß ihm schwindlig wurde. Dann die Überraschung beim Südportal: drei Törichte Jungfrauen und ihr Verführer, ein bartloses Jüngelchen, kaum älter als er; daß es der Mann war, der den Apfel offerierte, wunderte Peter; bei ihm zu Hause, im Religionsunterricht, hatte dies Eva besorgt.«

»Auch In Gassen hat von ihr gesprochen. Die Schutzpatronin der Apfelbäume. Die Frucht scheint populär zu sein. Gibt es nicht auch einen Jungen mit einem Apfel, nicht in der Hand, sondern auf dem Kopf? Ist das einer der Törichten Buben?«

»Von den drei Frauen, den Törichten, tat es Peter die an, welche wollüstig grinste, die andern beiden schauten melancholisch zu Boden. Ob sie das deswegen taten, weil sie die Verführung hinter sich hatten? Am andern Morgen zählte Peter nach, was ihm nach der durchzechten und durchliebten Nacht geblieben war. Schweren Kopfes suchte er am Münster die Törichten Jungfrauen aus Stein wieder auf. Die Kellnerin aus Fleisch hatte am Vorabend mehr als einen Apfel gewünscht; wenn schon, war er töricht gewesen und nicht sie, jedoch: Wieviel lustvoller war es, töricht zu sein als klug. Auch im Bett war es anders gewesen, als was auf der Konsole dargestellt war, wo sich die junge Frau ein Tuch bis unters Kinn hochzog; er hatte eng geschnürte Brüste befreit und war rot angelaufen, weil er sich beim Entnesteln verhaspelt hatte.«

»Hat euer Gott der Bordelle auch weiße Brauen und rote Augen?«

»Das richtet bei uns kein Gott, sondern das Bauamt. Die Polizei sorgt dafür, daß Bauzonen respektiert werden.«

»Gibt es Zonen des Fleisches, Straßen der Wollust?«

»Nicht nur der Körper, auch die Stadt kennt erogene Zonen. Wollen wir fortfahren? Peter ließ den Blick noch einmal an der Fassade emporgleiten, an Krabben und Türmchen vorbei bis hinauf zur Plattform, wo der eine Turm aufhörte. Am Hauptportal bewunderte er die sich nach außen vergrößernden Spitzbogen, die zugleich nach oben wiesen zur Rosette und über diese hinaus, himmelan; ihn selber zog es weiter rheinabwärts.

Die nächsten Spitzbogen sah er in Köln. Peter stand neben dem Holzkran, als er in der Höhe ein Rumpeln vernahm. Ein Splittern und einen Schrei. Ein Arbeiter war vom Gerüst gestürzt, Gesicht voran auf einen Steinhaufen geprallt. Neben ihm kniete bereits ein Minoritenmönch (irgend ein religiöser Orden) und flehte den heiligen Reinold um Beistand an (wer das wohl ist?). Hinter dem betenden Mönch ein fluchender Steinmetz, der vom Gerüst geklettert war; er hatte seine Hilfskraft verloren. Peter erkundigte sich, wer Reinold sei. (Aha!) Der Steinmetz brummte: Der wäre besser Ritter geblieben, statt als Mönch ihnen ins Handwerk zu pfuschen. Nach dieser Bemerkung war es nun am Mönch, zu fluchen: Die Steinmetze hätten ihren Aufseher aus Neid totgeschlagen, der habe sich gerächt, indem er, heiliggesprochen, ihr Schutzpatron wurde: ›Dies sein Signet.‹ Der Mönch hatte dem Toten den Hammer abgenommen, der Steinmetz entwand ihm das Werkzeug und hielt es Peter hin: Ob er nicht bei ihm arbeiten wolle. Peter half nicht beim Bau des Doms, wie er gehofft hatte; aber er durfte nach Lust am Gerüst herumturnen. Er wurde zunächst für Reparaturarbeiten am spitzbogigen Portal der Torburg

Severins eingesetzt und danach beim Rathaus. Er hievte eine Zeitlang am Lastkran den Mörtelbottich hoch und lernte mehr als Steineklopfen. Bei der Andreas-Kirche haute er kunstgerecht mit dem Hammer auf die Rundbogen ein, voll kindlicher Freude am Kaputtmachen; die altmodischen Fenster wurden durch zeitgemäße Spitzbogen ersetzt. Peter durfte an einem Kapitell, das beim Bearbeiten gesprungen war, üben; zum ersten Mal benutzte er neben dem Holzstöpselhammer den Meißel. (Ich kenne mich bei dem Werkzeug auch nicht aus.)«

Der Mandarin zeigte lächelnd auf die Stimmgabel.

»Dank Peter gab es elf Spitzbogen mehr auf der Welt. Es drängte ihn aber nach Neuem und Unbekanntem. Er brach mit einem vollen Geldsäckel gen Frankreich auf, zur Ile de France. Auf dem Weg dorthin klopfte er an einem abgelegenen Zisterzienserkloster für etwas Warmes an. Schlief in Buchen- und Eichenwäldern. Half einem Bauern den Karren aus dem Dreck ziehen. Kniete nieder, als ein Priester auf dem Versehgang zu einem Sterbenden unterwegs war. Trottete eine Zeitlang hinter fahrenden Leuten her, auf dem Esel die Frau, eine Wiege vor sich und auf dem Rücken ihr Hausrat.«

»Landflüchtige bei euch, Landflüchtige bei uns, und Hunger überall.«

»Bis Peter endlich in Reims ankam, wo er einen längeren Zwischenhalt plante; er wollte sich ein modisches Wams erwerben. Zwar träumte er davon, bei seiner Rückkehr in Basel eine Taschensonnenuhr vorzeigen zu können, wie er eine beim Werkstattmeister gesehen hatte. Im Gasthaus traf er auf einen, der gleich fragte, ob er auch Pilger sei, der hatte auf seinen Hut eine Reihe von Pilgerzeichen geheftet. Aachen, Rom und Neuss las Peter, und er fragte, was die Muschel bedeute. Santiago natürlich. Santiago de Compostela. Der Mann war auf Heiltumsfahrt, von Gnadenort zu Gnadenort unterwegs. Er sei nach Reims gekommen wegen der Kathedrale. Da Peter nicht weiter reagierte, bat der Wallfahrer, Peter möge ihn begleiten: Die Kathedrale sei berühmt, sie habe die schönsten Spitzbogen. Da Peter abwinkte, ereiferte sich der Pilger: Woher er komme? – Aus Basel. – Ob es sich lohne, dort Station zu machen, das liege auf dem Weg nach Einsiedeln, er wolle zur Schwarzen Madonna. – Und ob, entgegnete Peter: Als sie das Konzil abhielten, von wegen Unfehlbarkeit, Konkubinat der Priester und dem Kauf von niedrigen Kirchenämtern, da hätten sich in der Stadt fünfzehntausend Huren aufgehalten. Eine Zahl, die den Wallfahrer das Weihwasser im Pilgerfläschchen verschütten ließ. Zudem, fügte Peter hinzu: Spitzbogen haben wir auch, ganz viele, und gar nicht schlechte. Dennoch suchte er am andern Tag die Kathedrale auf. Eindrücklich das Rosengeschoß mit den seitlichen Maßwerkfenstern. Einmal mehr der Fingerzeig nach oben dank der Fialen mit ihren kletternden Krabben und der Kreuzblume als Abschluß. Dann begutachtete er im Detail die Figuren in den Archivolten des Hauptportals, verglich diese Fassade mit der des nördlichen Querschiffs: Dort beim linken Portal beeindruckten ihn die Toten, die beim Jüngsten Gericht aus den Gräbern stiegen, und daß unter den Verdammten sich ein Bischof befand. Für den Gesamteindruck notierte er sich ein Tympanon mit der Passionsgeschichte und einen Wimperg. Und nicht zuletzt, daß der Stein seine

Farbe in der Abendsonne verstärkte, er war gelblich und nicht rötlich wie in Straßburg. Peter schaute mit den Augen eines Fachmannes. Die Steinmetzarbeit hatte seinen Wortschatz vergrößert.«

»Das ging mir ähnlich.« Der Mandarin sah seufzend auf den Zettel vor ihm, der fast vollgekritzelt war: »Mir ist, als bräucht ich wieder einen Missionar. Warum will der Mensch drauskommen?«

»Peter brach auf, bekleidet mit einem neuen Wams; im Reisesack zwei Barchenthemden, beide mit einem Markenzeichen (schon damals, nicht erst heute), was er noch nie besessen hatte. Der Berufswallfahrer hatte ihm die Abtei von Saint-Denis empfohlen, aber Peter ließ Ort und Kirche rechts liegen. Sein Ziel war Paris. Auf einem Kahn fuhr er die Seine hinunter. Dann stand er vor Notre-Dame, lange stumm, bis er seufzte: ›Gibt's auf der Welt nichts anderes als Spitzbogen und Rosetten?‹ Ein fahrender Schüler neben ihm hatte den Seufzer mitgekriegt: ›Du mußt nach Chartres.‹ Peter war mit dem Finger den Spitzbogen auf der Fassade nach oben gefolgt: ›Teufelchen und Dämonen.‹ – ›Auf jedes Dach gehören Dämonen.‹ Der Scholar fand Teufelchen sinnvoll: Sie erbrechen, was von oben kommt, ideale Wasserspeier. Er sei in Paris, um Theologie zu studieren, doch habe er sich Schwierigkeiten eingehandelt, er sei mit einer Sanduhr in die Kirche gegangen und habe sie so plaziert, daß der Prediger vor Augen hatte, wann seine Zeit abgelaufen sei, keine Heilsbotschaft sollte länger dauern als zwei Glasen.«

»Das wollten In Gassen und seine Leute bei uns auch einführen, das Predigen.«

»Wollen Sie raten, was der Scholar empfahl?«

»Spitzbogen.«

»Und diesmal die von Chartres. ›Es ist immer das gleiche‹, warf Peter ein. Dagegen protestierte der Scholar: Es gebe flachgedrückte und überhöhte Spitzbogen, solche mit Eselsrücken, die einen mit mehr Schulter und die andern mit mehr Lanzetten, Flammenbogen mit und ohne Nase. Wie es sich mit den Törichten Jungfrauen in Chartres verhalte, wollte Peter in Erfahrung bringen. ›Das ewig gleiche‹, antwortete der Scholar, ›wie überall.‹ Dem widersprach Peter: Natürlich sei es immer das gleiche, doch es gebe Unterschiede, er wollte schon sagen, wie bei den Spitzbogen.«

An dieser Stelle unterbrach Past die Lektüre: Der Basler Peter erinnere ihn an einen gewissen Aemilius, der fast zweitausend Jahre früher unterwegs war, im Römischen Reich: »Leider ist sein Werk *Diversität und Angleichung in der uns zugänglichen Welt (De diversitate et conformitate mundi accessi)* verloren, immerhin, eine Formulierung ist überliefert: Im besten Fall ist der Mensch die Varietät einer Varietät, *individuum varietas varietatis*.«

»Das ist Latein.« Past überlegte, wann er das Wort zum letzten Mal gebraucht hatte. Der Mandarin zeigte sich nicht überrascht: In Gassen habe nicht in der Sprache gebetet, in der er redete. Gottheiten scheinen nur tote Sprachen zu verstehen. Ob das nicht zur Doppelzüngigkeit verleite? Geflucht jedenfalls habe In Gassen auf schweizerisch. Der Mandarin bemühte sich um die Schimpfsilben »Uhuere Stärne-siech«. Er erkundigte sich, ob er richtig gekratzt habe.

Past fühlte, wie in seinem Innern der Lateiner erwachte: *Salve, salve Aemilius.* Er stattete ihn in der Requisitenkammer seiner Brust mit einer Toga aus, verpaßte ihm einen römischen Haarschnitt, einen Julischen, wie der junge Mann wünschte. Past war überzeugt, zu einer Biographie werde der Jungrömer kommen, sobald er, Past, anfange, von ihm zu erzählen:

»Sein Aemilius, der sich im Alter dem philosophischen Müßiggang hingab, hatte die ersten Jahre der Mannbarkeit in der Suburbia verlustiert, betreut von seinem Philosophielehrer, einem Sklaven aus Lesbos, einem Importgriechen; der begleitete die Pubertät des noch Heranwachsenden mit Zitaten; dem fiel auch stets ein philosophischer Satz zu den Eskapaden der Mutter ein; vor ihr waren weder Sänftenträger noch Friseure sicher; einmal hatte sie für einige Tage einen Schlangenbeschwörer aus Thrakien heimgebracht, der erste Liebhaber, mit dem auch Aemilius etwas anfangen konnte. Dank der zeitgemäßen Auslegung der *emancipatio* war Aemilius wegen seiner rebellischen Natur vor der Zeit mündig erklärt und damit aus der mütterlichen Obhut entlassen worden, mit vollem Anspruch aufs väterliche Erbe. Das verdankte er einem Onkel, der hoffte, Aemilius werde Rhetorik und Recht studieren, und der ihn zur richterlichen Befragung mitnahm, so daß Aemilius als heranwachsender Bürger erlebte, welche Methoden zur Wahrheitsfindung angewendet wurden: auf einem Bock der Angeklagte, dem man mittels Gewichten und Seilwinden die Glieder ausrenkte oder bei dem Lederpeitschen, mit Stacheln bespickt, zum Einsatz kamen.«

»Auch bei uns half die Folter der Wahrheit und Gerechtigkeit nach. In einem Holzkragen zur Schau gestellt werden war demütigend, aber nicht so qualvoll, wie in einem mannsgroßen Käfig, an einer Stange aufgehängt, dem langsamen Hunger und Dursttod überantwortet zu werden.«

»Die Sache erinnerte Aemilius an ein anderes Procedere, an die wenigen Tage, die er in einer öffentlichen Schule verbracht hatte, wo neben Birkenrute und Stock je nach der Schwere des Vergehens bei Körperstrafen zwischen Riemenpeitsche aus weichem Leder und dem *flagellum* unterschieden wurde, der Peitsche aus harter Ochsenhaut. Dem jungen Römer hing die kaiserliche Gesellschaft zum Hals heraus. Klar, auch er zeigte sich begeistert, als auf der Bühne nicht mehr länger Dramentexte und ähnlich Elitäres vorgetragen wurden, dafür um so mehr Tanz und Songs, als die Stars mit einem Trupp von Hintergrund-Komparsen auftraten, die mitwippten, und als die Pantomime Monolog und Dialog ersetzte. Natürlich saß Aemilius unter den Zuschauern, als zum ersten Mal eine Frau das Privileg der Faustkämpfer brach und als Fechterin auftrat; spannend blieb nach wie vor, wenn nach dem Rennen das siegreiche Pferd geopfert wurde. Doch italisches Sackhüpfen und Preisfischen im Tiber hatte er ein für allemal hinter sich. Ihn langweilten im Kolosseum die Bodyprotzen von Gladiatoren, der zweite tätowierte Brite war längst nicht so attraktiv wie der erste, auch das Brüllen und Schmatzen der Löwen, die Christen anfielen, wiederholte sich, und nur eine Saison lang hielt die Sensation an, daß man für die Folterszenen nicht länger Schauspieler einsetzte, sondern Verurteilte und ihre Hinrichtungen als realistische Bühneneinlage zeigte, so daß man nicht wie bisher zur Unterhaltung auf eine Richtstätte ging, sondern in ein Theater mit dem Vorteil von Sitzgelegenheiten. Selbst der Stier langweilte ihn, als dieser in einem kretischen Labyrinthdekor zum zweiten Mal Pasiphae besprang, obwohl das Publikum vor Begeisterung raste, der Erfolg war so groß, daß eine Fortsetzung inszeniert wurde, in der technisch zu bewundern war, wie die Schauspielerin einen stierköpfigen Jungen in die Welt setzte.«

»Das erinnert mich an In Gassen. Seine Vorfahren waren Theaterleute. Feste und Spiele. In Luzern. Kann das sein? Ostern und Passion. Sein Urgroßvater gehörte zur Bruderschaft ›Dornenkrone‹. Er war verantwortlich für die Theatermaschinerie. Und ein Onkel für die Einlagen. Wenn die Eselin störrisch war, auf der der Gottessohn in Jerusalem hätte einreiten sollen, war das anscheinend immer lustig, und immer unterhaltsam war, wenn die Hure Magdalena, die bekehrt werden sollte, sich dies einen Moment lang überlegte; eine Frau durfte das nicht spielen, wie bei uns, es war ein Jüngelchen, das, dieses Wort hab ich mir gemerkt, scharwenzelte. Nie war In Gassen so überzeugend wie damals, als er uns die Szene vorspielte, seine Soutane wurde zum Rock von Maria Magdalena. Vielleicht wäre die Missionierung erfolgreicher gewesen, wenn sie weniger gepredigt und statt dessen mehr Theater geboten hätten. Aber es konnte nicht nur um Kurzweil gehen, schließlich wurde eine Leidensgeschichte geboten, und die stellte eine Reihe technischer Probleme. Ich war davon so fasziniert, daß ich es mir notierte.« Erneut zog er ein Blatt aus dem Ärmel: »Bei der Erschaffung des ersten Menschen liegt Adam in einer Grube verborgen, die leicht mit Gezweig überdeckt ist; vor derselben steht Gottvater und modelliert an einem Lehmklotz herum, läßt ihn fallen und zieht Adam aus der Grube heraus. Wenn der Erlöser am Ölberg Blut schwitzt, ist in der Nähe jemand mit einer Spritze verborgen und besprengt ihm Gesicht und Hände. Der Donner wird durch ein Faß übermittelt. Und das Manna vom Dach anstoßender Häuser in Form eines leichten Gebäcks durch einen großen Blasbalg aus einer Röhre getrieben. Und ach ja, woran ich mich auch noch erinnere, der Kleine, dieser David, wirft dem großen, dem Goliath, ein als Stein bemaltes Ei an die Stirn, das mit Blut gefüllt ist.«

»Das hätte Aemilius auch gefallen. Selbst wenn er nicht gewußt hätte, wer David war. Ja, er wünschte Abwechslung, nicht nur *circenses* und nicht bloß Brot, sondern etwas drauf. Fort wollte er, und nicht nur für Badeferien in der Nähe von Pompeji, wo er als Kind auf den Ruinenhügeln verschütteter Villen herumgekraxelt war und neben Scherben Knochen ausgrub. Bevor er aufbrach, schenkte er dem Philosophen die Freiheit, um selber frei zu sein, obwohl der jammerte, weil er nicht wußte, wo und wem er als Freischaffender humanistisches Wissen beibringen sollte, und der sich genötigt sah, sich bei einem Rechtsanwalt zu verdingen und ihm bei öffentlichen Gerichtssitzungen zu dienen, als Zujubler des gesunden Menschenverstandes, auf den jener sich in seinen Prozessen gewöhnlich berief. Zunächst zog es Aemilius westwärts, vielleicht wegen der Alpen, von denen er nur wußte, daß einst Elefanten sie überquert hatten, und in Erwartung, einmal nicht nur auf den Sabinerbergen und von ferne Schnee zu sehen.«

»Einer mehr, den es westwärts zog«, sagte der Mandarin. »Nie habe ich gedacht, daß es auch für den Westen einen Westen gibt. Welche Farbe wird diesem Westen zugedacht? Weiß wie bei uns? Die Farbe der Trauer. Auch wenn das Trauerkleid, strenggenommen, nicht weiß ist, sondern ungebleicht. Weißlich wie die Gesichter der Schauspieler, die hinterlistige Opernfiguren darstellen, Tofu-Gesichter, weißlichgelb wie der Bohnenkäse. Der Westen als die Himmelsrichtung des Herbstes, der einzigen Jahreszeit, in der Hinrichtungen stattfanden.«

»Bis zu den Säulen des Herkules wagte sich Aemilius vor. Und was fand er? Ein Forum und auf ihm einen Tempel, für einmal der Göttermutter Juno geweiht. Ähnliches hatte er auf seiner Reise schon in Spanien angetroffen. Wobei ihn dort wie in Gallien am meisten die Aquaedukte beeindruckten. Auch Stadtmauern, und nicht nur die, von der aus er sich einen Sonnenuntergang gegönnt hatte, der ihm so imponierte, daß er Verse von Vergil rezitierte – einen Klassiker.«

»Auch wir haben einen Klassiker für Sonnenuntergänge. Mit wieviel verschiedenen Arten von Rot die Sonne in den Versen stirbt – mit dem Rosa mädchenhafter Verlegenheit und mit gierig geilem Rot, ein Verstummen mit geschminkten und mit ungeschminkten Lippen, der Himmel hellrot verwässert wie Wundwasser und dunkel wie Venenblut. Nur – eigentlich gehört das Rot dem Süden. Es war einst ein roter Rabe, der dort ein glückliches Zeitalter ankündigte.«

»Nein, der Westen war kein Hit. Er bot nicht, was Aemilius erhofft hatte. Aber was hatte er erhofft? Also setzte er nach Afrika über. Am Rand der Wüste auf einer Treppe, die zu einem Tempel hinaufführte, sah er zum ersten Mal ein Kamel und bewunderte die Reichweite seines Spuckens: Es traf zielsicher das Mosaik, auf dem der Gott des Weins einen Panther ritt. In diesem Winkel des Imperiums saßen sie nach Kinder- und Provinzlerart zu Tisch und legten sich für die Mahlzeiten nicht hin wie in der Metropole. Immerhin, in den Bordellen Nubierinnen, schwärzer als in Rom und nicht exklusiv teuer, schließlich war er auf Bildungsreise, und ein Liebesabenteuer auf Reisen hätte juristisch nicht einmal als Ehebruch gegolten, wenn er verheiratet gewesen wäre. In den Bädern wie gehabt ein Frigidarium und ein Schwitzbad; bescheiden die Bibliotheken, aber ihm war ohnehin nicht nach Lektüre zumute. Am meisten amüsierte ihn der Akzent, mit dem hier gesprochen wurde, ein Thermen-Latein. Seitdem in Rom der Bäderbesuch unentgeltlich war, waren angesichts der alltäglich gewordenen Nacktheit Thermen für ihn ein Forum der Demokratie, obwohl die Leute, was Statur und Bäuche betraf, keineswegs von Natur aus gleich waren, ganz abgesehen davon, daß sie sich reichlich unterschieden, sobald sie zu reden begannen. Er verfaßte einen Brief, nicht um ihn jemandem zu schikken, sondern im Hinblick auf eine spätere Veröffentlichung, ein Epistolarium. Vielleicht konnte es in Umlauf gebracht werden als Fragment, wie dies jetzt in Mode gekommen war. Auf seiner Weiterreise begegnete ihm das bekannte urbanistische Muster: als Vorlage für den Städtebau das Schachbrett der Militärlager; dementsprechend hatten seine Vorfahren Karthago aufgebaut, nachdem deren Vorfahren die Stadt dem Erdboden gleichgemacht hatten. Vielleicht war er in die falsche Richtung gereist. Klar, Griechenland konnte er nicht auslassen, obwohl er wußte, was ihn erwartete. Sein Erzieher hatte es ihm bis zum Überdruß beigebracht: Am Anfang waren die Griechen, die Agora ging dem Forum voraus, und wo sonst fand sich eine Akropolis? Diesen Burghügel machten in der Tat die sieben Hügel zu Hause nicht wett. Beim Anblick von Statuen wurde ihm bewußt: Was er bisher als Original betrachtet hatte, war Kopie und Nachahmung. Immerhin hatten die Römer ihre Theater nicht einfach in einer Hangmulde angelegt, sondern als eigenen Bau hingestellt. Allerdings gab es nichts, was den fünfzehntausend Plätzen im Marcellus-Theater zu Hause gleichkam. Vom Straßenbau hatten die Hellenen auch nicht viel begriffen, das hatte ihm jeder Meilenstein bestätigt, an dem er vorbeigefahren war und der die Entfernung zu Rom und zur nächsten Stadt angab.«

»Hellenen?«

»Griechen.«

«Ist nicht einer von ihnen bis an den Indus vorgestoßen? Was, wenn er es bis zu uns geschafft hätte? Ob wir dann auch Tempel hätten und am Ende Spitzbogen?«

»Sehr viel anderes bekam Aemilius nicht zu Gesicht, als er sich nach Kleinasien begab. Ein bißchen Inselhüpfen. Lesbos mochte er schon wegen seines Lehrers nicht auslassen. Spannend war Delos, nicht wegen Apoll und seines Musenteams, ein belebter Hafen als Umschlagplatz für Sklaven. Und er fragte sich, wie einer auf einer Insel, die von Blumen überwuchert war, zu rechnen anfing und auf den Lehrsatz der Hypotenuse verfiel. Auf Kos zeigte ihm der Fremdenführer das Asklepeion, wo Römer massakriert worden waren, die hier im Ärzteheiligtum Zuflucht gesucht hatten. Imposant erst wieder in Pedra eine Fassade, direkt in den Felsen gehauen. Zur Abwechslung wenigstens ein Rundtempel. Zum ersten Mal erlebte Aemilius, wie man nicht Bäume fällte, sondern Wälder abholzte, Zedern so alt wie Oliven. Bei seinem Bummeln folgte er Christen, die in der Mehrzweckhalle einer Basilika Kommunion feierten und Brot verteilten, von dem sie sagten, es sei Fleisch von seinem Fleisch. Als er in Byblos eintraf, führte der Fluß tiefrotes Wasser. Aemilius kam dazu, wie ein Mann gesteinigt wurde, der behauptet hatte, die Färbung stamme von einem Erz, das Regenfälle ausgewaschen hatten, das Wasser sei nicht rot vom Blut des Schönlings Adonis, des Lieblings der Liebesgöttin, der auf der Jagd von einem Eber am Ufer getötet wurde, woran einmal im Jahr der Fluß mit Rotfärbung erinnere.«

»Wenn bei uns das Wasser im Gelben Fluß klar wird, bedeutet dies höchstes Glück – der Glücksfall vom Glück kommt alle tausend Jahre einmal vor und dauert nicht länger als einen Tag.«

»Aemilius trieb sich mit einem entlaufenen Legionär herum, der als Heiler auftrat und auf Marktplätzen als Mittel gegen Impotenz empfahl, den Unterleib mit frischen Brennesseln zu peitschen; er stahl Aemilius alle Souvenirs, auch seine Sammlung angefangener Briefe *Ad neminem.* Aemilius ließ sich in eine esoterische Gemeinde einweihen, er hatte von derlei Kulten schon in Rom gehört, aber sein Philosoph hatte Orientalisches als unkultiviert verurteilt, außer den reichgeschmückten Kohlenbecken oder dem Drogenpulver *feminella*, das sie schnupften oder dem Wein beimischten; das hatten Soldaten aus allen Ecken des Imperiums nach Rom heimgebracht, dank ihm waren sie wohlgemut in Schlachten gezogen und hatten alle Schlächtereien ertragen, dem Rausch der Drogen folgte der Rausch des Blutes. Aemilius war bereit, bei der Initiation auch die Sünden der Väter wegzuwaschen, obwohl er nicht wußte, was er als deren Sünde anführen sollte, aber er war noch so gerne bereit, welche zu erfinden oder mindestens die eigenen mit einer früheren Generation zu teilen. Er ließ sich im Taufgraben mit Stierblut salben; im Namen der von Löwen bewachten Erdgöttin legte er den Schwur auf das Geheimnis der Mysterien ab. Neugeboren tanzte er mit in der Prozession der Korybanten durch nächtliche Straßen und abgelegene Hügel hinauf in die Heilige Grotte, die Haare gerauft, die Tunika zerrissen, trunken ohne Wein. Entmannte Priester im Dienst der Großen Mutter. Doch geschlechtslos waren die Riten der Cybele nicht. Nie wußte Aemilius im voraus, ob er nach einer durchweihten Nacht zwischen Weibchen oder Männchen erwachen würde oder zwischen beiden zugleich. Ihn begeisterte der neue Sound, die modischen Handpauken und Klappen; er hatte sich mit einem persischen Freigelassenen befreundet, der das Tympanon aus dem Bauch heraus spielte, und er selbst hatte sich an einem berekynthischen Horn versucht, die Lunge leer gepumpt, bewußtlos vor Rhythmusstampfen, benebelt vom Weihrauch, entrückt und verzückt und hinterher tagelang mit schwerem Kopf vom *hang-over.*«

»Viel Geographie«, hatte der Mandarin gesagt, bevor er einnickte.

Past spürte, wie er sich nicht nur mit dem Vokabular in die Reise des jungen Lateiners einmischte. Er hätte ihn am liebsten dorthin geschickt, wohin er selber gerne gegangen wäre. In eine Stadt, die er zu kennen meinte, obgleich er nie dort gewesen war: Alexandria. Berühmt nicht nur für das Museion und den Leuchtturm, sondern auch für eine Schule der Tierdressur. Wohlbekannt und zeitgemäß kam es Past vor, wenn Alexandriner disputierten: »Alle Mythen und Sagen sind erzählt, es bleibt noch, Bekanntes auf neue, unerwartete Weise vorzuführen, zum Beispiel Venus modisch gekleidet auftreten zu lassen, als käme sie aus dem Hafenviertel, und Ganymed, einen Stricher und einstigen Kellner einer Schwulenbar, ärschlings zum Mundschenk des Göttervaters zu befördern. Und ist es nicht endlich an der Zeit, auf griechisch über die ›Könige der Juden‹ zu schreiben? Oder was erst zu tun bleibt: Sammeln und Katalogisieren, eine Generation von Fußnotenschreibern auszubilden.« Ja, was faszinierte, war, das Lokale, das Übersehene, das Vernachlässigte zu entdecken, und damit der Streit, ob die Umgangssprache sich für Literatur eigne oder ob attischer Stil unabdingbar gefordert sei und ob nicht jeder Dichter für die Lektüre seines Werkes ein eignes Wörterbuch erfordere, Glossarliteratur. Der Wetteifer, virtuoser »ich« zu sagen als alle andern: *oculos ad interiorem.* Auf jeden Fall galt es, sich nach dem umzusehen, was dem Anspruch auf »Interessanz« gerecht wurde. Mit aller Vorliebe für das Kleine, Ausgefeilte und Ziselierte. Past war unsicher, ob er sich an ein Alexandria erinnerte, in dem die Bibliothek noch nicht abgebrannt war. Sollte sein Aemilius dort nicht jenem Hebräer begegnen, der in modischen Zirkeln Vorlesungen hielt, so daß man das Klischeewort *confusio* durch »tohuwabohu« ersetzte, was einmal mehr zur Klage führte, daß das klassische Latein zusehends durch Fremdwörter verunreinigt werde. Oder dachte Past an ein Alexandria, wo nach dem Brand die Bücherei, dieser »Vogelkäfig der Musen«, noch einmal eingerichtet worden war? Oder hatte er jene Jahrzehnte im Sinn, da heidnische Pergamentrollen erneut von Feuern zerstört wurden, aber diesmal gezielt von christlich gesalbter Menschenhand. Oder war er daran, ein heutiges Alexandria nachzustellen, ein Alexandria, in das er sich hineinerzählte: die eigene Zeit im historischen Kostüm erfahren, ein Alexandria, das ebensogut an der Spree liegen konnte wie an der Limmat, am Main wie an der Donau, ein Alexandria der Messen und Symposien.

Nilaufwärts wollte Past sein lateinisches Ego schicken: Du siehst von ferne die Sperber, die über dem Heiligtum des Falkengottes kreisen. Gerne hätte er Aemilius vorgeführt, was für zeitgemäße Kombinationen er dort zum ersten Mal gesehen hatte, von Säule zu Säule wechselnd, Pflanzenbündel-Kapitelle mit Papyrus, Zypergras und Lilien und darüber die dreigesichtige Hathor, poströmische Komposita, das griechische Kindergesicht auf dem ägyptischen Stirnband einer Mumie. Er wollte Aemilius aufdrängen, was ihm selber bemerkenswert schien. Hatte denn nicht Aemilius vom barbarischen Kitzel gesprochen? Sein Lateiner war bis zu den Grenzen des Reiches vorgestoßen und hatte erlebt, daß die am Rand das Zentrum imitierten. Wozu noch am Rand eine Zweitvilla? Warum zu den Barbaren fahren, wenn Barbaren zur Mitte aufbrachen, in Rom an jeder Ecke herumlungerten und aus Furcht, nicht korrekt Latein zu reden, als letzte die Grammatik bis in jede Konjunktivnuance beherrschten?

Past gab nach, einmal mehr hatte sich eine seiner Erfindungen verselbständigt. Die Finanzen zwangen Aemilius zur Heimkehr. In ein Rom, in dem Hochhäuser wuchsen und wo wegen des Verkehrs den schweren Fuhrwerken die Zufahrt erst nach Sonnenuntergang gestattet war, wo auf niedrigen Dienstposten Fremdarbeiter, sogenannte Gaströmer, saßen und wo wegen des Geburtenrückgangs eben eine Mutter eine kaiserliche Auszeichnung dafür erhielt, daß sie »zur Stärkung von *Roma aeterna*« drei Kinder geboren hatte. Es kam einer Entdeckung gleich, als Aemilius zum ersten Mal wieder miterlebte, wie in einer feierlichen Prozession der Götterbilder vom Kapitol herunter der Magistrat in den Großen Zirkus einzog, um die Spiele zu eröffnen.

Past ließ Aemilius den väterlichen Betrieb übernehmen, eine florierende Ziegelfabrik. Viele waren zu Geld gekommen, und alle wünschten Marmor; aber selbst die Parvenus leisteten sich in dieser Spätzeit keine vollwertigen Blöcke; für Marmorverkleidungen von Ziegelsteinen hingegen reichte es. Ein Geschäft, das es Aemilius erlaubte, auf den Lebensabend hin sich Gedanken hinzugeben, zumal er sich mit der Erbin des führenden Delikatessengeschäftes für orientalische Spezialitäten an der Via Sacra verehelicht hatte; aus modischer Sehnsucht nach dem Landleben schmückte sie die Fassade ihres Hauses und das Atrium mit Topfpflanzen und nicht nur mit einheimischem Gewächs.

Past räusperte sich, und der Mandarin rieb sich die Augen.

»Der Lateiner hatte sich seine Meinung über die Welt gemacht. Wo er hingekommen war, herrschte die gleiche Währung und die gleiche Käuflichkeit, ein Imperium von Denar und Sesterzen, ein ausgebautes Informationsnetz mit Postrelais und Signaltürmen, an jeder Kreuzung ein Merkur. Überall fand er den wohlvertrauten Tempel, dem gegenüber gewöhnlich die Curia, das Rathaus, und am gleichen Platz das Kapitol. Immer wieder ein Forum und oft die Wiederbegegnung mit der Errungenschaft der *cloaca maxima.* Zur Abwechslung ein Mausoleum, ein Grabrelief mit einer Putte, die die Fackel senkt. Natürlich lösten sich mit den Regierungen die Statuen der Kaiser und Kaiserinnen ab, manchmal wurden nur die Caesaren-Köpfe auf den Stelen ersetzt; es änderten sich mit den Epochen die Frisuren. Aber sonst? Die Tempel auf dem üblichen Unterbau. Überall ein Giebeldach. Neu waren im Orient Säulenstraßen. Doch wohlbekannt die Säulen, glatt oder kanneliert, mit Variationen, die sich wiederholten.«

»Sehr chinesisch.«

»Das Imperium kam im Prinzip mit drei Kapitellen aus. Ein gutes Halbjahrtausend lang von der Insel Britannia bis zur nordafrikanischen Küste, vom Indischen Ozean bis zum Atlantik.« Past erinnerte sich an die Bemerkung, die er bei Gelegenheit Miss Loyleen hingeworfen hatte: Genau wie heute in einem andern Großreich, in den Vereinigten Staaten, drei Salatsaucen Zusammenhalt bieten, vom Atlantik bis zum Pazifik: *French, Italian,* er selber ziehe *Thousand Islands* vor.

Nach einer Pause zum Mandarin: »Um zu wissen, wie der Westen ausschaut, braucht man je länger, je weniger in den Westen zu reisen.« Kaum hatte er dies gesagt, bereute er den Unwillkommensgruß.

»Eine gotische Reise und eine lateinische. Soviel neue Wörter.« Der Mandarin sah auf das Blatt vor ihm: »Gasanzünder. Küchenschrank. Teebeutel. Spitzbogen. Gallus. Und hier…« Er hielt Past ein Stück Reispapier hin: »Ist das richtig geschrieben?« Past setzte ans Wortende von ›Perplex‹ ein ›x‹: »x steht auch für etwas Unbekanntes. Für eine noch zu bestimmende Größe.«

Der Mandarin blickte um sich und entdeckte neben dem Türrahmen, in die Mauer eingelassen, ein weißes Viereck. Er sah Past fragend an, der antwortete: »Aus Plastik.« Der Mandarin erhob sich, strich darüber und drückte darauf. Es wurde dunkel. Der Mandarin stürzte aus der Küche; er strauchelte im Flur über seine Zeremonienschuhe. Past folgte ihm, half ihm, sich aufzurichten, faßte ihn unter und brachte ihn in die Küche zurück. Er führte die Hand des Mandarins, sagte »Schalter« und preßte dessen Finger darauf. Als das Licht anging, betätigte der Mandarin den Schalter gleich noch mal: aus und an. Er kreuzte die Arme auf der Brust, machte einen Kotau und schüttelte den Kopf.

Dennoch – der Mandarin müßte sich in der Tat heute nicht weit vom Platz des Himmlischen Friedens mit seinen Wachtposten fortbewegen, und er würde bereits auf den ersten Hotelkasten stoßen; von dessen oberen Stockwerken aus könnte er auf die Dächer der Verbotenen Stadt hinunterschauen, ein Blick, der ihm zu Lebzeiten verwehrt war, da kein Gebäude höher als der kaiserliche Palast gebaut werden durfte. Er wäre als gewöhnlicher Tourist dem Himmel näher als der einstige Sohn des Himmels. Ein paar Gehminuten weiter fände der Mandarin einen Wasserfall, nicht draußen im Freien, dem Unwetter ausgesetzt, sondern in einer Hotellobby, und eine Marmorbrücke, die sich darüberspannt. Jedenfalls wußte Past dies von einem , der ihm auch die Plakatwand geschildert hatte: Nicht eine Brigade im Reisfeld oder Gewehre in erhobenen Händen, dafür Cola- und Parfümflaschen, Kameras und Kosmetik. Eine neue Art Wandzeitung: »Laßt blühen tausend Poster des Konsums.« Neben den Taxis und Limousinen – Rikschas. Ein Gedränge an den Haltestellen, überfüllte Busse und Fahrradständer. In den Bürotürmen und Hotelkästen könnte der Mandarin noch ganz andere Schalter betätigen; allein die Knöpfe im Lift: rauf, runter, Türe schließen, Türe öffnen und, wenn's sein muß, Alarm. Schalter für die Klimaanlage oder Storen, ein Luxus, den er ihm in seiner Wohnung nicht bieten konnte. Sollte Past erwähnen, was er aus Prospekten wußte, die er für eine Reise zusammengestellt hatte, die er nie unternahm. Aus dieser Vorbereitungszeit stammte auch das Buch, dem der Mandarin entstiegen war. Ohne dortgewesen zu sein, konnte Past Tips geben: Der Bayrische Biergarten? Liegt der nicht hinterm Kulturpalast der Werktätigen oder beim Tempel der Allumfassenden Erlösung? Und falls der Mandarin nach der Halle des Tugendhaften Lichts den Fast food aufsuchen wolle, sei es eine Kleinigkeit, den Weg im Reiseführer nachzuschlagen. Vielleicht wurde inzwischen auch dort statt einer Garküche ein Take-out aufgetan, Hot dogs statt Frühlingsrollen. Ist ein Rocklokal gewünscht oder die Technodisco Seven Lotus? Dafür wäre es ratsam, zeitgemäß ausstaffiert zu sein; nicht mehr »in« ist die blaue Mao-Uniform, die ist beim Antiquitätenhändler zu finden und wird bald Grüne-Jade-Preise erzielen, etwas für ein politisches Kostümfest. Für die Zeremonien von heute wären Turnschuhe angemessener, dazu Jeans und ein T-Shirt. Es mußte einen Laden geben, der T-Shirts bedruckt. Ein Chinareisender hatte welche mitgebracht und im Büro herumgezeigt: »Keine Tinte im Bauch« und »Wer seinen Hund prügeln will, findet einen Stock«. Angelo hatte sich »Wo's Zucker hat, hat's auch Ameisen« ausgesucht.

Der Mandarin stand noch staunend vor dem Schalter: »An der Wand anzünden, und brennen tut es an der Decke. Wo füllt man das Licht nach?«

»Wasserkraft«, dachte Past, ihm fiel nur ein: »Flüsse und Seen stauen.« Bevor er dazu kam, Atom und Atomenergie zu erwähnen, antwortete der Mandarin: »Aus den Überflutungen, wie ich sie kannte, stieg kein Licht hoch. Mehr als einmal war ich während meiner Amtszeit an meinem geliebten Gelben Fluß.«

»Warum geliebt?«

»Mein Huang-ho, er genügt sich selbst; er ist nicht wie der Yangzi Jiang auf die Wasserträger von Nebenflüssen angewiesen. Mein ›Sorgenfluß‹ hat sich nicht mit der einmal gewählten Mündung abgefunden und hat stets neue Zugänge zum Meer ausprobiert; er hat die Landschaft nicht als Schicksal akzeptiert; er wäre aber auch nie am Hof Mandarin geworden. Für seine Katastrophen gibt es kein Zeremonienreglement.«

Past dachte an den Fluß seiner Kindheit. An die Sihl und ihre wilden Hochwasser der Vergangenheit. Der mindere Fluß von Zürich und sein Proletenviertel dahinter. Wie der eingedämmt und verbaut worden war. Wie sie ihn malträtierten, indem sie in sein Bett Pfeiler rammten und ihn mit einer Schnellstraße überdeckten: »Meinem Fluß haben sie den Himmel genommen.«

»Zum ersten Mal stand ich am Gelben Fluß, als wir Dämme öffneten, damit das Lößwasser die Felder tränkte; die Saat drohte zu verdorren. Haben Sie je mit Kormoranen gefischt?«

»Ich habe zugeschaut, wie man Affen zum Pflücken von Kokospalmen dressiert und wie man Elefanten zum Holztransportieren schult. Ganz abgesehen davon, daß ich sah, wie man Menschen abrichtete, damit sie für andere das Fressen suchten.«

»Ich reiste an meinen Fluß aus traurigem Anlaß. Da brachen Dämme, da schwammen im Wasser Leichen, Kadaver trieben flußabwärts, stauten die Flut, das Wasser trat erneut über die Ufer, holte Häuser und riß Familien mit. Wir schaufelten Wälle und schichteten Sandsäcke auf. Wir bauten Deiche mit Weiden, Blöcken und Ziegeln. Was der ersten Flutwelle nicht an Zerstörung gelang, schaffte die nächste. Ich habe Jahre meines Lebens mit Bauen verbracht. Mit dem Kontrollieren von Bauten – meine Dämme und Deiche waren nie so berühmt wie die Bauten der Chinesischen Mauer.«

»Wo immer ich auf meinen Reisen hinkam, wurde gebaut. Umbruch hieß das hier und allenthalben. Wo bin ich schon angekommen, wenn nicht auf Flughäfen und

Bahnhöfen. Die scheinen nie fertig zu sein. Kam man vom Rand her in die Stadt, durch die neuen Wohnquartiere, erst recht Baustellen. Wie kurz war mein Gedächtnis, wenn es sich zu erinnern versuchte, was früher da gestanden hatte, wo nur noch Schutt und Trümmer lagen oder ein neues Gebäude im Bau war. Kaum eine Ankunft ohne Umleitung. Ich bin in diesen Jahrzehnten von Baugrube zu Baugrube gereist. Von Erdaushub zu Erdaushub. Häuser, die renoviert wurden, manche abgedeckt mit Staubvorhängen. Muldenkipper und Walzen im Alltag. Vertraut mit Betonpumpen und Planierraupen. Immer wieder der Geruch von Asphalt und Teer. Überall Bagger, und jeder Bagger eine Erinnerung an zu Hause. Kaum eine Rückkehr, ohne daß irgendwo abgerissen oder erweitert worden wäre, aufgestockt oder renoviert: Wir tun's für Sie. Wie unser Ausläufer, pardon, Botenjunge, Angelo sagen würde: Unvermeidlich der Beat der Preßluftbohrer und der Sound der Rammen. Wir leben in der Zeit der Krane.«

»Krane? Kraniche? Der Kranichtraum der Langlebigkeit. Der Kranich in Gesellschaft mit einem anderen Vogel: Das ist der Vater, der singt, und der Sohn, der ihm antwortet. Einer meiner Taofreunde hat sich beim Sterben in einen Gefiederten verwandelt. Einen Himmelskranich. Hier...« Der Mandarin zog aus seinem Beutel Stempel und Stempelkissen hervor und drückte die befeuchtete Petschaft neben die Spitzbogenskizze auf das Blatt vor ihm: »›Ein Kranich auf Felsen in die Sonne blickend‹, mein Siegel: ›Ein Beamter in hoher Stellung, der alles sieht‹. Wenn dem nur so gewesen wäre. Sie wissen selber: diese Qual des Drauskommen-Wollens.«

Past öffnete die Terrassentür und bat den Mandarin hinaus. Der Ausleger eines Krans erstreckte sich über den Kirchturm von Sankt Peter; die Schaufeln des Greifers waren geöffnet, als schnappten sie nach dem Zifferblatt. Im Mondlicht die Führerkabine und am Tragseil der Betonkübel, der glänzte.

Der Mandarin streichelte über das fahl beschienene Geländer: »Einer unserer Dichter ertrank im Fluß, er wollte das Mondlicht im Wasser umarmen.«

»Wie poetisch.«

»Er war betrunken.« Der Mandarin beugte sich über das Geländer: »Ist das die tote Gasse der Inneren Stadt?«

Sollte Past schildern, wie sich die Straßen und Plätze seit seiner Kindheit geändert hatten? Damals kein Sirenengeheul, weder das der Ambulanz noch das der Polizei, einzig die Feuerwehr, die bimmelte sich durch; gelegentlich fuhr das »gelbe Wägelchen« vor, das holte die Leute ab für die Irrenanstalt.

»Totenstill«, wiederholte der Mandarin.

Past hätte ein anderes Gassenbild bieten können, wenn er an den üblichen Cityrummel dachte mit den Einkaufsbummlern, Flaneuren und Touristen. Was für ein Betrieb an jenem Nachmittag, als der Notar die Stiftungsgebäude versiegelte. Sogleich belegte ein Feuerschlucker die Stufen der Freitreppe. Past hatte an Max gedacht, daran, wie sie einst von feuerspeienden Drachen träumten; sollte der Feuerschlucker der Sohn eines Drachen und eines Menschenmädchens sein? In einer Ecke weiter vorn hatte eine Spielfrau ihre Orgel gedreht, ein knöchellanger Rock aus Samt, rote Puffärmel und eine blaue Spitzenhaube. Bis sie ihren Platz einem Einarmigen überließ; auf dem Fußbrett des Rollstuhls das Instrument, er spielte mit den Zehen auf einer Zither und begleitete sich mit der Mundharmonika.

Aber jetzt war alles still und menschenleer.

So verlassen fand Past die Gasse vor, wenn er spätabends heimkehrte. Sah er zur Nachtstunde einen oder zwei entgegenkommen, musterte er sie. Das hätte er vor zehn Jahren nicht getan; er genierte sich wegen seines Mißtrauens, beschleunigte aber den Gang, in der Hand schon den Schlüssel, möglich, daß er über Schritte hinter seinem Rücken erschrak, obwohl ihm nur das Echo der eigenen folgte.

Der Mandarin lehnte übers Geländer. Past mahnte zur Vorsicht. Der Mandarin deutete nach unten. Vor dem Eingangsgitter ein Stoßkarren, wie er im Bahnhof fürs Gepäck benutzt wird, darauf vollgestopfte Einkaufstüten.

»Keine Ahnung, wo die Alte ist, die ihre Habe auf diesem Karren verstaut. Bevor am Eingang zum Stiftungsgebäude das Gitter angebracht wurde, hat sie öfters unterm Vordach genächtigt. Man begegnet ihr auch sonstwo in der Stadt; inmitten von Bremsgequietsch und Autohupen hadert sie mit dem Schicksal, dem sie den Namen Fritz gibt und dem sie in zerschlissenen Pantoffeln hinterherschlurft. Eine alte Frau mit verfilztem Haar, die auch im Sommer über der einen Jacke eine zweite trägt und darüber einen Mantel. Sie erinnert mich an die *bag-ladies,* die ich zum ersten Mal in den Städten jenseits des Atlantiks gesehen habe. An eine wie die, die eben noch trällerte und unvermittelt mit ihrem Schirm auf den nächsten Passanten losging, auch auf mich schlug sie ein: ›Schau mich nicht an!‹, und ins Leere trällernd zog sie weiter. Ich hatte nicht gewußt, daß es weibliche Clochards gab. Noch als Student habe ich im Nachkriegs-Paris Clochards angetroffen. Nicht nur an den Seine-Quais oder unter den Brücken, auch in den Metrostationen und in Hauseingängen, wo ich über sie stolperte. Es waren andere Clochards, als ich sie vom Ciné-Club aus französischen Filmen kannte.«

»Gefangene Stühle?«

»Stühle vom Straßencafé. Für die Nacht werden sie aufeinandergestapelt und aneinandergekettet. Damit die Nachtschwärmer und Spätheimkehrer nicht Unfug damit treiben. Damit es den Stühlen nicht ergeht wie den Keramiktöpfen.« Past zeigte auf die Scherben und die ausgerissene Pflanze.

»Und daneben? Ein Vogelkäfig?«

»Was da drin liegt, singt nicht. Zeitungen. Mit dem Neuesten an Neuigkeiten.«

»Und wie befreit man sie?«

»Gegen Kleingeld geben sie Laut.« Past dachte an die Zeitungsverkäufer, die durch Automaten wie diesen ersetzt worden waren und die nun wiederum auftauchten, wie der, der am Nachmittag in der Gasse »Die Große Zeitung« ausrief, das Blatt der Arbeitslosen.

»Nein, das ist keine Befestigung«, antwortete Past auf die nächste Frage des Mandarins. Eine Miniaturausgabe der Großen Mauer – warum eigentlich nicht? Betonriegel als Sperre gegen das Parken errichtet, ein Schutzwall gegen Autos.

»Die Betonklötze dienen auch als Bänke. Da ruhen gelegentlich ältere Leute aus oder schauen einfach, was an ihnen vorbeigeht. Mütter mit Kindern. Verliebte, denen es gefällt, zusammenrücken zu müssen, da kaum Platz ist für zwei. Vieles, was ich im Ausland kennenlernte, traf ich später zu Hause an. So überraschte es mich nicht, als eines Tages junge Leute, Frauen wie Männer, auf diesen Betonriegeln Position bezogen oder, am Boden sitzend, sich dagegen lehnten. Manche die Knie angezogen, den Kopf draufgelegt, als gehe sie das Schächtelchen nichts an, das sie vor sich hinstellten. Und andere hochgereckt, mit forschem Blick, nicht bettelnd, sondern Recht fordernd: ›Wie steht's mit Kleingeld?‹ oder ›Haben Sie lumpige Münzen übrig?‹ Einige wiederum stumm mit hohler Hand, an einer Schnur vielleicht ein Hund, der auch fressen will, an dem sie kraulen, um zu zeigen, daß sie lieb sein können, vor den Füßen ein Karton, ›ohne Adresse‹ oder ›HIV-positiv‹, gelegentlich eine Kurzbiographie oder ein einziges Stichwort, ›Hunger‹. Einer hatte einmal einen Internethinweis auf das Schild geschrieben, als Homepage gab er an ›Hölle, dritter Stock links, dreimal klingeln‹.«

Der Mandarin sah leicht verwirrt drein.

»Ich habe mich an Bettler gewöhnt, je mehr meine außereuropäische Erfahrung zunahm. Allerdings, wenn mich einer stupft oder an mir zerrt, zuck ich zusammen…«

»Armut kann ansteckend sein.«

»Clochard, Bettler, Obdachlose, das waren Worte, die ich in meiner Kindheit und Jugend nie mit der eigenen Stadt in Verbindung gebracht habe. Das Wort Penner habe ich später dazugelernt.«

»Das notiere ich mir jetzt nicht auch noch.«

»Das heißt: Ich erinnere mich an ein Männchen, das an der Wohnungstür klingelte und dem ich als Kind geöffnet habe, das zum Gruß ›Suppe‹ sagte, hereinkam, sich an den Küchentisch setzte, kein Wort sprach und, nachdem es den zweiten Teller leer gegessen und die Reste vom Schnurrbart gewischt hatte, sich mit ›Gottes Segen‹ verabschiedete. Der Vater fand, man solle in Zukunft nicht jedem Hergelaufenen die Tür öffnen. Doch die Mutter war überzeugt, das war kein Buckliger, das waren zusammengebundne Flügel, was im Rücken unter dem Mäntelchen abstand, es sei ein Engel gewesen, den der Himmel auf die Welt schickte, um die Mildtätigkeit der Menschen in einer Zeit der Arbeitslosigkeit zu prüfen, in der alle von einem kommenden Krieg sprachen; sie hätten sich mit zwei Tellern Suppe ein bißchen Himmel verdient. Aber es sind längst nicht mehr nur Bettler, die die hohle Hand machen. Die Gasse ist so eng, daß es für Passanten schwierig ist, auf die andere Seite auszuweichen und zu tun, als hätten sie die Sammelschachteln nicht wahrgenommen. Neben dem Portal vom Hauseingang ein kleiner Platz. Wegen des Kopfsteinpflasters nicht günstig für Straßenmaler. Um so beliebter bei den Musikanten. Mit Sicherheit die Xylophonspielerin, die zu ihrer Musik Puppen tanzen läßt. Andere richten sich mit Verstärker ein. Mit ein Grund, daß im Stiftungshaus Fenster mit Doppelverglasung eingesetzt wurden. Und je nach Stil fürs Spenden ein Cowboyhut oder ein Violinkasten. Schon lange habe ich nicht mehr den Zweiliedermann gesehen, ein Insasse, wie ich annehme, dem die Anstalt zuweilen Ausgang gewährt. ›Großer Gott, wir loben Dich‹, das hat er bestimmt im Religionsunterricht gelernt, und von irgendwoher hat er auch: ›So ein Tag, so wunderschön wie heute‹. Und diese Lieder singt er, ob es stürmt und bitter kalt ist oder ob die Sonne scheint. Damit ein Tag, so wunderschön wie heute, nicht vergeht, lobt er den großen Gott.«

Im Moment kam sich Past vor, als sei er ein Straßenverkäufer, der seine Ware ausbreitet, indem er die Leere seiner Wohn- und Arbeitsgasse mit einer Inszenierung bevölkert.

»Und wenn der Betonriegel nicht als Bank dient, dann vielleicht als Sockel. Nicht nur dem Prediger, der ruft: ›Tut Buße‹ und von oben herab Traktätchen streut, als verteile er Manna, Himmelsbrot, einer aus der Familie der In Gassen, wenn vielleicht auch nicht so intelligent. Diese Klötze eignen sich als Kanzel und Podeste. Für solche, die sich darauf stellen und versteinern, sie verdienen ihr Geld, indem sie sich nicht bewegen. Einer ganz in Goldbronze und ein anderer weiß gepudert vom Scheitel bis zu den Schuhen. Der, der keine Miene verzieht, wenn Kinder vor ihm Faxen machen, und der, der wie eine Spieldose abläuft, so daß er mit Ruckbewegungen dankt, wenn jemand etwas ins Körbchen tut.«

Menschen, die zu Statuen erstarren, seien nichts Neues für ihn, bemerkte der Mandarin: »Auch unsere Zeit kannte die Angst, die einen zitterten vor Furcht, und andere wurden vor Schreck bleich, starr und steif. Warum sind die Fenster gegen die Straße hin blind?«

»Rolläden. Am Morgen gehen die nach oben. Von selbst.«

Im Fenster gegenüber ging Licht an. Hinter den Gardinen wurde eine Gestalt sichtbar; als sie sich umdrehte, waren die Umrisse einer Frau zu erkennen. Sie zog sich eine Bluse oder ein Kleid über den Kopf. Eine zweite Gestalt näherte sich; die beiden umarmten sich.

»Schattentheater. Selten bei uns, daß im Schattentheater nicht Puppen aus Papier oder Leder auftreten, sondern leibhaftige Menschen. Der berühmteste Spieler, den ich gelegentlich zu privaten Vorführungen verpflichtete, war ein Schattenfresser; verständlich sein Hunger nach Schatten, er hatte bei der Beerdigung seines Vaters nicht genügend Abstand zum Grab gehalten, so daß sein Schatten in die Grube fiel und mitbegraben wurde. Was hat meine liebe Yu geweint, wegen der Frau, die man schuldlos wegen eines Mords hinrichtete – nur im Theater fiel wegen eines Unrechts im Hochsommer Schnee. Mein Schattenspieler, ein gelernter Damenschneider, führte auch mein Lieblingsstück auf, *Die Chaosbüchse*.«

»Eine chinesische Pandorabüchse? Eine Büchse, in der alle Plagen drin waren? Der Schmerz, die Verzweiflung, die Apathie...«

»Aus der Chaosbüchse krochen fünf giftige Tiere: Skorpion, Tausendfüßler, Schlange, Kröte und Eidechse... warum sollte der Stich des Skorpions nicht einer Plage gleichkommen?«

»Nur die Hoffnung blieb verpackt. Und dies alles, weil eine Frau, eine Griechin, eine Schönheit, eine Allbegabte, aus Neugierde die Büchse öffnete.«

»Bei uns war es ein Mann. Vielleicht ist es die gleiche Person, die, beiderlei Geschlechts, in verschiedenen Epochen und an verschiedenen Orten dem Gifttier und dem Unglück zu freiem Auslauf in die Welt verhilft. Damit die Plagen zeitgemäß sind, denn auch Plagen veralten.«

Gebannt verfolgte der Mandarin, was sich gegenüber hinterm Fenster tat.

»Wieviel der Schatten von seinem Schattenwerfer weiß, mehr vielleicht, als diesem lieb ist. Ich habe stets gestaunt, was Puppen kraft einiger Stäbe anstellen, sie sind die einzigen, die dank Krücken tanzen; sie machen dem Menschen nicht etwas nach, sondern vor.«

Da ging das Licht aus. Der Mandarin eilte in die Küche und drückte auf den Schalter. Er löschte die Beleuchtung in der Küche. Er tappte zurück auf die Terrasse. Zu seiner Enttäuschung blieb das Fenster gegenüber dunkel. Der Mandarin zeigte auf das Haus daneben: »Ein Theatervorhang.«

»Renovation. Ein Staubvorhang.«

»Und was wird gespielt?«

»Annonciert ist von einem Friseur ›Hair-Architektur‹ und von einem Floristen ›Blumenregie: Bouquets und Kränze. Spezialität Textilblumen‹.«

Past wunderte sich, daß zu dieser Nachtzeit ein Hund unterwegs war; er schleifte eine Leine hinter sich her. Der Hund schnüffelte an den Abfallsäcken und hob das Bein. Dann sprang er gegen das Eingangstor des Stiftungsgebäudes, kläffte, rüttelte am Gitter. Da ging der Blitzleuchter an. Das Tier jaulte, warf sich mit seinem Gewicht gegen das Tor und lief weg.

Der Mandarin wußte von einer Statue, die lebendig wurde: »Ein Wächter stieg eines Nachts vom Sockel und knüpfte alle Hunde am nächsten Baum auf, nicht nur die, welche an seinem Denkmal das Bein gehoben hatten.«

Ein Motor heulte auf. Ein Scheinwerfer beleuchtete einen Moment lang die Hausmauer an der Ecke. Im Lichtkegel erstarrte eine Gestalt, einen Arm ausgestreckt, plötzlich durchlief ein Zittern den Körper, die Hand ließ die Spraydose, die sie umklammert hatte, los; sie fiel zwischen die Abfallsäcke. Der junge Mann begann zu rennen. Wie Flügel flatterte hinter ihm der Radmantel, einen solchen trug gewöhnlich Angelo.

»Zeichen an der Wand.«

»Graffiti.«

»Von wem?«

»Anonym.«

»Eine Botschaft?«

»Für die einen, ja. Für die andern Schmiererei.«

»Nie hat In Gassen von Mauerideogrammen gesprochen.«

»Die sind neu im Straßenbild.«

»Die schwarzen Striche an der Hausmauer, ein Skelett. Das linke Bein hat keinen Fuß. Und doch: Das ist ein Mensch.«

»Ein Männchen.«

»Was sagt er?«

»Wer soll hier wem was sagen?«

»Ein Prophet.«

»Morgen schon ist er weggeputzt, weggefegt und weggekratzt.«

»Ein runder Wächter?« Past sah sich fragend um, so daß der Mandarin zur Zinne hinaufzeigte: »Trägt er einen Schirm? Duckt er sich hinterm Schild? Er reitet auf dem Dach.«

»Ein Parabolspiegel.«

»Um bösen Geistern den Zutritt zu verwehren?«

»Um Fernsehen zu empfangen.«

»Wer, sagten Sie, schaut in diesen Spiegel?«

»Alsbald die ganze Welt.«

Der Mandarin lachte auf: »Mein Reich der Mitte auch?«

»Der schnellste Weg von hier nach China sind sechsunddreißigtausend Kilometer hinauf und wieder sechsunddreißigtausend hinunter, vielleicht etwas mehr, vielleicht etwas weniger, und dies in einer Sekunde.«

»Ja.« Der Mandarin kreuzte die Arme auf der Brust, machte einen Kotau, schüttelte den Kopf und sagte dazu: »Jaja. Es gibt lange Leitern.«

»Man wählt besser eine Rakete. Für den Start wenigstens. Danach kann man sie abstoßen.«

»Weibliche Raketen? Ich habe oft gesehen, wie Frauen beim Aufstieg halfen, war der Mann oben, wurden sie abgestoßen.«

Past überlegte, ob es nicht angebracht wäre, statt von Sonden oder Weltraumkörpern in der Sprache der Hundert

Blumen zu sprechen: »Der Dachdämon heißt auch Schüssel, die ›Himmelsschüssel des Ungesehen-Ungehörten‹. Was in die Schüssel kommt, wird ein Stockwerk tiefer auf dem Teller eines Bildschirms serviert, im ›Schrein des täglichen Wahnsinns‹.«

»Und wie richtet man die Welt her, daß sie in der Schüssel Platz hat? Mit Hackebeil? Im Mörser?«

Past breitete die Arme aus, als wolle er die Nacht umarmen: »Die Luft ist voll von dem, was Bild und Ton werden möchte.«

Der Mandarin sah in die Nacht: »Wie kühl das Dunkel ist, und wie still die Leere.«

»Es braucht Empfänger.« Past wies nach oben: »Wenn auch nicht leicht auszumachen, da oben sitzen sie. Einige fix. Und sie sind fix, weil sie mit der Erde kreisen. Als Mutter eine Bodenstation.«

»Sterne des Wirrwarrs?«

»Trabanten.«

»Auch der Kaiser und die Kaiserin waren von Trabanten umgeben. Umschwärmt. Sie orientierten sie, wenn auch oft nur durch Ohrenblasen. Intrigieren eure Trabanten auch?«

»Was unsere Satelliten hören und sehen müssen, was sie an Geschehnissen zur Kenntnis nehmen, würde ein Mensch so vorbehaltlos nicht ertragen. Wir bauten Apparate, um alles zu sehen, und hinterher Apparate, um das Gesehene auszuhalten.«

»Sterne mit Ohren? Mit Augen?«

»Manche bemannt, andere unbemannt. Die bemannten kehren zurück. Die andern nicht.«

»Und die werden mit Unsterblichkeit belohnt?«

»Sie sind anfällig wie der Erfinder selbst. Reparierbar wie dieser und eines Tages wie dieser verbraucht. Ihre Reise kann Jahrzehnte dauern. Sie übermitteln, was sie auf dem Weg zum Verglühen zur Kenntnis nahmen. Sie führen, wie wir, eine Einwegexistenz.«

»Sterbliche Sterne?«

»Ihre Agonie dauert im Vergleich zu unserer eine Ewigkeit. Aber wer weiß schon, wie lange unser Moment währt, wenn der Tod eintritt. Vielleicht sterben wir länger, als wir gelebt haben. Weil all das mitstirbt, was wir gern gelebt hätten und was hätte sein können.«

»11 520 Sterne hatten sie zur Zeit der Han-Dynastie gezählt. Was, wenn man mich mit dem Zählen beauftragt hätte? Eine meiner Angstvorstellungen, daß ich mich verzähle und von neuem anfangen muß. Ich hätte das Leben als Sternenzähler verbracht und nicht als Sterngucker. Das Observatorium, das die Leute von In Gassens Orden errichteten, interessierte mich aus einem Grund. Ich hätte gerne jenes Liebespaar ausfindig gemacht, die Weberin und den Kuhhirten, die ans Firmament verbannt wurden, die beiden leben getrennt an den Ufern des Milchstroms, einmal im Jahr treffen sie sich, dann, wenn Elstern ihnen eine Brücke bauen. Gibt es auch Satelliten-Elstern? Eine Wirrwarr-Brücke für Verliebte?«

»Soviel ich weiß, haben auch wir einem Paar zu einem Platz am Himmel verholfen. Einem alten Ehepaar, das zwischen Sternen eine Ewigkeit lang Händchen hält. Gut, daß unsere Politiker nicht bildungsbeflissen sind, sonst würden sie, sich auf Tradition berufend, den Alten einen Platz am Himmel besorgen, um Heime und Renten zu sparen.«

»Man hat uns Kindern gesagt, daß jedes einen Stern hat; dem opferten wir an Neujahr. Wir stritten, welcher wem gehörte. Als ich zum ersten Mal verliebt war, hab ich meinen verschenkt. Ich weiß nicht, ob sich der Stern erinnert.«

»Mein Stern ist erloschen. Nach wie vor ist sein Licht unterwegs. Als Hinterlassenschaft. Weithin leuchtend durchs Leere stürzend. Dort, wo sein Licht auf ein Auge trifft, hört seine Wanderschaft auf.«

»Wieso erloschen?«

»Ich half ihm beim Erlöschen. Mit Pusten. Des Himmels überdrüssig und gierig nach Menschen, sucht er das Erkalten, um bewohnbar zu sein, um es unserem Planeten gleichzutun, ein Stern, der es wagt, noch einmal Erde zu werden.«

»Dort flackert einer – ein Sterblicher.« Die Stimme des Mandarins vibrierte.

»Der Meldeturm auf dem Uetliberg. Ein Lichtsignal.«

»Er spuckt Funken.«

»Zur Warnung.«

»Die Warnung kommt näher.«

Der Helikopter steuerte um den Kirchturm. Sein Scheinwerfer zuckte über die Altstadtdächer. Auf den Zinnen zitterten die Fernsehantennen. Das Knattern direkt über ihren Köpfen. Der Mandarin duckte sich. Past spürte, wie er an seinem Arm Halt suchte.

»Ein Hubschrauber.«

»Eine Riesenlibelle. Unterwegs zu welchem Himmel?«

»Zum Himmel der Notfallstation.«

»Chung Li Ch'üan konnte fliegen – das war lange vor meiner Zeit. Leibhaftig durch die Luft. Er war auch imstande, Blei in reines Silber umzuschmelzen. Es gibt Unsterbliche, die fliegen ohne Flügelschlag. Von einem der Unsterblichen heißt es, daß er sich einen Drachen vorspannte, um über Nebel und Dunst zu reiten.«

»Nur, daß unsere Vögel Maschinen sind.«

»Mit dem Wunder einer mechanischen Seele? Ich hatte das Glück, einen Blick ins Innere der Uhr zu werfen, die uns die Europäer schenkten – ein erhabener Moment, als sie stillstand und wir ins Räderwerk der gestorbenen Zeit schauten. Ich hatte bis zu diesem Zeitpunkt nur einmal eine tote Uhr gesehen, auf einer meiner Reisen in den Norden, in einem überkalten Winter, als in den Wasseruhren das Wasser zu Eis wurde und die Zeit erfror. Kein Vergleich zum Mechanismus: Was es an Zähnen braucht, damit sich zwei Zeiger bewegen, und mit welcher Präzision die Zähne ineinanderbeißen, wenn sie Stunden fressen. Es knackte, als hätte die Zeit Knochen. Ich hatte mir fürs Grab als Gabe eine Uhr gewünscht. Meine liebe Yu hat eine gestickt, eine ohne Zeiger, die Zeiger behielt sie bei sich, so daß ich immer bei ihr anfragen mußte, wie spät es sei, obwohl mir klar war, daß es in einem Grab mit den Morgenstunden nie mehr hell wird.«

Sie sahen dem Helikopter nach, der sich schwankend entfernte.

»Ein Vogel ohne Flügel.«

»Wir haben solche mit Flügeln, auch wenn diese nicht als Schwingen dienen.«

»Und alle sind unterwegs zur … Wie sagten Sie, zur Notfallstation?«

»Sie können auch anderswo landen.«

»Auch hier?« Der Mandarin zeigte auf die Terrasse.

»Sie brauchen eine Piste. Jeder Ort, wo diese Art Vogel aufsteigt oder wo er sich niedersetzt, muß die gleichen Voraussetzungen bieten. Die Piste – eine Straße, auf der er rollt, wenn er nicht in der Luft ist.«

»Räder statt Flügel?«

»Er benötigt eine gerade Piste.«

»Gerade ist nicht gut. Die bösen Geister können nur

geradeaus gehen und nicht ausweichen. Deswegen bauen wir Zickzack bei Hauseingängen oder Brücken.«

»Nein, Zickzackpisten taugen nicht. Wenn man sich einmal für Flugzeugvögel entscheidet, hat das Konsequenzen. Man kann sich nicht auf Tradition berufen und sagen: Unser Volk liebt das Verschlungen-Gewundene, es zieht Wege vor, die wuchern; uns entspricht das Vegetative. Nein, die Bahn muß gerade verlaufen und ausreichend lang sein.«

»Wie die Schlange sagt: ›Nicht der Weg ist gewunden, ich bin's, die schlängelt.‹ Und sein Nest?«

»Ein Hangar. Ein Abstellplatz.«

»Was sagt der Garuda-Vogel dazu, das Tragtier einer Gottheit?«

»Der fliegt mit. Als Abbild. Auf dem Rumpf. Auf dem Flügel oder als Heckemblem. Einst setzte sich bei uns ein Junge auf eine Wildgans und sah sein Land von oben; nun ist es die Wildgans selber, die sich tragen läßt, als Erkennungszeichen einer Fluggesellschaft. Auch der Kranich ist zu seinem Fahrplan gekommen. Eine Möwe flog im Krieg auf einem Fokker Kampfeinsätze und stürzte nach einem Volltreffer ab. Sogar der Strauß ist am Himmel unterwegs, obwohl er das Fliegen durch Laufen ersetzte. Und der Condor, nicht selber mit von der Partie, gab einem Flugzeug den Namen. Genau wie der Kolibri. Die Vögel legen auf den Flugzeugen Distanzen zurück, die auch Zugvögel von Natur aus nie schaffen würden.«

»Was für ein Triumph!«

»Es ist der Sieg von Verlierern.«

»Wir zwangen die Besiegten, ihre Waffen in Glocken umzugießen.«

»Ich meine nicht die, welche gefangen wurden, zu Sklavendienst und Zwangsarbeit verurteilt. Ich denke nicht an die, die nach der Niederlage getötet wurden, auch nicht an Schrumpfköpfe, die der Sieger als Trophäe am Gürtel trug. Oder an Skalpe, die ein Indianer sammelte. Und nicht an die Vorhäute, wie sie die Israeliten aus einem Krieg heimbrachten. Sondern ich frage mich: Wie leben Träume und Gedanken besiegter Völker weiter, woran wurde geglaubt und wonach geurteilt, wenn die Angehörigen dieser Völker verschwunden sind, ausgerottet oder ausgestorben, wenn sie sich aufgegeben haben oder in andern aufgegangen sind?«

Schade, daß das Album im Büro lag. Past hätte dem Mandarin gerne Bilder von Besiegten gezeigt. Ein Mäppchen mit Postkarten, Fotos aus Illustrierten und Kopien aus Büchern: die Kathedrale der Compañia de Jesus auf den Mauern eines Schlangentempels errichtet und das Haus der Sonnenjungfrauen als Fundament eines Klosters. Das Ritualgefäß des Regengottes als christliches Taufbecken. Eine Moschee, von Christen in eine Kirche umgewandelt, der arabische Leuchter als ewiges Licht montiert. Koranschulen zu Museen umfunktioniert und ein Arsenal zu einer Bibliothek. Der Barockbau der Inquisition als Sitz des Tourismusministeriums. Kreuzfahrerkirchen, welche Muslime als Moschee benutzen. Klöster als Pferdestallungen dienend oder als Irrenanstalten. Eine Synagoge zum Theatersaal erklärt, über dem Artisteneingang der siebenarmige Leuchter. Ein Mausoleum als Schutzburg und als Gefängnis, in dessen Verlies einer erwürgt und ein anderer dem Hungertod überliefert wurde. Ein Bunker als Klublokal und der

Tresorkeller der Staatspolizei als Tanzdiele. Und ein Lieblingsbild: unter einem zartblauen Himmel vor dem Hintergrund der schneebedeckten Kordilleren eine Lehmhütte, die man unter einem behauenen Türsturz hindurch betritt, einer Stele, vom nahen Ruinenfeld hierhergeschleppt, nicht mehr aufrecht stehend, sondern seitlich gebettet, und zwar so, daß das Gesicht nach wie vor in die baumlose Ebene schaut.

»Alle Sieger setzen den Fuß auf den Besiegten. Bei uns stehen Heilige auf Tieren; sie triumphieren über das Animalische. Die Sieger bestimmen Architektur, Grundriß und Aufbau. Die Besiegten dürfen schmücken, ihnen bleibt der Dekor und das Ornament vorbehalten. Sie ersetzen an den Kapitellen den abendländischen Bärlauch durch östlichen Lotus, statten europäische Engel mit Backenknochen und Schlitzaugen aus.«

»Als die Steppenvölker bei uns die Macht übernahmen, richteten sie ihr Viertel im Norden Beijings ein und wir Chinesen das unsere im Süden. Sie mußten unsere Zeichen lernen. Sie waren bisher ohne Geschriebenes ausgekommen, sie hatten sich mit Reiten durchgebracht. Unerwartet sahen sie sich mit Schriftrollen und Tusche konfrontiert statt mit Sattel und Pferdemist. Das Schreiben und Auswendiglernen machte ihnen, zu unserer Genugtuung, Mühe. Aber sie haben uns mit ihrer Haartracht vergewaltigt. Sie haben uns den Zopf aufgezwungen. Was blieb uns anderes übrig, als hinterher den Zopf als typisch auszugeben?«

Der Mandarin langte nach dem Zopf im Nacken, ließ ihn über die rechte Achsel fallen, strich ihm entlang, als hole er aus ihm die Worte, indem er ihn melke: »Knöpfen Sie nach Chinesenart rechts oder nach Barbarenart links?«

Past sah an seinem Hemd hinunter zu den Knöpfen: »Von links nach rechts, glaube ich.«

Der Mandarin warf einen Blick auf den Hosenladen: »Keine Knöpfe?«

»Reißverschluß.«

»In Gassen ist bei seinen theologischen Unterweisungen nie auf den Reißverschluß zu reden gekommen.«

»Er trug wohl eine Soutane und keine Hosen.«

Der Mandarin langte nach dem Hosenladen von Past, zog den Reißverschluß nach unten und dann nach oben, probierte dies ein zweites Mal. Past schlug vor, den Reißverschluß an einer Jacke zu studieren. Der Mandarin erhob sich, kreuzte die Arme auf der Brust, machte einen Kotau und schüttelte den Kopf.

Past bat den Mandarin in die Küche zurück und offerierte erneut einen Tee. Er fühlte, wenn er weiterredete, würde er mit seinem Lieblingsthema ausführlich. Nein, das war kaum der Moment, das Referat zu halten, dessentwegen er gelegentlich zu Tagungen geschickt und wofür er mit zwei Universitätswimpeln ausgezeichnet worden war. Andererseits, er könnte seine Gedanken mit einem Beispiel illustrieren, von dem er annehmen durfte, daß es den Mandarin interessierte, der eben den Teebeutel aus der Tasse hochhob und damit sorgfältig kleckerte.

Er hatte mit Puy und seinem Sohn in Bangkok am *opening* eines Warenhauses teilgenommen. In einem tropischen Dezember. Vor dem *department store* ein Santa Claus im Schlitten, von zwei Rentieren gezogen, in einer Winterlandschaft aus Styropor und Watte. Past hatte sich lustig gemacht über die Amerikaner. Doch über dem Portal hing die Fahne mit der roten Scheibe der aufgehenden Sonne. Es waren Japaner, die die Verwestlichung brachten. Der Westen hatte gesiegt, aber er war Versatzstück geworden.

Oder war es aufmerksamer, dem Mandarin, der erwartungsvoll dreinschaute, von einer andern Episode zu berichten?

»Ich und eine junge Thailänderin...« Der Mandarin horchte auf, verständnisvoll lächelnd. »Unsere erste gemeinsame Reise, den Mekong entlang, einen Fluß, der keine Mitte kennt, der die Geographen ärgert und die Politiker verspottet, indem er mit jeder Regenzeit seine Ufer verändert und die Grenzen verschiebt. Deshalb mag ich diesen Fluß. Wir hatten Bergstämme aufgesucht: Vor Jahrhunderten waren diese aus ihrer angestammten Ebene in die Hügel vertrieben worden. Kurz vor unserem Besuch hatten Militärflugzeuge die Mohnfelder mit Gift besprüht. Doch den Kaffee, den die Bauern an Stelle des Mohns anbauten, kaufte niemand. Für ihren Lebensunterhalt zeigten sie nun als Show, was ihr Stammesleben ausmachte; die Kleider, die frühere Generationen im Alltag und bei Festen getragen hatten, wurden zu Tracht und Kostüm. Wir durften zuschauen, wie Frauen Hühnerfederquasten färbten; wir staunten über die Wasserleitungen aus halbierten Bambusrohren, eine Mutter führte vor, wie man mit einem Rükkentragtuch Kleinkinder vom Boden aufnimmt, und man zeigte uns auch, was nicht jedermann zu sehen bekam, das Einritzen von Mohnkapseln sowie Leberschau und Ei-Orakel: ›Bewahre uns davor, die Hände wie Bettler und Bittsteller ausstrecken zu müssen.‹ Wir waren wegen des Neujahrsfestes hingegangen.«

»Auch wir kannten seltsame Stämme mit merkwürdigen Festen. Die zum Beispiel, die an Neujahr ihre Häuser reinigten wie wir, die aber am Abend das Schmutzwasser in Richtung Westen schütteten, damit die untergehende Sonne es ins Dunkel mitnahm.«

»Wo wir waren, tauscht jede Familie an dem Festtag mit jeder andern Familie Klebreis, so daß in jedem Haushalt Kuchen gebacken werden, in denen Reis von allen andern drin ist. Frauen spielten vor, wie sie den Brunnen außerhalb des Dorfes aufsuchten und mit frischem heiligem Wasser zurückkehrten. Und sie tanzten um den Neujahrsbaum. Aber sie tanzen nun auch an Tagen, an denen nicht Neujahr gefeiert wird, sofern Touristen mit Bussen vorfahren. Sie tanzen auch hinter einem Sarg her, in dem kein Toter liegt und ohne daß die Hinterbliebenen einem Leichnam die Tränen abwischen – er, der geht, weint und nicht die, die bleiben.«

»An meiner Neugierde auf den Westen ist nicht zuletzt ein Dichter schuld. Li Po, Dynastien vor mir, feierte die Musik, die zu seiner Zeit aus den Westlanden zu uns kam – gibt es sie immer noch, die Musik, die sich schrill anhört, die Tänzerinnen mit ihren raschen, hochschnellenden Bewegungen? Die hüpfen und wirbeln?«

Past nickte und lächelte. Die Bemerkung erinnerte ihn an einen der letzten großen Auftritte von Angelo. Der hatte angeregt, »mit Hilfe eines Rückgriffs auf einen Sonderkredit« ein internationales Treffen zu arrangieren, bei dem jeder jedem vortanzt, was seine Welt ausmacht oder ausgemacht hat. Redenderweise würden sich die Völker nicht verstehen beim Weltrendezvous, aber per Tanz könnten sie sich mitteilen. Der Vertreter des Vatikans, der schon immer ein warmes Auge auf den Botenjungen geworfen hatte, spann den Gedanken weiter: Wenn beim Jüngsten Gericht alle auferstehen und die Babylonische Sprachverwirrung nicht rückgängig gemacht wird, bleibt den Auferstandenen zur Verständigung unter sich als eine Möglichkeit, warum nicht, der Tanz. Der Prälat hatte das Wort geprägt für Angelos Vorschlag: »quodlibet«. Nur wußte niemand, was man sich darunter vorzustellen hatte; so erklärte er: Im Mittelalter, das nicht so dunkel war wie behauptet, wurden Musikstücke verschiedenster Art bei ein und demselben Anlaß geboten – nach Belieben oder eben quodlibet. Als er sagte »nach Belieben«, hörte er den Einwand: »Mittelalterlicher Postmodernismus. Reine Beliebigkeit.«

Ausgeschlossen für Past, einen Auftritt wie den von Angelo nachzumachen. Der hatte die Regie für die Präsentation seines Vorschlags übernommen. Eine Bühne brauche es nicht. Der Zuschauerraum selber sei die Szene: »Da treten sie alle auf und alle gleichzeitig. Onestep neben dem Pas de deux. Einer torkelt selbstzufrieden allein durchs Lokal, während ein anderer einen Partner sucht. Einer beschwört im Tanz Regen herbei, und einer vertreibt mit Tanzschritten Seuchen. Der Derwisch dreht sich im Kreise wie die Macumba-Mutter so lange, bis beide in Trance fallen. Tempeltanz neben *table dance* mit Strip. Der Tanz mit dem Schlitz im Kleid und der, bei dem man sich nicht die nackte Hand reicht, sondern den andern an einem Taschentuch führt. Ob Hoftanz mit Zeremonienmeister oder *street parade,* kein Unterschied zwischen dem, was die Gesellschaft tanzt, und dem, was das Volk tanzt, jeder Vortänzer und Zuschauer zugleich. Sie waren alle beeindruckt von den Schritten und Figuren, die Angelo vorführte. Bis Rosebush sagte: ›Gleich-Zeitigkeit? Wenn nur die Musik nicht wäre.‹ Angelo parierte: ›Man wird bei diesem Welttanz keinen Ton hören. Jeder tanzt mit Kopfhörern. Das Mischmasch-Ende als das große Allerlei.‹ Ich wußte, daß Angelo eine Freundin hatte, die in Berlin Modern dance und Ballett studierte. Ob der Einfall von ihr stammte? Ich hatte kurz zuvor erfahren, daß die ganze Geschichte von der Ausbildung zum Trauermann Bluff und Schwindel war. Er hieß Peter, war Bademeister gewesen und hatte danach in einer Bar gearbeitet und die Gäste mit dem Vorschlag getröstet: ›Nehmen wir noch eins.‹«

»Ja.« Past faßte seine Erinnerung in einem Satz zusammen: »Die Welt zum Tanz antreten lassen.«

»Kennen Sie Shiva Nataraja?« erkundigte sich der Mandarin. »Der tanzt auf einem Kleindämon, einem Zwerg, den er unterjocht hat. Seine Skulptur hat mir ein Bonze beim Besuch seines Tempels gezeigt.«

»Wir kennen die Redewendung: jemandem auf der Nase herumtanzen. Ich frage mich, wer in Zukunft wem wo auf welcher Nase tanzt. Oder sollte es so demokratisch zugehen, daß Jedermanns Nase zu Jedermanns Tanzbühne wird?«

»Hans In Gassen hatte Glück. Er fand Neues«, überlegte der Mandarin.

»Rosetten und Spitzbogen mußte er nicht entfliehen.«

»Statt dessen ...« Der Mandarin zog ein weiteres Blatt aus dem Ärmel. »In Gassen trat einem Orden bei, der es ihm ermöglichte, zu reisen, heidenweit, wie er sagte.« Er hielt eine Liste hin: »Barockengel (süddeutsche, italienische, polnische), Medaillons und merkwürdige Dinge.« Der Mandarin buchstabierte: »Ban-del-werk und Mauern mit Och-sen-au-gen. Bei uns sagt man, daß die Wände Ohren haben, aber Augen, gar Ochsenaugen, nein. Wo immer er von seinem General hingeschickt wurde, traf er geflügelte Kleinkinder.« Der Mandarin senkte die Stimme: »Nackt. Unverhüllt ihr Geschlecht. Aus dem Klan der Putten. Er hatte von Engeln und Engelskindern genug. Unvergeßlich, als ich In Gassen zum ersten Mal sah: Hans betrat mit den andern Langnasen die Verbotene Stadt durch das Mittagstor. Gleich nach der Begrüßungszeremonie setzte er sich vor dem Portal der Höchsten Harmonie auf einen Löwen, trieb ihn mit seinen Schenkeln an und machte Muuh. Mit leeren Händen tat er, als füttere er die Drachen auf dem Treppengeländer.«

»Ich habe in meiner Jugend Drachen gefüttert, ohne sie je gesehen zu haben.«

»Doch als er die bronzene Schildkröte streichelte, packten ihn die Wächter.« Die Schildkröte wiederhole mit ihrem Gehäuse das Himmelsgewölbe und mit ihrer Bauchplatte die Erde. Er habe sich für In Gassen eingesetzt und ihn vor der Folter bewahrt: Man möge Gnade walten lassen, ein Barbar aus dem Westen sei seiner Vernunft nicht immer mächtig.

Past staunte: »Dann hätte China neben dem Schwarzpulver auch die mildernden Umstände erfunden.«

»Bei Bergvölkern übten wir Nachsicht. Wir verehren seit alters die Berge. Meine Sehnsucht nach dem Westen – wer weiß, vielleicht spielte mit, daß der Westen als Reich und Bereich der Berge gilt.« Der schweizerische Barbar sei nicht nur ihm sympathischer gewesen als sein älterer Begleiter: »Der strömte den penetranten Fuchsgeruch von Abendländern aus. Der zeichnete auf den Rücken der Schildkröte gleich ein Kreuz. Uns allen war klar: Das ist einer, der mit dem Fliegenwedel auf Tigerjagd geht. Dieser, ein Italiener, hat als Gastgeschenk mit Grüßen und unter Berufung auf einen gewissen Marco Polo ein Paket Spaghetti überreicht; er hat nicht einmal hinterher gemerkt, daß seinetwegen der Gesandtschaft aus dem Westen tagelang zur Strafe und Belehrung Reisnudeln vorgesetzt wurden, um den Barbaren klarzumachen, wo die Fadennudeln erfunden wurden und von wem. Mehr Eindruck als die Teigwaren habe die Uhr gemacht, welche der Italiener der Kaiserin und dem Kaiser verehrte. In Gassen behauptete, das Uhrengeschenk sei ursprünglich ein schweizerischer Einfall gewesen, in seinem Land sei die Uhr sehr wichtig, um wegen der langsamen Gangart der Leute nicht den richtigen Moment zu verpassen, das Schicksalhafte der Verspätung habe sie zu guten Uhrmachern gemacht. Hans In Gassen sei auch nie hartnäckig gewesen im Disput darüber, ob man nach der Taufe Ahnen verehren dürfe oder nicht. »Da traten andere Barbaren auf, in weißen Röcken und schwarzen Mänteln, eine weiße Kapuze für ihr wegrasiertes Tellerrund auf dem Schädel. Dominikaner. Philosophen, wie wir vernahmen, dank ihrer Bildung zuständig für Scheiterhaufen und das Verbrennen von Menschen und Büchern. Sie räucherten die Ahnenaltäre mit Weihrauch aus und besprengten das Teufelszeug mit geweihtem Wasser. Ich sah, wie ihr Weihwasser an den Ahnentafeln heruntertropfte, mir war, als ob die Toten weinten. Die Auseinandersetzung mit den Jesuiten, der Ritenstreit, wie sie sagten, ob Ahnenverehrung Religion sei oder nicht, belustigte uns. Wie sollten wir, wie sollte der Sohn des Himmels ihren Himmel ernst nehmen, wenn sie sich selber über ihn nicht einig waren. Uns ging es darum, die Toten nicht allein zu lassen und selber als Tote nicht verlassen zu sein oder gar als Plagegeister auf die Welt zurückkehren zu müssen. Als Mandarin unter Mandarinen bin ich dafür gewesen, die Bisherigen und mit ihnen das Bisherige nicht einfach zu streichen und zu verbannen.«

Da sprang Past auf und umarmte den Mandarin. Der zuckte zurück und fuhr fort: Sie hätten sich zu Hause nie eine Ahnentafel im Tempel leisten und für die Betreuung bezahlen können. »So klein die Hütte war, die Ahnen hatten an der Nordwand ihren Platz.« Von ihnen habe sich sein Bruder verabschiedet, als er verkauft wurde, er selber habe auch Räucherstäbchen angezündet, als er den Vorfahren mitteilte: Er werde kaum mehr zurückkehren, falls er in

Beijing die Staatsprüfung bestehe. »Bei aller Verehrung der Alten ist es nicht beim alten geblieben. Natürlich ist unsere Ahnenverehrung etwas anderes als eure.« Past wünschte Genaueres zu erfahren. »In Gassen hat viel und ausführlich von Schlachten gesprochen. Seine Vorfahren zogen von einer Schlacht zur andern. Nicht ungern, nachdem sie Heu geführt hatten und die Arbeit im Stall getan war. Der Ahnenkult findet in der Schulstube statt. Jedenfalls merken sich die Schüler für die Geschichte ihres Landes in erster Linie Schlachten. Ich habe die Namen nicht behalten, da ich nie daran dachte, daß ich sie eines Tages erwähnen müßte. Spannender war es, In Gassen auf den Friedhof zu begleiten, den Jesuitenfriedhof, für mich überraschend, wie sorglos die Gräber angelegt wurden, als müßte man die Toten nicht vor bösen Geistern schützen, indem man ihre Gräber nach Süden ausrichtet, im Rücken Hügel als Wall. In Gassen wollte sich vergewissern, ob noch ein Platz frei sei; obwohl dies der Fall war, beschloß er, nicht bei uns, sondern zu Hause zu sterben. Er redete damals von Allerseelen und Allerheiligen, als sei er nicht nur für die familiären Verstorbenen verantwortlich. Das hörte sich edel an, aber auch nur, wenn man nicht alle Verstorbenen mit Gaben versehen muß. Natürlich kommt Beten billiger, als für alle Geschenke auf den Gottesacker zu tragen – ist das richtig, ›Gottesacker‹? Das hörte sich immer so an, als ob man die Toten nicht beerdigt, sondern pflanzt.«

»Friedhof tut's auch.«

»Der Besuch auf unserem einheimischen Friedhof fand in einem Jahr statt, als der Winter früh mit Stürmen und Eisregen einsetzte, der letzte Moment, um den Ahnen Winterkleider zu bringen. In Gassen nahm daran teil, wie wir an den Gräbern Papiermäntel verbrannten, damit unsere Toten nicht frieren.«

Past entschuldigte sich für seine Umarmung: »Ich arbeite bei einer Stiftung, die es sich zur Aufgabe gemacht hat, zu prüfen, wie in Zukunft ein Kalender mit Feier- und Gedenktagen aussehen müßte, der jedem Breitengrad gerecht wird und ihm zugemutet werden kann.«

Eine solche Arbeit würde ihn interessieren. Der Mandarin hob den Ärmel: »Mein Drache hat nicht fünf Krallen wie der des Kaisers und nicht vier wie der der Prinzen, aber drei Krallen sind erlaubt, wie dies einem hohen Beamten zusteht.«

Past wehrte ab: Er sehe für einen Ausländer kaum die Chance einer Niederlassung. Von Arbeitsbewilligung nicht zu reden.

Der Mandarin senkte den Kopf und zeigte auf seine Kappe: »Dieser Knopf ist ein Ausweis dafür, daß ich in der Beamtenhierarchie bis zum fünften Grad hochgestiegen bin. Bei den Versammlungen stand ich im fünften Glied. Ich gehörte zu der Klasse, deren Vertreter Anspruch auf eine kaiserliche Konkubine hatten.«

»Selbst wenn Ihre Papiere in Ordnung wären.«

»Papiere?« Der Mandarin hob das Buch hoch: »Gibt es bessere Papiere als ein Buch?«

»Ich selber bin arbeitslos. Arbeitslos geworden.«

Der Mandarin sah ihn ungläubig an: Als kaiserlicher Beamter könne er sich nicht vorstellen, was das heiße, »arbeitslos«: Seit wann Gehalt notwendigerweise auch Arbeit bedeute?

»An jenem Dienstagmorgen begannen wir wie üblich mit unserer Arbeit. Es hätte nicht viel gefehlt, und ich wäre nicht im Land gewesen. Noch vor der ersten Kaffeepause versiegelten Beamte die Räumlichkeiten. Wir kamen kaum an unsere persönliche Habe heran. Hier, dieses Bild mit dem Einhorn war eines der wenigen Dinge, die ich an mich nehmen konnte. Und das Dokument, das sie verteilten. Ehe ich mir überlegte, was tun, wurde ich aus meinem Büro gedrängt. Wir erhielten tags darauf eine polizeiliche Vorladung. Zum ersten Mal wurden Fingerabdrücke von mir genommen. Ich verbrachte sogar eine Nacht in der Zelle. Man verlangte Auskünfte wegen eines Robotbildes. Was sollte ich über seine Augen wissen? All die Fragen nach unserem Chef, dem Boss, dem Allerhöchsten…«

»Boss? Ist das der, von dem In Gassen sagte: Dein Wille geschehe?«

»Keiner von uns hat ihn je getroffen. Auch ich nicht, selbst damals nicht, als ich in den USA war und der Zentrale in Memphis einen Besuch abstattete. Erst jetzt fiel uns auf, daß wir nie ein Bild von ihm gesehen hatten.«

»Nicht nur die Sänfte des Kaisers war verhängt, auch die der Würdenträger. Wer hat schon von Angesicht zu Angesicht gesehen, wer über einen bestimmt und regiert. Und die, die man zu Gesicht kriegt, sind das wirklich die, die regieren?«

»Was wir kannten, war eine schwungvolle Unterschrift. In den Abendnachrichten vernahmen wir, es gebe berechtigte Verdachtsmomente, wir hätten im Dienst der Mafia gestanden.« Da der Mandarin fragend aufsah: »Ein Geheimbund, eine kriminelle Vereinigung.«

»Ich kannte bei uns die ›Gesellschaft des Himmels und der Erde‹. Eine Blutsbrüderschaft. Schweigegebot auch gegenüber Eltern und Ehefrauen. Scheinbar edel, da sie behaupteten, sie würden Geld beschaffen, damit Arme sich Beerdigungen oder Hochzeiten leisten können; sie nahmen das Geld durch Schmuggel ein und unterhielten Bordelle. Tiandihui pflegte Beziehungen bis in unsere höchsten Kreise. Ich kannte einen Kandidaten, der dreitausend Meilen weg von Beijing entfernt in eine Region mit Sumpfseuchen verbannt wurde, nachdem ihm dreihundert harte Bambusschläge verpaßt worden waren.«

»Am schlimmsten war's für die Büroangestellten. Da hatten sie telefoniert, Dias eingeräumt, Dossiers zusammengestellt. Disketten entgegengenommen. Unterlagen kopiert – und von einem Moment auf den andern waren sie Profiteure und Komplizen dunkler Machenschaften. Die, welche in der Ausbildung standen, sahen sich verstrickt in düstere Geschäfte und hatten nichts anderes getan als Schulen und Kurse besucht und für Examen gebüffelt. Wir wurden Halbtäter und Mitwisser, ohne zu wissen, was wir verbrochen hatten oder worüber wir Auskunft geben sollten. Wir unterschrieben Protokoll um Protokoll. Mir wurde eine fulminante Summe vom Boulevard geboten, wenn ich exklusiv bereit sei, im Interesse der Öffentlichkeit Geheimnisse preiszugeben. Hatten wir von Erpressung und Schutzgeldern gelebt? War der Boss ein Waffenhändler, wie geflüstert wurde? Oder gar, wie spekuliert wurde, ein Produzent von Tretminen? Wir erschraken, weil in diesen Tagen in den Zeitungen Bilder von Verstümmelten zu sehen waren, die meisten von uns schlossen nicht nur die Augen, sondern hielten sich auch die Ohren zu, um nicht das Scheppern und Schleifen der Krücken zu vernehmen. Auf dem Bahnhofplatz war eine Demonstration geplant, ein Riesenhaufen von lauter einzelnen Schuhen zur Erinnerung an die, welche mit nur noch einem Schuh auskamen. Was hatte das mit uns zu tun? Konnte das Geld nicht von einem kommen, der reuig geworden war? Gab es nicht dank Dynamit einen Friedenspreis? Unser Zürcher Sitz die schweizerische Filiale einer Waschanlage für Geld welcher Art auch immer? Oder benutzt für Steuerhinterziehung? Was drüben in Amerika ein Delikt sein mag, ist es bei uns noch lange nicht. Für mich war die Befragung nicht ohne Komik. Hatte ich doch einmal in einem Buch die Forderung nach Offenbarung gestellt.«

»Verse?«

»Geheimnisvoller als jede Poesie. Es ging um Geld. Ich gab das Studium auf und setzte mich an ein Buch. Jeder sollte deklarieren, woher sein Geld kommt: ›tabula rasa‹.«

Der Mandarin notierte. »Ein Neuanfang. Eine Bereinigung. Ein Neujahr der Buchhaltung?«

»Das Buch war ein Erfolg. Nicht zuletzt, weil es ein Irrtum war. Da auf der Titelseite ›Offenbarung‹ stand, wurde das Buch eine Zeitlang in religiösen Buchhandlungen und an Sektenständen gehandelt, bis sich herausstellte: Mit dem Allerheiligsten war Irdisches gemeint, die Frohbotschaft war eine Bilanz, das Buch der Bücher ein Kontoauszug, die Apokalypse ein Konkurs, das Jüngste Gericht der Bericht eines Revisors, Karfreitag ein schwarzer Tag der Börse, der Weltuntergang ein hundertfünfzigprozentiger Crash.« Der Mandarin notierte sich erneut ein Wort. »Niemand wollte

Auskunft geben über die Herkunft seines Geldes und seines Vermögens – nicht nur die, die viel oder einiges auf der Seite hatten, sondern auch die, die nichts hatten, aber zukunftsgläubig genug waren, um nicht Auskunft geben zu müssen, falls sie eines Tages zu etwas kommen. Das Buch wurde ein Bestseller. Ich hatte darin Beispiele aufgeführt, wie Vermögen entstanden – wie angesehene Firmen zu ihrem Geld kamen dank Kinderarbeit in Indien oder wie alte Handelshäuser einst am Sklavenhandel verdient hatten, das war mehr anekdotisch wie die Angaben über Waffenexport. Aufmerksam wurde gelesen, wie man Steuern hinterzieht, wie die Kunst des Umbuchens gehandhabt wird, was die üblichen Methoden bei der Beschaffung von Schwarzgeld sind. Das meiste belegt mit Einzelfällen. Was ich als Anprangern und Bloßstellen gemeint habe, wurde als bürgerliche Lebenshilfe genommen. Ich selber kam zu einem Vermögen dank dem, was ich nicht beabsichtigt hatte, nicht zuletzt, weil ich alle meine Rechte verkaufte. Das erlaubte mir als jungem Mann ein Rentnerdasein, das ermöglichte das Verreisen. Und nicht nur, weil mir Prozesse von Familien und Firmen wegen Verleumdung und Ehrverletzung drohten. Ich zog los. Mit einem Seemannssack, das war, bevor der Rucksack in Mode kam. Natürlich habe ich von der Rückkehr geträumt. Ein Traum, der dank der Verjährung Wirklichkeit wurde. Ich war jahrelang unterwegs. Keine schlechte Voraussetzung für meinen Eintritt in die Stiftung, zumal ich mein Restvermögen verspekulierte; ich hatte mich an eigene Ratschläge gehalten, was man nie tun sollte. Ich war auf Einkünfte angewiesen. Jeder soll auf den Tisch legen, woher sein Geld kommt. Das habe ich propagiert.

Schön. Und dann sehe ich mich eines Tages mit der Tatsache konfrontiert, daß ich gar nicht in der Lage bin, eine solche Angabe zu machen – ich kriegte meinen Lohn, meine Spesen wurden bezahlt. Großzügig. Andererseits: Meine Überzeugung deckt sich nach wie vor mit dem, was in der Präambel unserer Stiftung steht: Jetzt, da die Welt zusammenkommt, beginnt ihre Geschichte. Was sich bisher abspielte, war lokal, wobei sich Kontinente als lokal erweisen.«

»Und der Boss – was macht er, wo ist er?«

»Auf der Flucht? Wir wissen nichts. Untergetaucht? Vielleicht. Selbstmord? Könnte sein. Von Mitwissern liquidiert? Jedenfalls alle Konten blockiert. Was uns zugespielt wurde, war ein kurzes Dokument, angeblich von ihm verfaßt. Ich hab das fotokopierte Blatt hinter diesem Bild in den Rahmen geklemmt, so gelang es mir, es aus dem Büro zu schmuggeln. Flaschenpost vom Einhorn.«

Past drehte das Bild mit der Landkarte um, löste das Papier und las:

»Nie habe ich erfahren, wer mein Vater war und wie viele sich an meiner Zeugung beteiligten. Ich habe mich zu allen Verdächtigen bekannt, ich habe die Manneskraft fünffach geerbt: von José, einem Wirt, das Pantschen und den Ordnungssinn, den Mann, den man abfüllt und dem man die Taschen leert, um der Ruhe willen ins Freie zu befördern; von Colombo, einem Anwalt, die Fähigkeit, Rechnung zu stellen fürs Nichtstun mit genauen Angaben der einzelnen Posten; von Manuel, einem Kurpfuscher, die Treffsicherheit, die brachiale links und die pistolische rechts, und die Überredungskunst, dem, den man verprügelt hat, ein Pflaster zu verkaufen; von Rodriguez, dem Herumtreiber, jeden Dreh und alle Kniffe; und vom fünften, einem Padre, das kirchliche Talent, meine Gaben im gesegneten Moment einzusetzen, voll Gottvertrauen, daß über die Rückkehr eines Sünders in den Himmel mehr eitel Freude herrscht als über die Ankunft eines Gerechten; wie soll ein anständiger Mensch den Himmel um solche Freude bringen. Diesen Padre-Vater könnte ich antreffen, falls ich in den Himmel komme; dort gehe ich nur hin, wenn mir das Besuchsrecht in der Hölle bei den andern Vätern garantiert wird. Sofern Don Pedro, der Rausschmeißer droben, für die Zulassung eine Guttat als Eintrittsticket sehen will: Ich habe eine Stiftungsurkunde vorzuweisen. Ich wußte nicht, wie schwierig es ist, Geld zu stiften; zu nehmen war einfacher, selbst wenn es nur unter Drohungen ging. Mein Anwalt hat sich bei der Unterzeichnung der Urkunde nicht mit allem durchgesetzt; ich wollte als Gerichtsstand aufgeführt haben: einen von Fall zu Fall näher zu bezeichnenden Ort im Urwald des Caucatals, wo wir bisher alle unsere Streitfragen erledigten.

So will ich vom fabulösen Aufstieg eines Tagelöhnerbuben (›barfuß und hungrig‹) aus dem kolumbianischen Koka-Anbaugebiet zum Besitzer einer Privatinsel in der Karibik berichten. Ich pflegte vor dem Schulhaus zu hokken, kein Geld für die Schuluniform und schon gar nicht für Lehrbücher. Ich lernte, soweit das Fenster offenstand. Ja, der Wind hat mich mit Fetzen unterrichtet. Da hörte ich von einem Moses, einem Findelkind wie ich; als ich wissen wollte, was aus ihm geworden war, hatte sich der Maulesel losgerissen, den ich bewachen mußte. Oder ich vernahm vom Eldorado und hätte gern erfahren, weshalb der Kazike den Goldstaub in einem See von sich wegbadete; aber dann setzte der Regen ein, und sie schlossen das Fenster. Ich hörte vieles und mancherlei und doch nie genug. Ein Turco, kein Türke, aber aus dem Vordern Orient, der mich zur Zeit der *violencia* mit der Machete umgehen lehrte, schwärmte von seinem Namensvetter Aladin; noch während er mir in einem Hinterhalt von dessen Erlebnissen erzählte, traf ihn die Kugel eines Regierungssoldaten; ich hatte uns mit meinem Lachen verraten; ich nahm seine Taschenlampe an mich, auf die er ›Sesam‹ gekritzelt hatte. Einer meiner späteren Bodyguards, der von einer Freikirche zu mir gewechselt hatte, noch immer ein Fundamentalist, aber jetzt ein Fundamentalist der Schutzgebühren, dieser Joshua meinte, er müßte Kräfte haben wie Samson, anscheinend einer der ersten, die man sich wegen ihrer langhaarigen Mähne merkte. Sogar bei Frisuren kam man nicht ohne Bildung aus. Mein erster Buchhalter verlangte Gehaltserhöhung, weil er eine ›Sisyphusarbeit‹ verrichte; wieder wurde einer erwähnt, den ich nicht kannte und über den es ganze Bücher gab – übrigens ein unsinniger Vergleich: Keine einzige Korruption, die wir in der Politik den Berg hochschoben, kollerte zurück. Bald danach kam ein Herkules ins Gespräch, gleich wurden zehn Taten aufgezählt, von denen mir einige imponierten und wofür ich ihn in Dienst genommen hätte; ein begnadeter Rinderdieb, der auch eine windschnelle Hirschkuh und einen wilden Eber einfängt, hätte unserer Ranch im Mittleren Westen gutgetan. Immer wieder diese Griechen, deren Retsina ich nicht ausstehen kann. Ein Innenminister, den wir für seinen Aufwand regelmäßig entschädigten, widmete mir ein Exemplar *Apoll in den Tropen;* dieser Apoll, wie sich herausstellte, trat gewöhnlich mit neun Groupies auf, anscheinend bisexuell, wenn man dem Gerücht Glauben schenken soll, daß der Altgrieche einen Minderjährigen in eine Hyazinthe verwandelte. Den Dreh hätte er uns verraten müssen. Die größte Schwierigkeit bereitet nach wie vor das Wegschaffen der Leiche – was, wenn man seine Gegner in Blumen verwandeln könnte. Nicht mehr länger Dolch oder Revolver, Einzementieren oder ins Chemiebad legen, sondern zur letzten Wahl die Gentlemanofferte: Möchten Sie Rose oder Orchidee werden, oder gar eine nützliche Pflanze? Was für eine erfrischende Vorstellung: Pit, der sich in Manhattan nicht an die Abgrenzung 38. Straße bis 16. hielt, als Apfelbaum hinterm Haus, nach seinem Tod Frucht tragend und Schatten spendend. Auf unerwartete Weise wurde ich daran erinnert, daß ich keinen Schulsack hatte. Als ich bei einer Zwischenlandung in Mexiko nach den ersten Bissen Bohnenmus zur Toilette lief, hatte ich nicht, wie ich meinte, den Dünnpfiff, sondern mich hatte als Nichtmexikaner die Rache eines Montezuma getroffen, mit dem ich nachgewiesenermaßen nie was zu tun gehabt hatte. Unser Verbindungsmann im Hafen von Vera Cruz hatte als Codewort Quetzalcoatl vorgeschlagen, so daß ich meinte, beim Code Glenmorangie handle es sich ebenfalls um einen Gott; aber es war kein göttlicher Schotte, sondern ein Malzwhisky. Rübezahl wiederum war kein Bier, sondern jemand, dem man in deutschen Wäldern begegnete, oder besser, nicht begegnete, nach ihm hieß in Hamburg die Zwischenhändlerin, die einstige Kulturredaktorin war eine Meisterin im Umschreiben von Frachtbriefen. Selbst mit Frauen hörte das Theater nicht auf: Da hieß eine wie die, welche als Entgelt für einen Tanz sich auf einem Tablett den Kopf eines Mannes servieren ließ; ich war seither für getrennte Schlafzimmer. Und als ich die kleine Elena auf die Stupsnase küßte, hörte ich: Wegen einer solchen Nase sei es einmal zum Krieg gekommen. Klar, daß ich wissen wollte, wer eine Nase hatte, derentwegen Armeen aufgeboten wurden. Natürlich war ich willens, einiges nachzuholen. Als ich veranlaßte, daß einer unserer Vertrauensleute in der Römer Unterwelt nach dem Rechten sah, vernahm ich: Die Zustände seien ›dantesk‹. Ich erfuhr, daß bereits einmal ein Dichter in die Unterwelt eingestiegen war, allerdings nicht allein, aber das tun unsere Leute auch nicht. Als mir einer bei einem Gouverneurscocktail von der Hölle seiner Ehe erzählte, nickte ich: ›Dantesk.‹ Aber er schüttelte den Kopf und sagte: ›Kafkaesk.‹ Ich war belemmert, ich hatte keine Ahnung von dem Prager Versicherungsbeamten, der sich beschwerte, weil ihm nie der Grund für seinen Prozeß mitgeteilt wurde; unsereiner setzt alles daran, daß es zu keiner eindeutigen Anklage kommt. Ich hatte es satt, daß ich Tantalusqualen leiden sollte, nur weil mir das Kreuz weh tat, und als unser Neapel-Freund verhaftet wurde, war das üble Nachricht genug, es mußte nicht gleich eine Hiobsbotschaft sein. Aber woher hätte ich auch mein Wissen haben sollen. In den beiden Jahren, in denen ich zur Zwangserziehung eingewiesen wurde, reichte es gerade dazu, das Alphabet zu komplettieren, dafür habe ich Connections geknüpft, die über Prozesse und Haftstrafen hinweg hielten. Später, während einer kurzen Untersuchungshaft schnappte ich sogar ein paar Worte Latein auf: ›in contumaciam‹ und ›in dubio pro reo‹. Klar, daß ich in Zukunft Dubio-Anwälte beschäftigte. Wir hätten in der Strafanstalt per Transistor Unterricht nehmen können. Dazu hätten wir Bleistift und Papier benötigt. Das bißchen Papier, zu dem wir gelangten, reichte gerade für die Kassiber, zu unserem Glück hatten wir fürs Schreiben einen Kinderschänder, einen einstigen Lehrer, der mir heute als Ghostwriter dient. Ich hörte gerne die Unterrichtsstunden am Radio, bis mir die andern die Station wegdrehten. Diese Erfahrung ist mit ein Grund, weshalb ich später eine Radiostation finanzierte. Nicht nur, weil noch immer mit jeder dritten Nachricht in den *Actualidades* eine interne Information für die Organisation durchgegeben wird. Da mir der Schulbesuch nicht vergönnt war, gönnte ich meinen Kindern die besten Institute; aber damit holte ich mir die Probleme erst recht ins Haus, wenn ich an die Streitigkeiten wegen unserer Scheinfirmen denke. Mein Fernando nannte die Marzipanfabrik und die Bierbrauerei in Liechtenstein ›Potemkinsche Dörfer‹. Isabel jedoch, die ein amerikanisches College besuchte, eine Efeu-Universität, pflegte von ›polnischen Bahnhöfen‹ zu reden, wenn sie etwas meinte, das nicht gebaut wurde, obgleich man behauptete, daß es existiere. Und als ob dem nicht genug wäre, hat sich auch noch ihr damaliger Lebensabschnittsgefährte eingemischt, ein Brasilianer: ›para o ingles ver‹, in seinem Land sei alles Vorgetäuschte für englische Augen gemacht. Natürlich wunderte es mich, weswegen Engländer ›holländische Dörfer‹ sehen, wo Deutsche von ›böhmischen Dörfern‹ reden. Ich sah mich versucht, mitzuhalten; ich schmückte mich eine Zeitlang nicht ungern mit Ausländischem. *Boire comme suisse,* das hörte sich weltmännischer an, als von einem einsamen Säufer zu reden, der trübselig vor seinem Glas hockt, und wenn beim Ausgehen jeder für sich bezahlte, war das eben ›auf holländisch ausgehen‹, *go dutch.* So viele Lehrer meine Kinder hatten, schlecht bezahlte der Volksschule und mit Orden versehene Professoren, unter ihnen Jesuiten und Marxisten, Beschnittene und Unbeschnittene, solche mit und solche ohne Diplom, so viele es waren, es waren nicht genug. Meine Kinder beschämten mich zwar. Aber mein Unwissen war größer als ihr Wissen. Ahnung hatte ich keine, doch ich hatte Fragen. So behielt ich das letzte Wort.

Wie recht war es mir, daß wir für unsere schweizerischen

Bankverbindungen nicht Bildung brauchten, sondern mit einer Nummer auskamen. Bei Zahlen kannte ich mich aus. Mir war lieber, ein Nummernkonto als ein Adonis- oder Blaubartkonto. Aber ich spürte zunehmend ein seelisches Unbehagen; hinter dem simpelsten Wort vermutete ich eine Episode oder eine Person, von der ich keine Ahnung hatte. Ich fühlte mich von Unwissen bedroht. So ging ich zum Psychiater. Er stellte fest, daß ich an Paranoia leide. Nicht, weil ich gleich in Deckung ging, wenn mein Gegenüber in eine seiner Taschen langte, und weil ich mich nur mit Bodyguards in der Öffentlichkeit zeigte; auch nicht wegen Polizisten oder Mitgliedern anderer Klans litt ich am Verfolgungswahn. Nein, ich war ein seltener Fall. Mich verfolgten Lücken, überall, unter den Füßen, so daß ich stolperte, im Rücken, so daß es hinter mir aus allen Ecken zog, über mir ein von Lücken durchlöcherter Himmel und vor mir ein einziges schwarzes Loch. Zur Therapie empfahl mir der Analytiker, eine Stiftung zu gründen, was ich tat; falsch war vielleicht nur, daß ich den Analytiker zum Präsidenten der Stiftung berief. Von dem Moment an, da ich die Stiftungsurkunde in den Händen hielt, ging es mir besser. Ich war daran, einen Alterstraum zu verwirklichen: auf der Veranda in meinem kolonialen Schaukelstuhl unter dem Antillenhimmel an etwas Kühlem nippen, mir vorlesen lassen, was auf dieser Welt mir vorenthalten blieb – ein Stiftungskatalog auch im Dienst der andern, damit sie wissen, wovon sie eine Ahnung haben könnten.«

»Habt ihr Chü Yin berücksichtigt?«

Past zuckte die Achseln.

»Als ich mich auf die Prüfungen vorbereitete, habe ich oft an ihn gedacht. Ich lernte bis tief in die Nacht hinein. In Ermangelung von Kerzen und Laternen hat Chü Yin beim Schimmer eines Glühwürmchens studiert. Ich könnte mir vorstellen, daß es in Zukunft weltweit junge Leute gibt, die als Schutzpatron ein Glühwürmchen brauchen.«

»Chü Yin – warum nicht.« Past dachte an die Debatten, die als »Arier unter Ariern« in die Stiftungsakten aufgenommen worden waren, ein Treffen, das Past als Krach zwischen Indern und Deutschen miterlebt hatte, die Experten gingen wegen ihrer Götterhimmel aufeinander los, die Weddafront gegen die Nibelungenfront. Ob das den Mandarin interessiert?

»Ich hatte mich in der Tür geirrt. Schon war ich mitten im Disput. Was ist mit Balder? Ein Lichtgott. Und was mit dem Herrlichen, dem Majestätischen, mit Ull? Nie gehört. Soll noch in manchen Ortsnamen vorkommen. Heißt das, kam von indischer Seite der Einwand, daß wir die Rakshasas, diese Unikate der Schöpfung, opfern: Wem wachsen sonst die Füße von den Knöcheln aus rückwärts? Die Kühe auf unseren indischen Siegeln sind drei-, viertausend Jahre alt. Sie reden von der Zebu-Rasse? Milch- und nicht

Fleischtiere. Damals hatten die Germanen noch nicht einmal den Met erfunden. Unsere Gottheiten sind nicht nordischer Aufsud von Mediterranem, ob antik oder christlich: Die verwundbare Stelle im Rücken, das Lindenblatt von Siegfried, das ist ein Abklatsch der Achillesferse. Wir lassen uns das indische Hakenkreuz nicht durch die Nazis versauen. Arier hin, Arier her. Auf den Affengott, der die Armee befehligt, auf Hanuman, war unmöglich zu verzichten. Ein deutscher Vertreter protestierte: Unvorstellbar und inakzeptabel, daß ein Affe bei der Bundeswehr oder der NATO General wird. Darauf der Zwischenruf eines Hindu: »Im Osten sind die Affen intelligent. Nur in Europa sind sie dumm. Ob das daher kommt, daß sie sich anpassen?«

Es war unser Bote Angelo, der die Streitenden für einen Augenblick mundtot machte. Er sagte kein einziges Wort, er ließ sein T-Shirt reden, das er sich in Bouldern auf einem USA-Trip besorgt hatte: »Eine Variation von...« Past zögerte: »Variationen zu Dreck, eher Kot, bleiben wir beim Wort *shit.*«

Der Mandarin notierte sich das Wort: »Ich verstehe, daß man Ausdrücke fremder Sprachen benutzt, um die eigene nicht zu verdrecken. Ich merke mir das Wort *shit.* Vielleicht hat China eines Tages mit diesen USA zu tun.«

»Die Versammelten zerrten an unserem Boten, jeder wollte sich vergewissern, was Angelos Brust verkündete: *shit* und nochmals *shit.* Der Atheismus war kurz definiert: ›Es gibt keinen *shit.*‹ Der Protestant vernahm: ›Es gäbe keinen *shit,* würde ich härter arbeiten.‹ Da las der Protestant dem Vatikan-Vertreter, der gelacht hatte, das katholische Bekenntnis vor: ›Gibt es *shit,* habe ich ihn verdient.‹ Worauf der Katholik dem Juden das T-Shirt hinhielt: ›Warum geschieht der *shit* immer uns.‹ Einzig der arabische Vertreter zeigte sich nicht ungehalten: ›Gibt es *shit*, ist dies Allahs Wille.‹«

»Und wir Chinesen – was ist mit uns?«

»Es wurde beim *shit* an alle gedacht. Es ist ein demokratisch-allmenschliches Wort. Der Taoist stellt fest: ›*Shit* passiert nun einmal‹, während der Konfuzianer lehrt: ›Konfuzius sagt, daß *shit* nun einmal passiert.‹ Demgegenüber glaubt der Buddhist: ›Wenn *shit* passiert, ist es kein wirklicher *shit.*‹ Der Zen-Buddhist hingegen meditiert ›über den Klang, der ertönt, wenn *shit* passiert‹.«

»Bedauernswert, wer Beamter wird«, sagte der Mandarin: Das dichtete schon Bo-Dschü-I, der die *Erzählung vom verdorrten Arm* schrieb und das *Gedicht vom langen Leid.*«

»Nachdem sich alle damit abgefunden hatten, daß *shit* jedermanns Sache ist, ging die Tagung weiter. Einige germanische Götter waren gerettet, mindestens für die Opernbühne, auch wenn sich die Walküren damit abfinden mußten, für ihre Existenzberechtigung zu singen, was einer vorkomponiert hatte. Miss Loyleen fügte bei: Im Kampf gefallenene Indios würden nicht von Walküren von der Walstatt in die Walhalla getragen, sondern sie verwandelten sich in Schmetterlinge. Deswegen trat Miss Loyleen für ein weltweites Verbot von Schmetterlingsnetzen ein: Was waren Schmetterlingssammlungen anderes als Soldatenfriedhöfe von Kriegern, die, aufgespießt, ein zweites Mal fielen. Doch, germanische Götter konnten sich zufriedengeben mit ihrer Präsenz, wenn sie auch nicht bei Morgenröte auftraten, sondern in der Abenddämmerung.

Ich war auch zufällig Zeuge des Disputs über die Vielköpfigkeit. Die Vielgesichtigkeit war unbestritten bei Janus mit dem gleichzeitigen Blick nach vorn und nach hinten. Man war auch von zentraleuropäischer Seite bereit, den vierköpfigen Brahma anzuerkennen; aber mußte man sich zusätzlich noch einen Gott mit sechs Köpfen und zwölf Armen merken? Oder gar einen mit zwölf Köpfen und tausend Armen? Gut, die Wasserschlange Hydra blieb auf der Liste; für jeden abgeschlagenen Kopf wuchsen zwei nach, das leuchtete allen ein, die je schon einmal sich an einer internationalen Konferenz mit der Tagesordnung abgemüht und Zusatzanträge vorgebracht hatten. Im Vergleich dazu besaßen die zehn Verkörperungen Vishnus tiefere Bedeutung, zehn Köpfe, nicht alle zu gleicher Zeit getragen, sondern je nach Inkarnation. Gut, aber wenn der vedische Gott Agni mit seinen beiden Köpfen anerkannt wird, hieß es, warum nicht auch der germanische Gott des Feuers, Loki? Die Zukunft wird kaum ohne Bösewicht auskommen. Und wenn einer berühmt war für Zankreden, war es Loki, der mit List wie Ratschlag tötete, aber war es notwendig, ihn an den Eingeweiden des eigenen Sohnes auf einen Felsen zu fesseln? Und dann folgten die Wiedererwägungsanträge zu Donner und Donnern.«

»Wenn es donnerte, bekreuzigte sich In Gassen«, erzählte der Mandarin. »Ich hatte gelernt, beim ersten Donner zu spucken. Es hat weder in meinem noch in seinem Fall geholfen. Bei uns ziehen Geister von Verstorbenen den Wagen des Donners. Es heißt von ihm, er verkörpere das Lachen des Himmels – zum Ärger unseres höchsten Himmelsgottes.«

»Die Pointe, die als Blitz einschlägt? Reagieren deswegen beim Witz die meisten als Feuerwehrleute: nicht lachen, sondern löschen?«

»Man sagt vom Bambus, daß er lacht. Vielleicht liegt das Lachen darin, daß er sich beugt und nicht bricht.«

»Vom obersten Germanen weiß man mit Bestimmtheit, daß er donnert. Ob das genügt, um ins Weltbewußtsein aufgenommen zu werden? Auch bei uns ging es in den Chefetagen am lautesten zu. Ein Grieche wie Zeus donnerte auch und schleuderte ebenfalls Blitze. Zudem donnerten auch in Mexiko Götter, nicht nur einer, auf welchen sollte man sich einigen, auf Chacmool oder auf Tlaloc, der für Überschwemmungen verantwortlich ist. Nicht zu überhören Xango, der Afrikaner; daß er den Blitzen befiehlt, konnte man schon daraus ersehen, daß er Feuer spuckt. Auch der Inder Barim wurde in die engere Wahl gezogen, weil neben ihm sonst keiner je Kamele und Elefanten durch die Luft hatte wirbeln lassen. Ein Experte kam mit der Anregung durch, bei Wetterkarten auf Vorbilder mittelalterlicher Seekarten zurückzugreifen, auf Portulane, auf ihnen tauchte der Meergott auf, der Wellen erzeugt und auf der Muschel bläst, neben ihm Windrosen, Nixen und Seeungeheuer. Warum nicht für eine Meteorologie der Zukunft auf den Satellitenbildern in den Ecken oder besser noch als Band, vielleicht als Comicstreifen, Gottheiten einblenden, die einst das Wetter machten, als Ornamente Donnerkeil und Donneraxt? Mit einem Blick würde klar, daß es auf Erden und im Himmel nicht nur einen gibt, der fürs Donnern zuständig ist, daß es nicht den Blitz schlechthin gibt, sondern den Multiblitz.«

»Was Dauer hat, ist der Wind. Haben Sie an Fu-hsi gedacht? Einer unserer Unsterblichen. Er war ein schlechter Angler, er wollte die Fische nicht tot, er erfand die Reuse, da lebten und zappelten die Gefangenen; er gilt auch als Erfinder der Ehe.«

»Es zeigte sich bald, daß es unmöglich war, für jeden, der irgendwelche Bedeutung erlangte, einen eignen Tag zu reservieren. Nicht nur weil sich jede Übereinkunft schwierig gestaltete, sondern weil lediglich dreihundertfünfundsechzig Tage zur Verfügung standen. Also dachte man an übergreifende Festtage. Zum Beispiel an einen Tag der verspeisten Kinder. Da könnten Deutschland und die skandinavischen Länder eines Helden wie Wieland des Schmieds gedenken, der den beiden Söhnen des Königs, der ihn gefangenhielt, die Köpfe abschlug und aus den Schädeln versilberte Schalen formte, die er dem Vater als Geschenk überreichte, aus denen dieser seinen Met trank. Wo eher Griechisches kultiviert wird, könnte man Kronos feiern, der die eignen Kinder nach der Geburt verschlang, sie aber nicht verdaute, so daß er sie in ganzer Gestalt herausspuckte, als ihn ein Sohn, der ihm entgangen war, zum Erbrechen zwang. War es nicht der heilige Nikolaus, der eingepökelte Knaben aus dem Faß holte und sie zu neuem Leben zusammensetzte? Ein durchaus heutiger Gedenktag. Der Tag all der Söhne, welche Mütter zum Verdauen in die Schleimhäute zurückholen. Die Scheidungskinder, die von einem Elternteil dem andern weggefressen werden.«

»Man hat auch einem Chinesen zerstückelte Kinder als Gericht vorgesetzt, und als er sich übergab, sprangen ihm zwei Frösche aus seinem Mund.« Der Mandarin fuhr fort:

»Wie wär's mit dem, der Blumen schnell zum Wachsen und Blühen bringt? Oder Ts'ao Kuo-chiu, der Patron der Schauspieler. Ist dieser Posten besetzt?«

Past mußte zugeben, sich nicht erinnern zu können, daß es je um Schauspieler gegangen wäre.

»Und dann gälte es sicher die Urmutter zu berücksichtigen.«

»Welche? Angesichts so vieler Ur- und Großer Mütter dachte man daran, eine kommerzielle Einrichtung wie den Muttertag beizubehalten, doch sollte an diesem Datum nicht bloß die leibliche Mutter gefeiert werden, sondern aller Urmutter. Der Anschaulichkeit wegen am besten eine vielbrüstige. Gab es nicht in der Antike, in der mediterran-orientalischen, eine hundertbrüstige Göttin? Da dürfte jeder seine Zitze finden, eine allerdings war bereits besetzt für die Maria lactans, die christliche Jungfrau, die ihr Kind stillt.«

Past gestand, er sei nicht unglücklich, daß er nicht in der Abteilung Helden, Heilige, Halbgötter arbeitete. Doch sei er nicht ungern zwischendurch eingesprungen: »Ich habe einem bolivianischen Minengott zu einer Chance verholfen. Selbst einen Heiligen habe ich eingebracht. Und dies gegen den Widerstand von Monsignore Ignacio, einem Spanier, der stets mit den Listen der letzten Selig- und Heiligsprechungen aufwartete, als ob der Vatikan nicht besser daran täte, nochmals in einem Konzil die Heiligen zu reduzieren, zumal er jetzt schon kein Geld hat, alle Seitenaltäre zu unterhalten.«

»Wir haben Schwertheilige und Weinheilige, je nachdem, ob sie es verstanden, mit der Waffe oder mit dem Becher umzugehen. Der eine hat als Name nur das Wort für Trinken: den Becher trocknen.«

»Ich war in Oaxaca vor der Mittagshitze in die Kirche geflohen. Dort überraschte mich im Halbdunkel eine Statue. Ich fragte mich, was der Mann in den Händen trug oder worauf er sich stützte. Das konnte kein Marterinstrument sein. Es war, in der Tat, ein Besen. Sollte der Besen für den Sklavendienst der Alltagsmarter stehen?«

»Das Ideogramm für Ehefrau ist bei uns eine Frau mit Besen und Kehrichtschaufel.«

»Da schlurfte aus der Sakristei ein alter Mann mit Kessel und Mop und blieb neben mir stehen: ›Mein Heiliger. Ein Arbeiter. San Martin de Porr. Ein Lateinamerikaner.‹ Unbestritten ein Heiliger mit Zukunft, für all die, welche im nächsten Jahrtausend putzen – ob mit Staubsauger oder Sandstrahler, Spray oder Lauge, ob Fensterreiniger der Glas- und Stahlwände von Wolkenkratzern oder Straßenfeger und Toilettenfrauen.«

»Sao Ching«, rief der Mandarin, und da Past nicht begriff, wiederholte der Mandarin den Namen: »Sao Ching niang-niang, unsere Göttin mit dem Besen. Die Frau, die alles klar fegt. Sie fegt die Wolken weg: Nach getaner Arbeit ist dank ihr Schönwetter. Mit Eifer geht sie zur Neujahrszeit an das Reinemachen des Himmels.«

»Für Neujahr bin ich zuständig. Vertraglich: An wie vielen Kalendertagen wird in Zukunft wie oft von neuem angefangen. Ich bin trotz meines Alters überzeugt, es hat noch nicht begonnen – jedenfalls ich nicht und nicht mit mir. Daß es mit mir zu Ende geht, heißt nicht, daß es aufhört. Jetzt, da die Welt zusammenkam, wird ein einziges

Neujahr kaum genügen. Man wird nicht oft genug neu anfangen können.«

Und Past überlegte, was Miss Loyleen geantwortet hätte: »An jedem Neujahr faßt man Vorsätze, nach einigen Wochen sind sie gebrochen, und man muß viele Monate warten, bis man an einem neuen Neujahr neue Vorsätze faßt. Das ist anders, wenn man schon drei bis vier Wochen nach dem ersten Januar am chinesischen Neujahr von neuem Vorsätze faßt und man nur bis zum buddhistischen Neujahr zu warten braucht, um zu erneuern, was man inzwischen gebrochen hat – ja, was man sich am Neujahr der Muslime vorgenommen und woran man sich hinterher nicht gehalten hat, das könnte am jüdischen Neujahr erneuert werden, und das, was von jenen Vorsätzen nicht eingehalten wird, könnte man am ersten Januar erneuern, dessen gebrochene Vorsätze wiederum ... Wir nannten dies den ›Reigen des Neuanfangs‹ und weniger poetisch das ›runde Neujahr‹.«

Der Mandarin holte aus seinem weiten Ärmel einen Fächer. Er klappte ihn auf und entfaltete eine Landschaft: Auf einem abschüssigen Felsen ein Mann, den Mond betrachtend, unten im Tal ein Bauer, der seinen Ochsen auf den rechten Weg zerrt. »Aus der Werkstatt von Chung-li Ch'üan. Dieser Unsterbliche konnte fliegen und Metall verwandeln. Mit einem solchen Fächer hat er Tote zum Leben erweckt. So zauberstark ist mein Fächer nicht. Es ist der Fächer eines Sterblichen. Dank ihm wecke ich Erinnerungen. Ich fächere mit ihm Geschichten ins Leben.«

Past fragte, ob er nicht etwas vorfächern wolle.

Der Mandarin fächerte Past Luft zu, die dieser tief einzog: »Duften alle Geschichten nach Sandelholz?«

»Neujahr«, begann der Mandarin, der sich zurücklehnte und ins Leere starrte, aus dem er sich Worte zufächerte: »Nie hätte ich als Kind gedacht, daß ich je an einem Neujahrsfest Apfelsinen geschenkt kriege. Die teure glückbringende Frucht, von der man uns als Kindern erzählte und die wir nie zu Gesicht bekamen. Als Mandarin fünfter Klasse erhielt ich aus kaiserlicher Hand an jedem Neujahr eine Apfelsine. Das Schönste war nicht, die Frucht am zweiten Neujahrstag zu essen, sondern, zuzuschauen, wie meine Geliebte, die zauberhafte Yu, die Apfelsine schälte – Yu, ein Bett und zwei Träume. Ich habe sie kennengelernt, als sie in einem zierlichen Drahtkäfig ihren Singvogel im Park spazierenführte. Doch, doch. Ich habe beste Erinnerungen an die Neujahre meiner Kindheit. Irgendwie hat es immer für Raketen gereicht. Wenn auch nicht für eigene, so doch für welche im Dorf. Das neue Jahr muß mit Lärm beginnen, fängt doch das Leben auch laut an, mit dem Schrei eines Kindes.«

Schade, Past bedauerte, daß er dem Mandarin nicht eine Kostbarkeit präsentieren konnte; sie lag wohlverschlossen im Büro. Eine Tonbandkassette mit Knallgeräuschen, aus Singapur mitgebracht. Nachdem die Stadtregierung unter Berufung auf Fortschritt und Ordnung zu Neujahr das Abbrennen von Krachern und Knallkörpern verboten hatte, waren Tonbandkassetten mit Knallgeräuschen in den Handel gekommen, die konnte man abspielen, ohne die öffentliche Sicherheit zu gefährden. Warum nicht statt dieser Vorführung eine Erinnerung bieten?

»Auch wir, als ich klein war, hatten keine Raketen. Ein Onkel jedoch, der brachte jeweils eine oder zwei. Er zündete sie selber. Wir durften zuschauen, wie er sie in eine leere Weinflasche steckte, er ließ sie vom Balkon hochfahren. Wir Buben teilten uns in eine Schachtel bengalische Streichhölzer, mit denen wir Figuren in die Luft zeichneten; mit dem letzten schrieben wir unsere Namen ins Dunkel. Einmal erhielten wir Knallfrösche, die hüpften uns voran ins neue Jahr. Kein Jahresende ohne Kirchenglocken. Eine Viertelstunde vor Mitternacht von allen Türmen ein Geläut, dann Stille, der Moment Null, danach ein einzelnes Glöcklein, fast schüchtern bimmelnd, als höre es sich erst einmal um, bis dann die großen einfallen, erneut die

Glocken, nur daß die gleichen, die Abschied nahmen, jetzt grüßen. Als ob sie Sterben und Auferstehen übten, läuten sie, das ganze Jahr hindurch, am Samstagabend die vergangene Woche aus und den kommenden Sonntag ein.«

»Gerne erinnere ich mich an die Tage vor Neujahr. Ein Fest, für das man das Herdfeuer löscht, so will es die Sitte, zwei Wochen vor dem Jahreswechsel kaltes Essen. Dort, wo ich herkomme, aßen wir das Jahr über kalt. Brennmaterial war unerschwinglich. Aber die Tage vor Neujahr, da sott und briet meine Mutter. Wir wollten ein Feuer im Herd haben; wie hätten wir ohne Feuer das Feuer ausgehen lassen können? Das Feuer wird gelöscht, weil der Herdgott sich einmal im Jahr zum Rapport in den Himmel begibt. Bei der Gelegenheit hat er die Menschen verpetzt, sie seien dreckig und unordentlich, das beste wäre, sie zu vernichten; als die andern Götter nachschauten, hatten die Menschen inzwischen ihre Häuser geputzt und auf Glanz gebracht und die Straßen gereinigt; das tun sie seither an jedem Neujahr, damit kein Herdgott sie verunglimpft. Ein Künstler, den ich persönlich kannte, hat den Herdgott als eine Person dargestellt, die sich die Finger verbrennt.«

»Aufräumen, sauberen Tisch machen, sauberen Schreibtisch machen, wenn ich an meine Bemühungen denke, endlich am Arbeitsplatz Ordnung zu schaffen, *tabula rasa.*« (Der Mandarin notierte sich das Wort.) »Das alte Zeug loswerden. Den alten Zopf, ja, das wissen Sie wohl nicht, auch bei uns wurde einst der alte Zopf abgeschnitten, allerdings, er wächst wieder auf einigen Köpfen nach, nur daß jetzt das eigne Haar die Perücke abgibt. Altes Zeug loswerden, das habe ich in Rom ...«

»Kam von dort nicht der, der Fadennudeln nach Peking brachte?«

»In der Silvesternacht...«

»Silvester? Silvester wer...«

»Da müßte ich nachschlagen.«

»Ein Unsterblicher wie Kuan-ti war unerläßlich für unsere Geschäfte der Rechtsprechung; für Streit und Prozesse waren seine Tempel günstige und beliebte Versammlungsorte; daß er als Unsterblicher fürs Neujahr zuständig wurde, ist verständlich. Wenn etwas bevorstand, dann nicht nur daß das Feuer neu entfacht wird, sondern auch neue Streitigkeiten und Anfeindungen werden ausgelöst. Daher leuchtete es mir ein, daß man bei einem Neuanfang zugleich der Göttin der Barmherzigkeit gedenkt, wie sollte es ohne sie zu Urteil und Spruch kommen; wie sollte man etwas Neues beginnen ohne die Gewißheit, daß es nach wie vor einen Falken gibt, der die irdischen Gebete hinaufträgt? Wie halten Sie es mit der Barmherzigkeit fürs kommende Jahr?« Und da Past schwieg: »Ich habe Sie unterbrochen.«

»Wieso? Ach ja. In Rom, da werfen sie aus dem Fenster, was sie nicht länger brauchen mögen. Nicht nur kaputtes Geschirr. Ganze Matratzen. Einen meiner besten Abschiede von einem verflossenen Jahr erlebte ich in Rom: durch die Straßen gejagt worden zu sein, von Hauseingang zu Hauseingang, zwischendurch im Schutz von Balkonen, fast von einem Schirm getroffen, über eine Klosettschüssel stolpernd, gehetzt von Knallfröschen, an einem Überseekoffer und einem verbogenen Schachbrett vorbei, in einem geplatzten Feuerwehrschlauch verheddert – dem Kaputten und Unbrauchbaren zu entkommen bringt Glück. Davon habe ich in dem Jahr, das folgte, nicht viel gemerkt. Die Schweden scheinen ähnliche Bräuche zu kennen; die werfen an Knut die Christbäume auf die Straße. Der TV-Spot einer Einrichtungsfirma hat mich darauf gebracht: ›Werfen Sie Ihren Christbaum aus dem Fenster. Schaffen Sie Platz für neue Möbel.‹«

»Verglichen mit den zwei Wochen Neujahr in Beijing war unser Dorffest bescheiden – wenige Laternen, hie und da ein Lampion. Wenn ich daran denke, wie man bei Hof ein Gebirge von Laternen und Figuren aufbaute, eine Anspielung an den Weltberg auf der Insel der Seligen. Was an Schattenbildern möglich war, was an Papierdrachen verfertigt wurde, das habe ich erst als Beamter kennengelernt.«

»Einmal gab es Krach. Ich wurde ins neue Jahr geprügelt. Ich hatte gehört, auch wenn man nicht zaubern könne, gebe es Mittel, um zu erfahren, was das nächste Jahr bringt: Bleigießen. Blei schmelzen und das flüssige Blei in Wasser schütten; aus den Figuren, die sich bilden, Zukunft ablesen. Wozu besaß ich Bleisoldaten, eine ganze Armee. Ich tat sie in einen Topf und stellte die höchste Flamme ein. Meine Kürassiere schmolzen. Der General mit erhobenem Säbel kriegte schwache Beine. Gewehr um Gewehr fiel aus den Händen der Grenadiere, und ihre Tornister lösten sich vom Rücken. Die Farben der Uniformen und Helme mischten sich. Ich hatte eine Schüssel mit kaltem Wasser bereitgestellt. Der Topf mit dem flüssigen Blei war zu schwer, ich ließ ihn auf die Schüssel fallen, die zersprang. Das Blei, das ins Wasser fiel, bildete einen einzigen Klumpen. In den Teppich fraßen sich Löcher. Sollte dies Zukunft verheißen? Vielleicht war es ein erster Versuch von Abrüstung. Ich spürte die Ohrfeigen kaum, die verbrühten Beine taten mehr weh. Ich lief aus dem Haus und irrte eine Neujahrsnacht lang durch die Straßen, und überall irgendwelche Leute, die mir ein fröhliches Neujahr wünschten. Ein Kaminfeger, der Glücksbringer, drückte mir ein Glücksschwein aus Marzipan in die Hand.«

»Auch unser Schwein bringt Glück, nicht unbedingt sich selber. Aber wer so vertrauensselig ist wie ein Schwein, wird ausgenutzt. Mein Bruder wurde im Jahr des Schweins geboren. Ich habe ihn beneidet, er war der älteste und konnte bei Jahresende den Vater ans Familiengrab begleiten, um die Ahnen zum Feiern einzuladen. Zu Hause, beim Anzünden des Räucherwerks und der Kerzen vor ihren Bildern, durfte ich mithelfen.« Der Mandarin klappte den Fächer zu, schlug damit auf die Handfläche und öffnete ihn von neuem, sein Fächern wurde rascher und nervöser. »Neujahr, ein Anlaß, die Eltern zu besuchen. Auch ich bin zurückgekehrt. Nicht jedes Jahr. Nicht wie mein Bruder. Der blieb treu, obwohl sie ihn verkauft hatten. Oder vielleicht deswegen. Er hatte sich stets gefügt. Als eine Base starb, unverheiratet, und deswegen ihr Bild nicht bei den Ahnen hätte aufgestellt werden dürfen, hat er sie geheiratet. Von dem, was dabei heraussprang, kaufte mein Vater ein Maultier. Es war die erste Totenhochzeit, der ich beiwohnte. Mein Bruder war ein junger Witwer, ohne je eine Frau gekannt zu haben. Und später erst recht nicht...« Der Mandarin zog tief den Sandelgeruch ein: »Der Baum stammt aus dem Westen. Aus Indien. Unsere Bonzen brauchen das Sandelholz bei Totenfeiern. Ein Baum mit Parfüm im Blut. Ein betäubendes Öl. Ich habe auch meinem Bruder einen solchen Fächer geschenkt.« Er klappte ihn auf und strich über die farbigen Bänder, welche die einzelnen Teile zusammenhielten. »Ich war neidisch auf ihn, als er von einem Fremden gekauft wurde. Er werde auf hohe Schulen gehen. In der Stadt des Nordens. In Beijing. Mein Bruder weinte. Er hat später nie selber davon gesprochen. Ich habe zufällig am Hof einen kennengelernt, der mit ihm zusammen an ›Lu das scharfe Messerchen‹ vermittelt worden war. Die beiden hatten als Jünglinge, fern von ihrem Elternhaus, Nächte hindurch philosophiert: Was bedeutet ›Purifikation des Körpers‹ – damit war weder ein Bad noch Waschen gemeint. Der Schicksalsgenosse hat erzählt, wie mein Bruder sich wehrte und schrie und wie oft er in Ohnmacht fiel, als sie an ihm die Operation vollzogen. Er wurde zum Eunuchen verschnitten.«

Da der Mandarin weiterfächerte, aber schwieg, fragte Past: »Weiß der Fächer nicht weiter?«

»Der Fächer erzählt auch die Pausen. Die Lücken und Leerstellen. Er erinnert an das, was nicht geschah. Mit dem Geld, das mein Bruder einbrachte, kaufte mein Vater einen Acker, und ich konnte mich aufs Examen vorbereiten; ich verdanke meinem Bruder, daß ich ein Mann der Schrift wurde. Ich bin ihm erst wieder am Hof begegnet. Er wünschte, daß wir uns aus dem Weg gingen. Dem stand nichts entgegen. Er im Dienst der Kaiserin. Und ich – na ja… Was man ihm abschnitt, trug er in einer Schildpattdose am Gürtel – er, der verstümmelt lebte, wollte als ganzer Mann ins Grab. Ich habe ihn einmal überrascht, wie er einen Kuli beschimpfte, an dessen Hosenbeine sich Kinder klammerten. Seine Schimpftirade war ein Katalog all der

Ausdrücke, mit denen das Volk das männliche Glied bezeichnet. Es prasselte auf den Untergebenen nieder: Du Aal, du Aubergine, du kahler Esel, du Froschmaul, du Hasenjungchen, du Kanone, du Jadestengel, du Flötenblaser, du Löffel ohne Pfanne, du Pinsel – ich habe dazugelernt. Und dies an einem Hof, an dem es verboten war, Worte wie Unglück oder Tod auszusprechen, da schon ihr Klang und ihr Hauch Dinge zum Einstürzen bringen. Wo hält sich Ihre Familie auf?«

»Ich lebe allein.«

»SINGLE« NOTIERTE SICH DER MANDARIN, dem der Unterschied zu »ledig« nicht klar war. Past führte aus: Der Fortbestand der Menschheit hänge in einer Zeit des Wirrwarrs nicht vom Kinderzeugen ab, und er bemühte sich darzulegen: »Allein« und »einsam« stehe nicht fürs gleiche. »Einsam«, das wäre nicht nur Maria gegenüber ungerecht. Das Appartement, in das er einziehen wird, ist möbliert, teilmöbliert, alle Dienstleistungen inbegriffen. Maria und er werden ein neues Ritual erfinden, obwohl – er hatte sich von ihr in dem Maß entfernt, wie er sich an sie gewöhnte.

Warum sollte er nicht zeigen, was einmal seine Wohnung gewesen war. Die Stiftung, die Hausbesitzerin, hatte kurzfristig Räumung beantragt. Fast drei Jahrzehnte hatte das Mietverhältnis gedauert, obwohl im Vertrag stand »ad interim«. Da der Mandarin bei dem Ausdruck aufsah, übersetzte Past: »Vorübergehend.«

»Sie meinen, ein Leben lang?«

Der Mandarin klemmte das Buch, dem er entstiegen war, unter den Arm: »Im Garten vom ›Palast der friedfertigen Langlebigkeit‹ befand sich mein Lieblingsplatz, der ›Pavillon der emporragenden Schönheit‹. Obwohl im kaiserlichen Dienst stehend, kannte ich lange nicht alle Hallen. Gerne würde ich Ihnen im Gegenzug die ›Halle der Wunscherfüllung‹ zeigen, ich meine die Erfüllung der guten Wünsche. Ich habe den Namen entliehen für mein Schlafzimmer.«

»Beginnen wir mit dem meinen.« Past führte den Mandarin durch den Flur zur Schlafzimmertür. »Noch für ein paar Nächte. Nein, nicht immer lag bloß eine Matratze am Boden.« Past zeigte mit der Fußspitze auf die Stelle, wo Roßhaar hervorquoll: »Sie hat ausgedient.«

Der Mandarin nahm ein Kissen hoch. Past bestätigte: »Gänsedaunen.« Der Mandarin preßte das Kissen gegen ein Ohr: »Auch ich legte zum Schlafen den Kopf auf Federn. Gerupfte Flügel sind gerupfte Flüge... Einer unserer großen Schönschreiber hat seine Gänse mit Tinte gefüttert.« Mit einem Blick auf den Kleiderschrank, dessen Tür offenstand: »Für ein Schlafzimmer genügt als Möbel das Bett. Alles sonstige verstellt den Weg, bricht man zum Träumen auf.«

»Hier.« Past drehte den Transistor an. Der Mandarin erstarrte. Eine Stimme: »Wir begrüßen Sie zum Nachtexpreß. Verpassen Sie nicht die Abfahrt. Wir steigen ein mit *Lonely Boy*.« Der Mandarin ging auf den Apparat zu: »Ein Tor der angenehmen Töne und wohlklingenden Stimmen.« Er klopfte an das Gehäuse und drehte den Apparat um: »Niemand.« Er ließ die Hand das Kabel entlanggleiten, strich über den Adapter und sah den Stecker: »Von einem Wirrwarr-Stern?«

Past durchlief die Skala. Ein Knattern und Rauschen, dazwischen Wort- und Musikfetzen: »Nachtprogramme. Sofern es dort Nacht ist, von wo gesendet wird.« Er fügte nicht bei, daß er sich angewöhnt hatte, den Transistor, leise gestellt, während der Nacht laufenzulassen; dadurch war sein Schlaf weniger leer, auch wenn er aus seinem unruhigen Dösen zwischendurch aufwachte wie bei den Kurznachrichten zu den vollen Stunden.

Sollte er dem Mandarin die Toilette vorführen? Ein Wasserklosett? Oder besser das Badezimmer? Als was soll er den Ort präsentieren: als »Halle der täglichen Überarbeitung« oder als *wash and go*?

Als der Mandarin vor dem Waschbecken stand, drehte ihm Past den Wasserhahn an. Der Mandarin, als habe er eine Wahrheit entdeckt: »Alles fließt.« Past staunte: Ob der Mandarin einen griechischen Philosophen zitierte? Doch der Mandarin hatte nicht »diesen Heraklit oder wie er heißt« erwähnt, sondern Konfuzius, auch er war der Meinung, daß alles fließt, von ihm stamme jedoch nicht, wie man oft hört: »Ein Mensch ernährt sich ein Leben lang von der Erde, die Erde nimmt von einem Menschen nur gerade einen Mundvoll.« Alles kommt aus der Wand: Licht, Musik, Wasser...

Der Mandarin tat einen Schritt zur Seite und stieß an den Spiegel, der am Boden gegen die Wand lehnte; dieser fiel um, und der Mandarin, indem er auswich, trat darauf. Der Spiegel zerbrach. Der Mandarin fluchte; er entschuldigte sich gleich: »Auf hochchinesisch: Erheb nicht die Hand gegen mich.« Er hielt sich die Ohren zu und wunderte sich, daß Past nicht das gleiche tat: »Haben Sie es nicht gehört?« Past wußte nicht, was er gehört haben sollte außer dem Klirren. »Schreie«, sagte der Mandarin: »Bricht ein Spiegel, bricht mit, was sich der Spiegel von denen gemerkt hat, die in ihn schauten. Mir war, als hätte ich im Schreiegewirr Ihre Stimme wiedererkannt.«

Der Mandarin bückte sich, hob eine Scherbe hoch, dabei glitt er aus, er stützte sich ab und brach sich den Nagel des Zeigefingers an der rechten Hand: »Kein gutes Omen. Sagt man nicht ›Omen‹, wenn sich etwas ankündigt? In Gassen hielt Ausschau nach Omen.« Past holte eine Schere. Der Mandarin steckte das abgeschnittene Nagelstück in sein Etui. »In Gassen mochte schwarze Katzen nicht, obwohl auch die von seinem Gott erschaffen wurden. Als meine Mutter schwanger war, nahm sie es für ein böses Zeichen, als eine fremde Katze in unserer Hütte Junge bekam. Kurz danach bin ich auf die Welt gekommen.«

Past führte den Mandarin ins Arbeitszimmer. Der Mandarin zögerte, er wich zurück: »Die Schachtel, aus der ich hochgestiegen bin.« Er zeigte auf die andern Bücher darin und fragte: »Was bedeutet das Zeichen?«

»Ein Firmenemblem.« Da der Mandarin fragend dreinschaute: »Was die Orange für Sie an Neujahr, war für mich die Banane an Weihnachten. Heute ist sie billiger als das einheimische Obst. Bei den wenigen Besuchen in den sozialistischen Ländern … in den Ost-Ländern …«

»Im Osten lagen bei uns die Inseln der Glückseligen.«

»Partei wie Volk schälte mit gleicher Gier. Ich führte gewöhnlich im Gepäck Bananen mit. Die krumme Gelbe machte verschiedene Karrieren. Sie war schon im Stummfilm unerläßlich; man kann auch außerhalb des Kinos auf ihrer Schale ausgleiten, was weniger lustig ist. Vor rotgeschminkten Lippen und einer gierigen Zungenspitze wirkt die Gelbe steif und geil. Kaum eine andere Frucht ist so erotisch und politisch. Um ihretwillen wurde geputscht; es gibt Republiken, die nach ihr heißen.«

Der Mandarin hörte nicht zu; er hatte sich an den Schreibtisch gesetzt und streichelte das Powerbook. Mit dem Blick auf den Bildschirm: »Nichts drauf.«

Past startete den Laptop. Der Mandarin lächelte, als er den Willkommenstusch hörte. Er verfolgte, wie das Band mit den Symbolen aufrollte: »Sie verständigen sich dank einer Zeichensprache?«

»Die Zeichen sind im Kommen. Nicht nur die Männchen und Weibchen fürs WC, für Stop oder Gehen. Der durchgestrichene Hund oder der durchgestrichene Richtungspfeil, das sind Verbote.«

»Für die der Schrift Unkundigen?«

»Wir werden vermehrt mit Hilfe der Augen reden. Auch mit Hilfe von blaugrünen. Wer weiß, ob man sich angesichts des Sprachenwirrwarrs nicht eines Tages genötigt sieht, die Blicke zu normieren. Und Lektionen in Gebärden zu erteilen.« Ihm fiel der Italoamerikaner ein, mit dem Angelo einmal aufgekreuzt war. Je nachdem, ob er englisch oder italienisch sprach, änderte er Tonart und Gestik; zu *hi!* formte er mit Faust und Zeigefinger einen Colt, und zu *mamma mia* klopfte er sich auf die Schenkel.

»Tischlein, deck dich«, sagte Past. Der Mandarin wiederholte das Sesam-Wort. Past hatte den Scherz übernommen, mit dem einige im Büro die Computer einschalteten; statt, wie's im Märchen weiter hieß, »Knüppel aus dem Sack«, sagten die jüngeren Kollegen: »Maus aus dem Sack«, wenn sie ihre Sexabenteuer kommentierten.

Als Past das, was er in die Finger nahm, »Maus« nannte, staunte der Mandarin: eine augenlose Maus, der der Schwanz zum Kopf herauswuchs. Die Maus – war das die kleine

Nagerverwandte der Ratte? Er sei im Zeichen der Ratte geboren, er kenne den Vorwurf, er sei unruhig: »Es ist die Unruhe des Neugierigen. Dafür ist die Ratte nicht tollkühn wie der Tiger, aber auch nicht behäbig wie der Büffel.«

»Bei den Millionen Ratten, die es bei uns gibt, ist es erstaunlich, wie wenige an unserem Gewissen nagen. Das könnte sich ändern, wenn die Keller nicht mehr voll sind.«

Hatte Past nicht von einem Tisch gesprochen? Aber dieser Tisch stand aufrecht, nicht horizontal, und er war beleuchtet. Mit einem Blick auf den PC fragte der Mandarin: »Ein Chu-Chi-Chäst-Li? Ein volles oder leeres? Und wenn voll, eines mit Notvorrat?«

»Der Tisch ist gedeckt. Jetzt geht es ans Menü.« Past sagte zu seinem Ärger noch immer »nachschlagen«: »Silvester, das wollten wir wissen ... Ja.« Den hatte er unter »Neujahr« gespeichert. Viel gab der Römer außer dem Namen nicht her. Er war am 31. Dezember begraben worden. Für Past war bemerkenswerter, daß er einen Drachen getötet hatte. Ansonsten Notizen zu »Jahresbeginn«: daß die christliche Kirche ihr Jahr Anfang Dezember beginnt, mit dem ersten Adventssonntag, und nach der Verheißung gleich der Verhaftung des Mannes gedenkt, der das Kommende prophezeite. Ferner auch, daß das Börsenjahr lange Zeit am 1. April anfing, am Tag der Narren, was Past gefiel – gab es einen besseren Tag für Bilanzen? Und die Frage: Wieso den Jahreswechsel nicht auf den Frühling festlegen, wenn alles zum Leben erwacht? Wie bei den Römern zum Beispiel, derentwegen der zwölfte Monat der zehnte heißt.

Der Mandarin wünschte die Maus zu betätigen. Er besah

den Finger: »Sonst bedeutete ein abgebrochner Nagel Unglück. Jetzt erweist er sich von Vorteil.«

Past öffnete ihm ein Fenster. Der Mandarin tat seinen ersten Mausklick, vorsichtig, als habe er mit Porzellan zu tun. Past unterrichtete: »Zweimal, aber rascher, kürzer hintereinander.« Der Mandarin tippte Taste für Taste einer Zeile ein, »qwertzuiopü«. Als er sich erkundigte, was sein Wortgebilde heiße, klärte ihn Past auf: »Nicht alles, was man eintippt, hat Sinn. Aber alles kann gelöscht werden.« Er zeigte die Taste »del«, *delete.* Der Mandarin staunte, wie Buchstabe um Buchstabe verschwand: »Da frißt einer der Maus weg, was die angelegt hat.«

Der Mandarin begnügte sich nicht mit nur einer Zeile, er gab die vollständige Tastatur ein, auch die Zahlen; er begriff gleich, mit Hilfe welcher Taste man zu Großbuchstaben kam, und er fragte: »Die Zahl drei mit dem Sternchen, ist dies die Horoskop-Taste? Bei welcher Rechenkunst krönt das Gleichheitszeichen die Null?«

Als der Mandarin seine Zusammenstellung kraft »del« wegschaffen wollte, griff Past ein. »Alles markieren. ›Bearb‹ steht für Bearbeiten.« Was der Mandarin geschrieben hatte, verwandelte sich in einen schwarzen Block. Past löschte ihn mit einem Kurzbefehl. Der Mandarin machte sich erneut ans Tippen. Als er das Geschriebene löschen wollte, führte Past vor, wie man unter »Speichern unter« den Titel »Mandarin« eingab. Es war der Mandarin, der ins »OK« klickte. »Mandarin« erschien in der Titelleiste. Doch dann zog Past mit dem Zeiger das »Mandarin«-Dokument quer über den Tisch in die untere rechte Ecke und steckte es in den Papierkorb: »Wo wir hintun, was wir nicht mehr brauchen.«

Das empörte den Mandarin. Doch Past beschwichtigte: »Jemand, der aus einer Bananenschachtel ins Leben trat, ist auch aus einem Papierkorb ins Leben zurückzuholen.«

Past erzählte, bei einem Autor habe er einmal gelesen: Zeitgemäß werde man in Zukunft Silvester und Neujahr anders feiern. Man brauche sich von dem, was man sich im Verlauf der Zeit, im Verlauf eines Jahres gemerkt habe, nur wenig zu merken. »Nicht viel ist es wert, gespeichert zu bleiben. Neujahr als Entrümpelung der Information. Man macht reinen Tisch nicht, indem man Computer aus dem Fenster wirft, man löscht Daten. Das Feuerwerk bei Jahreswechsel wird das große Löschfest sein.«

»Auch In Gassen hat vom Löschen gesprochen. Vom Vergeben. Muß man, bevor man die Löschtaste drückt, bereuen? Was haben Sie unter ›Privat‹ notiert?«

Past führte die Hand des Mandarins und öffnete das Fenster: »Mal sehen.«

»Es schien für diese Neger eine neue Erfahrung zu sein, einen Christenmenschen zu sehen; sie wunderten sich nicht wenig über meine Bekleidung und über meine weiße Haut... Einige berührten meine Hände und Gliedmaßen und rieben daran mit Speichel, um herauszufinden, ob das Weiß natürlich oder gefärbt sei.« Das schreibt Cadamosto, ein Genuese im Dienste der Portugiesen, der nachweislich als erster zum Äquator fuhr. Und Folgendes schreibt George Jackson, der wegen eines Diebstahls von siebzig Dollar zu lebenslanger Haft verurteilt wurde: ›Meine erste Begegnung mit einem weißen Jungen in einem Kindergarten war ein traumatisches Erlebnis. Ich muß vorher schon welche gesehen haben, in Büchern und Illustrierten, aber nie aus Fleisch und Blut. Ich näherte mich ihm, um sein Haar zu berühren und um an seiner Wange zu kratzen, wofür er mir mit einem Baseballschläger über den Kopf hieb.‹ Zweimal das gleiche Verhalten. Als Schauplatz einmal die westafrikanische Küste und das andere Mal das Ghetto von Chicago. Einmal die Begegnung eines weißen Europäers und eines Schwarzafrikaners und das andere Mal die Begegnung zweier Amerikaner. Und zwischen beiden Szenen ein halbes Jahrtausend. Damit es zu diesen Szenen kommen konnte, die Expansion Europas: Es machte aus sich selbst eine alte Welt, indem es neue Welten entdeckte, und stieß dabei auf solche, die älter waren als die eigene.«

»Damit ist unser Jahrhundert des Wirrwarrs gemeint«, schob Past dazwischen. »Was einst Entdeckung hieß, kam zu einem Ende. Im besten Fall noch ein paar weiße Flecken für Ethnologen, wenn auch bald nicht mehr genügend Stämme. Aber nach wie vor eine Welt, in der einer an der Haut des andern reibt. Es könnte sich erweisen, daß unter der Haut des andern die eigene zum Vorschein kommt, wie unter der eigenen die Haut des andern.«

Der Mandarin sah auf seine Hand; er rieb über ihren Rücken, rieb heftiger und im Kreis, versuchte es mit Speichel; er erhob sich, kreuzte die Arme vor der Brust, machte einen Kotau, griff nach Pasts Hand und rieb daran, gleichzeitig hielt er die Linke hin, damit Past an ihr reiben konnte. Nach einigen Minuten verglichen sie; die Prüfstellen waren sich ähnlich, sie hatten sich rötlich verfärbt.

»Ich sammle Grundsituationen, aus denen ein Gleiches folgt, unabhängig von Zeit und Schauplatz – querweltein. Sie könnten darunter auch Chinesisches finden. Da meinte einer nach einer Liebesnacht: Der Hahn kräht, es wird Tag. Doch die Geliebte beschwichtigt ihn: Es ist nicht der Hahn, es sind Fliegen, die summen, vor dem Fenster nicht Morgenröte, sondern Mondschein.«

»Ein anonymer Dichter, soweit ich das beurteilen kann.«

»Bei uns war es ein Romeo, der in der Morgenfrühe die Lerche hört und nicht die Nachtigall wie seine geliebte Julia, die nicht wahrhaben will, daß das anbrechende Licht das Tageslicht ist. Hätte der Hahn zum Ende einer Liebesnacht nicht auch ein paar Jahrhunderte später in einer Stadt wie

Verona krähen und eine junge Provinzchinesin statt der Lerche die Nachtigall hören können?«

Pasts Überlegungen zielten dahin, wie Europa, der Westen, der atlantische Westen, die Welt bestimme: »Stilistisch hat der Westen gewonnen. Im Moment, da er gewann, hat er sich entthront, nicht nur, weil er ein Kontinent unter andern wurde.« Was er als Wissenschaft und Technik ausgebildet habe, sei als Methode übertragbar, könne von andern ebensogut wenn nicht besser genutzt und entwickelt werden und unter Umständen gegen ihn verwendet.

Der Mandarin hatte längst in »fotos. Siehe C-PO 1375« geklickt.

»Eine kleine Fotosammlung. Im Büro. Im Exbüro. Der Hinweis auf die Ablage eines Bildes, das ich einst von einer Ausstellung mitbrachte: Gesichter von Menschen, die mir im Notfall bei einer Transfusion helfen könnten, eine Familienaufnahme, das Gruppenbild einer Blutgruppe, als möglicher Spender der Angehörige eines Sahel-Volkes, mit einer Kette von Eberzähnen um den Hals und einem Speer in der Hand, oder ein Indio mit einer rot eingefärbten Tellerfrisur so gut wie ein Viehtreiber aus dem Himalaja, neben Europäern, blonden und braunhaarigen«, auf das Gesicht des Mandarins zeigend, »auch Typen mit mandelförmigen Augen, warum sollten schwarze Augen nicht blaugrünen helfen?«

»Korrespondenz?« Bereits der nächste Mausklick.

»Sehr geehrter Herr Braun, bezugnehmend auf Ihren Brief vom soundsovielten...«, und: »Meine Damen und Herren, trotz unserer Absprache muß ich feststellen...«, oder: »Mein lieber Friedrich, entschuldige, daß ich erst jetzt dazu komme…«, und: »Betr. Das Gutachten vom…« und danach: »Weißt du noch, wie wir ein Lotusblatt auf die Reise schickten, wie es mir kaum gelang, es mit Räucherstäbchen und Münzen zu bestücken, Deine Kerze hielt. Die Lichtschiffchen hier sind aus Styropor, aber auch bei Euch kann man inzwischen solche aus Pappe oder Holz kaufen. Das ist neu. Erst seit ein paar Jahren gibt es ein Lichterschwimmen auf der Limmat. Ab der Brücke, ganz in der Nähe, wo wir wohnten. Rückkehr zu einer vergessenen Tradition. Natürlich kein prachtvolles Fest wie Krathong bei Euch, und nicht eine ganze Stadt auf den Beinen. Schüler befestigen leere Joghurtbecher zum Schutz für die Kerzen auf dem Kunststofffloß. An einem nebligen Novemberabend gehen die Lichtschiffchen auf Wellenreise, driften auseinander, finden sich wieder oder werden, sich selber überlassen, flußabwärts geschwemmt, einige schlagen an die Quaimauern und ertrinken schon bald nach dem Start. Ich habe den andern einen Gruß nachgeschickt für den Fall, daß eines bis zu Dir findet; ich wußte nicht, daß keines die Stadt verläßt, weil sie alle bei einem Wehr von einem Schutzrechen abgefangen werden.«

»Ein Brief an eine Frau. Sie kehrte in ihr Dorf zurück. Sie mochte nicht hier leben. Nicht in dieser Stadt. Nicht im Westen.« Daß er den Brief an Puy nicht abgeschickt hatte, erwähnte er nicht. Er hätte nicht einmal gewußt, warum nicht. Sie tauschten noch jedes Neujahr Karten; sie schickte eine, die beim Öffnen Musik erklingen ließ. Nicht mehr Briefe wie früher. Er ließ ihr nach wie vor von Zeit zu Zeit etwas zukommen; er hoffte noch immer, er trage ein wenig zu einem Glück bei.

Und schon las der Mandarin den nächsten Brief; er hatte herausgefunden, mit Hilfe welcher Taste man von einer Seite zur nächsten hüpft.

»Was ist Freundschaft anderes als der Händedruck mit einer Wahrheit, die ein Gesicht hat.« Ein Entwurf, nie fertiggestellt und schon gar nicht abgeschickt. Und dann staunte Past, was der Mandarin als Zitat auf dem Bildschirm abrief: »Etwas Ungefragtem Notwendigkeit geben – verhält sich das mit der Liebe nicht gleich wie mit der Kunst? Wir, die wir ungefragt kommen... Du bist als Ungefragter für jemand Ungefragten eine Notwendigkeit geworden. Und du bist es, der einer andern Zufälligkeit einen Heimatschein verleiht.«

Was sich wohl in »Neuer Ordner« versteckt?

Agenturmeldung. In der Bahnhofsgegend treibt sich einer herum, der sich der Immune nennt. Ohne festen Wohnsitz. Angesichts seiner Belästigungen darf man sich fragen, ob es nicht ein öffentliches Ärgernis ist, wenn einer seine Narben zur Schau stellt? »Das eigne Herz genügte nicht«, mit solchen Worten geht dieser Herumtreiber auf die Nächstbesten los, ob am Fahrkartenschalter, in den Shops, selbst auf der Rolltreppe: »Mein Muskel hat es gut gemeint, doch er kam dem nicht bei, was in der Welt passierte. Und da er nicht drauskam, verstummte er. Er wurde ersetzt. Es lebe der Eingriff. Die Chirurgen sind Futurologen, die nicht prophezeien, sondern schneiden.« Und schon reißt dieser Penner das Hemd auf und zeigt seine zusammengeflickte Brust, auch minderjährigen Schülerinnen. »Was eingepflanzt wurde, taugt noch nicht, obwohl, es ist ein junges Herz, von einem, der mit seinem Motorrad umkam, sein

Herz hatte die richtige Größe für meinen Brustraum; nach der Operation hab ich das Mädchen aufgesucht, für das mein Herz in einem andern Körper geschlagen hatte, sie vergaß den nicht, dessen Herz in mir pumpte, so hat sich das Unglück meines ersten Herzens um das eines zweiten vermehrt. Aber ich habe beim zweiten Herzen gelernt, nicht abzustoßen, was fremd ist. Dank eines Fremdkörpers, den ich akzeptiere, lebe ich weiter, aber auch dieses Herz ist nicht geschaffen, um unsere Welt zu ertragen, vielleicht verhält es sich mit dem nächsten besser.« Und er versperrt den Weg auch denen, die auf den Bahnsteig eilen, er postiert sich vor den öffentlichen Toiletten, an den Imbißständen und bei den Kiosken: »Haben Sie in der Verwandtschaft oder im Freundeskreis einen spendefreudigen Hirntoten, brauchen Sie sein Herz selber oder haben Sie eines, das es alleine schafft?«

Past nahm dem Mandarin die Maus aus der Hand: »Klicken wir auf ›Weiter‹.«

Zur Überraschung des Mandarins waren Bibliotheken aufgeführt unter »Heilstatt der Seele«. Auf der Kartusche des Türsturzes beim Zugang zur Stiftsbibliothek von St. Gallen zu lesen. Die Bezeichnung übernommen von der Bibliothek zu Memphis (daher griechisch). Nachprüfen, wie das koreanische Kloster (?) heißt, wo wegen eines Gelübdes die heiligen Schriften auf Holztafeln geschrieben wurden.

»Unsere frühesten Schriften wurden auf Büffelknochen geritzt. Orakelknochen. Später auf die Schalen von Schildkröten. Nicht alle, längst nicht alle Zeichen von damals sind mehr zu entziffern.«

»Wegen Visumschwierigkeiten konnte ich bei einem Abstecher nach Burma nicht nach Mandalay reisen. Ich hätte gern die, ich glaube, über siebenhundert Tempelchen mit den Marmortafeln besucht, auf denen der gesamte buddhistische Kanon niedergeschrieben wurde – eine Bibliothek als Skulpturenpark, spazieren statt blättern, zwischen Büchern aus Stein wandern, sich im Schatten eines Buches ausruhen.«

»Die kann man nicht verbrennen.«

»Aber zerschlagen.«

»Wir kannten in China ein Löschfest. Ein Edikt für Bücherverbrennung. Verbrannt wurden gefährliche Bücher wie die mit Gedichten. Nicht eingezogen wurden die Bücher über Baumzucht und Agrikultur, auch die über Medizin und Wahrsagekunst wurden nicht vernichtet; die, welche Bücher verbrennen, könnten ja krank werden, auch wer Bücher verbrennt, möchte wissen, wie es nach dem Feuer weitergeht, aus der Asche Zukunft ablesen. Was ich auswendig weiß, kann man mir nicht nehmen, es sei denn, man verbrennt den Menschen, so daß mit ihm das Auswendiggelernte verstummt. Zum Beispiel Verse wie die: »Als ich ging, tanzten die Flocken wie Blüten, nun ich komm, wirbeln Blüten wie Schnee.«

Past blickte auf die Schachteln mit den Büchern, die Marias Sohn auf dem Flohmarkt verhökern will. Und daneben die Schachtel mit Zerlesenem, mit Taschenbüchern, Broschüren, Zeitschriften, bereit für die Verbrennungsanlage.

»Darf ich?« fragte der Mandarin. »Klicken wir in ›Stichworte‹? Was sind das für Worte?«

»Im Theater, damit einer weiß, daß es an ihm ist, zu reden. Es sind die andern, die den Einsatz liefern. Sofern der Text vorgegeben ist.« Woher das Wort komme, wisse er nicht. Vielleicht vom Kartenspiel. Von der Karte, die sticht, da sie Trumpf ist oder den höheren Wert hat. »Auch wenn die Erklärung nicht stimmt, sie gefällt mir.«

»Und Sie, womit wollen Sie stechen?« Der Mandarin las langsam: »Si-mul-ta-ne-i-tät.«

Und er las vor sich hin: »Keine Hierarchie, sondern ein Nebeneinander. Hinfällig, was einst Zentrum und Rand ausmachte. Entschuldigung, daß ich kein Reich der Mitte respektiere.«

Da entdeckte der Mandarin das Wort *credo*: »Das kenne ich von In Gassen. Der hat mir auch *gloria in excelsis* beigebracht. Und zum Auf-die-Brust-Schlagen *confiteor.* War die religiöse Zeremonie zu Ende, breitete er die Arme aus: *Ite missa est.* Die Formel, daß es mit der Messe aus ist, hat einer unserer berühmten Schauspieler übernommen für den Moment, wenn der Vorhang zugezogen wird. Mit dem Unterschied, daß bei ihm, einem Dreiziegelgesicht, beim *Ite missa est* applaudiert wird.«

»Gemeint ist nur, was glaube ich, nachdem … Der Gott von In Gassen war einst auch mein Gott.«

»Statt ihm eine Welt des Wirrwarrs?«

»Die Schöpfer boten die Vorlage. Größer als der jetzige kann der Wirrwarr, den wir schaffen, nicht sein. Aber es wäre unser ureigener: Eine Welt, in der keine und keiner an etwas leidet, wofür er oder sie nichts kann, keine Nachteile wegen einer Rasse oder weil als Frau geboren, nicht seiner natürlichen Bedingtheit wegen Opfer sein müssen und ebensowenig Opfer der sozialen Umstände, in die ein Mensch hineingeboren wird und wofür er nichts vermag –

nur für das geradestehen müssen, wofür einer etwas kann, und dies völlig belangbar.« Past war, als ob das, was der Mandarin abrief, nicht von einer Festplatte kam, sondern aus dem Speicher seines Kopfes: »Das Tier sucht einen Platz zum Sterben, der Mensch, ein vernunftbegabter Allesfresser, stirbt überall.« Und unvermittelt: »Wem gehört die Küste? Dem Land? Dem Wasser? Teilen die beiden sich die Küste oder machen sie sie sich streitig? Klettert hier das Wasser ans Land, des unermüdlichen Wellenschlags müde, um sich auszuruhen vom Soll und Haben der Gezeiten, ein Ort, von wo das Meer Ausschau halten könnte nach dem Horizont, der es begrenzt, ohne ihm ein Ende zu setzen. Wasser, das nicht länger ein Meer sein möchte, das nirgends ankommt, ein Schiff werden, das anlegt, das den Hafen selbst an einer Steilküste sucht. Oder ist es die Stelle, wo das Land ins Wasser steigt, nicht Fuß um Fuß, wo es sich vom Fels stürzt, nicht in den Selbstmord, des festen Grundes überdrüssig, nicht mehr Boden sein müssen, auf dem etwas aufschlägt, sondern ein Element werden, in dem versinkt, was Gewicht hat, wenn schon Grab, nicht eines, das man schaufelt, sondern eines, das sich auftut und in dem eine ganze Flotte unterkommt. Land, das ...«

»Graph ist nicht verfügbar oder überlastet ...« Der Mandarin hatte in irgendein Feld geklickt. Doch Past holte den Text zurück; er wunderte sich, wann und bei welcher Gelegenheit er, ein alpiner Binnenländer, sich die Liebesgeschichte der Küste notiert hatte.

Ob er auch von denen gehört habe, die die Toten auf ein Schiff verladen und dieses kapitänslos ins offene Meer treiben lassen? fragte der Mandarin.

Ohne Antwort zu geben, las Past: »Land, das seine Hügel in Wellen verwandeln möchte, zwischen den Wogen Täler haben, die wandern, ozeanweit, unterwegs sein als Gebirge, das sich auftürmt, zusammenfällt und sich zu neuen Kämmen und Ketten sammelt. Oder sollte die Küste ein Niemandsland sein – ein Niemandsland der Liebe? Unbelehrbar der Aufprall, je steiler der Widerstand. Zugleich ein Pochen, als besäße das Gestein Tür und Portal. Ein lüsternes Lecken an Rillen und Kanten und im großen Bogen ein Spucken aufs Ganze. Doch zurückgeworfen die Wucht, weit draußen Anlauf nehmend, ein grollender Angriff und ein Dreinhauen auf alles, was sich widersetzt, ein schmeichelndes Suchen nach weicheren Stellen, um sie auszuwaschen. Nach den Schlägen ein listiges Unterspülen. In Ritzen und Höhlen ein Hängenbleiben, kurz und aufgeschreckt. Was als Woge anstürmte, zerfließt als hundertfaches Rinnsal nach unten. Ein murmelndes Geständnis, von Strudeln verschluckt, wird zum heulenden Betteln, das der Wind entführt. Eine Gischt, nach oben geworfen mit funkelnden Tropfen, als wolle das Wasser noch im Zerbersten begehrenswert sein. Über dem Toben ein sterbendes Röcheln, dem keine Lust voranging. Vereinzelte Klippen inmitten von Trümmern, bizarre Zeugen, unbekümmert wie das Moos und die Flechten, weggespült, was einst mit dem Mutterfelsen verband, für sich allein, ein Hort zum Nisten für die Vögel, die das Werben und Verweigern mit ihrem Schrei begleiten. Oder sollten sich die beiden an einem Strand finden, in einem lakenlosen Bett, das sich Bucht um Bucht erstreckt, wo Land und Wasser neben- und ineinanderliegen, am hellichten Tag und in der Nacht, ob der

Mond scheint oder verhangen ist. Wo das Meer mit jedem Wellengang sich vortastet, um mehr vom Sand zu spüren, und wo sich aus dem kräuselnden Schaum streichelnde Finger formen, ein Sand, der sich mitnehmen läßt, meerwärts. Ein Strand, von dem sich das Meer zurückzieht, ohne jene Wasser, die treu bleiben, indem sie versickern, als feuchte Erinnerung so lang andauern, wie die Sonne es zuläßt, ein letztes Umspielen der Morgengaben: ein verworfener Fisch, zerbrochene Schalen von Perlmutterglanz, vielleicht ein Stück Holz, von weither mitgerissen und nun dem Land, von dem es stammt, zurückgegeben, und im Sand Schlieren von Tang. Über dem Strand ein Geruch von Verwesung wie über jeder Zärtlichkeit, die befriedigt wurde. Und der Rückzug des Meers ins eigene Bett, wo es die Träume aus der Tiefe herauflоten muß.«

Da bat der Mandarin darum, etwas Eigenes eintippen zu dürfen: »Wer sich zum Schaf macht, wird vom Wolf gefressen. Die sicherste Tür ist die, die man nicht abschließen muß. Aber es braucht viel Zeit und Geduld, bis aus dem Maulbeerblatt Seide wird. Wer auf dem Tiger reitet, hat Mühe herunterzusteigen. Brichst du für einen Tag auf, nimm Proviant für übermorgen mit, und gehst du im Sommer auf Reisen, deck dich mit Winterkleidern ein. Man irrt sich nie so gern, wie wenn man meint, man kenne den Weg. Die reife Frucht fällt allein vom Baum, aber sie fällt nicht in den Mund.«

Und dann holte er Papier aus seinem weiten Ärmel und hielt es Past hin: »Von mir. Ein Gedicht. Dichten war Prüfungsfach beim Beamtenexamen.«

»Schön, aber was bedeuten die Sinogramme?«

»Sinogramme? Sie meinen die Schriftzeichen? Ich übersetze: Von Mund zu Mund, demnach eine alte Geschichte. Ein Mann lehnt an einem Baum, klar, er ruht sich aus. In der Hand einen Stock; er ist ein Vater. Über seinem Kopf ein Strich, der Himmel, und keine Leere. Zwitschern, weil ein Vogel zusammen mit einem Mund abgebildet ist. Fußabdrücke, der Einfachheit halber je drei statt fünf Zehen, da geht einer energischen Schrittes, wo wenig Stein, ich meine, im Sand. Im Hintergrund die drei Bäume des großen Waldes. Davor ein Wesen, bei dem der Schädel oben noch nicht geschlossen ist, ein Kind; es hat die Augen von einem Uhu, denn es schaut. Ein anderes Wesen, es kauert am Boden, ein dicker Bauch, eine Frau, sie horcht, ihr Ohr eine Tür mit Tönen davor. Wasser in Verbindung mit Augen. Zwei Münder und vom Hund das Heulen, eine Frau weint. Der Mann, den Kopf gesenkt, sammelt Gedanken vor einem Gerippe, er liegt im Sterben. Wo Erde und Sonnenuntergang aufeinandertreffen, ist ein Grab. In der Ferne ein Mann, in der Hand einen Bootshaken, der Hinweis, daß er fortgeht. Er ist von hohem Talent, er jongliert mit Vasen aus Porzellan. Ein Herz mit geschlossenen Fenstern, und das Herz selber trägt die Frau in den Händen. Ja, das wär's. Und Sie?«

Past tippte das Spiel ein: »Mah-Jongg«. Der Mandarin war entzückt, als er die beiden Chinesen am Spieltisch sah, zwischen ihnen, was Past als Dominosteine bezeichnete. Der Mandarin begrüßte die beiden: »Habt ihr schon gegessen?« und fügte erklärend bei: »Unsere Art, zu fragen, wie es geht.« Dann rief er: »Shanghai. Die Stadt am Meer. Im Hintergrund die Dschunken. Wie gern wär ich einmal von Segeln verführt worden!« Past sah im Hintergrund keine Schiffe: Ob das am Blaugrün seiner Augen lag?

Der Mandarin atmete tief, als sauge er Seeluft ein. Schon staunte er über das, was sich vor ihm auf dem Bildschirm aufbaute. Past, der selber stets von einem Ziegelbau sprach, wunderte sich, weil der Mandarin von einer Wabe redete, aus der Zeichen und Zahlen ausflogen, Bienen auf der Suche nach einem Honig, der sich nicht aufs Brot streichen läßt. Past brauchte kaum viel zu erklären. Er war es, der überrascht wurde. Der Mandarin begriff: Man müsse zum einen Osten einen zweiten suchen und zum Süden einen anderen Süden, so daß sich zwei treffen, die als Paar weggeschafft werden können.

»Welcher Ziegel ist Süd und welcher Ziegel Ost?« erkundigte sich Past. »Ich meine, welche Bienen…«

Der Mandarin zeigte auf zwei Ideogramme. Für die Abbildung von Bambus oder Lotus brauchte Past keine Erklärung. Ansonsten hatte ihm bisher für den Spielverlauf die Markierung von Buchstaben oder Zahlen genügt, um Paare zu bilden. Er, der sich nach dem Erwachen hinsetzen konnte und noch vor der Morgenrasur spielen, als ob sich aus den Spielergebnissen das Tageshoroskop ablesen ließe, der in schlaflosen Stunden aufstand, zu müde, um zu lesen, wach genug, um Ziegel zu schieben, wie viele Stunden hatte er mit diesem Spiel verbracht, unterwegs in Hotelzimmern wie zu Hause, so lange davor gesessen, bis Nacken und Schultern sich verspannten und er zuweilen nicht mehr aus den Augen sah.

Nun endlich erfuhr er, womit er gespielt hatte. Was er bis dahin als Dicksack betrachtet hatte oder als Schwangere, war der Süden. »Dort ist die Küche süß und nicht scharf wie im Osten, da wird nicht salzig gegessen wie im Norden und nicht sauer wie im Westen.« Was einer Scheibe ähnlich war, durch die ein Pfeil lief, bedeutete Mitte. Past hatte auch immer wieder das Reich der Mitte Ziegel um Ziegel abgebaut. Die Warntafel mit einem Längsstrich stand nicht nur für Mitte, sondern auch für Ausgeglichenheit. Gewonnen war das Spiel, wenn jede Ausgewogenheit von Mitte weg war, wenn am Horizont hinter keinem Baum eine Sonne aufging und am Abend kein Vogel in sein Nest zurückkehrte, wenn Platz gemacht wurde für einen Drachen, der Feuer spie.

Past staunte. Der Mandarin bot auf dem Bildschirm ein ungewohntes Bild: Die Ziegel des Mandarins waren farbig. Als Past sich erkundigte, wie er das geschafft habe, klickte der Mandarin *settings* an, fuhr mit der Maus nach unten, an *sound effects, music* und *shadows* vorbei zu *black and white* und schaffte das Schwarzweiß beiseite. Diesen Mausklick hätte auch Past ausführen können, um mit dem *setting* das Bühnenbild zu ändern, so einfach wäre das gewesen, nur war er nie darauf gekommen.

Es klingelte. Das konnte nicht das Telefon sein. Das Amt hatte vor Tagen bereits die Verbindung gekappt. Noch stand der Apparat herum. Eindeutig die Klingelzeichen. Sollte es die Hausglocke sein? Obgleich die anders tönte. Um diese Zeit fanden manchmal Spätheimkehrer Vergnügen daran, als nächtlicher Bubenstreich an Hausglocken zu läuten und Schlafende aufzuschrecken. Past begab sich in die Küche und auf die Terrasse. Er beugte sich über das Geländer; als er »Wer da?« rief, kam er sich lächerlich vor. Sein Rufen verhallte in einer leeren Gasse. Gegenüber ging das Fenster auf, jemand sah heraus: »Ruhe!« Past ging zurück. Wieder das Klingelzeichen. Es kam vom Telefonapparat. Past nahm den Hörer ab, obwohl die Schnur im Leeren baumelte. Nach dem dritten, vierten »Hallo?« immer noch nichts. Er hängte ein. Erneutes Klingeln. Past wartete ab, zögerte, griff nach dem Hörer. Er nannte seine Telefonnummer: »Ist da jemand? Bitte sprechen Sie.« Ein Rauschen. Ein schweres Atmen. Ein Keuchen und Röcheln. Er legte auf.

Der Mandarin wies auf den leeren Bildschirm. Past meinte, er brauche Hilfe, und startete den PC. Nichts. Erneuter Startversuch. Ein Willkommensgruß. Aber ein Willkommen für kein Dokument und keinen Ordner. Ein Flimmern und ein Zittern von schwarzen Querstreifen, die erloschen. Der Mandarin: »Wolken, die auf Wellen reiten.«

Past bog eine Büroklammer zurecht, ein technischer Handgriff, der ihm einleuchtete und den er beherrschte: die geradegebogene Büroklammer in ein kleines Loch einführen, um das Ganze wieder zum Funktionieren zu bringen. Büroklammer und Schraubenzieher. Die beiden Nothelfer bildeten einen Glaubenssatz in seinem Credo. Als er im Fernsehen miterlebte, wie Astronauten auf einer Raumstation am Flicken waren, hätte er ihnen gerne eine Büroklammer gereicht. Sie hatten von der Bodenstation einen Schraubenzieher angefordert: Die Eroberung und Erforschung des Weltalls ging nicht weiter, da eine Schraube locker saß. Das kam Past nicht so überraschend vor. Wenn er an die intellektuelle Auseinandersetzung seiner Jahrzehnte dachte, an den kaum überblickbaren Ausstoß von Ideen und Meinungen, an das, was an Wissenschaft, Philosophie und Theologie nebeneinanderherging und nicht zusammenkam, schien es ihm weder dienlich noch dringlich, mit weiteren Sätzen und Thesen aufzuwarten, gesucht war einer, der mit dem Schraubenzieher die Schraube anzog, die den Kontakt herstellt zwischen all dem, woran man am Denken und Spekulieren war.

Er habe alles in den Papierkorb getan, der Mandarin strahlte, der sei dick geworden, zum Platzen dick, ein Dickbauch, er habe ihn geleert, er habe Platz geschaffen für Zukünftiges: »Ich bin drausgekommen. Alles schwarz markieren und dann ›del-del‹.« Der Mandarin erkundigte sich nach einem andern Ausdruck für »reiner Tisch«: »Tabula und noch etwas.« Er hielt eine Diskette in der Hand und fächelte damit. Er zeigte mit ihr auf die andern Disketten, die er frisch gestapelt hatte: »Tischlein abgedeckt. Löschfest. Der Computer hat vom Tee des Vergessens getrunken. Liu Hsieh hat schon im fünften Jahrhundert ein Buch verfaßt über das *Auslöschen von Irrtümern*; von ihm stammt auch *Bildung des Herzens und Schnitzen von Drachen*, mein Lieblingsbuch neben *Die wichtigsten Mittel und Zauberformeln für die Herstellung allgemeiner Ruhe.*«

Vier helle Schläge und ein dumpfer, viermal die Viertelstunde und danach dunkler die volle. Nach dem Stundenschlag vom Fraumünster die gleiche Zeitdurchgabe von Sankt Peter. »Ein Uhr.« Der Mandarin hatte sich erhoben, kreuzte die Arme auf der Brust, machte einen Kotau und schüttelte den Kopf. Er bettete das Buch zuoberst auf die eine Bananenschachtel und kletterte danach in seinen Schutzumschlag. Past half ihm dabei. Doch er nahm das Buch weg aus der Schachtel, die für die Verbrennungsanlage vorgesehen war, und legte es aufs Regal hinter ihm zu den Reiseführern und Wörterbüchern.

Zuvor hatte der Mandarin den Hunderttausendschein an sich genommen: »Zettelgeld. Im Notfall für drüben. Meinen Paß habe ich noch und auch die Bittschrift an den Totenrichter. Aber ich ziehe es vor, in das Jenseits eines Buches zurückzukehren.« Er tat Tusche und Pinsel in sein Lacketui und steckte die Reispapiere in seinen weiten Ärmel, kurz hatte er noch überflogen, was er notiert hatte, und flüsterte Wörter wie »Küchenschrank, Spitzbogen, Notfallstation, Boss, *shit,* Computer, Mausklick, Single... Vielleicht zu gebrauchen, falls jemand wieder einmal das Wort an mich richtet. Später, in einer andern Zukunft des Wirrwarrs.«

Wolken, die auf Wellen reiten, hatte der Mandarin gesagt. Past war, als jage ein Einhorn, gehetzt von einem Drachen, von Wolke zu Wolke und ertrinke zwischen Wellen, wo es Zuflucht sucht.

Past fixierte den Bildschirm, als könne er ihn zu einer Äußerung überreden. Hatte sich der Vorhang auch über dem gesenkt, was seine blaugrünen Augen an Städten und Landschaften gesehen hatten, was nun auftauchte und ineinander überging, verschwand, als Andeutung und Erinnerungsmoment:

Skylines und arides Weideland. Menschenleere Plätze und Neonschluchten. Schneeberge, welche die Sonne verfärbt, und Buchten, in denen der Mond sich spiegelt. Ein Stadion und Windmühlen um einen Stausee. Palmenhaine, die sich als Tannenwälder fortsetzen, und Dünen, die als Wolken an einem Flugzeughimmel treiben. Wasserfall, Kohlenhalden und ein Archipel von Busstationen. An einem Regenbogen aufgemacht eine Hängebrücke. Flüsse, die ihr Wasser an Kanäle abgeben. Endlos die Hochebenen ohne jede Behausung, und plötzlich für sich allein eine Holzbank, die den Schatten der Kastanien mit dem teilt, der sich auf sie setzt. Ein Trampelweg und Schleusen an einem Tümpel. Ein botanischer Garten mit Kirchturm, Bohrturm und Kühlturm.

Ein Endlossargtuch. Davor eine Maus. Nicht eine Friedhofsmaus, die nagt, sondern eine, die klickt.

Der Absturz war total. Systemstillstand.

Soll er sich die Haare raufen? Trotz seines Alters wären einige da, auch wenn es mehr nach Kratzen als nach Raufen aussähe. Das Haupt mit Asche bestreuen? Und woher die Asche holen? Das Hauptverhüllen, das wäre gegangen. An die Stirne schlagen. So lange, bis diese blutig wäre. Oder die Kleider zerreißen, das hätte sich ohne Schere nicht machen lassen. Schmuck ablegen konnte er nicht, da er keinen trug. Angelo hatte ihn bei einem Aperitif über Trauersitten informiert. Sich ausziehen, wie sie es irgendwo auf der Welt taten, solidarisch mit dem Toten, der geht, wie er kam – nackt. Heulpriester aufbieten. Kein trockenes Auge und Beweinen im Stundenlohn.

Was war gestorben? Seine Arbeiten waren woanders gespeichert; auch wenn ihm klar war, daß die nicht ihm gehörten, sondern der Firma. Ob jemand sie je abrief? Wer immer das sein mochte. Einmal wäre er sowieso in Pension gegangen oder über einer Aufgabe hinweggestorben. Und jetzt ein Blackout zu Hause. Adressen gelöscht, darunter unzählige, die einmal wichtig waren, aber die er kaum mehr brauchte. Und sonst, was war weg? Ob er all das noch einmal zusammenbringen würde, was an Fenstern zugegangen war? Der Rolladen ein für allemal unten. Alle Disketten standen erneut zur Verfügung. Ach ja, das Testament, aber das hätte eh nur von Hand geschrieben Gültigkeit gehabt. Was gab es schon zu vermachen. Und was mit den »Notizen«? Doch, es hätte ihn schon interessiert, was alles unter »privat« gelöscht worden war. Von einigen Dokumenten und Ordnern hatte er Abschied genommen, zufällig, dank dem Mandarin. Was war sonst unter Korrespondenz gespeichert? Wozu taugte, was man einst ein Doppel oder einen Durchschlag nannte? Hatte das nicht einfach den Weg genommen, den das Telefongespräch schon immer gegangen war, ausgeklungen als Luft und geblieben die Impulse für die Rechnung? Nicht nur der Adressat verstorben, auch der Absender. Du bist ein »Unzustellbarer« geworden. Aus und vorbei. Nichts mehr zum Abrufen. Nichts mehr zum Ausdrucken. Der arme Reißwolf, er wird verhungern. Nicht mal ein Flackern. Keine schwarze Box mit den letzten Worten jener, die abstürzten; auch die letzten Worte waren abgestürzt.

Belanglos, daß der Spezialist nicht verfügbar war, um Auskunft zu geben, wie man bei einem Powerbook Totenwache hält, dessen Gedächtnis verstarb. Eine Kerze zum Anzünden wäre zu finden, wenigstens ein Stummel noch vom letzten Kurzschluß her. Und wie war das? Man soll angesichts eines Gestorbenen nur flüstern? Aber es war niemand da, an den Past das Wort hätte richten können.

Der Trauermann war unterwegs. Das jüngste Lebenszeichen waren Grüße von einer Reise ans Weiße Meer. Wie immer schickte er keinen Brief, sondern Postkarten. Er setzte seine Mitteilungen von der ersten Karte auf der zweiten fort, schrieb auf den folgenden weiter und numerierte sie. Diesmal waren von den sechs Karten nur fünf angekommen, die zwischen »solo« und »hinwiederum« fehlte. Angelo schickte Grüße von einem ehemaligen Kloster, das nach der Oktoberrevolution in ein Sanatorium umgewandelt und als Irrenanstalt für politische Gefangene genutzt worden war, jetzt als Hotel eröffnet, mit einer Aussichtskanzel, die zwischendurch als Erschießungsplatz diente. Es waren nicht die ersten Kartengrüße aus der ehemaligen Sowjetunion. Er hatte früher Ansichten aus Perm geschickt: Zwar seien nach der Schließung des Gulag Stacheldrahtverhaue und Wachttürme niedergewalzt worden, aber jetzt, mit Aussicht auf den Sibirien-Tourismus, sei ein Wachtturm neu aufgebaut worden, das Lager rieche nach frischer Farbe.

Als Past sich im Büro verabschiedete (»wer weiß, vielleicht vor Gericht wieder«, wie ein Kollege meinte), hatte er sich hinter den Lehrling gestellt, der eben erst seine Arbeit angetreten hatte, der Nachfolger von Angelo. WWW hatte er auf seinen Computer geklebt: »Wunderbar Weite Welt«. Beat hatte sich Past zugedreht, er lud ihn mit einer Kopfbewegung Richtung Bildschirm ein. Past kam sich vor wie damals, als er vor Jahrzehnten mit einem Seemannssack unterwegs an einer Straße stand, ein Autostopper, der hoffte, mitgenommen zu werden, und der nicht fragte, »wohin«, jedes Wohin war verheißungsvoll, ob ausgeschildert oder nicht, *on the road again,* nur daß ihn diesmal einer auf den Bildschirm zum Surfen mitnahm.

»Enter«; wir brausen los. Beat klickte in »Favoriten«. Er rief eine Bekannte in Neuseeland an. *Off to bed,* die war schon schlafen gegangen. Ihrem OTB antwortete er mit einer großen Umarmung und einem Kuß: (gbh&k: great back hug & kiss). Dann versuchte er es bei einer Freundin in Brüssel. *Not found on this server.* Er kehrte zurück in die Schweiz; er vertat sich und tippte nicht »ch« ein, sondern »ci«, sie landeten statt in der Schweiz an der Elfenbeinküste. Sie hatten sich verlaufen. Und Beat brauste ums Eck und kehrte zurück: Jesus Online, zehn Klickfelder für die Zehn Gebote. Ein Bildschirmschoner mit Störchen und Flamingos. Die nächste Homepage bot Lustbarkeiten (moderiert) und »Der tägliche Witz«, man konnte sich darauf abonnieren, LMAO – *laughing my ass off*, ich lach mich kaputt. Ein Mann im Neoprenanzug zieht das Rigg aufs Surfbrett, und Netscape öffnet die Seite aus einem Lehrbuch: Die Kurse am Wind. Oder Sex im Netz? Für diese Art Sex braucht es ein Paßwort. Entspann dich, probier etwas aus, und lies das Handbuch REXMAN *(Relax, experiment and read the manual)*. Eine Stippvisite zu Büropflanzen oder ein Cyberwalk ins Filmstudio. Videoclips? Zu *Blade runner* oder zum *Hangman*-Spiel: Finden Sie das richtige Wort, und der *Duke* wird nicht gehängt. Bildschirmschoner mit Rennwagen. Und danach Raumshots surfen, eine Rückkehr zum Strand mit Sprechblase: »Wenn das Schwert bei hohem Tempo plötzlich am Grund schleift, fliegen Sie über die Brettspitze ins Wasser – wollen Sie eine Crash-Landung?« *Keep smiling,* fast fünfhundert *smilies,* ein Katalog »bleib locker«, hast du einen persönlichen »Lächler«, ein eigenes »Emoticon«? Emoticon? »Emotion«, die sich in einem »Icon« ausdrücken läßt: Gefühl, das in ein verkleinertes Sinnbild paßt?

Beat krempelte den Ärmel hoch: eine münzengroße Narbe und blaue Flecken. Er langte nach einem Zettel neben dem Keyboard und schrieb darauf: »Ich bin auch Surfer auf dem Wasser – mit Wind.« Und nach einer Pause: »Ich bin kein Hypertext mit Bild und Klang. Ich bin ohne Ton, aber voller Musik.« Der junge Mann, der dank einem Bildschirm mit der Welt redete, war von Geburt an taubstumm. Past sah ihm ins Gesicht: Kann man mit meergrünen Augen sehen?

Ein erneuter Mausklick. Das News-Foto einer Agentur. Eine Frau, die aus dem Wasser steigt, mühsam, Schritt für Schritt nähert sie sich dem Strand, hochgereckt die Arme, ein Bündel tragend. Stieg nicht einst Venus aus dem Meer ans Land; nur daß sie nackt war und ihr nicht wie dieser Frau nasse Kleider Brüste und Schenkel markierten, ins Kopftuch nicht irgendwelche Habe gebunden und in den hochgereckten Armen kein Kind. Oder war Venus ausgesetzt worden wie diese junge Frau, die sich gegen die Brandung behauptete, von einem Schlepper ins Wasser gestoßen? Suchte die Göttin der Liebe, aus dem jahrtausendealten Meer aufsteigend, an einem rettenden Ufer Asyl?

Past hatte sich noch den »Multisteck« (»Ihr internationaler Anschluß«) gesichert für die länderspezifischen Steckdosentypen. Er stand bereits unter der Tür. Miss Loyleen fragte: Ob er seinen Spitzname kenne. Belustigt nickte Past: der Perplexe. Ob er Crowley kenne, fragte sie, Aleister Crowley, den Begründer der antichristlichen Libertinen, seine Bücher röchen nach Schwefel, da Satan mitschrieb, sein letztes Wort auf dem Sterbebett: *I'm perplexed.* Past antwortete, »perplex« sei nicht sein letztes Wort, sondern sein erstes. »Mein letztes Wort, das haben die andern und die andern der andern.«

Da wurde er ans Telefon gerufen. Es meldete sich zu seiner Überraschung Angelo, der fragte zunächst, wie es seinem Nachfolger Beat gehe. Der Trauerarbeiter hatte sich bereits vor Wochen abgesetzt. Seinen Abgang hatte er von langer Hand vorbereitet. Er hatte sich mit einem Italoamerikaner zusammengetan für *Memory Tours;* er betreute die deutschsprachige Filiale. Für das globale Administrationszentrum war ein Hongkongchinese verantwortlich. Der hatte seine ersten Erfahrungen und Gewinne mit der Betreuung christlicher Reisegruppen aus dem Westen gemacht; er organisierte ein Nagasaki-Programm, den Besuch der Mauerskulpturen, die an die vierundzwanzig Märtyrer erinnerten, die im 17. Jahrhundert hingerichtet worden waren; am zweiten Tag war nicht programmiert, was Japaner Christen angetan hatten, sondern was Christen an Japanern verübten: der Besuch der Atombombengedenkstätte – auf dem Prospekt die Statue der Mutter, welche ihre Kinder zu beschützen versuchte, zusammen mit Zahlen wie 300 000 Grad Celsius oder 73 884 Tote und 74 909 an Körper und Geist Geschädigte. Der gleiche Hongkongchinese hatte auch Pauschalarrangements an die Brücke des River Kwai organisiert, wo japanische Kriegsveteranen der Gefangenenlager und des Eisenbahnbaus gedachten; die Packagetour schloß den Besuch von Massagesalons (»ärztlich betreut«) an der Slilom Road in Bangkok ein.

Angelo hatte sich Rosebush anvertraut: Er habe in Sachsenhausen an einer Ausstellungswand gelesen, daß ein Zwangsorchester von Häftlingen »Zehn kleine Negerlein« auf die KZ-Situation umgedichtet hatte (»da waren's nur noch neun«). Angelo wollte wissen, ob die Musik dazu greifbar sei.

Offen hatte Angelo erst von seinen Plänen gesprochen, als herausgekommen war, daß er nicht, wie gemeldet, krank war; er war von einem Trip aus den USA nicht rechtzeitig zurückgekehrt wegen irgendwelcher Schwierigkeiten als Stand-by-Passagier. Eine Geschäftsreise, er hatte in Fremont County (»historisch, pädagogisch, aufregend«) haltgemacht, in Canon City, der Hauptstadt der Gefängnisindustrie; er sei auf seiner Schnuppertour auf eine Strafanstalt gestoßen, da könne man unter echten Bedingungen ein Wochenende in einer Zelle verbringen, gegen Aufschlag in der Todeszelle, es stehe eine lukullische Menükarte für Henkersmahlzeiten zur Verfügung; man nehme, an den elektrischen Stuhl gefesselt, per Video an einer der Hinrichtungen teil, die hier stattgefunden hatten, auf Wunsch sei auch Variante »B« (»Injektionsnadel«) verfügbar oder »C« (»eine vom Gas zitronengrüne Kammer«); für seelsorgerischen Trost böten neben den gängigen Konfessionen sieben Freikirchen ihre Dienste an.

Und nun der Grund des Anrufs: Ob Past sich nicht an ihrem Reiseunternehmen beteiligen wolle, sie seien noch im Aufbau, im Moment hätten sie »Stippvisiten am historischen Ort« bleibenlassen, das wären unter kundiger Führung kommentierte Kurzbesuche gewesen: Plätze, wo Aufstände niedergeknüppelt, Fußballstadions, wo Gefangene zusammengepfercht worden waren, warum nicht auch Bäume, an denen gelyncht worden war, gekoppelt mit einem Jazztrip nach New Orleans; was Past vom Logo »Savonarola-Glocke« halte, als Markenzeichen die Glocke, die zu den Predigten von Savonarola rief und wegen Komplizenschaft von der Inquisition zu ewigem Verstummen verurteilt wurde, der Ketzer selber auf einem Seitenaltar in der Kirche, vor deren Portal er verbrannt worden war. Rehabilitationsreisen, das sei was für später, da sei noch manches ausbaufähig. Er frage sich, wer von den jetzigen Staatsmännern, denen der Prozeß gemacht wurde, vor Gericht oder in Buchform, wer von ihnen dereinst wohl zu einem Seitenaltar oder Denkmalsockel komme. Im Moment gehe es um ein anderes Projekt. Nicht die üblichen Fahrten zu Schlachtfeldern wie jene von Verdun, das sei überholt, obwohl ihr Büro mit Aufmerksamkeit verfolge, was sich in Ypern tue, in Flandern: Das weiße Taschentuch im Museum, das habe er sich gemerkt, war nicht einfach zum Schneuzen, es diente als Flagge bei der Kapitulation, über dem Herzen des Delinquenten angebracht als Zielhilfe fürs Hinrichtungskommando und bei einem Gasangriff als notdürftiger Schutz, selten war eines unter der persönlichen Habe für die Hinterbliebenen, die hatten ihre Taschentücher selber zu besorgen. Ob Past schon einmal in Tunesien gewesen sei? Ob er das Programm bearbeiten oder gar als Führer eingesetzt werden möge? Auf einem Thermenareal Stelen der Punier und Römer nebeneinander, der Besiegten und der Sieger, Karthago und Rom vereint; so was liege ihm bestimmt; am besten faxe er die Unterlagen durch; auch zu den Höhlengräbern bei Gammarth habe er Informationsmaterial. Hier hatten die Juden, die nach der Zerstörung des Tempels aus Jerusalem flohen, ihre Toten begraben. Ferner Märtyrergräber, die der Frühchristen in den Katakomben, aber auch der »Friedhof der Märtyrer«, wo die Muslime liegen, die Opfer der Kreuzzüge wurden. Daneben die üblichen Friedhöfe aus dem letzten Jahrhundert. Reich geschmückt die katholisch-französischen und schmucklos die mohammedanischen, bloße Grabplatten auf dem Boden, namenlos, eine runde Vertiefung vorn kennzeichne ein

Frauengrab. Es sollte auch einen alten Seemannsfriedhof geben. Der Hit aber: eine einmalige Landschaft von Soldatenfriedhöfen. Die Briten, Engländer, Inder, Südafrikaner oder Kanadier, die lägen verzettelt – die einen an einem Stausee, andere neben Fabriken und Autowerkstätten oder bei einem Bahnübergang. Nicht wie die Deutschen, von verschiedenen Feldfriedhöfen an einen zentralen Ort gebracht, dorthin, wo die Kapitulation unterzeichnet wurde, inmitten der Soldatengräber ein Tank. Bei den Amerikanern zwischen den Kreuzen Steine mit dem Davidstern. Die Franzosen sollen als Ort ein Belvedere gewählt haben, von dem man einen weiten Blick auf Tunis genießt, auf dem Areal selber zwei gebrochene Säulen aus Karthago, für jeden ein weißer Stein mit Stahlhelm, es ist auch von schattigen Bänken die Rede. Ferner ein Soldatenfriedhof jüngeren Datums, diesmal Tunesier, soviel er begriffen habe, wegen der Bizertkrise, was immer das heißen möge, jedenfalls 1324 Tote, die Gräber wie all die andern ausgerichtet, in Reih und Glied, als hätte der Tod zum Appell gerufen und alle seien angetreten. Das Programm sei eurokonform, aber mediterran. Die Wikinger könnten bei einem späteren Ausbau berücksichtigt werden. Vielleicht lasse sich das einmal mit der Mitternachtssonne kombinieren. Ob Past etwas über Hunnengräber wisse; auch die, welche brandschatzten, mußten eines Tages begraben werden.

Der junge Mann, dem Past zu einer Anstellung als Bote für alles verholfen hatte, offerierte ihm einen Posten. Past hatte sich Bedenkzeit erbeten, er sei überrascht, um nicht zu sagen, perplex.

Und wieder in seinem Arbeitszimmer. Im Schein der Lampe der Kleidersack gegen eine Bananenschachtel gelehnt, die Holztruhe und die Kartons mit den Souvenirs, die Schachteln bereit für die Verbrennungsanstalt und die für den Flohmarkt. Mit dem Rücken zu ihm das Einhorn. Vor ihm auf dem Schreibtisch Brille, Medikamentendöschen, Bronzefigur und Aschenbecher.

Past spürte, wie er gleichmütig wurde und wie in ihm Leichtmut hochkam.

Da entdeckte er neben dem Diskettenstapel den Fächer. Er nahm ihn an sich, schlug ein paarmal kurz auf die Handinnenfläche, drehte sich zum Regal und hielt ihn dem Mandarin hin. Dieser verharrte in seinem Schutzumschlag ohne Reaktion. Er streckte aus dem weißen Seidenfutter zwischen Drachen und Lotus den rechten Arm aus und zeigte mit einem Finger, an dem der Nagel abgebrochen war, auf Pasts Gesicht: Kann man mit blaugrünen Augen sehen?

Past klappte den Fächer auf: Ein Mann auf einem abschüssigen Felsen betrachtet den Mond, unten im Tal versucht ein Bauer, seinen Ochsen auf den rechten Weg zu zerren. Past fächerte. Er fächerte über die Tastatur und danach um die vier Seiten des Computers und die Kabel entlang. Der Bildschirm blieb schwarz. Pasts Blick fiel ins Leere. Bewegte Luft. Nichts. Das Nichts duftete nach Sandelholz.

Bitte beachten Sie
auch die folgenden Seiten

Hugo Loetscher
im Diogenes Verlag

Abwässer

Ein Gutachten

»Nach einem politischen Umsturz ist der Inspektor der Abwässer aufgefordert worden, einen Bericht über den Zustand der Kanalisation zu verfassen. Denn die Leute, die immer ›so gewaschen tun‹, müßten einmal da hinabschauen können, was alles unter ihren Füßen dahinfließt, das Verborgene und Chaotische unter ihrer sauberen Stadt… Der Inspektor in *Abwässer* hat den ›Abwasserblick‹, der die oberflächlichen Dinge durchschaut. Ein außerordentliches Prosawerk, das ein schwieriges Thema in einer gewagten Metapher meistert –; nicht die Welt als Kloake, aber die Kloake als eine Konstante der Welt.«
Anton Krättli/Kritisches Lexikon zur deutschsprachigen Gegenwartsliteratur

»Dieses Buch ist ein explosives, destruktives und großartiges literarisches Dokument. Es ist ein totales Märchen aus der Wirklichkeit, das wenig ausläßt: weder die Liebe noch die Technik, weder die Psychologie noch die Dummheit, weder die Einsamkeit noch die Gemeinheit.« *Die Welt, Hamburg*

Die Kranzflechterin

Roman

»Jeder soll zu seinem Kranze kommen«, pflegte Anna zu sagen; sie flocht Totenkränze.

»Auch hier führt die Wahl des ungewöhnlichen Blickpunktes zu ungewöhnlichen Ansichten aus der Menschenwelt und Farbenspielen des Lebens, die um so mehr faszinieren, als vom Tode her ein leichter Schatten auf sie fällt.« *Nürnberger Zeitung*

Noah

Roman einer Konjunktur

Loetscher erzählt die Geschichte eines Mannes, der die Konjunktur anheizt mit seinem Plan, die Arche zu bauen. Niemand glaubt im Ernst an die kommende Flut, aber alle machen mit ihr Geschäfte. Aber nicht nur im Geschäftsleben, auch im Kulturbetrieb zeitigt die Konjunktur ihre unerfreulichen Begleiterscheinungen. Noahs Lage verschlimmert sich aus vielen Gründen, so daß einer zuletzt sagen kann: »Jetzt kann ihn nur noch die Sintflut retten.«

Wunderwelt

Eine brasilianische Begegnung

Die Begegnung eines Europäers mit den Mythen von Leben und Tod einer fremden Kultur: eine Hymne, aber noch mehr eine Elegie, geschrieben für ein kleines Mädchen.

»Ich würde *Wunderwelt* gerade auch besonders viele junge Leser wünschen. Nicht nur weil Loetscher die Sprache fand, um die Wirklichkeit bis in Nuancen genau so darzustellen, daß man ganz in sie hineingenommen wird. Sondern auch wegen einer Geisteshaltung, ohne die dieses Buch nicht hätte geschrieben werden können... Statt ›Wunderwelt‹ könnte dieses Buch auch ›Die Fähigkeit zu trauern‹ überschrieben sein.«
Deutsches Allgemeines Sonntagsblatt, Hamburg

Herbst in der Großen Orange

»Hugo Loetscher ist mit *Herbst in der Großen Orange* ein großer Wurf gelungen. Der dritte Satz schon ist der erste hintergründige, denn das ›Grün‹ ist künstlich, wie fast alles in dieser Stadt. Auf 165 Seiten enttarnt Loetscher eine Scheinwelt, reiht ein sprachliches Kabinettstückchen ans andere, ist mal lyrisch, mal satirisch. Immer aber schwingt eine heitere Me-

lancholie mit, angesichts einer Menschheit, die nicht mehr so recht weiß, wo's langgeht.«
Stern, Hamburg

Der Waschküchenschlüssel
oder Was – wenn Gott Schweizer wäre

»Loetscher ist ein bedeutsamer Schweizer Erzähler und Romancier, der auch als Journalist arbeitet und zudem die Welt kennt. Er hat einen famosen Sinn fürs Anekdotische und Skurrile, einen scharfen Blick, gepaart mit einem gänzlich unhysterischen, natürlichen Ton. Zum Schluß der Lektüre meint man, den Abend mit einem Freund verbracht zu haben, dem man gern länger zugehört hätte. Wer schreibt uns so trefflich, so distanziert und aus liebevoller Nähe über die Italiener? Die Franzosen? Uns in der Bundesrepublik?«
Titel, München

Der Immune
Roman

»Noch bevor manche jüngeren Autoren und Autorinnen Literatur als Mittel zur Erforschung und Bewältigung des eigenen Lebens entdeckten, setzte Hugo Loetschers *Der Immune* einen Maßstab, vor dem nicht viele bestehen. Ein Muster und deshalb auch heute noch aktuell, weil es hier einer verstand, in der selbstkritischen Beschäftigung mit dem Ich auf geistreiche, witzige, eloquente Art den Blick freizugeben auf die Epoche, in der dieses Ich sich formte und in der es lebt.« *Tages-Anzeiger, Zürich*

Die Papiere des Immunen
Roman

»Der Immune ist ein überaus witziger und intelligenter Herr, ein weitgereister, gebildeter Gesprächspartner, elegant und originell – ein durchaus passabler Gefährte für ein Buch von 500 Seiten. Ein Buch voll von

schönen und abstrusen Geschichten, die einen wuchtigen Kosmos bilden; und obwohl der Immune vorgibt, seinen Wohnsitz im Kopf zu haben, sind diese Papiere alles andere als kopflastig.«
Westermann's, München

Die Fliege und die Suppe

und 33 andere Tiere in 33 anderen Situationen
Fabeln

Einst hatten die Tiere Charakter, dann erging es ihnen wie den Menschen, sie fingen an, sich zu verhalten.

»Ganz ohne missionarisches ›Du sollst‹ macht Loetscher einsichtig, was der Mensch nicht soll, aber tut. Ähnliches habe ich nie gelesen. Literatur pur. Da wird nichts angemerkt, reflektiert, verdeutlicht. Wörter und Sätze als Essenz.« *Die Zeit, Hamburg*

Der predigende Hahn

Das literarisch-moralische Nutztier

»Unter dem Titel *Der predigende Hahn* nimmt Loetscher gleichsam als Arche Noah von ›Aar‹ bis ›Zukunftsgeiß‹ jenes Getier auf, das Dichtern seit alters zu literarischem und moralischem Nutzen diente. Was nebenher beweisen soll, daß kaum einer der großen Autoren ohne Tiere hat auskommen können. Die Ausbeute reicht von Abraham a Sancta Clara bis Emile Zola, vom Gilgamesch-Epos bis zu Walt Disney. Eine schöne und anregende Idee.«
Harald Hartung/Frankfurter Allgemeine Zeitung

Saison

Roman

Er war berühmt, nur wußte dies niemand. Aber er hatte noch ein ganzes Leben vor sich. Philipp, zwischen Schulabschluß und Berufsausbildung stehend, von der Großen Bühne träumend, jobbt einen Sommer lang als Bademeister. Aus einer Zürcher Seebadeanstalt macht er mit unbekümmerter Phantasie ein buntes, spannend-überraschendes Badetheater. Philipps erste Saison wird zudem zur Saison einer zarten Liebe.

»*Saison*, das ist ein melancholisches Buch und zugleich ein moderner Entwicklungsroman mit erstaunlichem Tempo. Blendend formuliert, mehrfach ironisch gebrochen, mit schnellen Schnitten und überraschenden Wendungen.«
Österreichischer Rundfunk, Wien

»Hugo Loetschers Sinn für Humor, seine Phantasie – gepaart mit feinen Beobachtungen – schlagen sich auch in seinem Werk *Saison* nieder.«
Tages-Anzeiger, Zürich

Die Augen des Mandarin

Roman

Kann man mit blauen Augen sehen? Diese Frage eines chinesischen Mandarins stimuliert Past, den frisch entlassenen Angestellten einer obskuren Kulturstiftung und Spezialisten für Gedenktage und Neujahrsfeiern, zu Erinnerungen aus seinem bewegten Leben. Sie entführt ihn noch einmal in fast alle Erdteile, sie entlockt ihm pointierte Geschichten und Anekdoten – in einem verstörenden, berauschenden Nebeneinander der Kontinente, Zeiten und Bilder, in dem sich Ränder und Zentren auflösen, sich unerwartet das Vertraute im Fremden und das Fremde im Vertrauten zeigt.

»Anders als alles Gewohnte und sehr zum Staunen. *Die Augen des Mandarin* ist nicht ein Roman, eher schon zweihundert Romane in einem. Es ist ein Funkeln, Blitzen und Witzeln von Geschichten, Ideen und Pointen, wie man es eher selten trifft in dieser Welt.«
Andreas Isenschmid / Tages-Anzeiger, Zürich

»Hugo Loetscher ist ein großes, ein schönes Werk gelungen. Was an *Die Augen des Mandarin* mehr als alles andere beglückt, ist seine Kühnheit: ohne Scheu handelt es vom Sterben und greift doch mitten ins Leben hinein.« *Roman Bucheli / Neue Zürcher Zeitung*

»Ein Feuerwerk der Fabulierkunst. Daß es Hugo Loetscher gelingt, die pulsierenden Erinnerungssplitter zu einem berauschenden Ganzen zu verbinden, macht seine ganz eigene Kunst des Erzählens aus. Dieses Buch ist ein Geschenk.« *Berner Zeitung*

Vom Erzählen erzählen

Poetikvorlesungen
Mit Einführungen von Wolfgang Frühwald und Gonç alo Vilas-Boas.

»Vom Erzählen erzählen« – diesen Titel gab Hugo Loetscher seinen Münchner Poetikvorlesungen aus dem Jahr 1988. Die erweiterte Neuausgabe dieser Texte wird ergänzt durch »Ein Schriftsteller in und außerhalb der Schweiz«, die Antrittsvorlesung an der CUNY (City University of New York), wo Loetscher 1982 der erste Inhaber des Swiss Chair war. Zudem finden sich in dem Band auch die Poetikvorlesungen, die er im Frühjahr 1999 an der Universität Porto hielt.

»Hugo Loetscher ist ein Autor, der seit mehr als einem Vierteljahrhundert zu den vielseitigsten Gestalten der deutschsprachigen Schweizer Literatur gehört.«
Neue Zürcher Zeitung

mit Alice Vollenweider
Kulinaritäten

Ein Briefwechsel über die Kunst und
die Kultur in der Küche

Noch ein Kochbuch? Ja, aber noch viel mehr: in diesen Briefen entfaltet sich eine kleine Kulturgeschichte der Küche. Nebst höchst delikaten Rezepten erfährt der Leser, wie und wo diese Rezepte entstanden sind, wo die Quellen der heutigen Kochkunst liegen, wie es die Schriftsteller mit dem Essen hielten; auch der Stil unterscheidet dieses Buch von allen anderen Kochbüchern: die beiden Briefschreiber verstehen nicht nur etwas von der Küche, sondern auch von Humor.

Padre António Vieira
Die Predigt des heiligen Antonius an die Fische
Hugo Loetscher
António Vieira – Portrait eines Gewissens

Der portugiesische Jesuit António Vieira (1608 bis 1697) ist eine der großen Figuren des europäischen Gewissens. Hugo Loetscher hat ihn für die deutsche Sprache entdeckt. Indem er von dem Prediger und Missionar, dem Diplomaten und Politiker António Vieira spricht, gibt er zugleich ein literarisches Bekenntnis von Aktualität.

»*Die Predigt des heiligen Antonius an die Fische* richtete sich gegen die portugiesischen Kolonisten und wehrte sich für die Indianer, jene rothäutigen Lebewesen, dic man wie Tiere jagte und einfing und die den Aufbau einer feudalen Kolonialwirtschaft ermöglichen sollten.« *Hugo Loetscher*